La trahison des anges

DU MÊME AUTEUR

LE PAYS D'ALICE EST À QUELQUES DÉRIVES D'ICI
Poèmes, préface de Denise Miège,
Éditions Millas-Martin

RETENDRE LA PEAU DES PAVÉS
Poèmes, préface d'Andrée Appercelle, illustrations de l'auteur,
Éditions La Bruyère

LÉONOR FINI OU LES MÉTAMORPHOSES D'UNE ŒUVRE
Biographie, étude de l'œuvre,
Éditions Le Sémaphore
(Traduit en italien aux Éditions L'Altra metà dell Arte)

DHUODA LA CAROLINGIENNE
Roman historique,
Éditions Le Sémaphore

LES THÉBAINES
La Couronne insolente, t. 1
De roche et d'argile, t. 2
Vents et Parfums, t. 3
L'Ombre du prince, t. 4
La Seconde Épouse, t. 5
Les Dieux indélicats, t. 6
Le Chant de la Terre, t. 7
La Vallée des Artisans, t. 8
À l'est, le port, t. 9
L'Impossible Soleil, t. 10
Éditions Le Sémaphore

LYS EN VAL DE LOIRE
L'Apocalypse, *La Nuit des démons*, t. 1
Éditions Stock

À PARAÎTRE

LYS EN VAL DE LOIRE
L'Apocalypse, *La Revanche des dieux*, t. 3
Éditions Stock

Jocelyne Godard

La trahison des anges

L'Apocalypse ✤✤

roman

Stock

Ouvrage édité sous la direction
de Françoise Roth

À Berthe, ma mère.

GÉNÉALOGIE DES PERSONNAGES HISTORIQUES

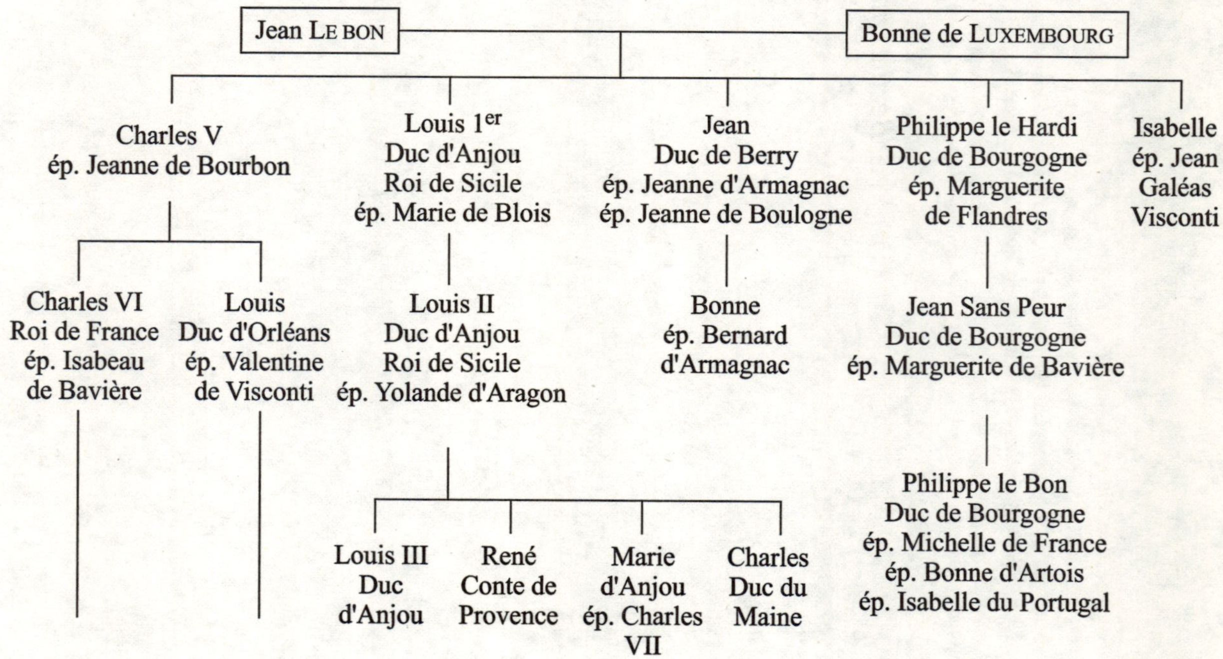

GÉNÉALOGIE DES PERSONNAGES FICTIFS

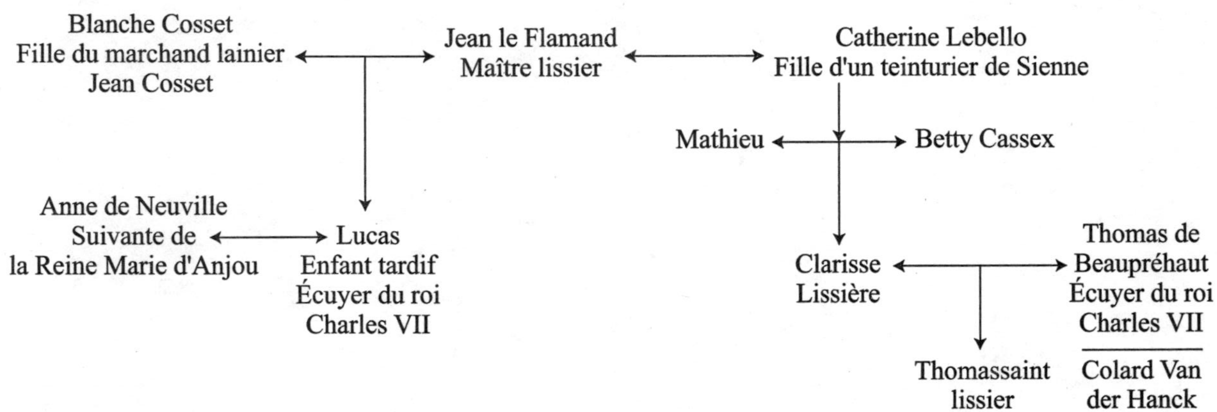

I

Clarisse sentit un frisson de joie l'envahir. Un sentiment plus intense encore que celui qui l'avait saisie lorsque, seule et adolescente, elle avait quitté Paris pour se rendre à Angers. Oui ! Clarisse était partie pour faire une étrange rencontre. Celle de Lucas, son jeune oncle qu'elle considérait comme son frère.

– À quoi penses-tu, petite? s'enquit dame Taupin en examinant l'air rêveur de Clarisse.

– À mon jeune oncle, répondit la jeune fille.

La brave femme opina de la tête et laissa Clarisse poursuivre sa méditation, car c'est avec une vitesse foudroyante que les souvenirs affluaient à sa mémoire.

Lucas ! Thomas ! Leurs deux visages se confondaient. Elle tenta pourtant de ne penser qu'à Lucas. Pas un instant, même dans la tourmente des jours sombres, elle n'avait regretté son geste. Lucas s'était révélé un être sensible, chaleureux, attachant, qui lui avait ouvert des portes qu'elle n'aurait pu franchir seule en restant toute sa vie ouvrière dans les ateliers de Georges Bataille ou de Robert Poinçon, les deux grands maîtres lissiers de l'époque. De chez eux sortaient les plus belles tapisseries historiées jamais vues dont la célèbre *Apocalypse de saint Jean*.

Oui ! Lucas était un être exceptionnel, généreux, assez désintéressé pour renoncer à tout l'argent de son riche grand-père et suivre une carrière à laquelle il était sans doute destiné.

L'opulent marchand Cosset fournissait à la fois le duc d'Anjou et le duc de Bourgogne, commanditaires des plus grosses productions tapissières en cours sur le marché. Ses biens et ses richesses étaient immenses et Lucas, dont les prouesses sportives et l'amour des combats, des joutes et du danger comptaient plus que le marché des étoffes, avait su comment détourner la fortune de son grand-père.

De façon fort subtile, il avait présenté la plus juste des causes, celle qui mettait en jeu le destin de la France. Oui ! Lucas avait très vite compris les immenses ambitions de son aïeul, lui faisant miroiter les possibilités d'un anoblissement qui viendrait couronner ses envies de domination et de puissance. Lucas avait frappé juste. Le vieux Cosset ne pensait plus qu'à entrer dans la caste fermée de la noblesse de France. Et, puisque le dauphin Charles avait besoin d'un soutien financier, Cosset le lui avait apporté. En échange, Yolande d'Aragon, duchesse d'Anjou, à la cour de laquelle on éduquait les futurs écuyers du jeune prince, l'avait pris en charge. S'il savait se montrer vaillant et fidèle jusqu'à la mort, son dévouement envers le futur roi de France serait récompensé comme l'était celui de n'importe quel chevalier noble bien né.

– Le convoi partira tôt, petite. Seras-tu prête ?

– Bien sûr qu'elle le sera, affirma dame Taupin qui accourait vers son époux. Son ballot est fait depuis longtemps.

Le relieur secoua la tête.

– N'as-tu aucun regret ?

– Aucun, maître Taupin. Il me tarde, au contraire, d'être arrivée dans le Nord.

Clarisse soupira. Comment pouvait-elle avoir des regrets alors que, bientôt, elle serait en mesure de diriger son propre atelier ! D'autres souvenirs affluèrent.

Ils dataient de quelques années déjà. Mais, Dieu, qu'il était loin le temps où Clarisse, par un acte de bravoure, avait aidé Marie de France, la dauphine, traquée par les Bourguignons devenus les maîtres de Paris ! Une capitale pressée de plus en plus par les Anglais qui, sans cesse, avançaient sur la France. Que cette époque lui paraissait lointaine où, harcelée, violée, embastillée par les soldats bourguignons, Clarisse n'avait pas révélé le lieu où se cachait le dauphin !

Pour la remercier de cet acte de courage, Marie lui avait fait don d'un petit atelier de tissage situé à Saumur. Depuis lors, Clarisse le faisait fonctionner avec Betty, sa mère, et Toussaint, le jeune apprenti.

En ce temps-là, Marie et Clarisse avaient à peine seize ans.

À présent que des jours plus sereins s'amorçaient pour Betty et sa fille, de nouvelles complications étaient survenues. Tout aurait pu fonctionner sans l'ombre d'un tourment si un membre de la guilde des tisserands ne s'était introduit, un jour, dans l'atelier des deux femmes.

Comme c'était le contraire qui s'était produit, le propriétaire de l'atelier devait engager un maître lissier reconnu par la corporation. Ce qui, en l'occurrence, était impossible compte tenu des faibles moyens financiers des deux femmes.

La décision avait été irrévocable et le triste sire qui venait des Flandres avait menacé de fermer l'atelier si les deux femmes n'obtempéraient pas.

Il avait donc été décidé que Clarisse ferait cette œuvre et qu'elle irait ensuite la présenter elle-même aux membres de la guilde qui résidaient dans le nord de la France, à Lille, Arras, Tournai, Amiens. Et même, s'il le fallait, elle se rendrait jusqu'à Bruges où, dans des allures de fête, une immense foire se tenait, réunissant toutes les corporations de l'industrie du textile.

– As-tu bien pris ton œuvre pour la guilde, petite ?

– Oh ! Dame Taupin, comment pourrais-je l'oublier ?

– As-tu un peu d'argent, au moins ? fit le relieur.

– Marie, la dauphine, m'a remis une petite bourse.

Maître Taupin regarda son épouse et lui fit un signe de la tête. Elle retroussa aussitôt le bas de sa longue jupe de futaine et en sortit une escarcelle dissimulée dans le double pli de l'ourlet. Puis elle l'ouvrit et en tira quelques pièces.

– Tiens ! ajoute-les aux tiennes. Et maintenant, il faut aller te reposer. Maître Taupin a raison, le convoi des marchands partira tôt demain.

– Oh ! J'aimerais rester encore quelques instants. J'aime tant votre atelier et je m'y sens si bien.

– C'est bon, je viendrai te chercher dès que le souper sera prêt.

Et, les yeux fixés sur les files de parchemins illustrés, Clarisse repartit, l'âme joyeuse, au-devant de ses souvenirs.

Le seul qui fut chagriné dans cette histoire de voyage qu'entreprenait Clarisse par la force des choses était Thomas. Certes, il n'y voyait là que désagrément et il eût aimé retenir la jeune fille par d'autres idées que celle d'aller courir les grands chemins pour atteindre l'objectif qu'elle s'était impérativement fixé.

Thomas était le compagnon de Lucas, tous deux jeunes écuyers de Jean Dunois qui, homme d'honneur et de combat, avait la tâche difficile de protéger le dauphin

Charles. Mais, hélas, Thomas était de souche noble et Clarisse, bien qu'ayant l'amitié et le soutien de la dauphine, ne l'était point. Or, dans les clans de la petite seigneurie provinciale, on tenait à garder le peu de sang noble qui courait au travers des ramifications de sa généalogie.

Avec Lucas, Thomas avait appris le métier des armes, l'art équestre et celui du combat. Formés à la cour de la duchesse d'Anjou, les deux gentilshommes étaient rompus à toutes formes d'exercices, lesquels associaient les manières courtoises d'une cour encore moyenâgeuse et surtout les grandes vertus qu'entretenaient autrefois les chevaliers.

Tombé amoureux de Clarisse, Thomas s'étonnait que celle-ci ne veuille pas aller au-delà des prémices de l'amour qu'il lui avait fait entrevoir, fort courtoisement d'ailleurs. À l'inverse de sa famille, il ne nourrissait aucun préjugé sur les basses origines de Clarisse. Comment, dans ces conditions, pouvait-il comprendre les étranges réactions de la jeune fille qui refusait son amour ? Certes, il ignorait la véritable cause qui empêchait Clarisse de se jeter plus spontanément dans ses bras. Le viol des soldats bourguignons, dont les tristes images revenaient encore à son esprit, lui ôtait toute idée de bonheur charnel.

Non ! Pas un instant Thomas ne se doutait que le chemin spirituel suivi par la jeune fille se révélait bien plus périlleux qu'un simple tabou d'origine sociale. Dans l'esprit de Clarisse se mêlaient à la fois un affolement psychologique d'ordre sexuel qu'elle ne pouvait refouler et un désir violent de connaître cette tendre passion à côté de laquelle elle passait. Hélas ! Son corps n'était plus vierge, sa conscience encore moins. L'enchaînement de cette triste affaire était cohérent. Clarisse refusait définitivement que Thomas en fît la triste constatation.

C'est ainsi que, presque sereine à l'idée de ne plus le voir, elle s'était engagée sur les routes de France.

Clarisse évitait de penser à tout ce qui pouvait la rattacher à ce passé trop frais pour qu'elle en oubliât les brûlures intenses. Elle leva les yeux au ciel et regarda les quelques nuages qui filaient lentement dans l'azur fixe et serein. La lumière l'aveuglait tant elle était violente. La forme des nuages qui s'étiraient ne lui en paraissait que plus incertaine. Les uns prenaient une allure de monstres familiers, les autres revêtaient une apparence humaine au faciès anormal. Que dire de plus ? Clarisse abaissa son regard et soupira, préférant réfléchir sur la poursuite de son voyage.

À Chartres, le duc de Berry avait recommandé Clarisse à l'échevin de la ville afin qu'elle puisse profiter du convoi des marchands de production lainière qui se rendait à Arras. Il était dangereux, pour une jeune fille plus encore, de voyager seule sur les grands chemins, à la merci de la moindre rencontre, souvent fatale. Bandits, pilleurs, tueurs, voleurs, espions et, à présent que les Bourguignons attaquaient tout ce qui n'était pas anglais ou simplement des leurs, il ne faisait guère bon traîner sur les routes.

– Le souper est prêt, Clarisse ! cria dame Taupin à l'autre bout de la maison.

D'un bond, la jeune fille se leva. Pour rien au monde, elle n'aurait voulu faire attendre ses amis en se montrant capricieuse ou discourtoise. Ah ! Quelle chance elle avait eue de rencontrer Marc Taupin dans le convoi des marchands lainiers !

Petit homme replet, intelligent et fort sympathique, la

jeune fille avait tout de suite éprouvé envers lui une attirance toute professionnelle, car ce mûr et sage compagnon, après lui avoir parlé du métier qu'il aimait tant, l'avait tout naturellement invitée, à leur arrivée à Paris, en son domicile où l'attendaient son épouse, son atelier et ses apprentis.

Puis, avant que le convoi reparte en direction du nord, maître Taupin lui avait présenté Jean Lenoir, peintre enlumineur et son élève Anastaise.

Jean Lenoir avait beaucoup impressionné Clarisse, mais Anastaise, sa jeune élève, l'avait encore plus bouleversée. Elle se trouvait enfin devant une jeune fille de son âge avec laquelle elle pouvait partager maintes idées, maintes impressions, maintes façons de voir la vie sous un autre angle que celui du banal quotidien féminin. Tout comme elle, Anastaise avait dix-huit ans et rêvait de concrétiser sa vie par son travail créatif et non par l'agrément de ses charmes.

Demain, Clarisse tournerait son visage vers le ciel et les grands chemins. Détendue, sereine, elle sourit. Demain, à l'aube, la route du nord lui ouvrirait ses portes. Jean Lenoir et son élève Anastaise seraient avec elle.

En cet instant précis où Clarisse échafaudait avec enthousiasme la suite de son voyage dans le Nord, le bonheur que ressentait Anastaise n'était pas moins fort que celui de sa compagne. L'air chaud qui venait de l'extérieur, pénétrant par la baie vitrée de l'atelier, entrait par saccades. Anastaise allait enfin voir son destin se transformer.

Abondants et colorés, il faut bien le dire, les souvenirs

affluaient aussi à l'esprit de la jeune fille. Venue à Paris pour se dégager de l'emprise d'un père peintre trop possessif et autoritaire qui ne laissait à sa fille que de menus travaux consistant à nettoyer les pinceaux, diluer les encres, écraser et broyer les couleurs, Anastaise s'était fait engager par maître Jean Lenoir. Ayant très vite soupesé les qualités de la jeune fille, il avait accepté de la prendre comme élève et lui enseignait l'art de la calligraphie et de la miniature.

Si, près de son nouveau maître, Anastaise effectuait les mêmes besognes qu'elle accomplissait chez son père, elle apprenait du moins – et cela la passionnait – quantité de choses auxquelles elle n'avait jamais pu avoir accès. Certes, elle écrasait toujours les pigments de couleur, mais chez maître Lenoir, elle se servait de vrais mortiers en bronze qui les broyaient en fine poudre, alors que ceux de son père n'étaient qu'en bois. Elle polissait durant des heures les feuilles d'or pour les rendre lisses et brillantes, elle préparait les encres de carbone, les gommes arabiques, les feuillets parcheminés, elle triait les plumes d'oiseau – de cygne, de paon ou de coq – pour esquisser les fins tracés. Mais avant tout, Anastaise s'appliquait avec une parfaite conscience et un soin méticuleux à passer les couleurs sur les dessins qu'elle avait préalablement esquissés. Maître Jean Lenoir la laissait s'exercer comme elle l'entendait sur les parchemins dont elle peaufinait scrupuleusement le grain avec son lissoir en étain.

Tout n'avait pourtant pas été simple entre maître et élève. La jeune fille, que la séduction de Jean Lenoir ne laissait nullement indifférente, s'inquiétait chaque jour sur ses véritables intentions à son égard. Car, hormis les tâches qui l'enthousiasmaient et celles qui lui plaisaient moins, elle ne comptait plus les fois où le peintre lui demandait de poser pour raviver son inspiration défaillante. Comme elle refusait systématiquement, elle voyait aussitôt la contrariété s'inscrire sur le visage de son compagnon. Puis, remis de sa déception passagère, le peintre n'en parlait plus, mais Anastaise calculait les coups d'œil enflammés qui la déshabillaient chaque fois qu'elle prenait place devant la table du tréteau.

– Tiens ! Ma colombe, regarde ces bleus-là s'ils ne sont pas éblouissants, et ces ocres qui rappellent l'ivoire des pays lointains, ils ont la brillance de ta peau satinée.

Parfois, ses regards exaltés accompagnaient les ardeurs de son vocabulaire qu'Anastaise faisait mine de ne pas comprendre. Cependant, la jeune fille tenait bon, aidée par la vigilance et l'autorité de la vieille Artaude qui venait la border chaque soir dans son lit pour s'assurer qu'elle y était bien seule.

Mais Anastaise restait sage, lucide, réfléchie. Sentant bien que si elle cédait aux caprices de son maître, elle ne pourrait plus accéder aux sphères élevées de sa profession, se contentant juste de vivre la banale aventure d'un modèle dont le maître est tombé amoureux.

– Tu ne réponds pas, ma colombe ! Verrais-tu donc quelques objections à mes fougueux propos ? Allons ! Ma douce, pourquoi refuses-tu les caresses que je te propose ?

– Je ne suis pas votre modèle, maître Lenoir. Je vous l'ai dit cent fois. Je suis votre élève.

– Justement, rétorqua Jean Lenoir, une élève trop séduisante pour que je reste insensible à son charme. Pourquoi refuses-tu constamment mon approche ? Regarde-moi, Anastaise, et ose dire que je ne te plais pas.

Il s'était approché d'elle et frôlait son visage de ses lèvres.

– Même loin de moi, tu me brûles, murmura-t-il.

Rester imperturbable et tenace ! Anastaise avait fait plus que cela. Un jour, elle avait osé demander à Jean Lenoir de l'accompagner à Bruges où il devait rencontrer le peintre Van Eyck pour une commande émanant de la maison de Bourgogne.

De sa demande, il en était ressorti une promesse qu'elle avait su très vite transformer en accord.

Un peu plus tard, comme à l'accoutumée, étaient venues les longues heures de travail dans un atelier fermé à toute circulation extérieure. Maître et élève œuvraient en silence et Artaude fulminait. Rien de tel pour mettre le feu à son giron et la forcer à réagir. La vieille servante trouvait toujours une raison insolite pour pénétrer dans l'atelier et, ce jour-là, elle était entrée comme à son habitude, avec une excuse qui ne trompait pas le peintre. Le cœur soulagé, voyant sa protégée sagement assise devant le haut pupitre de bois ciré et Jean Lenoir, debout contre sa table de dessin, vaquer à ses occupations de maître, elle était repartie avec bruit et fracas pour bien marquer son passage.

Anastaise sentit qu'elle devait quitter les souvenirs qui obstruaient pour l'instant son esprit. Elle s'ébroua comme un oiseau mouillé. Non ! Elle ne tomberait pas dans le piège. Jean Lenoir lui offrait gîte et couvert pour le travail qu'elle effectuait et non pour partager sa couche ! Il pouvait être séduisant, elle resterait insensible.

Âgé de quarante ans à peine – peut-être même trente-cinq ou trente-six suivant les confidences d'Artaude qui ne savait pas compter au-delà de dix –, Jean Lenoir,

Anastaise devait l'admettre, possédait tout pour charmer lorsqu'il voulait s'en donner la peine.

Homme grand et mince, au visage carré mais non massif souligné par un menton affirmé et des pommettes saillantes, le front large et dégagé, barré d'un pli donnant à son regard un air assez sourcilleux, mais qui s'éclairait quand il se posait sur un chef-d'œuvre : un ciel aux incomparables couleurs, un soleil aux ors incomparables, un corps de femme souple, soyeux et ocré qu'un voile transparent cachait à peine.

Pour ne rien gâcher de cette description qui eût été parfaite sans le frémissement nerveux qui venait sans cesse tracasser ses larges narines, il eût sans doute compté parmi les plus grands charmeurs de cette époque. Mais Jean Lenoir savait aussi se montrer autrement. Anastaise le connaissait pour sa générosité et sa grandeur d'âme qui n'étaient ni mesquines ni calculées et pour son talent d'artiste et de maître. Elle se prenait même parfois à désirer qu'il la berçât toute la nuit de ses paroles ensorceleuses pour s'endormir tout simplement là, devant ses crayons, ses pinceaux, ses couleurs. Il savait tant décrire les somptuosités des formes et des teintes que c'était un plaisir grandiose de l'écouter.

Les longues réflexions d'Anastaise tournaient toujours en rond et rien ne les amenuisait. Bien avant de quitter son père pour venir à Paris, elle supputait déjà les différents aspects qu'elle devrait maîtriser pour ne pas s'enliser, car empiéter sur le territoire des hommes valait bien souvent, pour la femme non avertie, de cruelles déceptions.

Anastaise soupira et ne pensa plus qu'à son proche départ.

II

Le convoi des marchands s'organisait. Il devait partir à l'aube d'un de ces printemps légers et parfumés de fleurs. Grise et tranquille, la Seine déroulait nonchalamment son long ruban soyeux dont l'amplitude, à la sortie de la capitale, paraissait tout à coup immense.

Les marchands s'étaient regroupés dans une quinzaine de chariots tous pleins à craquer de laines et d'étoffes diverses. Les uns faisaient les grandes foires du Nord, celles d'Amiens, d'Arras et de Lille. D'autres poursuivaient plus loin et s'arrêtaient à Tournai, à Gand ou achevaient leur voyage à Bruges. Là, se tenait la plupart des gros financiers traitant avec les navires en partance pour Venise ou Florence, voire les pays du Levant.

À ces groupes de marchands lainiers se joignaient souvent des lissiers, des parchemineurs, des relieurs, des enlumineurs, des étudiants copistes qui se rendaient, eux aussi, dans les capitales du Nord pour y exposer lors des foires le produit de leur travail.

Le chariot de maître Jean Lenoir n'était pas très grand. L'espace central où l'on se serrait pour voyager comportait une banquette de bois et, dans un angle, casé tout au fond, se tenait un grand coffre dans lequel le peintre avait entreposé tous les ouvrages enluminés que maître Taupin avait reliés avec soin. Mais l'enlumineur avait projeté d'ajouter à cela un paquet de parchemins vierges dont il pensait se servir pour des raisons personnelles. Il dut alors se rendre au matin du départ chez maître Roberchon, un parchemineur dont l'atelier se trouvait rue Saint-Séverin.

Coupant par le couvent des Mathurins, il rejoignit le quartier Saint-André-des-Arts, s'engagea dans la rue de la Huchette et arriva juste quand l'atelier s'ouvrait.

Avant de lever la tête et de l'apercevoir, maître Roberchon fit claquer les volets de bois sur les bas-côtés de la devanture et rehaussa l'auvent de son échoppe pour se préserver du soleil. Ce n'était certes pas aujourd'hui que le maître parchemineur risquait de voir s'envoler ses fins feuillets de parchemin. Mais, quand le vent soufflait avec force au-dessus de la Seine pour s'engouffrer dans les rues avoisinantes, il menaçait souvent de les emporter s'il n'y posait pas de lourdes pierres rondes pour les maintenir. Par temps de pluie et de tempête, maître Roberchon abaissait si bas l'un des pans de son auvent que l'on devait se courber pour examiner les parchemins.

Mais, ce matin-là, le soleil brillait. Le parchemineur releva haut le rabat à deux pans et déplia la table à tréteaux sur laquelle il allait bientôt déposer ses précieux parchemins. C'est en accrochant ensuite l'enseigne bleu et or de l'échoppe qu'il leva les yeux et vit Jean Lenoir.

– Je ne vous attendais point si tôt, maître Lenoir, fit-il en fixant sur son compagnon ses gros yeux bleus qui rendaient son visage couperosé plus rond encore.

– Bah! Il me reste une bonne heure avant que le convoi se décide à s'ébranler.

Suivi du parchemineur, Jean Lenoir entra dans l'atelier. Il s'en dégageait une forte odeur de graisse animale et de produits corrosifs, mais cela n'était pas pour troubler les narines de l'enlumineur rompues à toutes sortes de senteurs. Il connaissait depuis toujours ces effluves de calcaire broyé et calciné qui s'échappaient des récipients enfermés dans les ateliers des parchemineurs.

Seul l'ouvrier était arrivé. Roberchon avait écouté, d'une oreille agacée, les six coups sonner à l'église Saint-Séverin dont les abords commençaient à s'agiter. Les quartiers du centre de la capitale, la Bastille, l'Hôtel de Ville, Saint-Germain, la Cité, les quais et les ponts s'éveillaient avec les premiers travailleurs.

Les crieurs offraient déjà leurs marchandises aux passants matinaux, du bois, de l'eau, du suif pour éclairer les maisons. Les attelages et les chariots de foin faisaient grincer leurs roues de bois cerclées de fer sur les pavés. Les lavandières rejoignaient les bords de la Seine, un panier de linge calé sur la hanche. Les écrivains publics partaient de la Montagne-Sainte-Geneviève et s'aventuraient jusqu'au pont Notre-Dame afin d'y accrocher un ou deux clients.

– Six heures viennent de sonner, marmonna le maître Roberchon, et mes apprentis ne sont pas encore là.

Puis il contourna la grande cuve dans laquelle étaient plongées les peaux qui devaient y subir une lente décomposition.

– Ah ! Ces peaux-là, affirma maître Roberchon en se frottant les mains, feront de très beaux parchemins. Elles ne sont ni de veau ni d'agneau. Elles me sont arrivées tout droit des Pyrénées. C'est du chevreau de la plus fine espèce.

Jean Lenoir hocha la tête d'un air entendu. À force de fréquenter les ateliers de parchemins, il connaissait chaque étape de leur fabrication. Après dépeçage, les peaux étaient lavées à l'eau courante par les apprentis, puis plongées dans la cuve remplie d'eau additionnée de chaux vive. Le bain rongeait les tissus, provoquant le décollement du poil et du tissu superficiel. Elles restaient encore un mois ou deux, avant que l'ouvrier de maître Roberchon les retire de la cuve à l'aide de longues pinces et effectue soigneusement les étapes successives de travail jusqu'à l'achèvement.

Un bruit de porte claquée alerta maître Roberchon.

– Enfin ! Je vais leur dire deux mots à ces garnements-là. La barbe ne leur pousse pas encore que ça passe la nuit dehors et ça oublie l'heure le matin.

Mais Jean Lenoir tendait le doigt vers les grands cadres de bois posés à plat les uns à côté des autres.

– C'est mon épouse qui tend les peaux, affirma Roberchon fièrement. Regardez-moi ce beau travail.

Jean Lenoir observa quelque temps les cadres alignés sur lesquels étaient fixées les peaux.

– La texture des fibres semble parfaite, admira-t-il.

– Ah ! répliqua le parchemineur, un large sourire aux lèvres. Pour qu'elle soit aussi parfaite, dame Léone, mon épouse, les racle comme il faut.

Il fallait effectivement un couteau concave pour arracher toutes les rugosités inutiles. Lorsque la peau était séchée, ébourrée, raclée, dame Léone étalait de la poudre de craie sur la croûte pour absorber les restes de graisse.

– Quand vous rentrerez de voyage, fit encore Roberchon, d'un air satisfait, ce grain-là sera superbement homogène pour que la peinture s'y mêle en toute sécurité, sans baver, sans s'accrocher, sans transformer la couleur. Vous m'en direz des nouvelles. Des parchemins comme jamais vous n'en aurez vu !

– Mon ami, répondit Jean Lenoir en riant, ce n'est pas ceux-là que je suis venu chercher avant de partir.

– Je sais, je sais. Mais soyez sans inquiétude, je vous ai préparé les plus beaux vélins qui soient. Venez.

Il lui prit le bras et l'entraîna dans un angle de l'atelier où des tas de parchemins vierges étaient rangés selon les tailles. Il saisit un petit paquet de grandeur raisonnable et le tendit au peintre.

– Avec ceux-là, vous épaterez les Flamands. Ils ne peuvent en faire de plus beaux. Les couleurs y resplendiront.

Ils discutèrent encore quelque temps jusqu'à ce que Jean Lenoir entende les sept coups sonner à l'église Saint-Séverin. Une petite heure de marche afin d'achever sa mise en forme et il arriverait juste pour le départ. Le convoi des marchands devait quitter le quartier du couvent des Mathurins à huit heures sonnantes.

Pressant un peu le pas, il reprit la place Saint-André-des-Arts où un groupe d'étudiants déjà rassemblés discutait avec agitation, force gestes à l'appui, d'un thème de théologie ou de philosophie sur lequel ils ne semblaient pas d'accord. L'un d'eux, un grand costaud rouquin, avait même pris un plus petit au collet et le menaçait avec des cris d'étrangleur. Avant de tourner sur sa droite, Jean Lenoir vit deux autres étudiants les séparer et la discussion reprit un ton tranquille.

Passant le pont, il s'engagea sur les quais bordés d'échoppes qui, elles aussi, ouvraient leurs devantures en bois. C'est là qu'il faillit heurter un petit abbé qui marchait allégrement au bord du fleuve, humant les embruns de la Seine au-dessus de laquelle venait de se lever une brume blanchâtre qui annonçait une journée chaude.

Le balluchon léger, mais l'esprit clair, les pieds nus dans ses sandales et la tête camouflée par la capuche de sa bure brune, le moine avançait à pas pressés, les yeux fixés sur le sol. Soudain, une mouette laissa tomber ses déjections, blanches et molles, sur le sommet de sa capuche. Jean Lenoir se mit à rire et le moine, surpris, le regarda.

– Elle se soulage avant de rejoindre ses compagnes, jeta le peintre en pointant son doigt vers l'horizon bleuâtre. Regardez, elle se hâte pour les retrouver.

La mouette volait bas, à tire-d'aile. Puis, dans un élan, elle disparut derrière les chalands, les péniches, les galiotes, les gabarres et les navires lourdement chargés que l'on apercevait au loin, sans doute en partance vers les mers du Levant.

Le petit abbé rabattit le capuchon de sa bure sur ses épaules.

– Bah ! fit-il d'un ton qui n'était pas contrarié, cette crotte d'oiseau va sécher. À présent, il faut que je me hâte.

– Où allez-vous, l'abbé ?

– Rejoindre les marchands lainiers qui se regroupent aux Mathurins.

– Tope là ! J'y vais aussi et je suis très en retard. Faisons route ensemble. Huit heures n'ont point sonné et nous avons encore une bonne demi-heure devant nous.

– Ah ! fit le moine en souriant à son compagnon. Voilà qui m'arrange de marcher avec vous. J'ai cru quelque temps m'être égaré sur ce grand quai qui va se perdre on ne sait où. Ciel ! Que la Loire m'est plus familière.

– D'où venez-vous, l'abbé ?

– De Nantes. J'ai trouvé une place sur un bateau qui devait décharger sa cargaison de sel à Tours. Une petite embarcation solide qui transportait une vingtaine de grands sacs en toile de jute.

L'abbé se frotta le nez et renifla à grands coups.

– J'en ai encore les narines toutes sèches. Pourtant les sacs étaient fermés par un cordage pour ne pas que le sel se détériore au contact des intempéries. Mais, passagers et matelots, on était si serrés sur le bastingage que j'avais le nez sur ces satanés sacs.

– Vous jurez, l'abbé ! fit Jean Lenoir en riant.

– Bah ! Je suis moine par accident.

– Par accident ?

– Oh ! Depuis vingt ans, j'ai appris à considérer la communauté comme une grande famille et j'en suis venu à bien l'aimer. En fait, je suis tranquille et je voyage quand l'occasion se présente, fit-il dans un grand geste qui dégagea sa main de la manche de sa bure. Puis il désigna l'horizon, la route et le fleuve.

– Je préfère courir les chemins que rester des heures à prier, le dos courbé sur un missel ou un chapelet. Alors on m'envoie de droite à gauche. Je vais de Bretagne en Normandie ou de Touraine en Flandres remplir quelque mission, toujours à mon rythme.

Certes, de Nantes à Orléans, le trajet avait traîné en longueur. La lourdeur du chaland ralentissait sa course et ne permettait pas de passer plusieurs villes sans l'obligation de dormir deux ou trois nuits sur le pont. Fort heureusement, rien n'entamait la bonne humeur de notre abbé et, que ce fût la douceur printanière, la chaleur excessive des mois d'été ou le froid mordant de l'hiver, le moral du petit moine ne s'en portait pas plus mal. Toujours dispos, l'œil en alerte et l'ouïe ouverte, il sommeillait à demi sur les routes, sous les ponts, près des rivières ou des ruisseaux, dans une auberge quelquefois lorsqu'il avait rendu service à un compagnon de voyage qui, pour le remercier, lui offrait une nuit chaude et confortable dans l'hostellerie où il descendait.

– Où allez-vous, l'abbé ? s'enquit le peintre d'un ton jovial.

– Là où vous allez vous-même, en Flandres.

– N'avez-vous aucun écu ?

– Le chaland m'a laissé à Tours. Puis j'ai vidé ma bourse, déjà bien plate, pour louer un vieil âne qui m'a fait avancer dix fois plus lentement que le chaland.

Il se tourna vers Jean Lenoir et se mit à rire par petits coups aigrelets et saccadés. Sa bouche était ronde et dessinée comme un cœur, ses joues imberbes et ses yeux bleus avaient cette couleur délavée et blasée de ceux qui sont rompus à toute situation.

– Bah ! décréta-t-il d'une voix dont le ton montait haut dans les aigus, j'ai ce privilège de ne jamais être à quelques jours près, ni même à quelques semaines. L'essentiel est de remplir la mission que mes supérieurs m'ont confiée.

– Et quelle est-elle, cette fois-ci ?

– Me rendre au béguinage de Bruges et ramener, dans le plus grand secret, une jeune Flamande qui doit épouser le fils d'un cousin du duc de Bretagne.

– Pourquoi dans le plus grand secret ?

– Oh ! Qu'en sais-je ? fit le petit moine en haussant l'épaule. Des histoires de famille, d'héritage ou de simple amour-propre. À moins que la maison de Bretagne ne fasse quelque coup fourré à la maison de Bourgogne dont les enjeux, dans le Nord, sont de plus en plus grands. Mais, bah ! Peu importe la raison pour laquelle je voyage. J'accepte tout, car, ainsi que je vous l'ai dit, j'ai une sainte horreur de la vie communautaire et des offices quotidiens répétés. Je porte toujours les messages de mes supérieurs sans discuter.

Il saisit la manche du peintre et dit à voix basse :

– Cela entre nous, bien entendu.

– Alors pourquoi êtes-vous moine ?

– La belle question ! fit l'abbé en s'esclaffant. J'ai toujours été pauvre et je n'aurais point voulu être un gueux. Ma condition religieuse me permet de sillonner les routes sans grosses difficultés. On me respecte, on me nourrit, on me loge parfois et je voyage sans frais.

Une idée germa soudain dans l'esprit de l'enlumineur.

– Avec qui allez-vous voyager, l'abbé ?

– Eh ! Sacrebleu ! Avec celui qui voudra bien de moi.

– Alors je vous engage. Avez-vous déjà servi de chaperon ?

Le petit moine pencha la tête et cligna de l'œil.

– Vous avez une fille qu'il faut surveiller ?

– Non. Je suis peintre enlumineur et je prends la route avec ma jeune élève qui s'appelle Anastaise. Mais une jeune tisserande, pas beaucoup plus vieille qu'elle, nous accompagne. Elle m'a été recommandée par maître Roberchon, un parchemineur de la rue Saint-Séverin qui lui-même, au départ de Tours, a promis à l'échevin de la ville de veiller sur elle.

Le moine plissa le front et réfléchit quelque temps avant de répondre, si bien que maître Lenoir poursuivit :

– J'ai charge d'âmes, vous comprenez, et je ne serai pas toujours à côté des jeunes filles pour veiller sur elles.

– J'accepte.

Jean Lenoir saisit le bras de son compagnon.

– Vous me rendez un fier service. Je vous revaudrai ça, l'abbé. Mais dites-moi, savez-vous aussi conduire un attelage ?

– Certes. J'en ai conduit plus d'un dans ma vie de moine pour permettre à mes jambes de se reposer et pour laisser souffler le cocher.

Ils arrivaient au couvent des Mathurins où le rassemblement avait lieu. Dans une agitation intense, entre les cris et les ordres qui fusaient de toutes parts, le convoi s'apprêtait à partir. Les gros attelages ouvraient et fermaient la file de façon que les plus faibles soient protégés par les plus forts en cas d'attaque inopinée. Le chariot de Jean Lenoir qui – on l'a dit – n'était certes pas le plus important, se trouvait encastré en plein milieu de file.

Avec une conscience et une exactitude exemplaires, Artaude, la vieille servante du peintre, avait su veiller à tout. Le chariot était bien bâché, des couvertures en molleton s'entassaient dans un coin, des gamelles et des chopes en étain s'accrochaient sur les parois en bois et, luxe suprême pour les nuits fraîches, de l'herbe avait été déposée sur le sol. Une planche de bois servait de séparation entre le fond du chariot où les jeunes filles dormiraient et l'avant du véhicule où Jean Lenoir pourrait à la fois surveiller l'extérieur et se reposer en toute tranquillité puisqu'il venait de trouver un conducteur.

Quand la vieille servante aperçut le petit abbé à la mine joviale qui devait voyager avec son maître et les jeunes filles, elle poussa un soupir de soulagement.

– Ah ! Mon maître, vous avez bien fait. C'est que, sans cet homme-là, j'allais proposer de venir avec vous.

– Hé, que non ! Ma brave Artaude, s'exclama en riant Jean Lenoir. Garde-moi bien la maison. Nous serons de retour à Paris à la fin de l'hiver.

Et le convoi s'ébranla quand les huit heures sonnèrent au fronton de l'église Saint-Séverin.

Anastaise et Clarisse s'étaient retrouvées serrées l'une contre l'autre tout au fond du chariot. Une fois le convoi ébranlé dans une suite de cris indescriptibles, Anastaise se mit à rire à s'en étouffer.

– Oh ! Clarisse. Cette fois, mon maître ne peut plus faire marche arrière. Je suis en route pour Bruges et je verrai tous les grands peintres dont il m'a parlé.

Elle s'arrêta de rire, prit une large respiration et poursuivit d'un ton plus calme :

– Et vous, ma mie, vous présenterez votre tapisserie historiée aux membres de la guilde des lissiers du Nord.

– Oh ! J'espère qu'elle sera agréée. J'y ai consacré tant de temps et mis tant d'ardeur.

Le convoi offrait un mélange incroyable de couleurs. Les chevaux qui précédaient la longue file de chariots étaient empanachés et les cavaliers qui les montaient tenaient des banderoles mouvantes brodées aux écussons des maisons de France et de celles du Nord et des Flandres. Les sabots des bêtes fringantes claquaient sur les pavés et deux hérauts en habit rouge sonnaient de la trompette pour annoncer le départ.

Bien que les bâches des chariots fussent de tristes teintes brunes ou grises, certaines délavées, d'autres encore poussiéreuses du voyage précédent, elles laissaient transparaître un air de triomphe qui portait haut l'envergure du voyage et présumait de sa portée psychologique et commerciale.

Sur la suggestion de maître Lenoir, Clarisse avait déposé dans le grand coffre, fermé à triple serrure, la sacoche de cuir où étaient enroulés les trois volets de sa tapisserie historiée ainsi que le document de Jean de Berry attestant qu'elle était bien l'auteur de l'ouvrage et qu'il en avait surveillé l'exécution.

Passé les premiers jours, alors que le convoi sortait de la forêt de Meaux et se dirigeait vers la ville de Compiègne, un incident vint ternir la joie de Clarisse. Un imprévu qui lui colla une inquiétude à la peau tout au long du parcours et dont elle ne put se débarrasser. Ce fut l'abbé Meslin qui, sans le savoir, en avisa la jeune fille.

– L'un des chariots du début de file semble avoir des ennuis, cria-t-il haut et fort, si bien que Jean Lenoir tourna instinctivement la tête vers lui. L'une de ses roues s'est déjantée. Comme il n'avance pas vite, il devra prendre la fin de la file pour ne pas retarder le convoi. Souhaitons que son propriétaire trouve assez rapidement un ferronnier pour la réparer.

– N'est-ce pas Humbert Florimont de Tournai ? s'enquit le peintre d'un ton tout à fait tranquille, car ce genre d'incident arrivait fréquemment.

– Florimont de Tournai ! s'exclama Clarisse en pâlissant.

– Oui ! C'est un des plus gros marchands lainiers du Nord. On le dit neveu de maître Florimont. Il voyage avec deux autres tisserands.

– Ciel ! murmura Clarisse. Voilà pourquoi je trouvais à ce jeune homme un air qui ne m'était pas inconnu.

Humbert Florimont ! Elle l'avait vu de si près le matin du départ que chaque détail, à présent, lui revenait. Il paraissait aussi sournois et malveillant que son oncle. La jeune fille se mit à frémir. Comment pouvait-elle oublier ce jour où, comme elle travaillait avec sa mère à l'atelier, Humbert Florimont les avait toisées avec une hargne dont elle n'avait pas tout de suite compris l'origine. Le tisserand avait décrété qu'elles n'avaient ni l'une ni l'autre le droit d'exercer la profession qu'elles tenaient.

En effet, il fallait présenter une œuvre tapissière aux membres de la corporation des lissiers du Nord pour diriger un atelier de haute lisse.

– Qu'avez-vous, Clarisse ? chuchota Anastaise à son oreille. Vous êtes toute pâle.

– Ce n'est rien. Non, en vérité, ce n'est rien.

Préférant la solitude, du moins dans un premier temps, elle s'enfonça au fond du chariot et se mit à réfléchir.

Pourtant, il ne lui fallut que peu de temps pour rencontrer son rival. Ils se heurtèrent deux jours plus tard, à l'auberge du Pot d'étain où le convoi descendit afin de prendre un repas bien mérité. Aux portes de Beauvais, les chariots s'arrêtèrent et les chevaux se reposèrent, car ils filaient bon train depuis leur départ de Paris.

Dans une grande salle enfumée où les clients se restauraient, il la toisa d'une façon fort arrogante. Mais elle avait, pour l'instant, l'avantage de le connaître, alors qu'il ignorait encore son nom.

Attablées l'une à côté de l'autre, Anastaise et Clarisse faisaient face à Jean Lenoir et à l'abbé Meslin. Non loin d'eux, Florimont s'installa avec deux autres marchands et, l'esprit embué par le vin absorbé, ils conversèrent sur un ton grivois que les jeunes filles s'efforçaient de ne point écouter. Soudain, Jean Lenoir éleva la voix :

– Alors, messire Humbert Florimont, avez-vous réintégré le début de notre file ? Il va de notre sauvegarde à tous d'avoir en tête un chariot tel que le vôtre. Il supporterait l'assaut de toute une embuscade.

Quelques hommes se mirent à rire. L'un des compagnons de Florimont s'exclama :

– Bah ! Avec les deux jolies filles que vous transportez, messire Lenoir, cette dite embuscade nous passerait vite par-dessus pour arriver à elles !

On s'esclaffa. On but encore. On entendit des cris, des rires, des rots. Des chaudrons s'échappaient des fumets de volaille. Après une chaude soupe au lard, l'aubergiste apporta de la poule au riz et de la purée de cresson.

– Rassurez-vous, mon chariot est en effet réparé, jeta l'interpellé de tout à l'heure. Sitôt quitté Beauvais, nous ne devrions pas nous arrêter avant Amiens.

Grand, mince, le front large et dégarni, le sourcil planté bas et le menton aigu, le jeune homme n'était pas des plus humble. Un sourire conquérant flottait en permanence sur ses lèvres trop fines. Son œil sombre et enfoncé, chargé d'équivoque, pesait sur Clarisse comme s'il cherchait son nom.

– Que vos belles accompagnatrices se rassurent, déclara-t-il en se tournant vers Jean Lenoir.

– Elles ne sont pas accompagnatrices, coupa l'abbé Meslin de sa petite voix pointue.

– Ah ! Et que sont-elles ?

Ce fut le peintre qui reprit avec un peu trop de vivacité :

– L'une est mon élève...

– L'autre, en quelque sorte, est une élève aussi.

Clarisse venait de jeter ces mots en espérant qu'Humbert Florimont n'insisterait pas et la prendrait aussi pour une élève attachée à quelque peintre ami de Jean Lenoir.

– Par tous les saints ! s'exclama l'abbé, vous n'êtes plus une élève depuis fort longtemps.

Il se mit à glousser joyeusement et, derrière sa main qu'il avait posée sur sa bouche, reprit de façon que chacun l'entende :

– Cette jeune fille vient présenter son œuvre aux membres de la guilde des lissiers du Nord. Dans quelque temps, quand elle sera rentrée chez elle, demoiselle Clarisse sera une tisserande.

Autour d'eux, cris et rires s'étaient arrêtés. Le regard immobile, les lèvres serrées, Humbert Florimont se contenta de darder sur Clarisse ses yeux de fauve cruel. Il ne rétorqua rien et enfin, détournant son visage, il parut s'absorber dans la discussion qu'offraient ses deux voisins de table.

III

Aux abords d'Amiens, les craintes vinrent troubler la marche du convoi. De mauvais bruits couraient. L'abbé Meslin qui se propulsait à travers le convoi en rapporta quelques-uns, et non les plus rassurants. On répercutait qu'il serait malaisé de traverser les villes d'Amiens, d'Arras et de Lille en raison des perturbations politiques. En effet, la Picardie, l'Artois et la Flandre française, ayant toujours été servis par la florissante économie de la maison de Bourgogne, subissaient à présent la tutelle du fils de Jean sans Peur qui reprenait l'alliance avec l'Angleterre. Or, quelques places picardes résistaient aux Anglais.

Paris, on le sait, était gouverné par le duc de Bedford depuis que le roi anglais Henri V était mort. Nommé régent et tuteur du jeune Henri VI, petit-fils d'Isabeau de Bavière, Bedford tenait les régions françaises occupées par les Anglais sous une poigne de fer.

Si le fils de Jean sans Peur, Philippe le Bon, avait depuis cessé d'entretenir les conflits entre Armagnacs et Bourguignons, il n'en restait pas moins l'allié de l'Angleterre. Il faut dire que Paris, redevenu plus tranquille sous l'autorité de Bedford, se désintéressait totalement du sort des provinces françaises. Conforté par une capitale qui ne pensait qu'à reprendre souffle après les meurtres qui l'avait oppressée, Bedford convoitait le Maine et l'Anjou, et envoyait ses hommes vers la Beauce pour rejoindre la Loire.

Quant aux villes du Nord, un nouveau dilemme surgissait. Les Flandres s'agitaient et amorçaient des guérillas qui opposaient Anglais et Français et, si Philippe le Bon était l'allié de Bedford, il n'était pas celui de son frère, l'odieux et impénitent Gloucester qui, s'étant marié avec la comtesse de Hainaut, tentait de réquisitionner toutes les provinces qui s'y rattachaient.

Tournai se trouvait en mauvaise posture et l'on ébruitait aux alentours que des hommes de Gloucester barraient la route aux Français qui s'y rendaient.

– N'êtes-vous pas inquiet ? jeta Clarisse à l'abbé Meslin qui observait l'horizon dont la ligne lointaine menait à la porte d'Amiens.

– Oh ! fit le moine en plissant sa petite bouche en cœur, les marchands disent que nous passerons sans difficultés.

– Et si les Anglais nous attendent à Tournai ? fit remarquer Anastaise. Comment allons-nous faire si nous ne pouvons pas aller plus loin qu'Amiens ?

– Les marchands sont puissants, ils trouveront une solution.

– Certes, fit Jean Lenoir qui arrivait vêtu de sa houppelande de voyage, la tête chapeautée de son grand bonnet assorti sur lequel il avait fixé une perle jaune. Les foires sont favorables au commerce. L'Angleterre a trop à perdre si elle bloque de son plein gré toutes les foires flamandes. Elle n'a aucun intérêt à nous barrer la route.

– Mais ce Gloucester est un fou, précisa Clarisse. Il peut fort bien s'entêter stupidement.

– On dit aussi qu'il est cruel, poursuivit Anastaise.

– Et qu'il se fiche éperdument du profit de quelques foires, renchérit Clarisse.

L'abbé Meslin, qui s'était faufilé la veille parmi les chariots du début de file, semblait avoir glané quelques renseignements. Il hocha la tête.

– Hélas ! C'est un peu vrai. On murmure que, pour contrecarrer les plans de son frère, le duc de Bedford, il n'a qu'une chose en tête : s'approprier toutes les provinces du Hainaut.

– Mais, mon cher abbé, si mes sources sont bonnes, répliqua Jean Lenoir, son épouse, la belle Flamande, commence à se lasser des orgies dont il ne cesse d'éclabousser la région. Elle risque de se fâcher pour de bon et de laisser son époux croupir aux portes de son patrimoine.

– Sauf votre respect, messire Lenoir, reprit l'abbé, ça ne semble pas être le cas. La duchesse de Hainaut a intérêt à ménager son époux. De plus, elle a pactisé avec la Bourgogne. Elle a, semble-t-il, transmis des ordres pour empêcher tous ceux qui ne sont pas bourguignons d'entrer en Flandre.

Anastaise soupira, consciente malgré tout que sa situation n'était pas aussi tragique que celle de sa compagne qui, sans l'accord des membres de la guilde, ne pouvait plus rien faire.

– Et toi, s'exclama-t-elle en entourant les épaules de son amie, ne risques-tu pas de voir ton projet échouer à cause de cet incident ?

Elle venait pour la première fois de tutoyer Clarisse. Jusqu'à présent, elles ne s'étaient entretenues qu'avec les mots courtois de la bonne société. Clarisse lui sourit.

– Je franchirai les barrières, dussé-je me faire tuer. Mais je ne retournerai pas à Bourges sans les documents qui me consacreront à la fois tisserande et maître lissier.

– Ma chère petite, fit Jean Lenoir en se tournant vers Clarisse, si nous nous heurtons à quelques grosses difficultés, vous pourrez toujours attendre la prochaine commission.

– Et avec quels écus, messire le peintre ? jeta Clarisse dans un sourire moqueur tout en tapotant l'ourlet de sa cotte où était cousue sa bourse.

– C'est vrai, avec quels écus ? reprit Anastaise en prenant la main de sa compagne. La bourse que lui a remise Marie d'Anjou pour son voyage ne lui permettra de se nourrir que quelques semaines.

– N'avez-vous rien d'autre ? s'enquit Jean Lenoir.

– Hélas, j'ai dû laisser à ma mère le peu que nous avions afin qu'elle attende mon retour.

– Que vas-tu faire sans argent, Clarisse, si tu dois rester bloquée plusieurs saisons dans les Flandres ?

Anastaise qui n'avait pas ce délicat problème financier à contourner – étant l'élève d'un maître, elle était totalement prise en charge, gîte et couvert compris –, eut un instant d'apitoiement pour son amie.

– Ne peut-on l'aider ? chuchota-t-elle en se tournant vers le visage impassible de maître Lenoir.

Elle crut discerner l'esquisse d'un sourire railleur qui relevait les coins de sa grande bouche ombragée d'un duvet sombre.

– Ne peut-on l'aider ? reprit Anastaise d'une voix un peu plus forte.

– Je ne veux aucune aide, s'écria Clarisse. Je suis capable de me débrouiller seule et, s'il le faut, je travaillerai pour payer mon séjour. Il doit bien y avoir à Amiens, à Lille ou à Tournai des ateliers qui m'engageront.

– J'ai quelques relations dans la région du Nord, fit

l'enlumineur en hochant la tête. J'ai dessiné des cartons pour plusieurs ateliers arrageois et tournaisiens et j'appuierai votre demande.

– Merci, maître Lenoir. Si le cas se présentait, c'est exactement le service dont j'aurais besoin.

Anastaise remercia son maître d'un coup d'œil chaleureux et il comprit que sa proposition plaçait un point favorable dans son camp. Il haussa l'épaule d'un geste désabusé et sourit aux deux jeunes filles.

À présent, devenues inséparables, Clarisse et Anastaise discutaient entre elles sans plus de retenue que si elles se connaissaient depuis toujours. Aussi, l'une savait que sa compagne n'avait pas encore décidé de se laisser séduire par son maître, reculant chaque jour l'échéance du pas qu'elle devait sauter pour se donner totalement à lui, et l'autre connaissait l'existence d'un jeune seigneur que son amie ne voulait plus revoir mais dont elle ne pouvait s'empêcher de parler. L'amour que Thomas de Beaupréhaut lui portait hantait Clarisse, mais le souvenir du viol que lui avaient fait subir les Bourguignons la terrorisait encore.

Amiens et Arras furent traversés sans encombre. À Lille, les Anglais occupaient toutes les auberges de la région et, à l'approche de Tournai, Clarisse vit ses inquiétudes se concrétiser. Un barrage d'hommes sous la direction d'un capitaine de Gloucester les empêcha de passer.

Ce fut ce jour-là que la sacoche qui enfermait la tapisserie historiée de Clarisse disparut. Rien d'autre n'avait été pris dans le coffre de Jean Lenoir. La jeune fille tremblait de tous ses membres et sa pâleur était extrême.

Jamais encore elle n'avait senti la rage, la violence et la haine remplir son âme à ce point.

Pendant de longues minutes, aidée de ses compagnons, ils regardèrent, fouillèrent, vidèrent à nouveau le coffre, mais le triptyque qu'avait réalisé la jeune fille s'était bien volatilisé. Seuls restaient les manuscrits enluminés et les parchemins de maître Lenoir dont pas un ne manquait. Ils se redressèrent tous devant le bahut qu'ils venaient de vider.

– Quand a-t-on pu faire ça ? s'indigna Anastaise, des larmes dans les yeux, tant elle était atterrée de voir une aussi grande désolation s'inscrire sur le visage de son amie.

– Et surtout qui ? rétorqua le peintre d'un ton dubitatif en se grattant du doigt le menton.

– Oh ! Qui ? Je pense le savoir, fit Clarisse en essuyant ses yeux humides.

Sa voix était dure et inhabituelle. Pâle et toujours tremblante, elle se laissa tomber sur le plancher du chariot et s'assit, jambes repliées sous son menton. Elle n'avait nullement besoin de réfléchir, l'auteur du vol n'était autre que le neveu du sire Florimont. Oui ! Elle comprenait tout à présent. Déjà à l'auberge, elle pressentait la duplicité du jeune homme. Payé par son oncle contre lequel s'étaient farouchement opposées la jeune fille et sa mère, lorsqu'il était venu ordonner la fermeture de leur atelier, Humbert poursuivait son odieux travail. Clarisse savait que, tant qu'elle serait à Tournai, il se mettrait en travers de son projet.

– Clarisse, murmura Anastaise en s'asseyant sur le sol à côté de son amie. Ce n'est pas le moment de baisser les bras. Nous pouvons sans doute la retrouver.

– Nous allons mener une enquête, affirma l'abbé

Meslin avec une conviction qui n'admettait pas de réplique.

– C'est inutile. Je connais la personne.

La bouche de l'abbé s'arrondit, les yeux de maître Lenoir se plissèrent et ceux d'Anastaise s'écarquillèrent. Clarisse remua les jambes. La haine mûrissait en elle. Son cœur ne répondait plus aux exigences de la charité chrétienne ou du pardon réparateur. Elle soupesait déjà le poids de sa vengeance.

– Qui est-ce ? demandèrent ensemble Anastaise et son maître.

– Humbert Florimont de Tournai. C'est le neveu du tisserand qui a réclamé la fermeture de mon atelier. Il a juré ma perte.

– N'allez-vous pas un peu loin, petite ? fit Jean Lenoir en s'approchant d'elle.

Puis il s'accroupit près des jeunes filles et prit le menton de Clarisse qu'il caressa doucement.

– Pas du tout, rétorqua celle-ci en se dégageant avec brusquerie des doigts chauds et souples du peintre. Les Florimont de Tournai, oncle et neveu, ne supportent pas qu'une femme entre au compagnonnage des hauts lissiers.

– Il y a pourtant des exceptions.

– Pas pour nous, pauvres filles sans fortune et sans appui. Ni ma mère, ni moi ne sommes veuves ou orphelines d'un maître confirmé. Mon père n'était qu'un simple ouvrier.

– Mais vous avez réalisé votre chef-d'œuvre, décréta l'abbé Meslin en hochant tristement la tête. C'est un point essentiel qui compense.

– À quoi cela me sert puisqu'il m'a été volé ?

Elle avait répondu sur un ton sec, s'en aperçut et, reprenant un peu de couleur, ajouta plus doucement :

– Il y a un autre obstacle.

– Lequel ?

– Oh ! gémit Clarisse. Un problème insoluble. Les Florimont de Tournai sont les pires ennemis de la maison d'Anjou, opposée, vous le savez, à la maison de Bourgogne pour laquelle ils travaillent.

– C'est vrai, fit le peintre en hochant la tête lui aussi. On prétend même qu'ils s'acoquinent avec les Anglais pour faire monter les commandes. Je suppose que l'oncle est un espion de premier ordre.

– Hélas, assura Clarisse en baissant le nez vers le sol, je lui ai jeté exactement ce propos en pleine face. Il ne me le pardonnera jamais.

– Que diable aviez-vous besoin d'être si impétueuse ? répliqua maître Lenoir. Il faut savoir quelquefois freiner ses ardeurs. L'expérience vous l'apprendra, petite. La vérité n'est pas toujours bonne à dire. Regardez, si moi je travaille pour la maison d'Anjou, je ne le raconte pas à ceux qui aimeraient l'entendre et, si je travaille pour celle de Bourgogne, je me tais devant ceux qui n'aimeraient pas le croire.

– Quoi qu'il en soit, il faut retrouver son ouvrage, fit Anastaise.

Clarisse se leva brusquement. Elle semblait avoir repris son assurance.

– Je veux le rencontrer.

– Ce n'est pas chose à faire, intervint l'abbé Meslin. Croyez-moi, il va vous rire au nez en criant les grands dieux que vous êtes une femme folle, hystérique ou je ne sais quoi. Personne ne vous prendra au sérieux, surtout les jurys des guildes.

– Et si je ne peux pas retrouver mon ouvrage, que m'importe d'être bien ou mal vue de ces membres-là ?

– Humbert Florimont de Tournai, dites-vous. Laissez-moi m'en occuper, proposa l'abbé. J'irai dès ce soir tâter l'atmosphère près de son attelage.

– Et pourquoi pas maintenant ?

Le moine fit la moue, puis ramena ses lèvres à l'horizontale en les grattouillant avec son doigt. Clarisse et Anastaise l'avaient souvent vu faire des grimaces lorsqu'il réfléchissait intensément. Elles ne purent s'empêcher de sourire.

– C'est vrai, pourquoi pas tout de suite ?

– Laissez-moi venir avec vous, supplia Clarisse. Je m'expliquerai et j'aurai plus de poids si vous êtes à mon côté.

– Certainement pas. Vous auriez tout l'air d'avoir envie de le tuer plutôt que de vous expliquer.

Puis il s'en fut, emportant sous sa bure la matraque de bois dont il ne se séparait jamais lorsqu'il était en voyage. Trop petit et pas assez musclé, l'abbé Meslin ne savait pas se battre à mains nues, ni se servir d'un couteau, ayant trop horreur du sang. Mais pas un seul homme ne maniait la matraque aussi bien que lui. Certes, c'était là son seul talent et il entendait bien le cultiver quand les circonstances l'y obligeaient.

Attendant que la nuit tombe, l'abbé se fourvoya dans les premiers rangs du convoi qui avançait lentement vers Tournai sans grand espoir de pouvoir atteindre la ville qui, disait-on, était sous l'emprise des hommes de Gloucester. Déjà, à Lille, les auberges occupées par les Anglais, troupes appartenant au duc de Bedford, avaient fait un premier barrage. Apprenant qu'il s'agissait de tisserands presque tous commandités par la maison de Bourgogne, ils avaient retiré leurs hommes et le convoi avait poursuivi vers Tournai.

Le petit abbé se tenait aux aguets depuis plus d'une heure quand, soudain, aux abords de la ville, une horde sauvage s'abattit sur les marchands et cria qu'ils devaient faire demi-tour. Meslin en profita pour se hasarder du côté du chariot de sire Humbert Florimont.

– Eh ! l'abbé, cria un marchand. Tu vas te faire écharper si tu avances vers ces sauvages.

– Oh ! maugréa l'abbé Meslin, il va bien falloir passer un jour où l'autre. Je n'ai pas de temps à perdre. Je dois me rendre à Bruges et peu me chaut les problèmes qui dressent les hommes entre eux. Est-ce que, moi, j'oppose ma chapelle à qui que ce soit ? Bourguignons et Armagnacs sont les bienvenus.

– Ah ! Mon brave abbé ! Si ce n'était qu'une affaire de Bourguignons et d'Armagnacs !

– Qu'y a-t-il ? C'est pire ? s'enquit l'abbé.

– Oui. Les hommes de Gloucester s'opposent à ceux de Bedford. Les choses risquent de tourner au vinaigre.

Le moine s'était approché.

– Pour l'instant, il fait surtout frisquet.

Et il secoua ses bras qui, jusqu'à présent, tombaient le long de son corps, l'un d'eux enserrant la matraque camouflée par la manche large de la bure.

– Allez, entre là, l'abbé. Une petite cervoise te réchauffera bien.

L'abbé ne se le fit pas répéter. Il grimpa suffisamment lentement pour promener ses yeux aux alentours. Dans le chariot, deux autres marchands discutaient à voix basse. Assis sur un banc de fortune, ils buvaient de la bière. À l'arrivée de l'abbé, l'un se tut, mais l'autre poursuivit en chuchotant :

– Crois-moi, il espionne pour Gloucester et il en tire un bénéfice pour lui-même.

– Bah ! répliqua l’autre, tu n’aimes pas ce garçon et tu lui cherches querelle depuis Paris. Tu seras bien content quand, grâce à son intervention, ils nous laisseront passer.

Tout ouïe, Meslin dégustait sa cervoise.

IV

À Saumur, Betty n'avait aucune nouvelle de sa fille. S'inquiétant, elle attendit le début de l'hiver pour se décider à concrétiser l'idée qu'elle ébauchait depuis quelques mois. Une résolution qui lui redonnait à la fois l'espoir et le goût de vivre.

Depuis que Clarisse avait quitté l'atelier, elle s'abrutissait des nuits entières à se demander pourquoi elle avait accepté son départ. Sa fille était si jeune pour courir ainsi les routes. Betty n'en dormait plus et Fanchou, appréhendant mille dangers pour sa «petite», ne la rassurait que d'une voix bien peu réjouissante.

Ce matin-là, Betty jeta d'un ton haut et clair qu'elle se décidait à partir. Toussaint la regarda, les yeux ronds et la bouche entrouverte, bien qu'aucun mot n'en sortît, et la brave servante, l'air ahuri, en laissa tomber ses bras le long de son corps.

– Mais où allez-vous, Betty? s'enquit-elle, affolée à l'idée de se retrouver seule.

– Voir Marie d'Anjou.

– Doux Jésus! Marie d'Anjou! reprit-elle en levant ses bras au ciel. Mais savez-vous seulement où elle se trouve, cette Marie d'Anjou, avec tout ce remue-ménage auquel on ne comprend rien? Un jour, les Anglais sont là, un autre, ils sont ailleurs.

Elle se planta devant Betty, l'œil sombre.

– Et le dauphin qu'on ne voit jamais nulle part! Comment voulez-vous rencontrer son épouse qui, tantôt doit le suivre et, tantôt ne point le suivre?

– Je vais longer la Loire. Je finirai bien par tomber sur quelqu'un qui me renseignera.

– Des informations! Pour sûr qu'on vous en donnera, Betty. Mais seront-elles exactes?

Elle claqua nerveusement son sabot de bois sur le sol recouvert d'un pavé brunâtre. Puis, sans attendre la réplique de Betty, elle poursuivit à voix forte, montrant sa désapprobation :

– Et que direz-vous à Marie d'Anjou?

– Qu'elle a fait un merveilleux présent à ma fille, mais que celui-ci est, hélas, bien inutile et que, de surcroît, il nous met dans de grands embarras. Tant que cet atelier ne nous servira pas, je ne vois pas comment notre situation progressera.

– Nous n'avons peut-être pas l'atelier, répliqua Fanchou en posant ses poings sur ses hanches, mais du moins la maison nous permet de ne point payer de loyer.

– C'est vrai, et c'est un immense avantage. C'est bien pourquoi tu survivras pendant mon absence. Et puis, fit-elle en haussant l'épaule d'un geste un peu las, Toussaint restera avec toi. Où veux-tu qu'il aille?

L'adolescent, que Betty avait recueilli pour les aider à l'atelier dans les menues besognes qui s'imposaient quotidiennement, avait tremblé quelques secondes à l'idée qu'elle ne le chasse de la maison pendant son absence.

Rassuré, il se tourna vers elle.

– Je trouverai bien des travaux qui nous aideront à vivre, décréta-t-il. Et quand vous reviendrez, dame Betty, nous aurons rassemblé un vrai petit pécule et nous pourrons, alors, faire fonctionner l'atelier. Ah ! poursuivit-il en hochant la tête, si demoiselle Clarisse a tant aidé le dauphin de France, Marie d'Anjou ne doit pas nous laisser mourir de faim.

Mais Fanchou et Toussaint assumant la garde de la maison, Betty ne se sentait pas rassurée pour autant. La route du val de Loire n'était plus aussi libre qu'avant et personne ne savait comment celle du Nord se trouvait. Aucun renseignement précis concernant la position des Anglais en Flandres ne lui parvenait. Qui pouvait lui assurer que Clarisse était toujours vivante ? Des rumeurs affirmaient que les envahisseurs attendaient aux portes de Tours et d'Orléans, mais campaient-ils aussi aux portes de Lille et d'Arras ? Betty l'ignorait.

Après avoir suivi la Loire, devrait-elle s'aventurer jusque dans le Nord, quitte à poser ses pas là où sa fille les avait posés, même si ce chemin la conduisait bien au-delà de ce qu'elle prévoyait ?

Cette dernière décision prise, laissant Toussaint et Fanchou à leur sort, elle partit un matin alors que le givre venait à peine de se poser sur les berges de la Loire. Le ciel gris offrait aux regards des quelques passants le vol bas et lourd des corneilles qui, l'œil aux aguets, surveillaient les alentours.

Au matin du départ, Fanchou lui avait fait de grands signes, agitant dans sa main un mouchoir blanc qu'elle portait à ses yeux toutes les secondes pour essuyer les larmes qui en coulaient.

– Tout de même ! maugréa-t-elle en la regardant s'éloigner, depuis que je la connais, nous n'avons jamais été séparées.

Et cette idée assombrissait ses pensées. Que Clarisse

fût partie ne l'avait déjà guère ménagée, et voilà qu'à présent c'était le tour de Betty ! Oui, Fanchou s'effrayait. Quel destin les attendait l'une et l'autre ? Trouveraient-elles enfin un temps serein pour se permettre d'écouter le piaillement des hirondelles qui annonçaient le printemps ou le roucoulement du rossignol qui, l'été, se couchait juste quand la nuit tombait ? Désormais, serait-elle seule à en profiter ?

Fanchou reniflait dans son giron tout en se penchant sur son propre destin. Que lui importait de vivre modestement ? Même s'il manquait parfois de la viande, il y avait toujours du pain, du lait, des légumes et un toit sous lequel de bons et rassurants murs, blanchis à la chaux, étaient chauffés l'hiver par un grand feu de bois.

Fanchou essuya ses yeux. Que deviendrait-elle toute seule ? Car, depuis le départ de Clarisse, il lui plaisait de parler de « sa petite » avec Betty. Elle évoquait alors sa beauté, sa sagesse et son intelligence. Avec qui discuterait-elle maintenant que, seule avec Toussaint, elle renâclerait contre leur mauvaise fortune en avalant distraitement la soupe quotidienne ?

Soit ! Betty refusait de laisser l'atelier inactif. Une telle perte de production l'irritait. Mais, depuis longtemps, Fanchou avait tout compris. Le départ de Betty éveillait beaucoup plus son inquiétude pour Clarisse que son angoisse d'avoir une bourse trop plate. Elle affirmait cependant qu'il restait les deux petites lisses pour confectionner des œuvres de mince envergure et qu'il était dommage de ne pas s'en servir. En effet, celles-ci avaient été transportées dans la maison et pouvaient fort bien être utilisées à condition de requérir les commandes adéquates.

Aussi avait-elle prétendu qu'en s'arrêtant dans des couvents et monastères au fil de son voyage, elle rapporterait sans doute quelques coussins d'église ou tapis de prières que les moines et les abbesses lui confieraient.

Aller au-devant des commandes, certes ! Fanchou comprenait. Mais partir à la recherche de Clarisse, quelle erreur ! La fidèle servante, dans sa réflexion saine et logique, savait bien que Betty ne la ramènerait pas puisque personne ne savait où elle était.

Mais que dire ? Il n'y avait aucune issue pour débrouiller autrement ce dilemme. Clarisse refusait de vivre continuellement une vie de misère ou d'assumer les tâches ingrates d'une subalterne dans un atelier où un homme lui dicterait tout, assuré de son autorité et de sa puissance.

Quand la silhouette de Betty ne fut plus qu'un minuscule point à l'horizon, Fanchou abaissa son mouchoir et le laissa obstinément sous son nez. Puis, en soupirant tristement, elle rentra dans la petite maison où l'atelier qui la jouxtait paraissait désormais vide et sinistre.

À peine avait-elle quitté Saumur qu'on l'assura du passage de la dauphine à Chinon. Ce serait donc la première étape de Betty. Un grand moment pour elle qui ne connaissait pas Marie d'Anjou. Betty marchait vite, de ce grand pas rapide et régulier qui lui permettrait d'être à Chinon dans deux ou trois jours si rien ne retardait sa marche.

Sa petite besace était pleine, à peine alourdie par l'unique jambon fumé que Fanchou avait décroché du gros clou fixé à la charpente du plafond de la cuisine. Un gros quignon de pain, quelques fèves cuites et des biscuits au miel complétaient son balluchon et, en longeant le fleuve, Betty boirait toute l'eau dont elle aurait besoin.

Le premier soir, elle dormit près d'une grange isolée où deux bottes de foin posées l'une sur l'autre lui apportèrent un minimum de confort. Il y avait là une bonne odeur de campagne et une saine atmosphère qui ne fut perturbée par aucun bruit, aucune alerte gênante la poussant à fuir ou à se cacher.

Le second soir, ses pieds commencèrent à se fatiguer et à la tourmenter. Trop peu habituée aux longues marches, Betty avait sans doute insuffisamment mesuré ses possibilités d'endurance. Elle pensait à Clarisse, aguerrie, résistante et tenace quand il s'agissait d'atteindre son but. Mais ce but était-il justifié ? Avait-elle trouvé celui qui la rendrait heureuse ? La seule chance dont elle bénéficiait résidait dans son extrême jeunesse. Clarisse avait dix-huit ans et, à cet âge-là, on récupère vite. Betty, elle, en avait presque trente-sept !

La deuxième nuit, elle eut moins de chance que la veille. Aucune grange, aucun abri, aucune ferme ne se tenait aux environs et elle dut s'enfoncer un peu dans la forêt pour ne pas rester sur le bas-côté de la route ni se faire remarquer par le premier manant détrousseur de bourses ou violeur de femmes.

Avant la tombée de la nuit, elle pénétra, sans trop s'engager, dans l'épaisse et giboyeuse forêt de Chinon qui s'écartait de la Loire pour se rapprocher de la Vienne. Elle repéra un gros tronc d'arbre dissimulé par un bosquet de ronces, de lierre enchevêtré et de petites fleurs minuscules et blanches dont l'odeur était imperceptible.

Puis, tournant lentement sa tête à droite et à gauche afin de s'assurer que rien d'anormal ne venait troubler les parages, Betty posa sa besace sous sa tête et ne tarda pas à s'endormir.

Le lendemain, les premières lueurs du jour la réveillèrent et, tandis qu'elle massait ses pieds à peine reposés, le bruit des roues ferrées d'une charrette lui fit tendre l'oreille. Oui ! C'était bien une carriole qui passait sur la route. Elle se leva précipitamment et courut vers la lisière de la forêt. « Oh ! Oh ! Arrêtez ! » cria-t-elle quand elle vit le chargement de bois que l'attelage transportait à l'arrière.

La charrette ne s'arrêta pas et poursuivit son bruyant tapage sur la route.

– Oh ! Oh ! Arrêtez, hurla-t-elle à nouveau.

Elle vit une tête se pencher et courut de plus belle afin de rattraper la voiture qui, d'un instant à l'autre, pouvait s'évaporer comme neige au soleil.

– Arrêtez ! Arrêtez !

Enfin, la carriole stoppa et la tête entrevue tout à l'heure se retourna.

– Quel est le prochain village ? cria-t-elle à l'homme dont elle distinguait, à présent, le visage surmonté par une chevelure hirsute et embroussaillée.

– C'est pas un village, c'est un monastère.

– Ah ! Lequel ?

– C'est le monastère de Fontevrault. Je vais y livrer du bois. Voulez-vous que je vous dépose ?

L'homme paraissait débonnaire. Aussi, faute d'autres critères plus déterminants, décida-t-elle de lui faire confiance.

– J'accepte, d'autant plus que je connais ce monastère. Sommes-nous loin de Chinon ?

– Ah ! Pour sûr que non. C'est au sortir de la forêt, en bifurquant sur la Vienne.

Il l'observa quelques instants, se gratta la tête, reprit les rênes de son cheval et jeta :

– Mais à mon avis, vaudrait mieux que vous restiez un peu parmi les abbesses, vous n'avez pas l'air en très bonne forme.

– En effet, mes pieds me font cruellement souffrir.

– Allez, montez.

Betty ne se fit pas prier et, dans l'heure qui suivit, la carriole arriva devant les portes du monastère.

De loin, l'abbaye de Fontevrault s'étendait dans la verdure. Betty distinguait devant elle les quatre coupoles qui s'élevaient dans un pur style roman. Le lieu inspirait la sérénité et Betty en ferma les yeux de joie. Ah ! Si elle pouvait demeurer là le temps de se détendre suffisamment pour éviter de précipiter les événements qui n'iraient certes pas toujours en sa faveur !

La charrette s'arrêta dans la cour du cloître dont la presque totalité était en réfection. Certaines colonnes étaient en mauvais état, d'autres réclamaient une restauration complète.

Une religieuse accourut en levant les bras au ciel.

– Ah ! Père Gontran ! L'intendante nous avait dit que vous ne viendriez que demain. Je ne vous attendais pas à cette heure. Déposez le bois ici, on viendra le chercher.

Puis elle aperçut Betty.

– Vous désirez passer la nuit chez nous, ma fille ?

– J'ai beaucoup marché, fit Betty en montrant l'un de ses pieds douloureux. Malheureusement, je ne suis plus habituée à ces longues marches qui me paraissaient moins pénibles au temps de ma jeunesse.

– Où allez-vous ?

– À Chinon ?

– Que voulez-vous y faire ?

Betty sourit. Comment ne pas penser à Clarisse qui, dans sa candeur, aurait immédiatement révélé qu'elle voulait voir la dauphine Marie d'Anjou? Betty savait qu'une telle information aurait amené un sourire narquois, un hochement de tête incrédule et, peut-être même, une hésitation à la recevoir.

– Je suis à la recherche de ma fille, répondit-elle simplement.

Voilà une réponse qui attirait la confiance de la religieuse et même sa bonne humeur. Elle jaugea d'un coup d'œil l'âge mûr de cette femme encore belle, certes, mais au visage fatigué et inquiet. La robe était de bonne qualité, juste grise de la poussière accumulée sur le chemin et le langage s'avérait de bonne éducation.

– Venez, fit-elle en lui désignant le chemin pour entrer. Je vais vous conduire à la salle du dortoir. Vous pourrez vous y reposer tranquillement avant de souper. Nos cuisines sont si grandes que nous pouvons y accueillir tous les pèlerins et mendiants venant frapper à notre porte. Demain, vos fatigues auront disparu et vous pourrez reprendre votre route.

– Je vous remercie de m'accueillir, ma sœur.

Tout en la jaugeant, sa compagne opina de la tête et poursuivit :

– La religieuse qui fait office de portière est souffrante. Moi, je suis sœur Marie-Ange et je la remplace le temps qu'elle se rétablisse. Mais, en réalité, je suis affectée à l'ouverture et à la fermeture de notre église ainsi qu'à son bon entretien.

– Oh! Pourrais-je la visiter, ma sœur?

– Mais je vous croyais lasse? N'aspirez-vous pas au repos?

– Si, bien sûr, ma sœur. Mais une petite heure de prière ne me fatiguera pas, bien au contraire.

Ravie de cette entrée en matière, la religieuse lui sourit.

– Venez, je vais vous montrer notre église.

– Est-elle de style roman comme ces quatre belles coupoles ?

Sœur Marie-Ange se retourna et comprit alors que cette femme n'était pas du tout-venant. Elle possédait une certaine culture.

– C'est notre cloître que nous allons rebâtir en style gothique. Le reste de notre abbaye est, en effet, de pur style roman.

– On dit que vous y abritez les gisants des Plantagenêts ?

De plus en plus à l'aise, la religieuse lui prit le bras tout en l'entraînant vers l'église du monastère.

– C'est tout à fait exact. Si vous le souhaitez et si vous n'êtes pas trop fatiguée après le souper, nous irons les voir.

Elles traversèrent une grande galerie aux murs blanchis à la chaux. Piliers et colonnes étaient en bon état.

– Notre monastère, reprit la religieuse, a été fondé en 1101 par Robert d'Arbrissel.

Remarquant non sans plaisir que sa compagne s'intéressait à ses paroles, elle poursuivit ses explications :

– Bâti pour invoquer la Vierge, notre monastère a toujours été dirigé par une abbesse. Celle qui la commande actuellement est notre supérieure, sœur Marie de la Visitation. Nous avons toutes un prénom religieux qui reprend celui de notre sainte mère Marie.

L'église dans laquelle elles entrèrent était vaste et lumineuse grâce aux vitraux qui en éclairaient l'ensemble. Un tel lieu de calme et de paix libérait Betty de ses angoisses.

Quand elle passa à côté des somptueuses tapisseries qui ornaient les murs, elle n'en crut pas ses yeux.

– Elles sont splendides, murmura-t-elle.

Du doigt, elle désigna la plus grande.

– Mais ce ne sont pas les originaux. C'est une copie de fragment, n'est-ce pas ? Un fragment de la tenture de *L'Ange au livre**.

Elle pointa son index un peu plus loin.

– Et voici un fragment de la tenture de *La Foule des élus***.

– Oui, répondit sœur Marie-Ange, étonnée par cette grande précision. Comment connaissez-vous ces tentures et comment savez-vous que ce sont des copies ?

– Je suis lissière.

– Oh ! fit sœur Marie-Ange. D'où venez-vous donc ?

– Mon époux et moi avons été ouvriers lissiers dans des ateliers parisiens, ceux de Robert Poinçon et de Nicolas Bataille. Nous avons beaucoup travaillé à *L'Apocalypse de saint Jean*.

Subjuguée, cette fois, par cette femme qui avait été à l'origine de cette impressionnante tenture dont les répercussions parmi les esprits les plus cultivés avaient déclenché une grande émotion, sœur Marie-Ange se passa la main sur le front.

– Est-elle si éblouissante qu'on le dit ?

– Plus encore. C'est une œuvre grandiose. Les visions s'y mêlent avec une harmonie incomparable. Anges et démons, bêtes et dragons, aigles et taureaux, flammes et tempêtes. Tout s'y bouscule, s'y heurte, s'y oppose, s'y attire.

---

* *L'Ange au livre*, l'un des tableaux de l'immense *Apocalypse de saint Jean*, symbolise la damnation en représentant des gueules crachant le feu.

** *La Foule des élus*, autre tableau tiré de l'ensemble de cette *Apocalypse*, symbolise la paix avec les anges adorateurs et l'Église triomphante.

– Mais encore ? fit sœur Marie-Ange.

– Les couleurs sont aussi éclatantes à l'envers qu'à l'endroit et le point tissé est d'une rigueur extrême, sans retouche, sans reprise, avec bordures non repliées. Toutes les bandes d'inscription sont tissées et se présentent dans un cadre structuré. Chaque tableau a été exécuté d'une seule pièce sur haute lisse et le peintre cartonnier Jean de Bruges, dit le Hennequin, a déployé un immense talent dans la réalisation de ses dessins.

La religieuse ne répliqua rien, comme si elle digérait lentement les paroles de sa compagne. Enfin, après que son regard eut fait le tour des panneaux historiés accrochés sur les murs de l'église, elle redressa son buste creux où se plaquait une croix de bronze et jeta d'une voix douce :

– Pourquoi avez-vous quitté ces ateliers parisiens ?

– Devenue veuve, je suis partie avec ma fille et une fidèle servante pour m'installer en val de Loire. Nous y avons un petit atelier qu'hélas nous ne pouvons faire fonctionner, faute d'un maître lissier.

– Ne voulez-vous pas vous remarier ?

Sœur Marie-Ange observa le visage de Betty, puis abaissa le regard sur sa silhouette restée jeune.

– Vous ne me semblez pas très vieille. Vous pourriez encore prendre époux.

– Je suis trop préoccupée par le sort de ma fille pour envisager une telle hypothèse et je préfère aller à sa recherche. Je n'ai pas de nouvelles et je m'inquiète. J'espère qu'il ne lui est rien arrivé.

– Les routes sont dangereuses. Les Anglais sont partout. Attendez qu'elles soient débloquées. Ne voulez-vous pas travailler un peu au monastère ?

Étonnée par cette question, Betty répondit :

– Avez-vous un atelier ?

– Bien sûr ! C'est là que nous avons fait une partie de ces tentures. Mais nous n'avons que des basses lisses, ce qui nous empêche de vendre nos productions.

Elle eut un petit rire amer.

– Vous voyez, nous avons le même problème que vous et, comme il n'est pas question que nous employions un maître lissier, nous ne confectionnons que des petites œuvres qui servent à notre église.

Betty hocha la tête.

– Voilà pourquoi nous ne trouvons ici que des copies de grandes œuvres, dit-elle en tournant à nouveau son regard sur les tapisseries.

– C'est un plaisir pour nous de les reproduire. Nul ne peut nous en faire le reproche puisqu'elles ne sortent pas de notre monastère.

Betty se planta devant la troisième tenture.

– Celle-ci est *L'Histoire de saint Pierre*. Les panneaux ne sont-ils pas aujourd'hui dispersés* ?

– Oui, mais on ne sait pas où, dit-elle en lui prenant le bras. Venez, allons souper. Ensuite, je vous présenterai à notre supérieure en l'informant que vous aimeriez travailler quelque temps dans notre atelier. Actuellement, nous effectuons une très belle scène d'adoration des mages.

Betty resta à Fontevrault une partie de l'hiver, puis, quand les rumeurs annoncèrent qu'à Chinon des événe-

---

* La tenture de *L'Histoire de saint Pierre*, actuellement au musée national du Moyen Âge, avait été léguée, lors de sa confection, à la cathédrale de Beauvais. Mais, vers 1460, elle fut disséminée par fragments dans divers autres églises et monastères.

ments se préparaient, elle sut qu'il était temps de quitter le monastère pour reprendre ses recherches.

Sœur Marie-Ange lui remit une pommade pour ses pieds et de solides chaussures. La supérieure l'assura de son amitié et lui proposa de repasser par l'abbaye à son retour afin d'y prendre quelques commandes à thème religieux.

Betty repartit le cœur plus léger avec l'immense espoir de revoir bientôt Clarisse. En quelques heures, elle se trouva aux portes de Chinon et, le soir même, projetait de se faire annoncer au château.

V

Isabeau fit glisser les roues de sa chaise en direction de la petite fenêtre en ogive dont une partie de la vitre teintée lançait des feux colorés au travers de la vaste pièce encore silencieuse.

Elle se cala contre le mur, écarta le rideau bleu et or qui occultait la quasi-totalité de la chambre et tira le volet intérieur qui dégageait la vue sur l'extérieur.

L'hiver terminé et l'air s'adoucissant, les arbres du parc se recouvraient de la verdure printanière, si tendre encore et perlée de la rosée matinale qui perçait une à une chaque feuille de la frondaison. Par crainte de la fraîcheur nocturne encore à peine dissipée, Isabeau n'osa entrouvrir les fenêtres. Sa santé devenait trop vulnérable depuis quelque temps pour qu'elle prît un tel risque. Aussi se contenta-t-elle d'observer la foison de roses trémières qui grimpaient sur le mur que formait l'angle de l'annexe opposée.

Depuis longtemps, Isabeau ne vivait plus à l'hôtel Saint-Pol. Elle résidait à l'hôtel Barbette, dont elle avait fait l'acquisition à l'époque où elle avait décidé de quitter Charles, le roi fou que l'on avait clandestinement uni à une jeune, douce et jolie fille, Odinette de Champvilliers. À la mort du pauvre roi, Isabeau était restée à Barbette. C'est là qu'elle avait tous ses souvenirs. Souvenirs au parfum de scandale !

Elle resta là, rêveuse, un long moment, refusant d'appeler dame Imbert ou dame de Viesville, ses premières suivantes qui ne la quittaient jamais ou même Gertrude, sa fidèle servante, laquelle avait pour mission de rouler inlassablement la chaise de l'impotente reine à travers tout l'hôtel.

Rêveuse ! Isabeau de Bavière ne l'était guère et ne pouvait le demeurer longtemps. La mièvrerie l'exaspérait. D'une main habile, elle dirigea sa chaise roulante face à la fenêtre afin de profiter au mieux d'une pleine vue sur le parc et tenter de se débarrasser des images cauchemardesques qui avaient envahi sa nuit.

Certes, elle n'avait jamais aimé son fils Charles. Pis ! Elle avait œuvré et travaillait encore pour évincer définitivement du royaume de France le petit roi de Bourges, lequel, après tout, ne la préoccupait guère ! Après avoir signé le traité de Troyes abandonnant la France aux Anglais et marié sa fille Catherine au roi Henri V d'Angleterre qui, décédé prématurément, avait laissé un fils trop jeune pour régner, Isabeau de Bavière complotait à nouveau.

Certes, elle n'utilisait plus les mêmes moyens qu'autrefois pour arriver à ses fins puisque sa jeunesse et sa beauté ne retenaient plus l'attention de personne. Où donc était passée la pulpeuse et superbe jeune fille venue de Bavière pour épouser le jeune roi de France, Charles le sixième ? Où s'en étaient allées la finesse et la sveltesse du corps et la lumineuse clarté du regard vert dans laquelle tant de courtisans se noyaient ?

À présent, Isabeau ne pouvait plus que faire le compte de ses nombreux amants, de ses relations coupables. Où était sa vie galante d'autrefois ? Sa vie de scandale ? Triste héroïne d'un roman encore inachevé dont la toile de fond était tissée d'intrigues, de complots et de meurtres.

Il y avait eu le séduisant Louis d'Orléans. Ils oubliaient ensemble les règles et les devoirs de la royauté, jouissant trop du délice de leurs corps. Oui ! Le jeune duc avait été le premier à succomber à de telles grâces. Depuis sa mort voilà longtemps, d'autres lui avaient succédé, l'entraînant dans l'ivresse et la débauche qui lui servaient de cortège.

Un rictus étira ses lèvres pincées par le temps. Un rictus sans doute mêlé d'amertume et de regret à la pensée d'un autre chevalier, celui de Boisbourdon, grand maître d'hôtel et confident de toutes les intrigues, soudainement disgracié, emprisonné, décapité sur ses instructions pour ne point avoir obéi à ses ordres.

Et le chevalier Raymond de Woëvre, trop jeune pourtant pour suivre un même sort. La petite cour de Vincennes, où se réunissaient ces dames peu scrupuleuses des bruits qui s'en échappaient, s'adonnait à une vie éclaboussante de plaisirs. Isabeau ne figurait certes pas parmi les moins belles. Elles rivalisaient toutes d'élégance avec leurs hauts et imposants hennins qui surmontaient leurs têtes en affinant leurs visages. Elles riaient fort et buvaient beaucoup en minaudant ou en jouant à colin-maillard pour s'attirer les compliments et les faveurs des grands et petits seigneurs.

Un peu plus tard, c'est Jean sans Peur, le terrible duc de Bourgogne, qui entra dans le scandale de sa vie. Froid, jouisseur, autoritaire, assez cruel et calculateur, complice de chaque instant dès qu'il y avait complot, cabale et rouerie, il ne reculait devant rien.

La reine passa la main sur ses joues flasques et tombantes, ses doigts s'attardèrent sur ses yeux devenus gonflés, rougis par l'alcool et les remèdes dont elle abusait abondamment. Seul, son front restait haut et pur, à l'abri de toute vilenie et de toute turpitude, comme s'il refusait de s'allier au reste du corps disgracié. Sous le hennin en pointe piqué du voile mousseux et translucide, il apportait encore la seule grâce que pût requérir Isabeau en ses années de déclin.

Ce matin-là, respirant au travers des petites vitres teintées, la vieille reine de France pensait aux quatre filles qui lui restaient, excluant ce fils qu'elle haïssait et qu'elle avait déshérité, mais qui osait revendiquer la place qu'elle ambitionnait encore. Ce fils conçu dans la folie et l'exécration d'un époux dont les instants étaient de moins en moins lucides.

Isabeau tendit la main et saisit l'un des pans de la lourde tenture qui s'écartait de chaque côté de la fenêtre et, le tirant énergiquement à elle, elle s'y appuya avec une force dans les bras qui ne semblait pas s'être beaucoup atténuée avec l'âge. Hélas, les jambes ne suivaient plus et elle dut capituler, sentant que son corps retombait lourdement.

Elle écarta l'image de son fils détesté, méprisé, pour la remplacer par celle de sa fille Catherine. Depuis la mort du roi anglais Henri V, le régent, en la personne du duc de Bedford, menait d'une main ferme et insatiable les affaires de la France.

Sa fille Michelle, dont l'influence allait grandissant auprès de son époux le duc Philippe de Bourgogne, lui donnait de plus amples occasions de ne point fermer l'œil de la nuit. Isabeau venait d'apprendre qu'elle tentait une réconciliation avec son frère Charles. Ce qui la troublait et l'empêchait d'y trouver un remède.

Quant à Jeanne, la troisième de ses filles, pouvait-elle

l'aider ? Son intimité avec elle n'avait jamais été au-delà des simples rapports quotidiens qu'une mère autoritaire, froide et ambitieuse, peut entretenir avec sa fille. D'autre part, elle craignait trop les traîtrises du duc de Bretagne dont Jeanne avait épousé l'un des fils pour tenter l'amorce d'un complot. Jeanne se tenait tranquille dans son fief retiré de Nantes, autant l'y laisser et voir par ailleurs ce qu'elle pouvait solliciter.

Restait Marie, supérieure au couvent de Poissy. Jeune fille calme, sage, réservée, à l'inverse de sa sœur Catherine exaltée, passionnée, exubérante, avide de vivre, Marie n'avait émis aucune objection lorsque, sur les ordres de sa mère, elle avait dû quitter la Cour pour s'intégrer à la vie retirée du couvent.

Que Michelle veuille revoir son frère altéra quelque temps la santé et les nuits d'Isabeau qui ne sortait presque plus de son fief, se faisant transporter d'une pièce à l'autre, longeant les galeries de l'hôtel, parcourant les allées du parc, enfoncée dans sa chaise roulante poussée par la fidèle Gertrude.

Les conseillers, les messagers, les favoris, les médecins, les astrologues et autres nombreux personnels à son service affluaient auprès d'elle dès qu'elle en ressentait le besoin. Ce qui, d'ailleurs, commençait tôt le matin et se terminait tard le soir. Isabeau de Bavière traînait toujours dans son sillage une foule de personnages prêts à déclencher le moindre détonateur remettant les faits en cause dès que ceux-ci n'allaient pas dans le sens qu'elle souhaitait.

Oui ! Isabeau de Bavière avait encore les moyens de comploter. Elle revint à son lit, actionna la sonnette. Une nouvelle journée trépidante commençait.

Pierre de Giac, l'un de ses derniers amants, pénétra dans sa chambre, suivi de La Trémoille et d'un conseiller de la maison de Bourgogne. Ils esquissèrent un salut à peine respectueux et se placèrent devant elle, attendant qu'elle parlât. En retrait se tenaient dame Imbert, dame de Viesville et Gertrude.

– Majesté ! s'exclama La Trémoille d'un ton goguenard en avançant son gros ventre richement vêtu, vous me manipulez mieux que vous vous ne manipulez le régent.

– Comment donc ? s'indigna Isabeau. Expliquez-vous mieux que vous ne le faites, sire La Trémoille.

– Vous ne m'aviez pas dit que votre fille déplaisait au régent.

Pierre de Giac s'abstint d'intervenir. Grand, mince, le corps serré dans une huque de velours noir, un pan de drap fin et plissé de couleur jaune sortant de sa toque et retombant sur l'une de ses épaules rembourrées et piquées de fil d'argent, fourbe autant qu'il était séduisant, il ne semblait pas avoir pris une once de graisse ni une seule ride sur le visage en ces dix dernières années pendant lesquelles Isabeau se morfondait sans plus pouvoir se payer l'intimité d'un favori.

Ange ou démon ? Que dire ! Le sire de Giac était tour à tour l'un ou l'autre, à ceci près que, pendant qu'il jouait à l'ange, toutes les noirceurs du diable envahissaient son esprit. Chasseur impénitent, il poursuivait toutes sortes de proies. S'il ne partageait plus la couche de la reine, c'est qu'elle ne pouvait plus rien lui offrir, ni dans son lit ni dans sa bourse. Un bref instant, Isabeau repensa au temps où la femme de Giac, Isabelle de Naillac, s'offrait les faveurs du duc de Bourgogne avant que ce dernier ne soit son propre amant. Pauvre Isabelle, elle n'avait pas eu la chance d'être reine de France. Ses infidélités l'avaient entraînée dans une fin atroce, attachée ventre à terre à la queue d'un cheval jusqu'à ce que mort s'ensuive. Pendant ce temps, Giac se vautrait dans la couche d'une riche veuve, la comtesse d'Auxerre, dont il soutirait jour après jour la fortune.

– Si ma fille déplaît au régent, explosa la reine, qu'y puis-je et pourquoi vous l'aurais-je dit ?

– Cela me concerne, et vous le savez. C'était facile d'entrer dans les bonnes grâces d'un vieux roi anglais auquel vous donniez votre jeune et jolie Catherine, quitte à y laisser la France.

Prenant le parti de La Trémoille, de Giac jeta d'une voix cynique :

– C'est moins facile de conclure avec un régent devant lequel, cette fois, vous êtes agenouillée afin qu'il accède à vos désirs.

Contrariée de voir qu'elle ne tirait plus les fils de tous ses pantins comme autrefois, elle sentait que de Giac lui échappait de plus en plus. Même la période des confidences et des complots qui avait suivi celles des folles nuits exacerbées par leurs sens se terminait. Elle frappa rageusement le bras de son fauteuil. Gertrude vint aussitôt près d'elle, ramenant une couverture qu'elle déposa sur ses jambes.

– Que voulez-vous dire ? s'écria-t-elle.

Ce fut La Trémoille qui répondit :

– Que votre fille fait trop parler d'elle. Depuis qu'elle est veuve, elle ne veut plus quitter l'Angleterre.

– Elle est veuve d'un Anglais, il me semble. C'est son droit de vivre là-bas.

– Ce n'est pas son droit de s'afficher avec un jeune écuyer gallois qui, de surcroît, n'a aucun rang de noblesse. Depuis ce scandale, Bedford vous refuse toute offre d'entrevue.

– Cela ne vous regarde pas.

La Trémoille fit un pas vers elle.

– Cela me regarde quand, ne pouvant rien obtenir de Bedford, vous me réclamez de fortes sommes d'argent pour subvenir au luxe qui vous entoure encore.

Isabeau ricana et fixa de ses yeux pochés les riches vêtements de La Trémoille. Rien ne semblait trop luxueux pour ce gros homme, petit et sans aucune grâce. Il eût été le roi lui-même que ses habits n'eussent pas paru plus riches. Son pourpoint reluisait d'or et ses chaussures rouges éclataient de brillance. Sa toque en velours pourpre était toujours emperlée de pierres précieuses qu'il assortissait avec celles qui pendaient à son buste rondouillard.

– Je conçois que vous ne puissiez tomber dans la déchéance, admit-il avec condescendance. Aussi, si vous désirez que je vous aide, il ne faut plus rien me dissimuler.

Isabeau soufflait fort. Ses bajoues se gonflaient et se dégonflaient. Les battements de son cœur enfoui dans la graisse de ses chairs commençaient à ralentir et elle devait, à présent, compenser cette insuffisance par une respiration forte et bruyante. Dame Imbert lui tendit un linge imbibé d'une odeur forte et Gertrude ramena sur ses genoux la couverture qui, dans sa rage froide, avait glissé. Dame de Viesville se tenait à l'écart, pour l'instant, avec le messager du duc de Bourgogne qui n'avait pas dit un mot.

Isabeau lui fit signe d'approcher. C'était bien le seul agrément de cet instant qu'elle allait s'octroyer. Voilà un espion à sa solde qu'elle pouvait peut-être retourner comme un enfant de chœur pris en faute. Mais le gros La Trémoille poursuivit :

– Bedford vous critique et sa colère monte. Que votre fille s'affichât avec Owen Tudor ne l'aurait point trop contrarié si celle-ci était revenue en France pour y élever son fils. Mais vous semblez ne point désirer la voir revenir.

– Et pourquoi reviendrait-elle ? Elle est anglaise à présent.

– Comme vous bannissez vite la France, rétorqua acidement de Giac.

– Voulez-vous donc la coucher dans votre lit ainsi que vous l'avez fait avec moi ? Vous oubliez que jamais ma fille n'a répondu à une seule de vos avances.

La Trémoille posa sa main sur l'épaule de la reine.

– Ta ! Ta ! Ta ! Ne nous écartons pas du sujet. Nous vous avons demandé cet entretien pour discuter des nouvelles intentions de Bedford au sujet de la ville d'Angers qu'il veut assiéger.

– Qu'il assiège.

– Non ! Il faut retarder les choses. Comment voulez-vous que je me rapproche du dauphin si les Anglais s'emparent des villes angevines et tourangelles ? Bedford qui se prend pour le maître incontesté des deux royaumes semble ne pas vouloir concrétiser les desseins de son frère mort. C'est ce qu'il me faut expliquer tout d'abord à votre fils Charles.

– Insinuez-vous, mon cher La Trémoille, qu'il vous faut persuader Charles que réunir les deux pays en un royaume unique sous un gouvernement respectant les traditions de France entrait dans les volontés d'Henri V ?

La Trémoille hocha la tête.

– C'est exact, je dois le convaincre que le roi anglais

avait ses idées et que Bedford nous en impose d'autres qui ne sont pas les mêmes.

D'un regard aigu, Isabeau toisa son compagnon, consciente que ses pouvoirs anciens s'effaçaient dans les brumes d'une époque destituée et que la politique de La Trémoille se perdait dans d'inextricables labyrinthes dont on ne pouvait suspecter les visées. Il voulait passer dans le camp adverse. Allait-il jouer franc jeu avec elle ou lui contait-il une histoire dont la conclusion en sa défaveur ne se dévoilerait que plus tard ?

Mais comment agir si Bedford lui coupait les vivres ? Vidés, ses coffres personnels ne présentaient aucun intérêt depuis que le roi fou était mort et que son fils trônait sur le petit royaume de Bourges. Si de Giac, son ancien amant, lui accordait encore quelque estime, il ne lui offrait aucune aide financière, pas plus que Salisbury qui avait fait tomber Calais et avec lequel elle avait misé gros. Et pas plus avec Gloucester, le frère de Bedford qui menait grand tapage dans le Nord.

Isabeau n'avait plus que deux recours, La Trémoille ou Philippe de Bourgogne et, puisque ce dernier risquait fort de suivre les intentions de son épouse, sa seule chance était de se ranger du côté de son conseiller.

– Il vous faudra contrecarrer les plans de la duchesse d'Anjou. Yolande d'Aragon est une femme habile qui ne s'en laissera pas conter. N'oubliez pas que la maison d'Anjou dispose encore de quelques vraies puissances. Elle s'acharnera pour imposer le dauphin.

– Je le sais. Mais je saurai l'obliger à ravaler ses prétentions.

– Alors, sur ce point nous sommes d'accord. Vous voyez bien, mon cher La Trémoille, que ce ne sont pas les prouesses amoureuses de ma fille Catherine qui m'inquiètent, ce sont celles de Michelle.

– De Michelle !

– Oui, affirma la reine. De ma fille Michelle. Des prouesses, d'ailleurs, pour lesquelles elle ne semblait guère disposée.

– Lesquelles ? s'enquit le conseiller.

– Oh ! Je les cerne encore très mal. Mais il en découle l'abandon d'un soutien auquel je tiens fort. Celui du jeune Philippe de Bourgogne.

Une voix s'imposa. Une voix que l'on n'avait pas encore entendue. C'était celle du messager de la maison de Bourgogne. L'espion d'Isabeau !

– La vérité, jeta celui-ci en s'approchant de la reine et en se plaçant à son côté, c'est que le jeune duc de Bourgogne, en effet, nous échappe à cause de la duchesse Michelle.

La reine le désigna du doigt en regardant les deux autres.

– J'ai fait venir cet homme pour que vous l'entendiez confirmer mes dires. Oui, c'est ainsi. Ma fille s'est révélée plus brillante que je ne l'ai prévu. D'une enfant soumise et discrète, elle est devenue entière, possessive et, tout en cajolant son mari, elle se montre capable de lui dicter ses volontés.

La Trémoille eut un de ces sourires ambigus dont il avait le secret.

– Cela ne me contrarie pas.

– Expliquez-vous, La Trémoille, intima la reine d'une voix sèche.

– Si la petite duchesse s'emploie à rapprocher la maison de Bourgogne des grandes familles de Touraine, du Berry et d'Anjou, et si, par ricochet, elle veut raccorder le dauphin et le fils de Jean sans Peur...

– Cela ne se pourra, décréta Isabeau de Bavière d'une voix rageuse. Je l'en empêcherai, dussé-je...

– Dussiez-vous ?

Isabeau rougit et poursuivit d'un ton aux accents plus atténués :

– Un accord entre Philippe et Charles, les deux ennemis, ruinerait à coup sûr les espoirs que nous fondons sur les Anglais.

– C'est exact. Cette constatation mérite en effet réflexion et nous devons trouver une solution. Mais je prône une solution intermédiaire. Envoyez une espionne auprès de votre fille et sondez ses idées. Nous agirons ensuite.

La solution ! Elle s'imposait. Il faut dire qu'Isabeau n'en mangeait plus, n'en dormait plus et qu'elle retournait son gros corps difforme, dont la lourdeur faisait grincer le sommier, cent fois dans la nuit. Elle regarda dame de Viesville.

– Vous irez à Dijon, ma mie. Le palais des ducs de Bourgogne offre mille distractions, depuis les livres religieux et profanes jusqu'aux peintures de toutes sortes qui recouvrent les murs des entrées, des chambres et des autres salles. Depuis les jeux les plus divers jusqu'à tous les instruments de musique dont vous pourrez jouer, luths, rebecs, clavecins, harpes et vielles, et d'autres encore, tout sera mis à votre disposition. Il y a plus de mille broderies et plus de mille tapisseries qui vous attendent. La cour de Bourgogne vous séduira. On s'y amuse et on y apprend. Autrefois, Christine de Pisan qui, je sais, y a longuement séjourné, invitée par l'épouse de Jean sans Peur, m'a fait don d'un bel ouvrage d'heures. C'est à Dijon qu'elle l'avait composé.

Comme dame de Viesville ne disait rien, Isabeau reprit :

– Entre deux de ces distractions, vous vous assurerez des réelles intentions de ma fille.

– Mais...

– Ma mie ! Vous la connaissez aussi bien que moi. Plus encore peut-être. Nulle autre que vous ne pourra réussir mieux cette affaire. Oui, percez les desseins de la jeune duchesse de Bourgogne. Ensuite, vous me reviendrez.

VI

À Chinon, la déception de Betty fut grande. On lui affirma que ni la duchesse d'Anjou ni la dauphine Marie n'étaient là, mais qu'elles étaient bloquées à Tours en attendant de pouvoir entrer à Orléans. Devant les échoppes qui n'avaient pas encore rangé leurs étals et fermé leurs devantures, on s'agitait, le verbe haut et le geste exubérant.

– Les Anglais ont pris Orléans. Personne ne peut plus y entrer.

Betty avisa un petit groupe de cinq femmes qui discutaient âprement sur la place centrale, non loin du château. L'une d'elle était juchée sur un âne et écoutait les autres tout en titillant la longe entortillée à son cou.

– La dauphine n'est-elle pas repartie ?

– Ah ! Sûr que si.

– Mais ne doit-elle pas accoucher bientôt ?

– Pas tout de suite. Le dauphin a tout le temps de roucouler dans son giron.

Deux lingères tenaient leur panier calé sur la hanche. Elles arboraient des mines superbes, pleines et roses, et la cotte bleue qui recouvrait leur jupe laissait apparaître leurs mollets ronds.

– Il porte la poisse, le petit roi de Bourges, dit l'une en regardant sa compagne, et s'il n'avait pas sa dauphine !

– Ah ! protesta l'autre, on peut pas dire que la chance lui sourit et, s'il roucoule avec la dauphine, ça ne fait de mal à personne.

– Sont-ils vraiment à Tours ? questionna Betty en s'approchant des femmes.

Elles la regardèrent un peu de travers avant de répondre, puis, s'assurant qu'elle était des leurs, par la mine, l'attitude et la mise vestimentaire, lui firent soudain bon visage.

Une rubanière qui tenait ses articles de mode sur un petit éventail accroché à sa taille, jeta en plaisantant :

– Faudrait qu'il se déniaise un peu, le petit roi de Bourges. S'il reste longtemps à Chinon, les choses n'iront pas loin.

Betty saisit l'allusion au vol.

– Le dauphin est ici ?

– Ben non ! C'est qu'il est reparti, répondit la plus menue des lingères en posant son panier sur le sol.

Puis elle se mit à triturer les rubans qui s'étalaient devant ses yeux.

– Faut pas toucher, fit la rubanière en s'écartant de l'indélicate main qui tripotait ses fanfreluches. Si t'as pas envie d'acheter, faut laisser.

– Je regardais, fit l'autre en haussant l'épaule.

– Alors, faut les toucher avec les yeux. Avec les mains, ça les salit.

– J'suis lingère, j'ai les mains propres.

– Et la dauphine ! Est-elle vraiment partie ? questionna Betty.

– Ah ! Dame ! On dit que la dauphine est à Tours. C'est sa mère, la duchesse, qui veut aller à Orléans.

– La dauphine à Tours ! Ça m'étonnerait qu'elle y soit.

– Pourquoi ça t'étonnerait ! fit une bouquetière en repoussant tout ce monde avec sa petite charrette où s'étalaient des oignons, du persil, du cerfeuil, des navets et des épinards.

– Ben ! On dit que les Anglais ont pris la ville. Alors y a pas plus de dauphin que de dauphine.

– Ils ont pris Orléans, pas Tours.

La bouquetière s'adressa à Betty. C'était une femme corpulente, à la mine plutôt réjouie et à la poigne vigoureuse, car elle poussait sa charrette avec une vivacité étonnante.

– Qui cherches-tu ?

– La dauphine.

– Que lui veux-tu ?

Betty réfléchit un instant sur la formulation de sa riposte.

– Parce que j'ai travaillé autrefois avec elle.

Un sifflement vint accueillir ce propos.

– Et pourquoi tu n'y es plus ?

Étonnée par ce questionnaire, mais consciente qu'elle devait y répondre pour entrer dans le petit clan, elle jeta vivement :

– Parce que mon mari avait trouvé du travail ailleurs.

– Fallait que tu le suives ?

Betty aurait souri si elle n'avait pas voulu pousser la comédie plus loin. Mieux valait amadouer cette petite troupe pour le cas où, de nouveau, elle se retrouverait seule.

– Oui, il fallait que je le suive.

– Et maintenant ?

– Maintenant, je suis veuve.

Les lingères hochèrent la tête de concert avec la bouquetière et la rubanière tandis que la femme montée sur l'âne jeta d'une voix tonitruante :

– Et tu cherches du travail?
– C'est ça, je cherche du travail.
– Écoute, fit l'une des lingères. C'est pas la peine que tu traînes dans le coin, la duchesse et sa fille sont pas là. On sait pas trop où elles sont, peut-être à Tours, peut-être ailleurs. On dit qu'elles sont parties à Tours. Tu peux toujours aller voir.
Betty poussa un soupir.
– En deux jours, tu y es. C'est pas loin.
– Oh! Je suis lasse et je ne sais pas où dormir.
– T'as de l'argent, fit la bouquetière.
– Ah! Non, j'ai pas d'argent, fit Betty sur ses gardes.
La plus petite des lingères qu'on appelait «la Jacquotte» désigna son lourd panier.
– Écoute, j'ai une proposition à te faire. Sais-tu repasser le linge?
– Bien sûr.
– Tu me repasses tout ça et je t'héberge cette nuit dans la soupente de ma cuisine. Si tu fais le travail, ça me permettra d'aller voir ma mère qui est à l'agonie à l'autre bout de la ville. Tu seras pas toute seule, moi aussi je suis veuve, mais j'habite avec mon beau-père.
L'autre lingère, «la Michou», se mit à rire.
– Il te fera pas de mal, «le Quentin», il est impotent et bouge pas de son fauteuil.
Betty ne se le fit pas dire deux fois. Un panier de linge à repasser n'était pas une affaire. En quelques heures, elle aurait terminé sa besogne et, demain, elle repartirait fraîche et dispose.

Chinon où il était inutile qu'elle s'attarde ne fut qu'une courte étape. Passant par Langeais, elle aperçut le vieux donjon à trois étages et la place forte datant du célèbre comte d'Anjou, Foulques Nerra, qui les avait bâtis pour se défendre du comte de Blois.

Elle ne traîna pas plus à Langeais qu'à Chinon, car il n'y avait ni Marie ni sa mère, pas plus que de petits ateliers de tapisserie lui permettant d'y faire une halte. Tout au long de son périple, Betty prévoyait des arrêts prolongés dans ces petits ateliers du val du Loire qui engageaient souvent des ouvriers de passage lorsqu'ils avaient un surcroît de travail. Mais, en ces temps perturbés où la France était sans cesse sous la menace des Anglais, les productions régionales ralentissaient.

À Villandry, elle ne fit que passer. Elle s'arrêta sur la place centrale du village d'Azay-le-Ridel qui se lovait au pied du donjon, seul vestige qui restait du château. Le site lui parut merveilleux même sous la grisaille de l'hiver.

Construite par le seigneur Hugues-le-Ridel pour en faire une forteresse commandant le passage de l'Indre sur la route qui reliait Chinon à Tours, la ville l'accueillit sous les meilleurs auspices.

Sur la place, elle découvrit un petit atelier d'enluminures qui en jouxtait un autre et celui-là concernait bien les tapisseries. Elle entra et salua un jeune homme qui, debout devant sa haute lisse, travaillait avec une grande concentration. Sur le cadre était tendue une très belle œuvre de facture assez ancienne car elle reprenait un point tissé du siècle dernier. Un point lâche et penché dans des couleurs assez pâles de vert tendre, de bleu délavé, de pourpre rosé et d'ocre clair.

Betty en pénétrant dans le petit atelier ressentit une joie profonde comme chaque fois qu'elle se trouvait devant une belle œuvre. Celle-ci reprenait le thème des

Sages *, perdus dans de longues discussions et à qui l'âge avancé donnait une impression de grand discernement.

La tapisserie était superbe. Monarques, seigneurs, évêques, notables traduisaient tous, par la somptuosité de leurs vêtements et l'importance de leurs attitudes, la portée de leur puissance.

– C'est un bel ouvrage, fit Betty en s'approchant de la tenture.

– Oui, j'en suis fier, répliqua le jeune homme.

Il n'avait pas plus de vingt-cinq ans. Sa chevelure blonde coupée au carré, ses grands yeux bleus et sa bouche poupine lui donnaient un air plus jeune encore.

Soudain, arriva une femme gracieuse et svelte, blonde comme lui et d'un âge à peu près similaire. Elle portait une jupe de futaine rouge et un grand tablier gris. Elle tourna son visage vers Betty.

– Vous admirez, n'est-ce pas ? fit-elle en dirigeant ses yeux sur la haute lisse. Nous l'avons presque achevée. C'est un seigneur tourangeau qui nous l'a commandée.

Betty sourit. Comme elle comprenait ces mots joyeux : « Nous l'avons presque achevée ! » sortis de la bouche de cette jeune lissière. Mais comme elle désapprouvait ceux que le jeune homme avait prononcés juste avant : « J'en suis fier ! » comme s'il était le seul maître d'œuvre.

Combien d'heures avait dû passer la jeune lissière à tisser cet ouvrage aux côtés de son époux, y apportant son amour du travail, sa création et ses idées ?

---

* *Les Sages*, tenture qui représente des personnages disposés deux par deux et tournés l'un vers l'autre, engagés dans de profondes discussions. Elle fut tissée vers 1380 dans l'est de la France. Elle est actuellement à Nuremberg au Germanisches Nationalmuseum.

Elle se mit brusquement à penser à Clarisse qui préférait être son maître et comme elle avait raison ! Puis, elle fit un rapide retour en arrière sur elle-même et se remémora l'amour que lui portait Mathieu, son mari. Aurait-il dit lui aussi devant une œuvre faite en commun : « J'en suis fier ! » alors que Betty en aurait assumé une large part, peut être même la plus grande ? Puisqu'ils n'avaient pas eu d'atelier à eux, il n'en avait jamais été question.

Elle eut un soupir plein d'amertume, puis releva les yeux sur la jeune femme qui l'observait. Le jeune homme s'était retourné et la regardait aussi.

– Je cherche du travail avant de remonter vers Tours, dit-elle aux deux jeunes gens.

– Hélas ! répondit le jeune mari en entourant de son bras la taille de sa femme, nous ne pouvons engager personne. Nous ne sommes pas assez riches. Depuis que le père de ma femme est mort et surtout depuis que les Anglais rôdent dans les parages, les commandes se font rares.

La lissière hocha la tête.

– Nous ne pourrions pas vous payer, ajouta-t-elle d'un air contrit.

– Vous êtes-vous arrêtée à Luynes ou aux Montils, au bas du château du Plessis, où se tiennent deux petits ateliers ? Mais je crains bien que les Anglais y aient élu domicile. Ils sont partout depuis quelques semaines. Ils envahissent tout le val de Loire.

Betty acquiesça.

– Merci pour votre conseil, mais je ne peux m'y attarder, car c'est à Tours que je me rends.

– À Tours ! Mais c'est dangereux.

– Je sais. Hélas, il faut que je traverse la ville pour atteindre Orléans.

– Mais c'est bien pire ! s'écria la jeune lissière. On affirme partout qu'à Orléans Bedford fait camper ses troupes et qu'il se conduit en maître absolu. Paris ne lui suffit plus, il veut conquérir le val de Loire.

Le jeune tapissier se gratta le menton, puis se mit à réfléchir.

– Vous devriez plutôt passer par Plessis-les-Tours, jeta-t-il. On dit que le sud de la Loire n'est pas encore envahi et, pour l'instant, les fleuves de l'Indre et de la Vienne leur font barrage.

Betty remercia le jeune couple et s'en fut rejoindre les bords de la Loire pour prendre la direction du Plessis.

Arriver jusqu'à Tours fut effectivement le parcours du combattant. C'est là que les difficultés se présentèrent et que Betty comprit qu'elle ne réussirait jamais à voir la dauphine.

Au bout du pont, se tenait un barrage d'Anglais. Ce n'était certes qu'une poignée d'hommes, mais ils avaient l'air menaçant et pointaient leurs hallebardes en direction de tous ceux qui voulaient se rendre sur la rive opposée.

S'avançant vers elle, ils lui firent comprendre qu'elle ne pouvait pas passer et qu'elle devait faire demi-tour.

– Peste ! maugréa-t-elle à voix basse. Ces satanés hommes ne vont pas se laisser facilement fléchir.

Puis, à voix forte, elle jeta :

– Je veux juste traverser.

Mais c'était bien là ce qu'ils refusaient avec tant d'obstination. L'un d'eux se mit à rire et la menaça de sa hallebarde en la pointant vers elle.

– N'avance pas.

Betty ne comprit pas, mais il devait lui ordonner de

reculer. Immobile, elle le fixa sans ciller. L'homme ricana plus fort. La pointe de son arme effleurait le buste de la jeune femme.

– Je veux passer, insista-t-elle.

Un rire sinistre accueillit sa requête et elle vit l'extrémité de la lance reluire sous ses yeux. Si elle faisait un pas, la hallebarde lui transperçait la gorge !

– Il faut que je traverse ce pont ! cria-t-elle.

Soudain, un autre Anglais vint à la rescousse. Certes moins tolérant que son compagnon et, constatant que la jeune femme ne capitulait pas, il avança brusquement vers son visage la pointe de sa lance.

L'extrémité était une lame plus longue que les autres, effilée sur les deux faces. Betty ne bougea pas, ne cilla pas. Elle remarqua la grimace qui tordit les lèvres du soldat et la lueur flamboyante qui traversa son regard.

Et, rapidement, il esquissa un geste sec, précis et la fine lame tailla profondément la joue de la jeune femme. Betty hurla. Un filet de sang afflua sous sa peau blanche et, cette fois, le cœur battant et les jambes vacillantes, elle recula en tenant sa joue ensanglantée dans sa main.

C'est au moment où elle faillit trébucher qu'elle fit rapidement volte-face et qu'elle se mit à courir sans se retourner, tandis que les ricanements des soldats retentissaient dans sa tête. Elle arriva au bout du pont sans se rendre compte que le sang tombait sur le devant de sa cotte et l'imprégnait tout entière. Mais elle ne pensait à rien d'autre que de courir dans les rues et ruelles qui l'éloignaient du pont. À chaque bruit insolite, il lui semblait que les Anglais la poursuivaient.

Essoufflée, dégoulinante de sueur, elle s'arrêta juste à côté d'une place où se tenait une succession d'ateliers. Des échoppes d'enluminures attirèrent son regard. Un parchemineur étalait sur des tables à tréteaux ses fins feuillets, un relieur y entassait ses manuscrits et un teinturier y avait empilé ses peaux aux couleurs brunes, ocre et fauves.

Enfin, elle contourna la rue qui jouxtait la place et tomba sur trois ateliers de tapisserie se tenant côte à côte. Elle entra précipitamment dans le premier.

– Juste ciel ! s'écria une femme en accourant vers elle. Vous êtes en sang. Que vous est-il arrivé ?

– J'ai voulu traverser le pont, hoqueta Betty.

– Et les Anglais vous ont arrêtée.

À grands pas pressés, maître Férard arriva. Il débouchait de l'annexe située au fond de l'atelier. Assez corpulent, le visage rouge et l'œil noir surmonté d'un épais sourcil broussailleux, il s'exclama lui aussi :

– Mais vous êtes ruisselante de sang ! Qu'est-ce qui s'est passé ?

L'atelier s'était arrêté de tourner.

– Salauds d'Anglais ! cria un jeune homme qui tenait le levier de sa lisse sans l'actionner. Cette pauvre femme s'est fait transpercer par leur lance.

– Mais pourquoi insister pour traverser le pont ? reprit maître Férard. Chacun sait bien que c'est impossible.

– Elle n'est peut-être pas de la région, répliqua la femme.

Puis elle s'approcha de Betty et, doucement, retira sa main qui occultait la blessure.

– Montrez-moi ça. Dieu ! Que c'est profond et d'une vilaine couleur ! Il faut laver et désinfecter, sinon vous pourriez attraper une mauvaise fièvre.

Excitées et troublées, les deux jeunes filles qui travaillaient sur les basses lisses commençaient à gesticuler.

– Je me suis fait agresser hier par un Anglais, avoua

l'une. Il était menaçant. J'ai cru un instant qu'il allait m'égorger.

– Charlotte ! Pourquoi t'es-tu fourvoyée du côté du pont ? Je te l'ai interdit maintes fois.

Elle eut un soupir contrarié.

– Ce sont mes enfants, reprit la lissière en désignant les jeunes filles du doigt, et voici mon fils qui actionne la haute lisse. Nous sommes ici en famille et notre atelier marcherait bien s'il n'y avait ces maudits Anglais pour en freiner la marche.

Elle se tourna vers ses filles. Elle avaient environ quinze et seize ans, presque l'âge de Clarisse !

– Isabelle, apporte-moi ce qu'il faut pour laver cette blessure. Charlotte va chercher des linges propres.

Dame Renaude se faisait obéir en haussant juste un peu le ton. Grande, de forme plutôt rondelette, elle portait avec autorité un double menton qui commençait à envahir son visage.

– Regarde-moi ça, Albin, fit-elle en s'adressant à maître Férard qui s'approchait de son épouse en hochant tristement la tête. Ces stupides Anglais vont tous nous massacrer. Ils descendront jusqu'où, dans le val de Loire ? Paris ne leur suffit-il pas ?

– Ne nous plaignons pas trop. Tours n'est pas envahi comme l'est Orléans.

Dame Renaude lavait la blessure de Betty avec des gestes précautionneux, passant un linge fin trempé dans de l'eau bouillie pour la nettoyer. Betty fit une grimace quand elle sentit le désinfectant sur la plaie.

– Hélas ! Vous aurez une cicatrice. L'entaille est trop profonde pour ne laisser aucune trace. Où alliez-vous ainsi pour vouloir traverser ce pont ?

Betty fit des yeux le tour de l'atelier. Ce lieu paraissait

si paisible, si accueillant qu'elle raconta toute son histoire.

– Je me suis arrêtée à l'abbaye de Fontevrault, poursuivit-elle après un long moment durant lequel elle avait beaucoup parlé de sa fille. J'y ai travaillé quelques semaines. La supérieure assistée d'une jeune religieuse, qui s'appelait sœur Marie-Ange et avec qui j'avais des rapports amicaux, m'a beaucoup aidée. J'ai tissé quelques petits ouvrages.

– Voulez-vous rester quelque temps avec nous ? proposa dame Renaude. Nous ne vous donnerons peut-être pas un gros salaire, mais en échange nous vous offrons le gîte et le couvert tout le temps que vous serez à Tours.

Comme Betty hésitait, elle reprit en souriant :

– Vous êtes lissière et bloquée ici, dans la ville. Qu'allez-vous faire toute seule à vider sottement votre bourse ?

– Dès que les Anglais auront dégagé le pont, vous pourrez repartir, enchaîna maître Férard qui semblait être un personnage souple et agréable, vraisemblablement mené avec fermeté par sa petite famille.

– Puis-je vraiment vous aider ? s'enquit Betty, une lueur d'espoir dans les yeux.

– Bien sûr. Cette tenture doit être livrée à Paris dans quelques semaines, un mois ou deux tout au plus. Mais Charlotte a été souffrante et n'a pas pu travailler durant plusieurs semaines. Ensuite, c'est Isabelle qui a été malade. Nous avons pris un retard considérable.

Elle désigna la tapisserie tendue sur la haute lisse.

– Regardez, il reste le ciel à tisser et toute la bordure de gauche.

– Et celle de droite n'est qu'à moitié achevée, enchaîna Isabelle.

– Oui, je vois, murmura Betty qui faisait quelques grimaces en tenant sa joue blessée. Cet ouvrage ressemble étrangement aux *Jeux champêtres** qui ont été tissés autrefois dans des ateliers de Nuremberg.

– En effet, nous nous en sommes inspirés.

– Regardez, dame Betty, jeta joyeusement la jeune Charlotte, j'ai apporté quelques petits détails dans les costumes qui me plaisent assez.

– Et moi, rétorqua aussitôt Isabelle, j'ai reproduit toute une faune forestière, lapins, chevreuils, oiseaux et même un petit lévrier. Ils sont perdus dans tout l'ensemble, mais en observant de près on les voit très bien. Je les ai dessinés moi-même.

– Isabelle préfère dessiner, fit remarquer sa mère, tandis que Charlotte est plus attirée par le travail du tissage.

Enfin détendue, rassurée, Betty se laissa soigner. Cette famille lui offrait quelque temps de paix. Pourquoi refuserait-elle d'en vivre les instants agréables et sereins ?

---

* La scène de *La Dame d'amour*, la plus importante des *Jeux champêtres*, représentait une femme assise entre une église et un château, qui regardait évoluer autour d'elle des jeunes seigneurs occupés à des jeux multiples. Le ciel était crépusculaire et le sol était un épais tapis de fleurs. Cette tenture fut tissée vers 1385. Elle est actuellement à Nuremberg, au Germanisches Nationalmuseum.

VII

Alors qu'Isabeau de Bavière attendait le retour de dame de Viesville pour connaître les moyens qu'utilisait sa fille afin que la Bourgogne renouât des liens plus amicaux avec l'Anjou et la Touraine, Yolande d'Aragon, duchesse d'Anjou, entretenait le moral de ses trois fils qui se battaient farouchement contre les Anglais pour défendre la ville d'Angers assiégée.

Ils avaient été à bonne école. Redoutables combattants comme leur père, Louis d'Anjou, ils prêtaient main-forte au dauphin Charles afin qu'il conservât le ridicule petit territoire qu'on lui accordait pour régner.

Solides gaillards, tous amateurs de sport équestre et férus de combats, ils avaient été formés pour soutenir le dauphin et n'imaginaient pas autre chose que de l'épauler fermement dans les tourments qui ruinaient et dévastaient la France, quitte à s'opposer à la maison de Bourgogne.

Yolande avait, de son côté, assuré l'éducation culturelle de ses fils et leur avait transmis l'amour des arts, de la musique, de la poésie et de la peinture. L'aîné, Louis, futur duc d'Anjou, avait hérité des traits fins de sa mère. Son grand corps élancé, habile au maniement des jeux équestres, des joutes et des combats à cheval lui faisait gagner pratiquement toutes les compétitions sportives.

Le cadet et le benjamin, Charles et René, plus massifs, roulant des épaules et les pieds bien arrimés au sol, se battaient avec moins de subtilité que leur frère, mais attaquaient et se défendaient avec autant de bravoure et d'opiniâtreté.

Charles devait obtenir la province du Maine et René hériter du comté de Provence. Tous trois bien lotis par leur naissance avaient constitué, sous les instructions de Yolande, la petite armée du dauphin.

Restée à Mehun-sur-Yèvre, Marie, la dauphine, attendait des jours meilleurs sans cesser de transmettre à son époux des messages d'amour et d'espoir dont il se repaissait pour ne pas succomber à l'état dépressif qui le guettait chaque fois que, poussée par les Anglais d'une part et les Bourguignons d'autre part, sa mère cherchait à l'anéantir.

Que d'opposition marquait les tempéraments de Yolande et de Marie, sa fille ! Énergique, déterminée, femme de tête, Yolande d'Aragon ne cherchait pas à changer sa nature. Malgré ses quarante ans passés, elle était encore séduisante, d'une beauté classique et sobre. Élégante, grande, mince, le nez puissant, mais bien fait, les lèvres charnues et sans mollesse, le menton volontaire et le front large. Un front qui prenait chez elle toute l'envergure d'un charme sans fioriture.

La nature de sa fille était trop rêveuse et trop délicate. En vieillissant, Marie d'Anjou devenait taciturne, renfermée. Elle n'aimait plus que prier et vivait dans l'amour et l'espoir d'enfanter afin d'offrir à Charles une progéniture qui donnerait un jour un grand roi de France.

Marie tenait pourtant quelque chose de sa mère et ce n'était pas la moindre des qualités. Sans doute cette faculté instinctive de la prudence qui minimise les drames au lieu de les attiser. Et, en cette époque où les désastres ravageaient chaque jour davantage la France, mieux valait les prendre avec sagesse qu'excitation.

Devant l'attaque de leur ville, les Angevins menés par les trois fils de Yolande se révélèrent plus farouches que prévu et la soutinrent avec acharnement.

Voyant qu'il ne pouvait atteindre ses objectifs, le duc de Bedford se rabattit sur la ville d'Orléans, là où, quelque temps auparavant, il avait réussi à placer de solides garnisons. Yolande d'Anjou qui ne pouvait admettre ce nouvel assaut, d'autant plus qu'Orléans dépendait du petit fief de Charles, parlementa avec les conseillers du dauphin et réussit à imposer le paiement d'un droit afin d'éviter la présence de gens d'armes étrangers. Puis, elle demanda à Jean Dunois de signer une trêve qui garantissait ce droit.

Mais tout cela n'était qu'agitation bien inutile et, pendant que la jeune duchesse Michelle mourait subitement, laissant son époux désorienté, La Trémoille et de Giac œuvraient auprès de la petite cour de Bourges pour y semer le trouble.

Philippe de Bourgogne ne se consolait pas de la mort mystérieuse de sa jeune épouse. Après maintes nuits d'insomnie, son attitude envers La Trémoille se modifia et, par-delà la mort, le vœu de Michelle se réalisa. Enfin, après toutes ces années sanglantes, le nouveau duc de Bourgogne effaçait une vieille querelle et se tournait vers le dauphin.

Cependant, la guerre se poursuivait dans une mêlée confuse où les pillards, les violeurs, les bandits avaient gain de cause.

Abandonnés, les champs, les prés, les bois et les campagnes se vidaient, les maisons se fermaient pour échapper aux Anglais et brigands de toutes sortes. Seules restaient la Guyenne et la Gascogne à l'abri des combats. Mais rien n'arrêtait plus l'insatiable Bedford. Il parlait de descendre toujours plus bas après avoir conquis le val de Loire. Il ne cessait de proclamer que le roi Henri V lui avait ordonné, avant de mourir, de parachever son œuvre.

Après une lutte sans merci, Yolande semblait baisser les bras. Elle œuvrait depuis plus de dix ans à la reconquête du pays sans avoir vu les prémices d'un espoir. De surcroît, profondément écœurée par le conseiller de France La Trémoille qui se conduisait en chef dictateur et qui avait réussi à plonger le dauphin plus bas que terre, Yolande eut un élan vers sa fille Marie et se mit à prier avec elle.

Un jour d'hiver, alors que la ville d'Orléans était encerclée et que le Mont-Saint-Michel s'apprêtait à succomber sous le poids des Anglais, le sire de Baudricourt, doyen de la commune de Domrémy, non loin de la Champagne, reçut la visite d'une étrange fille, d'origine lorraine, qui lui tint un obscur discours dont les propos allèrent s'enfler jusque dans la capitale de Paris.

Des berges de la Seine au Louvre et du Louvre au pont des Arts, on ne parlait plus que de cette histoire. Une jeune fille voulait débouter les Anglais et conduire le petit roi de Bourges à Reims pour se faire sacrer roi de France à l'exemple de tous ses aïeuls.

Certes, l'arrivée impromptue de cette jeune fille, qui clamait ne pas avoir d'autre maître que Dieu et que ce Dieu lui avait commandé de sauver la ville d'Orléans, perturbait certains esprits. Il faut reconnaître que bouter les Anglais hors d'Orléans, se frayer un chemin jusqu'à Reims et y conduire le dauphin pour l'y faire sacrer roi tenait non seulement de la plus haute audace, mais de la plus pure folie que pas un des chefs d'armée du jeune Charles n'osait frôler.

Après en avoir parlé au sire de Baudricourt, le seigneur de Vaucouleurs, sollicité par Yolande d'Anjou, ne sachant plus comment s'y prendre pour que la France retrouvât son honneur et qui refusait de croire en la folie de la jeune Jeanne, sembla lui faire confiance.

Puis elle fut comblée. On acceptait de lui donner une petite escorte pour se rendre à Chinon où se trouvait le dauphin. La mince troupe que Baudricourt et Vaucouleurs lui avaient octroyée avec une volonté de parcimonie évidente relevait sans doute d'une certaine méfiance. Il eût été mal vu pour ces personnages éminents qu'en cas d'insuccès cela attirât trop de tapage.

Au soir du premier jour, la halte fut assez brève. Gênés, les cavaliers descendus de leur monture ne savaient que dire et chuchotèrent en glissant des regards furtifs sur la jeune fille.

Elle tendit la main vers les quelques volontaires dont un chevalier du dauphin, Bertrand Poulengy, et un conseiller de la cour, Jean de Metz.

Plus âgé que le seigneur de Poulengy, plus méfiant aussi, le comte de Metz observa sans rien dire la jeune fille.

– C'est vrai, dit-elle, une lueur joyeuse dans l'œil, je ne connais ni les coutumes ni les mœurs d'une armée prête à se lancer à l'assaut de l'ennemi. Mais je puis vous assurer que mon énergie, mon enthousiasme et mon endurance vous surprendront. Je ne faillirai pas.

L'assurance de la jeune fille fit rougir le comte de Metz et il haussa légèrement l'épaule.

– Aussi vous demanderai-je, gentils messires, ajouta-t-elle encore en se tournant vers les autres, de ne point m'importuner avec des sous-entendus qui mésestimeraient mes compétences. Il n'y aura pas de jérémiades de ma part. Je vous le garantis.

De nouveau, elle se tourna vers Poulengy :

– Me croyez-vous, messire Bertrand?

Se voyant, cette fois, appelé par son prénom, le seigneur de Poulengy rougit à son tour. D'une trentaine d'années, grand, fort, la chevelure blonde coupée au carré, il conduisait le convoi de Jeanne avec un sens de la décision qu'elle admira tout de suite. Se décidant à sourire, il opina de la tête.

À cette bien mince équipe, Jean Dunois avait envoyé ses deux propres écuyers, Lucas Cosset et Thomas de Beaupréhaut, qui semblèrent fascinés par l'étrange calme de cette fille aux allures de soldat, à la fois courageuse et décidée, imposant sa volonté le sourire aux lèvres.

Quelque temps plus tard, Jeanne avait enfilé son attirail de combat sous les yeux plutôt narquois de ses compagnons guettant le faux mouvement, le faux pas, l'erreur. Pourtant aucun imprévu désagréable ne survint. Jeanne avait tout naturellement ôté sa robe, puis passé, avec une aisance singulière, son justaucorps, ses bas de chausses et sa tunique qu'elle avait enfilée par-dessus sa cotte de mailles. Elle s'était fait tailler les cheveux à la façon des soldats, tempes et nuque dégagées, et avait saisi son épée sans défaillir car, là encore, on attendait qu'elle basculât et croulât sous son poids. Fixant tour à tour ses compagnons, Jeanne l'avait glissée dans le fourreau qui lui battait la hanche, d'un geste sec et rapide.

– Ai-je passé ce premier test comme il le faut, messire

de Poulengy ? avait-elle jeté d'un ton où l'ironie ne faisait nul doute. Pouvons-nous poursuivre notre route ?

De Vaucouleurs à Orléans, le voyage dura presque vingt jours. Un matin de fin d'hiver, quittant les froids territoires de Lorraine, l'escorte se mit en marche dans une humidité glaciale. Le vent perçait les habits, s'infiltrait insidieusement sous les cottes, s'incrustait jusque sous les visières des casques abaissées et battait les flancs des chevaux. La neige se mit à tomber par rafales. Les flocons s'entassaient sur la route, drus et épais, aussitôt durcis par le vent, rendant périlleux chaque détour de route au risque de glisser et de se retrouver bloqué dans l'ornière.

Le convoi s'arrêta quelques heures à Bar-sur-Aube avant d'atteindre Auxerre et Gien où, enfin, le temps se montra plus clément, offrant même un pâle soleil à demi printanier puisqu'une floraison apparaissait déjà dans des couleurs fort audacieuses. Dans l'herbe fraîche, jonquilles et jacinthes sauvages éclataient de splendeur, laissant les cavaliers interdits.

– Eh bien, gentil messire, dit en souriant Jeanne à Thomas de Beaupréhaut ébahi devant les fleurs sauvages poussant sur les bords de la route, qui de nous est le plus romantique, vous ou moi ? Regardez, j'ai déjà relevé la visière de mon casque tant je suis impatiente d'entrer dans la ville de Bourges où se tient notre dauphin.

– Oh ! Demoiselle Jeanne, le romantisme n'a jamais tué le courage, murmura le jeune écuyer.

– Non, mais il ne doit pas nous déconcentrer de notre mission.

– Il pense à sa promise, rétorqua en riant son compagnon, Lucas Cosset.

– Est-ce vrai, Thomas, avez-vous une promise? Où est-elle?

Le jeune écuyer soupira.

– Hélas! Je ne sais même pas si je la reverrai.

– Oh! Gentil messire, que vous semblez triste soudain. Je suis sûre que d'ici quelque temps, elle vous reviendra joyeuse. À moins que ce ne soit vous qui alliez jusqu'à elle.

– Il me serait difficile d'aller la chercher. Elle est partie si loin, murmura Thomas. Jusque dans le Nord.

– Est-elle dans sa famille?

– Nenni, gentille Jeanne. Elle en quête d'une licence afin d'exercer librement son métier de maître lissier. Peut-être restera-t-elle à Tournai, à Lille ou même à Bruges. Il s'y tient tant de célèbres ateliers là-bas.

Puis, dans un triste sourire, il pointa son doigt sur Lucas et poursuivit d'un ton mélancolique :

– Lucas Cosset est son frère. Mais, il a plus de chance que moi. Sa promise est auprès de la dauphine Marie.

Des cris et des clameurs firent tourner court leur discussion. Jean de Metz, Bertrand de Poulengy et leurs écuyers immobilisèrent brusquement leurs chevaux. Devant eux, un affreux spectacle s'offrait. Des hommes avaient été embrochés sur des pieux et cette horrible vision se répéta à tous les endroits stratégiques où les ennemis avaient opposé des barrages. L'atmosphère devint vite étouffante, insupportable, écrasante. Commandés par Falstaff, un vieil Anglais qui braquait ses barricades hérissées de pieux de fer où les adversaires français s'embrochaient la nuit comme des chapons sur un gril, les soldats empoignaient chaque homme blessé et l'y piquaient d'office. Les pauvres êtres agonisaient encore sur les pieux.

– Dieu ! Quel massacre, chuchota Jeanne.

– Tournez votre tête, lui intima Jean de Metz. C'est un spectacle insoutenable.

– Pourquoi ne regarderais-je pas ces atrocités qui ne peuvent que décupler notre envie de victoire ? rétorqua la jeune fille en soupirant. Notre seul but est de vaincre, messire, vaincre dans l'espoir et la détermination, pas dans la peur et la crainte de la mort.

Bertrand de Poulengy était venu se poster à son côté. Faisant virevolter son cheval qui semblait prendre peur, il approuva d'une voix rauque :

– Vous avez raison, Jeanne, le triomphe naît de la confiance. À présent, c'est à notre tour d'embrocher les Anglais.

Les cris des suppliciés embrochés arrivaient à leurs oreilles. Impassible, Jeanne avançait.

– Nous triompherons, j'en suis sûre, fit-elle en levant sa bannière.

À Orléans, les canons tiraient leurs boulets avec fracas. La ville était entièrement encerclée par les Anglais et, non loin d'eux, les Bourguignons veillaient en étripant tous ceux qui n'étaient pas de chez eux. Grand nombre de capitaines angevins ou tourangeaux étaient morts, la tête ou le poitrail défoncé par un boulet qu'ils essayaient eux-mêmes de lancer sur leurs adversaires. Les archers anglais tiraient en permanence, mieux formés que les Français, plus nombreux aussi et, surtout, plus résistants car ils ne manquaient pas de nourriture comme les Orléanais qui, portes de la ville closes, ne pouvaient plus recevoir d'aliments. Jean Dunois défendait farouchement la ville.

Entourée de sa petite escorte, la jeune Lorraine arrivait, cheveux taillés, casque relevé, l'épée au poing.

Singulière destinée que celle de Jeanne qui s'imposait brusquement comme un chef de guerre. Ses compagnons de route qui, tout d'abord, s'étaient montrés courtois, respectueux, admiraient à présent son endurance et sa parfaite métamorphose.

Jeanne avait une audace à la fois douce et ferme, une assurance calme et tranquille et sa gentillesse faisait merveille. Elle mangeait, dormait et parlait comme un chevalier courtois et bien élevé, et aucun d'entre eux n'aurait eu l'idée de profiter de sa condition de femme, ne seraitce qu'un instant. Jean de Metz et Poulengy durent reconnaître au terme de leur voyage que Jeanne avait été parfaite et qu'elle possédait un sens inné du commandement.

C'est à Gien qu'elle fit envoyer un message au dauphin pour l'avertir de son arrivée. Cependant, malgré la promesse que Charles avait faite à son ami Dunois, il refusa de la voir, craignant de tomber dans un piège dont il ne voulait assumer ni l'affront ni la honte.

Alors Jeanne, qui gardait fortement espoir en son Dieu, donna l'ordre à son escorte de s'installer au pied du château et d'attendre que le dauphin veuille bien la recevoir. Les tentes furent montées au pied du pont-levis que Charles refusait d'abaisser. La herse ne bougeait pas. Jeanne entendait résonner le pas des gardes marchant le long des meurtrières. Elle savait qu'ils braquaient sur elle un œil observateur et que, parmi ces regards suspicieux, se mêlait sans doute celui du dauphin de France.

Ce fut dans la nuit qu'on l'éveilla.

– Jeanne, entendit-elle alors qu'elle émergeait d'un bien pâle sommeil, la duchesse d'Anjou, Yolande d'Aragon, vous demande un entretien.

L'homme qui lui parlait ainsi, la tête passée par

l'échancrure de la tente servant à la fois de porte et de fenêtre, était le chevalier de Poulengy. Elle reconnut sa haute stature et son visage carré.

La brèche de la tenture s'écarta et il passa une épaule, puis, s'assurant que la jeune fille se levait et ne paraissait pas plus lasse que la veille, il avança et s'arrêta juste à la limite que formait le monticule où étaient posés le casque, l'épée et l'étendard de Jeanne.

– Je suis prête, messire Poulengy.

Elle fut sur pied en deux secondes. Chaque nuit, Jeanne dormait tout habillée. Sa cotte de mailles ne la quittait jamais. Elle bondit en dehors de sa tente et vit une silhouette s'avancer vers elle. Arrivée à son niveau, Jeanne mit un genou à terre et saisit la main de la duchesse.

– Je salue celle qui est la mère de la dauphine de France. Je salue celle qui, par son courage et sa ténacité, veut chasser les Anglais de notre pays et placer le dauphin sur le trône de France. Et moi, Jeanne, fille de Jacques d'Arc, envoyée de Dieu, je veux suivre son exemple, je veux sauver le roi.

– Relevez-vous, mon enfant, fit la voix calme et douce de Yolande, et entrons plutôt dans votre tente. Malgré le pâle soleil, il fait si froid, dehors, que je ne sens plus mes pieds sur le sol.

Elle fit un geste à Poulengy et, voyant qu'il hésitait à s'écarter, elle précisa :

– Laissez-nous parler entre femmes et soyez sans crainte, nos propos n'iront pas plus loin que ce que nous désirons vous et moi.

Poulengy se courba. La lourde chaîne qui pendait à son cou fit tinter le médaillon de bronze qu'il y avait suspendu. Puis, il s'écarta sans toutefois s'éloigner.

Yolande prit place sur la couche et posa ses pieds chaussés de poulaines fourrées sur la paille étendue afin de réchauffer un peu le sol refroidi par les failles de la tente, laissant pénétrer l'air.

– Jeanne, mon enfant, sachez que j'ai confiance en vous, bien que je sois restée un peu sceptique au départ, comme nous l'avons tous été.

– Mais le dauphin, dame Yolande ! Je dois voir le dauphin. Sans lui, je ne peux rien faire.

– Vous le verrez à son heure, mon enfant. Et celle-ci va très bientôt sonner. Il faut simplement qu'il s'habitue à cette idée, sinon il craindra d'être tombé dans un piège.

– Un piège !

– Rassurez-vous, cette idée s'éloigne déjà de lui. À présent, il doute, mais ne rit plus de vous. Demain, à l'aube, je dois le voir et je saurai le convaincre. Depuis qu'il est enfant, il m'a toujours écoutée.

– Mais vous écoutera-t-il encore, cette fois ?

– Oui, mon enfant. Et il vous laissera pénétrer dans le château. Il vous rencontrera et vous lui expliquerez le but de votre mission.

Elle eut un léger soupir d'apaisement et sourit à Jeanne.

– Chère petite, dit-elle en prenant sa main, n'ôtez-vous donc jamais cette armure ?

– Non, dame Yolande. C'est mieux ainsi.

Yolande dirigea ses yeux vers l'échancrure de la tente, puis les reporta sur Jeanne qui poursuivit :

– Je n'ai qu'à me féliciter du comportement de mes compagnons d'armes. Mais, fit-elle en esquissant un léger sourire, je préfère éviter toute équivoque. Ici, dame Yolande, je ne suis pas une femme comme une autre. Je suis un soldat.

La duchesse d'Anjou se leva et fit quelques pas.

– Et, jeta Jeanne en prenant la place que venait de laisser Yolande sur la dure paillasse, comment pourrai-je poursuivre ma mission si, dans le sommeil, un coup d'épée venait me transpercer ?

La duchesse d'Anjou eut un imperceptible mouvement de surprise :

– Vous êtes en sécurité, ici, mon enfant.

– Hélas, je crains que nous ne le soyons nulle part. Nous avons vu des Bourguignons tout au long du chemin. Ils nous tendaient des pièges, des embuscades, organisaient des barrages pour nous empêcher d'avancer. Nous avons vu des hommes transpercés vivants, d'autres décapités, brûlés, morts d'épuisement ou de faim.

– Mais, mon enfant, insista Yolande, aux portes de Chinon, tout est calme.

– Ce n'est qu'une apparence. Croyez-le, dame Yolande. Bourguignons et Anglais nous envoient continuellement des espions. À Domrémy, lieu de passage très fréquenté, chacun dit qu'on ne peut distinguer un ami d'un traître. Dans mon village, on a égorgé des enfants, violé des femmes, étranglé des hommes. Chacun se cache de son voisin par crainte d'être pris et sauvagement tué.

Elle hocha tristement la tête.

– Ici, chez vous, c'est la même chose. Chinon n'est pas plus sûr que Domrémy.

– Dieu du ciel ! D'où tenez-vous donc toutes ces vérités ? Vous êtes plus jeune encore que ma fille Marie et vous parlez comme un être qui a cent ans d'âge.

– Je ne sais plus exactement mon âge. Mais je sais que je veux sauver le roi.

Yolande hocha la tête, puis s'approcha de Jeanne et reprit sa main.

– Ainsi, vous pensez que même là, sous cette tente, vous pouvez être en péril ?

– Chaque heure est mortelle, à présent. Il ne faudrait jamais dormir. Et si l'on ne ferme qu'un œil, il faut garder l'autre en alerte.

Yolande était stupéfaite devant une telle lucidité dans les propos de cette jeune fille que l'on disait paysanne.

– Demain, ne bougez pas d'ici. Un messager viendra vous indiquer le jour et l'heure de notre entrevue avec le dauphin.

– Je resterai là, dame Yolande, et j'attendrai votre signe.

– Gardez confiance, mon enfant. Et n'oubliez pas que je serai à vos côtés tout au long de votre mission, quoi qu'il arrive.

Jeanne acquiesça de la tête.

La duchesse d'Anjou avait dit vrai. Le lendemain, en fin de matinée, un messager vint prévenir Jeanne que le dauphin acceptait de la voir après les vêpres.

Au château de Chinon, dans la grande salle d'armes où resplendissaient une centaine de torches allumées, où était suspendue sur les murs de pierre l'artillerie célèbre des siècles passés, où valets et serviteurs passaient et repassaient avec des plats de friandises et des pots de boissons fraîches, une étrange atmosphère pesait, semblable au vol invisible et lourd d'un gros oiseau de proie.

Chapeaux à pans drapés retombant sur l'épaule, petits bonnets carrés plantés d'une aigrette ou piqués d'une émeraude, pelisses fourrées d'hermine, pourpoints brodés, chacun rivalisait de luxe malgré les caisses du trésor que l'on disait vides. On pouvait donc penser que les seigneurs tourangeaux et angevins n'avaient pas vendu tous leurs biens pour aider à former les nouveaux bataillons du roi.

Les robes pourpres des magistrats, les surcots emperlés des jeunes chevaliers, les poulaines cloutées de vermeil se mêlaient à la splendeur des toilettes féminines. Quelques hennins, malgré leur mode qui tendait à disparaître au profit de coiffes plus basses et plus plates, surmontaient de leur forme fantaisiste les têtes les plus hautes.

Marie Louvet et Jeanne de Nevers avaient posé sur leurs chevelures un bonnet de velours broché dont la confection nouvelle venait de Milan. Il était plat et tombait en pointe sur le front, laissant les tempes découvrir boucles et frisures. Une large bande brodée en fils de soie retombait de part et d'autre sur le visage, amincissant singulièrement le menton.

Agnès de Montpensier avait revêtu une robe à traîne arrondie sur le devant, comme l'exigeait la toute nouvelle mode, de ce vert de flambe que chérissaient tous les enlumineurs pour décorer leurs parchemins. Dès qu'elle esquissait un geste, les manches volaient dans l'espace tant elles étaient amples.

Isabelle de Richemont portait une robe à peu près identique, mais la teinte était pourpre, de ce pourpre un peu violacé qui mêlait une pointe de rose écrasé. Dressé sur sa tête menue où deux yeux noirs dardaient leurs éclats à l'affût du moindre incident à colporter, son hennin rouge à voile déployée venait rehausser sa petite taille bien faite et bien proportionnée.

Malgré tout ce faste, trop ostentatoire en des temps si obscurs, une pesanteur infinie régnait dans la salle. Jeanne qui arrivait des marches de Lorraine n'en crut pas ses yeux. Y avait-il une imposture ? Sans doute ! La jeune paysanne n'avait jamais rien vu de tel, bien que la ferme de ses parents fût une maison grande, solide et confortable, et que la vie qu'on y menait ne fût pas des plus pauvres. Jeanne restait abasourdie devant tant de merveilles, mais aussi tant de pertes qui ne servaient pas le petit roi de Bourges. Cependant, le premier instant d'étonnement passé, elle résolut de n'en rien laisser paraître et elle traversa la première salle afin d'atteindre celle où se tenait le dauphin. Hommes et femmes lui libéraient un passage.

Le gros La Trémoille, envoyé par la reine Isabeau, susurra dans l'oreille du dauphin qu'il y avait là de la sorcellerie et qu'il fallait jeter en prison cette femme trompeuse.

– Allons, messire, appuya un comparse de La Trémoille, ce n'est point parce que cette jeune fille déguisée a pu traverser sans encombre mille lieues en terrain ennemi qu'elle pourra délivrer Orléans.

– C'est tout de même un exploit extraordinaire, murmura Jean Dunois, dirigeant son regard là où se tenait tout à l'heure sa jeune épouse.

Elle avait quitté, avec quelques autres dames de la cour, la grande salle d'armes pour accueillir Jeanne dans la petite salle de garde qui la jouxtait. Puis, il tourna la tête en direction du dauphin et lut dans ses yeux le doute et l'anxiété.

Inquiets, du Châtel et Louvet se regardèrent. Charles hésitait-il encore ? Si La Trémoille accaparait le dauphin pour lui susurrer qu'il y avait tromperie et mensonge, c'en était fini de l'entretien avec Jeanne. À côté de Charles se tenait le vieil astrologue de la maison d'Anjou qui affirmait avoir déchiffré dans le ciel le même présage que celui qu'avait aperçu la jeune fille. Charles aurait voulu se boucher les oreilles pour n'écouter que son cœur.

Enfin, on annonça l'escorte de Jeanne arrivée aux portes de la salle de garde. Déjà La Trémoille se réjouissait à l'idée de voir cette pauvre paysanne perdue dans la solennité d'une telle audience.

– Messire, chuchota du Châtel, si vous hésitez, envoyez-lui Dunois. Il a votre âge, il est distingué, courtois et beau. Elle ne l'a jamais vu, pas plus que vous. Si cette fille se trompe et le prend pour vous, nous la renverrons à sa ferme.

Sur un signe affirmatif du dauphin, ce fut donc le grand et valeureux Jean Dunois qui se présenta devant Jeanne.

– Je suis à votre écoute, demoiselle, fit-il en se courbant légèrement devant la jeune fille dont l'armure brillait de tous ses feux.

Mais Jeanne ne s'y méprit pas.

– Malgré la loyauté que vous éprouvez pour votre maître, jeta-t-elle en souriant à Dunois, je ne parlerai qu'au dauphin. Menez-moi à lui s'il vous plaît, chevalier.

Tant de grâce et de simplicité subjuguèrent Jean Dunois. Il baissa les yeux et balbutia presque.

– C'est à vous de le trouver, demoiselle, puisque vous dites l'avoir vu dans vos visions.

– C'est vrai. Alors menez-moi dans la salle où il se trouve.

L'allure de Jeanne forçait le regard. Grande, mince, jeune et souple, elle traversa avec assurance la salle de garde, puis la salle d'armes. Enfin, levant haut les yeux, elle se dirigea droit sur le dauphin qui s'était dissimulé derrière ses courtisanes. Il avait même poussé le simulacre jusqu'à se vêtir comme un valet. Jeanne fixa le regard de Charles.

– Gentil dauphin, Dieu vous souhaite longue vie.

– Ce n'est pas moi qui suis le roi, fit Charles en rougissant.

– C'est vrai, gentil dauphin, car vous ne serez vraiment roi que lorsque je vous aurai conduit à Reims.

Devant l'insistance et la calme assurance de Jeanne, Charles rougit plus encore. Il observa sans rien dire cette svelte et jolie fille d'environ dix-huit ans, habillée en soldat, le pourpoint et la tunique grise sous la cotte de mailles, les chausses longues, le casque métallique et brillant abaissé et couvrant ses cheveux noirs coupés court.

Charles frissonna. Il avait devant lui la silhouette d'un jeune chevalier imberbe à peine sorti de l'adolescence. Troublé, il murmura :

– Que voulez-vous de moi ?

– Votre confiance, gentil dauphin.

– Mais encore ?

– Vous assurer que vous êtes le fils du roi Charles VI et qu'aucune ambiguïté à ce sujet ne doit courir sur vous.

Charles fit un pas en avant.

– Pourquoi en êtes-vous si sûre ?

– C'est Dieu lui-même qui me l'a confirmé.

– Dieu !

Elle portait la tête haut levée et ses épaules ne faiblissaient pas.

– Oui, Dieu est mon seul maître.

– Et que vous a-t-il ordonné ?

– De délivrer Orléans, de vous frayer un passage jusqu'à Reims en repoussant tous les Anglais qui nous feront barrage et de vous y faire sacrer roi de France.

Et Jeanne s'agenouilla devant le dauphin, lui prit la main et la baisa avec ferveur.

VIII

Devant sa lisse, Betty reprenait goût à la vie. Son affreuse cicatrice l'avait quelque temps désorientée, complexée, mais les gestes qu'elle effectuait au travail lui redonnaient de l'assurance et du courage. L'atelier de maître Férard lui apportait ce que Fontevrault lui avait offert.

Les Tourangeaux se posaient de multiples questions. Pour eux, l'horizon aurait pu être plus dégagé et l'air plus respirable si, à l'autre bout du pont, les Anglais n'avaient pas amorcé chaque jour une avance qui risquait de les ramener à l'intérieur de la ville.

La tapisserie de maître Férard s'achevait. Elle était splendide autant dans les formes que dans les couleurs. Betty y travaillait avec beaucoup d'ardeur. Assises à ses côtés, Charlotte et Isabelle se révélaient de charmantes compagnes et, en les écoutant discuter, Betty soupirait chaque jour en pensant à Clarisse.

À peine cicatrisée, sa joue montrait une entaille mauve et boursouflée, mais du moins ne la faisait-elle plus souffrir. Quand elle regardait cette monstrueuse balafre qui traversait son visage, elle regrettait amèrement d'avoir osé braver le soldat anglais. Quelques secondes plus tôt, si elle avait reculé, la pointe de la hallebarde ne l'aurait même pas effleurée, bien que maître Férard vît dans l'attitude menaçante de ces Anglais postés sur le pont de Tours une intention systématique d'abuser de leur pouvoir et, pis ! de le montrer par des actes répétés de violence.

Déjà deux hommes étaient morts transpercés pour avoir voulu forcer le barrage et, à présent, on parlait d'attaques contre ceux qui s'attardaient à l'entrepont où la guérite du passeur dominait le fleuve.

Avec les bruits alarmants qui couraient sur Orléans, la situation se tendait de façon tragique et Tours s'asphyxiait.

– Dame Betty, jeta Charlotte, votre cicatrice est plus pâle ce matin. Je crois qu'elle s'estompera de jour en jour. Bientôt, on ne la verra plus.

– Ma petite Charlotte, répondit Betty en souriant. Tu es gentille de me consoler ainsi, mais je crois bien, hélas, qu'on la remarquera longtemps.

– Dame Betty, répliqua Isabelle, pourquoi ne portez-vous pas une coiffe comme celle des femmes de Bretagne ? Elles sont très seyantes, en velours noir bordées d'un liséré or ou argent, avec un pan qui retombe de chaque côté du visage. Cela cacherait une partie de votre cicatrice.

– Tu as raison, Isabelle, je vais y réfléchir.

Les deux filles de dame Renaude étaient de bonnes ouvrières. Sérieuses, bien éduquées, elles ne rechignaient ni l'une ni l'autre à la besogne, s'attachant à leur travail avec un intérêt qui n'était pas simulé.

Charlotte avait la charge de surveiller le va-et-vient des fils de lin et fils de soie et, quand il y en avait, des fils d'or et d'argent. Elle les triait, les assemblait, les accouplait, les classait par couleur et gabarit, jetant tout ce qui paraissait défectueux.

Isabelle avait la responsabilité des cartons et des dessins. Elle apportait souvent sa touche personnelle sur les esquisses réalisées par les peintres ou les dessinateurs. L'atelier de maître Férard n'était pas un atelier de haute renommée. Bien que sélectionné parmi les petits maîtres du val de Loire, il ne faisait pas appel aux services des grands peintres.

Le commerce se développait au travers des foires. Celles qui se tenaient à Tours et dans les environs amenaient souvent des artistes itinérants cherchant à vendre leurs dessins pour les lissiers en manque d'inspiration. Une fois vendus, les dessins appartenaient à l'atelier et le peintre ne pouvait plus réutiliser son travail. Il devait alors en effectuer d'autres, ce qui engendrait bien souvent des ressemblances frappantes dans la réalisation des ouvrages tissés.

À quelques détails près, on tissait les mêmes scènes champêtres ou seigneuriales, les mêmes visages de Vierge, les mêmes têtes de Christ, d'apôtres ou de saints, si bien qu'on retrouvait des ouvrages presque similaires dont la contrefaçon n'était pas contestée puisqu'elle ne mettait pas en jeu la notoriété d'un grand maître de la peinture.

Jules, le fils, parlait peu. Certes moins volubile que ses sœurs, il actionnait sa haute lisse sous l'œil vigilant de son père qui travaillait chaque matin près de lui, tandis qu'il passait ses après-midi au côté de sa femme à transcrire et reporter les comptes sur un grand livre destiné à cet usage.

– Qu'allons-nous faire si la ville est bloquée ? Nous aurons terminé l'ouvrage dans quelques jours et nous avons promis de le livrer à Paris avant la fin du printemps.

– N'est-ce pas une livraison pour votre frère? questionna Betty qui, une fois, avait entendu que la belle-sœur de Renaude avait un époux tenant un magasin de haute lisse à Paris.

– Oui. Mais peu importe. Lui-même doit la remettre sans délai à l'un des marchands bruxellois qui se trouve de passage à Paris au printemps. Mon frère aura des ennuis s'il ne tient pas sa promesse faute d'avoir pu tenir la nôtre.

Dame Renaude passa sa main sur son visage et se mit à réfléchir. Ce fut son mari qui trancha.

– Nous éviterons tout simplement Blois et Orléans.

– Mais comment?

– En passant par la Sologne.

– Tu veux dire par Romorantin!

– Il n'y a pas d'autre solution. Romorantin et Vierzon s'il le faut.

Dame Renaude que rien n'affolait soupira.

– Ça nous rallongera terriblement mais, en effet, je ne vois pas d'autres moyens.

– Nous atteindrons vite Gien, puis Saint-Benoît-sur-Loire et Germigny-des-Prés. Après, nous retrouverons la route de Paris par Montargis.

– Cela nous compliquera tout, soupira Renaude. Mais, puisqu'il faut se plier aux instructions qui nous sont imposées, nous n'avons pas le choix. Viendrez-vous avec nous, Betty?

– Oui! Je crois que je profiterai de votre attelage, je serais sotte de ne point le faire, même si votre générosité et votre gentillesse m'ont permis d'acquérir la «Grisette».

– Soignez-la bien, Betty, la «Grisette» est une mule un peu têtue, mais brave et résistante.

Une aubaine qu'avait eue là Betty ! Un vieux muletier venait de rendre l'âme en laissant ses huit bêtes non réclamées par ses héritiers – sans doute n'en avait-il pas – et les mules avaient été proposées, à la dernière foire de Tours, pour un prix modique dont avait su profiter Betty.

– Elle est apparemment forte et courageuse. Elle soulagera mes pauvres pieds ne pouvant plus guère tenir la route.

Après s'être assuré que leurs enfants étaient en bonne compagnie avec la vieille servante Finette et deux tantes venues s'installer chez eux, Renaude Férard et son époux purent envisager leur départ pour Paris.

Si Betty, qui partait avec eux, n'emportait que sa besace et sa petite bourse toujours dissimulée dans l'ourlet de sa jupe, dame Renaude transportait deux malles bourrées de vêtements et de colifichets. À cela, il fallait ajouter la fameuse tapisserie qu'Albin Férard avait soigneusement enroulée et emballée pour lui éviter les conséquences d'un mauvais traitement pendant le voyage.

Peu de temps avant leur départ, une information d'envergure circula au travers de la ville. Ce bruit laissa Betty dans l'hésitation la plus grande. À peine s'apprêtaient-ils à partir qu'on affirmait que le dauphin et la duchesse d'Anjou étaient à Chinon et qu'ils avaient rencontré, dans la grande salle du château, cette jeune guerrière venue de Lorraine qui s'appelait Jeanne.

L'information avait fait hésiter Betty qui ne savait plus où se rendre. Paris la ferait avancer vers sa fille alors que retourner à Chinon la replaçait dans ses premiers espoirs. Les deux solutions lui paraissaient aussi sensées l'une que l'autre.

– Ne partez pas à Chinon, conseilla Renaude. Vous feriez une double erreur.

– Serait-elle double à ce point? marmonna Betty en soupirant.

– Mais oui, votre voyage va régresser et vous ne verrez certes pas la duchesse d'Anjou. Que croyez-vous, Betty? Préoccupée comme elle doit l'être, la mère de la dauphine a autre chose à faire que de vous accorder un entretien. Quant à sa fille, elle n'est pas avec elle.

– Comment le savez-vous?

– Betty! La dauphine est enceinte. Elle ne peut suivre sa mère partout. D'ailleurs, à peine seriez-vous arrivée que Charles, le dauphin, serait reparti.

– Mais où?

– Sans doute à Bourges ou à Mehun-sur-Yèvre, là où est son petit fief.

– Vous avez raison. D'ailleurs, je commence à renoncer à cette idée de rencontrer la dauphine. Je pense plutôt à retrouver Clarisse. J'ai peur qu'il ne lui soit arrivé quelque chose.

– Votre fille est jeune, saine, en bonne santé. Elle a du courage et de la ressource. Croyez-moi, il ne lui est rien arrivé.

– Puissiez-vous dire vrai, soupira Betty.

Puis elle se laissa guider par les conseils de Renaude en soupesant les difficultés qu'elle trouverait encore sur son parcours.

L'attelage de maître Férard démarra un matin de fin d'hiver alors que le ciel, au-dessus de la Loire, laissait s'échapper les premières hirondelles.

Les deux chevaux filaient bon train. On avait placé

entre eux la «Grisette», la vaillante et robuste mule de Betty qu'elle avait payée si peu cher et qui lui rendrait tant de services quand elle serait à nouveau seule.

Dès que l'allure des chevaux prenait trop de vitesse, la «Grisette» se mettait à braire par petits coups successifs et, aussitôt, maître Férard qui conduisait habilement la voiture ralentissait.

On approchait de Romorantin. Dominés par les bouleaux, les saules et les genêts sauvages et, tout autour, bordés par les roseaux qui frémissaient au moindre souffle du vent, les étangs se cachaient derrière cet immense écran de verdure, découvrant par endroits des nymphéas blancs serrés les uns contre les autres. Des renoncules aquatiques complétaient parfois de leurs grappes jaunes ou rouges l'harmonie des couleurs. La flore abondante et odorante des étangs ravissait toujours les regards des voyageurs perdus dans cette Sologne qui menait aux portes de Romorantin.

On entendait piailler les oiseaux que l'on devinait dissimulés dans des nids enfoncés au plus profond des bois. Des paquets de chaumes coupés pour recouvrir les toits séchaient dans des endroits abrités. Et çà et là, des barques oscillaient sur les bords de l'eau, laissant flotter les rames en attendant qu'un pêcheur de carpe ou de gardon vînt s'en saisir pour l'emmener là où les bruits n'étaient plus que ceux de la nature.

L'attelage traversa chemins et forêts, puis arriva aux portes de la ville. Le château se composait d'une unique forteresse et les maisons se regroupaient tout autour.

Il ne fut pas difficile pour l'attelage de suivre la Sauldre jusqu'à Gien où de nombreux commentaires attendaient maître Férard, son épouse et Betty.

– Nul besoin de s'écarter de votre chemin, sire Férard,

lui dit l'aubergiste en remplissant de vin frais le gobelet du lissier. Orléans sera bientôt libéré.

D'un geste assuré, dame Renaude tendit sa chope à l'aubergiste. Gourmande, elle avait fait bon accueil à la poularde farcie de truffes et aux gésiers de canard.

– Croyez-moi, vous n'avez plus besoin d'aller jusqu'à Montargis. Les Anglais ont évacué la ville.

Un commerçant se joignit à l'aubergiste pour leur assurer que tout danger était écarté et quelques autres clients, dont l'un était chanoine à Blois, affirmèrent qu'ils se rendaient eux-mêmes à Orléans.

Après le dîner, rassasiée et détendue, dame Renaude refusa que Betty dorme dans la grange et, quand celle-ci parla de la voiture de l'attelage où elle pouvait fort bien passer la nuit, elle s'y opposa aussi.

Tout en décrochant ses chaudrons et ses marmites de la crémaillère, l'hôtelier, qui ne perdait pas une seule parole de ses clients, se tourna vers Betty et jeta d'un ton affable :

– Trois femmes qui voyagent seules se partagent une chambre. En vous serrant un peu, vous ferez la quatrième.

Certes, Betty n'en demandait pas autant et, d'emblée, elle accepta. L'unique et grand lit était douillet et la couette moelleuse. Coincée entre deux clientes assez fortes, Betty se laissa bercer par le ronronnement de leurs jacasseries. Les trois femmes avaient lié connaissance pendant le souper et semblaient fort bien s'entendre.

Avant de s'endormir, ses pensées allèrent à Clarisse. Chaque soir, Betty se demandait si elle retrouverait ses traces, et chaque fois, elle murmurait : « Elle saura se défendre ! »

Clarisse n'avait-elle pas déjà voyagé lorsque, à seize

ans, elle était partie pour faire la connaissance de Lucas et, à cette époque, n'avait-elle pas été emprisonnée avec la dauphine Marie ? Oui ! Sa fille s'en sortirait ! Betty en était sûre. Et, sur cette profonde conviction qui lui redonnait de l'espoir, elle s'endormit enfin bercée par les chuchotements de ses compagnes.

Au lendemain matin, les chevaux et la « Grisette » étaient en excellente forme. En accord avec sa femme, Albin Férard avait pris sa décision. Ils poursuivraient leur route en longeant la Loire jusqu'à Saint-Benoît et Germigny-des-Prés. La chance leur sourirait peut-être s'ils avaient la chance de rencontrer les prieurs des monastères. Parfois, quand un maître lissier passait, qu'il soit de province ou de Paris, s'il plaisait au supérieur et si la qualité de ses travaux lui paraissait exceptionnelle, il repartait une commande en poche.

IX

Les premières recherches de l'abbé Meslin auprès de Humbert Florimont furent infructueuses. Mais la nature du brave abbé quand il se mêlait de débroussailler un point épineux ne résultait ni de la désinvolture ni de la négligence et c'est ainsi qu'il persévéra, d'autant plus que, bloqué à Tournai, le convoi attendait que les tensions s'atténuent et que les soldats du capitaine Gloucester lèvent l'interdiction de passer.

Réitérant ses escapades nocturnes, l'abbé obtint gain de cause. Il se lia avec l'un des marchands partageant le chariot de Florimont et prit l'habitude de se rendre chaque soir près des attelages stationnés en début de file. Questionnant habilement son nouvel ami, le marchand flamand Van Beck, il finit par apprendre ce qu'il souhaitait savoir.

Après avoir dérobé la tapisserie historiée de Clarisse, Humbert Florimont de Tournai l'avait offerte au capitaine Gloucester. L'aide de l'abbé s'arrêtait malheureusement là. À présent, c'était à la jeune fille de poursuivre ses investigations, opération périlleuse qu'elle ne tarda pas à mettre soigneusement au point. À la rage succéda le dépit. Deux longues années d'efforts et de travail quotidien s'envolaient en poussière. Deux années qu'elle ne pouvait rattraper qu'en recommençant tout, jour après jour, mois après mois. Alors, une froide résolution s'empara de Clarisse et elle décida, contre toute raison, de forcer le barrage qui bloquait les marchands lainiers à Tournai pour aller voir Gloucester.

Au petit matin, elle se leva sans bruit, enfila sa chemise, sa cotte en serge bleue à longues manches évasées et son surcot dont la couleur rose intense tranchait avec l'ensemble et donnait à son visage un éclat lumineux d'une grande fraîcheur. Elle s'assura que ses quelques deniers pesaient bien dans l'ourlet de sa cotte solidement cousu. Puis, elle tressa soigneusement ses cheveux qu'elle enroula sur ses oreilles en les maintenant avec un petit peigne d'écaille et saisit une pelisse chaude qu'elle posa sur ses épaules.

Elle avait juste mis Anastaise dans la confidence en lui demandant d'exécuter rapidement une succincte enluminure sur un parchemin de petite taille qu'elle emporterait avec elle.

Se glisser à une heure aussi nocturne, sans être arrêtée, entre les chariots de la longue file ne présentait pas une trop grande difficulté. Elle se retrouva vite au-devant du convoi qu'elle devait habilement contourner pour ne pas se faire remarquer du triste sire de Florimont.

Serrant le parchemin entre ses doigts un peu crispés, enfouissant sa tête dans la capuche de sa cape et courbant les épaules, elle frôla silencieusement les bords de la route et s'avança dans la périphérie de la ville en prenant soin de rester ainsi dissimulée.

Comme les premiers rayons du jour tardaient à se lever et que le ciel offrait encore de larges zones sombres, elle put s'approcher, sans plus d'encombre, jusqu'aux portes de la ville. Soufflant quelques instants et dégageant sa tête de la profonde et confortable capuche qui la cachait si bien, elle se rendit compte, avec une appréhension évidente, que les remparts qui entouraient la ville n'allaient certes pas lui faciliter la tâche.

Avisant les soldats qui patrouillaient, elle frissonna en s'apercevant qu'elle avait sous-estimé les complications qui, tout à coup, lui apparaissaient insurmontables. Deux solutions se présentaient à elle. Faire la courte échelle pour passer au-dessus du rempart, mais elle ne disposait pas de l'aide d'un complice, ou dialoguer avec un soldat pour pénétrer dans la ville dont les portes se trouvaient fermées.

Cette solution paraissait moins risquée, mais elle devait chercher le motif de sa ruse. Son seul avantage était sa fonction d'artisane, de commerçante, de travailleuse, un élément de poids dont elle allait forcément se servir. Elle ne ferait pas, comme autrefois, figure d'espionne à la solde des Armagnacs.

La crainte plaquée au cœur, elle s'approcha d'un soldat, mais au moment d'ouvrir la bouche, elle se rendit subitement compte qu'elle ne parlait pas anglais. Elle perdit un instant courage, prit peur, ravala sa salive, mais le garde qui, d'un grand pas, s'approcha d'elle la regarda sans brusquerie.

– Je voudrais pénétrer dans la ville, fit-elle d'une voix qu'elle s'efforça d'affermir.

L'homme secoua la tête et arrondit les yeux. Comme Clarisse l'avait prévu, il ne comprenait rien, mais il n'avait pas l'air menaçant. Elle réitéra sa demande et vit un autre soldat qui, non loin d'eux, s'approchait. Après l'avoir observée longuement, les deux hommes discutèrent quelque temps. Alors, elle dégagea l'une de ses mains de l'enveloppante cape et tendit le parchemin qu'elle déroula devant leurs yeux.

– Par-che-min ! fit-elle en détachant chaque syllabe. Ta-pis-serie ! Glou-ces-ter !

Au nom de Gloucester, ils réagirent.

– Good ! Gloucester ! Good ! répétèrent-ils en hochant la tête.

Une ombre de soulagement s'inscrivit sur le visage de la jeune fille. Se pouvait-il qu'ils lui ouvrissent les portes de la ville ? Elle désigna du doigt l'enluminure. Anastaise avait dessiné l'un des motifs de la tapisserie de *L'Apocalypse de saint Jean*, une femme assise sur les flots dont les vagues s'agitaient et qui se regardait dans un miroir. Clarisse connaissait ce tableau comme elle connaissait tous les autres, les quinze tableaux des six panneaux qui composaient la gigantesque tenture et celui-ci s'intitulait *La Grande Prostituée sur les eaux**. Comment pouvait-elle ignorer cette illustration quand, sur le millier de personnages représentés, seules deux femmes demeuraient, une prostituée et une Vierge !

Les soldats secouèrent fougueusement la tête pour montrer qu'ils avaient compris.

– Ap-por-ter à Glou-ces-ter ! précisa de nouveau Clarisse. Ur-gent !

– Good ! Good !

Clarisse ignorait ce que voulait dire ce « good » qu'ils ne cessaient de lui jeter à la face, mais elle était persuadée, à présent, que ce mot mystérieux pour elle était de bon augure. Cependant, les choses ne s'éclaircissaient pas pour autant si facilement. Les soldats appelèrent deux autres de leurs compatriotes à la rescousse et se

* Ce tableau de *L'Apocalypse de saint Jean* qui s'intitule *La Grande Prostituée sur les eaux* s'oppose au seul autre qui représente aussi une femme : *La Vierge reçoit des ailes*. Les tentures de *L'Apocalypse de saint Jean* sont exposées au musée du château d'Angers.

lancèrent dans une discussion sans fin. Un véritable dilemme sembla les opposer les uns aux autres. Les deux nouveaux soldats secouaient énergiquement la tête de droite à gauche, les deux anciens s'énervaient en désignant le parchemin qu'ils tenaient entre leurs mains. La délicate feuille enluminée finit par atterrir entre les mains d'un cinquième comparse qui, enfin, départagea les camps opposés.

Alors, avec un soulagement extrême, Clarisse vit le premier garde à qui elle s'était adressée lui rendre son parchemin et, la prenant par le bras, il la conduisit vers l'une des portes de la ville, sans doute la plus petite, car ce n'était qu'une mince ouverture pouvant à peine laisser passer un attelage.

Elle lui sourit et eut presque envie de l'embrasser tant elle était heureuse, mais elle se retint pour éviter tout malentendu.

Il s'éloigna, lui cria un dernier «good» en élevant la main et elle s'engouffra rapidement de l'autre côté du rempart.

Elle traversa la ville sans encombre et se rendit chez le prévôt des marchands. C'était sans doute la meilleure des solutions pour rencontrer l'intouchable Gloucester qui, disait-on, s'enfermait assez volontiers dans ses multiples appartements, s'adonnant à une vie de débauche quasi perpétuelle.

Dans la cour intérieure aux pavés gris et serrés, si vaste et si carrée que plus de dix chariots, côte à côte, pouvaient aisément tourner sur eux-mêmes, une fontaine dans un angle faisait jaillir son eau claire et bruissante. Des statues antiques sur des socles au-dessus desquels poussait une petite mousse verdâtre encadraient la grande porte d'entrée.

Clarisse présenta son parchemin en expliquant que le dessin était un modèle qu'elle devait remettre au capitaine Gloucester pour la fabrication d'une tapisserie qu'il avait commandée. Un chambellan du prévôt lui fit remarquer d'un ton sec que le cas ressortissait plutôt au bailli qui résidait à l'opposé de la ville. Clarisse sentit qu'il n'aimait guère le personnage auquel elle faisait allusion.

Elle se mit donc en route en se demandant si elle devait à nouveau citer Gloucester aux Tournaisiens. Apparemment, ce dernier ne semblait pas leur plaire. En chemin, le cocher d'un attelage lui indiqua la maison du bailli. Elle avait presque traversé la ville quand elle tomba dans les quartiers des artisans et des commerçants. De la bouche bavarde de deux servantes travaillant chez le bourgmestre de Tournai, elle entendit des bribes de discussion qui s'élevaient sur un ton assez pointu. Clarisse prêta l'oreille et sut ainsi, sans avoir à se rendre chez le bailli, que Gloucester avait élu domicile à deux pas de là, dans les profondeurs d'une auberge dont l'enseigne offrait l'image de deux pots en grès qui s'entrechoquaient.

C'était l'une des plus grandes tavernes de la ville que l'agitation du soir n'avait pas encore entamée. À cette heure encore matinale la clientèle n'avait pas eu le temps d'emplir l'auberge et seul le maître de céans s'y trouvait. Il était debout derrière un comptoir où s'alignaient des pots, des verres, des cruches et quelques plats creux dans lesquels il devait disposer des charcuteries diverses pour ses clients les plus affamés. Il frottait avec un chiffon de laine le grand étal de bois ciré qui brillait comme un lustre éclairé de mille chandelles.

Le pas indécis, l'œil en alerte, Clarisse s'avança. La taverne était sombre et, seul, l'étal de bois ciré derrière lequel l'aubergiste se tenait, un baril de bière et quelques barattes de beurre à ses pieds, était éclairé. Le tavernier leva la tête sur elle et la regarda s'approcher. Quand elle fut à deux pas, ses narines se dilatèrent et elle aspira une bouffée d'air dont les relents accusaient une forte odeur de charcutaille sans doute dissimulée derrière la tenture épaisse occultant tout le panneau du fond.

L'homme était trapu. Dans son visage épais s'enfonçaient deux gros yeux globuleux qui lui mangeaient le front et, plus bas, ressortait le nez ridiculement petit et fortement retroussé avec lequel il devait humer les senteurs diverses de son auberge.

– Hé là, sacrebleu ! Que veut la donzelle ? ricana-t-il enfin face à la jeune fille plantée là, un air étonné sur le visage et les bras tombant le long du corps.

– Je voudrais voir le capitaine Gloucester. On m'a dit dans la ville que je pouvais le trouver ici.

De toute évidence, ce gros tavernier flamand qui buvait et servait de la bière toute la journée était acoquiné avec les Anglais et plus encore avec Gloucester dont il devait être sous la dépendance totale.

– Et qui t'a dit ça, la belle ?

Elle se crut obligée de mentir. Comment s'en sortir autrement ?

– Le prévôt de la ville.

Profitant de son air surpris, Clarisse jeta sans attendre :

– C'est le chambellan du prévôt, un homme grand et maigre, d'aspect austère, un pli creux sur le front, une bouche mince qui n'a rien d'attirante, des manières copiées aux bourgeois et une mine à n'y pas toucher. Voici l'homme qui m'a reçue et qui m'a dit de venir là.

L'authenticité et la précision des détails firent leur effet et l'aubergiste se mit à rire.

– Rien que ça ! s'exclama-t-il en riant. Celui que tu me dépeins là est bien tel que tu le dis. Mais il a dû flairer un point en faveur de son maître pour te donner ainsi un tel renseignement. Ils se haïssent et s'entre-tueraient s'ils étaient l'un et l'autre plus querelleurs.

Il la jaugea de haut en bas, s'attardant lourdement sur la silhouette encore juvénile qu'elle offrait à son regard mordant.

– Que veux-tu à Gloucester ?

– Je dois lui remettre ce parchemin.

Elle sortit la main droite de sa cape et présenta le document enluminé.

– C'est une ébauche pour une tapisserie qu'il a commandée. Je dois la lui remettre en main propre.

– Crois-tu qu'on dérange ainsi le capitaine ? Non, ma belle ! Gloucester n'est point visible. Donne-moi ce parchemin, je le lui remettrai moi-même.

Il essuya ses doigts gras et boudinés sur le linge qui, tout à l'heure, lui servait à faire reluire son étal.

– Allons, remets-moi ce parchemin.

– Non. Je veux voir Gloucester.

Le visage du tavernier commençait à s'empourprer.

– Qui es-tu pour m'imposer tes ordres ?

– Je suis lissière et fais partie du convoi des marchands lainiers restés bloqués derrière les portes de la ville.

Assurément, l'aubergiste se montrait réticent. Clarisse crut qu'elle n'obtiendrait pas gain de cause jusqu'à l'instant où elle vit une lourde silhouette s'approcher.

– Sacripant ! aboya l'homme, le visage tourné vers le tavernier. M'empêcherais-tu, à présent, de m'entretenir avec une jolie fille ! Qui est-elle ?

L'aubergiste ne riait plus. Il haussa les épaules.

– Elle dit qu'elle est lissière.

– Lissière !

– Oui, je suis française, affirma la jeune fille en avançant de quelques pas. Je travaille pour la maison d'Anjou. Mon atelier est à Saumur.

Gloucester posa ses poings sur les hanches. Elles étaient lourdes, épaisses, comme toute sa carrure d'ailleurs.

Il s'approcha de Clarisse en traînant les pieds et leva l'une de ses mains lentement. Clarisse ne broncha pas, bien que son cœur battît à tout rompre.

Gloucester se tourna vers l'aubergiste.

– Oublies-tu, tavernier, que tu me dois tout ? Vas-tu donc à présent me priver de palabrer avec cette jolie donzelle ? Par les tripes de saint Jean ! Tu es une bien belle tapissière, poursuivit-il en se retournant à nouveau vers Clarisse. Approche un peu que je me délecte de ton image.

Il saisit son menton et elle planta ses yeux dans les siens. Sa main était plus légère qu'elle ne l'aurait pensé et son regard avait quelque chose de séduisant. Elle décida de ne pas baisser les yeux et s'efforçait de paraître naturelle, assurée, volontaire et non effarouchée par cet homme qui devait inquiéter plus d'une fille quand elles tombaient dans ses griffes. Gloucester avait la réputation de se jeter sur toutes les femmes faciles de la ville et sa renommée de débauché n'était plus à faire. Chaque nuit, affirmait-on, il ne comptait pas moins de trois ou quatre filles dans son lit.

– Allons, ma belle. Que désires-tu ?

– Peut-on être seuls, capitaine ?

– Seuls !

Il s'esclaffa, lâcha son menton et la tira par le bras.

– Habituellement, c'est à moi de décider si je veux être seul avec une jouvencelle de ton espèce. Tu m'as l'air bien hardie pour ton âge. Viens.

La pièce dans laquelle il l'entraîna était une chambre confortable, mais de dimension moyenne. Une grande cheminée où brûlait un feu de tous les diables occupait presque tout l'espace. Contre l'un des murs passé à la chaux, un grand coffre se tassait et un lit à colonnes sculptées se tenait au centre de la pièce.

Les yeux agrandis de stupeur, Clarisse vit deux filles se lever de la couche. Elles étaient nues l'une et l'autre. Leurs seins lourds émergèrent des draps blancs, puis leurs corps se déplièrent, un peu à la hâte, révélant le ventre, les cuisses, les jambes et le sexe à la toison blonde et fournie. Gloucester s'approcha de l'une et lui claqua les fesses. Elle poussa un petit cri et s'esquiva sans plus rien dire.

– Laissez-moi discuter, les filles. Je vous rappellerai le moment venu.

Puis il saisit l'autre au passage et plaqua sa bouche sur la sienne. Le baiser fut long et appuyé. Enfin, il se détacha d'elle.

– Allons ! Partez, mes colombes. Je vous ferai signe.

Elles saisirent cottes, guimpes, surcots et souliers et se précipitèrent à l'extérieur de la chambre. Clarisse sentit ses jambes trembler. Où s'était-elle fourvoyée ? Cette tapisserie qu'elle voulait récupérer méritait-elle à ce point qu'elle risquât à nouveau une aventure aussi périlleuse ? N'avait-elle donc pas assez payé de son corps les vicissitudes de la vie ? Ciel ! La Bastille n'était pourtant pas très loin dans son esprit et les rires des soldats bourguignons résonnaient encore dans sa tête.

Quand les deux filles furent parties, un relent de parfum à la fois doux et âcre traîna et se laissa absorber par les braises rougissantes dans le foyer.

– Allons, parle à présent. Tu voulais que nous soyons seuls. Nous le sommes à présent. Je t'écoute.

Il parlait un français impeccable avec un léger accent qui trahissait sa nationalité anglaise. Soulagée sur ce point, du moins, Clarisse n'aurait pas besoin de s'exprimer par gestes ou pis ! d'accepter l'entremise plus ou moins maladroite d'une tierce personne pour traduire ses propos.

– Le tavernier vous l'a dit. Je suis tapissière.

Gloucester plissa les yeux. Il avait l'air ainsi d'un fauve prêt à bondir sur sa proie.

– Comment se fait-il qu'une tapissière se trouve dans le convoi des marchands lainiers ? Un décret est passé pour séparer les producteurs de textiles et les artisans lissiers en accord avec les peintres afin que les commanditaires des deux parties ne se volent plus les marchés commerciaux européens.

– Capitaine ! répliqua Clarisse, à Paris et en val de Loire nous ne suivons pas ce décret. Peintres, enlumineurs, lissiers, teinturiers et producteurs de laines appliquent encore l'ancienne tradition selon laquelle chacun aide l'autre dans sa profession.

Gloucester s'approcha d'elle jusqu'à la frôler de son puissant torse.

– Ainsi, en Anjou et en Touraine, les peintres travaillent encore avec les lissiers. Ces derniers ne produisent-ils donc pas leurs propres modèles ? Sont-ils donc à ce point toujours tributaires des grands créateurs ?

– C'est encore ainsi, même à la cour de Bourgogne, capitaine. Vous ne devez pas ignorer que le renommé

Baudouin de Bailleul et le plus célèbre encore Van Eyck ont effectué récemment des cartons pour le duc de Bourgogne comme Jean de Bruges avait dessiné les scènes merveilleuses de *L'Apocalypse* pour le duc d'Anjou.

Il s'approcha davantage et souffla son haleine chaude sur le visage de Clarisse.

– Ta culture, ma belle, me semble être sans reproche. Qu'es-tu venue faire ? Pourquoi veux-tu me voir ?

Comme elle ne répondait pas, cherchant sans doute à éviter tout faux pas, il reprit :

– Où est ce parchemin dont le tavernier parlait si fort ?

– Le parchemin n'est qu'un prétexte pour arriver jusqu'à vous. Je suis venue vous parler de Humbert Florimont qui se trouve dans le convoi des marchands lainiers bloqué aux portes de Tournai. Mais, il semble que celui-ci puisse sans difficulté pénétrer dans la ville.

Gloucester fronça les sourcils. Il les avait noirs et broussailleux. Ce n'était pas un vilain homme. Sa carrure imposante s'accordait à sa haute stature et sa lourdeur n'était apparente que lorsqu'il se mettait en marche, le pas pesant et les mains posées sur les hanches. Sans doute, alors, s'employait-il à se donner une allure de monstre sacré, une sorte de mythe qu'il voulait cultiver aux yeux des Flamands et peut-être plus encore à ceux des Bourguignons.

Son regard aux formes allongées prenait des teintes incertaines, à la fois bleues ou grises, parfois vertes. Sa bouche était sensuelle et ses mains d'une extrême finesse.

– Ainsi, tu connais Florimont ! Est-il aussi voleur que son oncle ?

Dieu ! Si Clarisse n'avait pas eu aussi peur, elle aurait poussé un grand éclat de rire.

– Voleur ! Il l'est, croyez-le capitaine Gloucester. Son oncle, en travaillant pour Jean sans Peur, travaillait aussi pour vous, les Anglais. À présent, c'est Philippe de Bourgogne qui lui passe commande et depuis que le jeune duc s'est rapproché de la maison d'Anjou, il travaille aussi pour vos ennemis les Armagnacs.

– Je sais déjà tout ça, ma belle, où veux-tu en venir ?

– Philippe de Bourgogne n'est pas votre ami.

– Mais je m'en contrefous ! ricana Gloucester. Florimont travaille pour qui lui plaît. L'essentiel est que ma bourse s'emplisse.

– Justement, il vous a donné une œuvre qui ne lui a rien coûté. Un triptyque à trois volets. Une œuvre pieuse dont le premier tableau est une annonciation représentant un ange agenouillé devant une Vierge. Le second tableau est une nativité où la Vierge regarde l'enfant et le troisième volet met en scène un enfant qui a grandi travaillant aux côtés de son père charpentier.

– Et le tout, renchérit Gloucester, est constellé d'étoiles, de fleurs et d'allégories diverses. Je ne sais où ce lissier s'est procuré cette œuvre, mais elle est aussi petite qu'admirable. Une vraie merveille. Oui ! Assurément, c'est un petit chef-d'œuvre. L'aurait-il dérobée ?

– Ce chef-d'œuvre, comme vous l'appelez, capitaine, m'appartient.

– Que veux-tu dire ? Qui l'a dessiné et qui en a effectué le tissage ?

– C'est moi, capitaine. Je l'ai entièrement réalisé. Humbert Florimont vous a offert une œuvre qui m'appartient. J'ai confectionné cette tapisserie historiée pour pouvoir entrer dans la guilde des lissiers du Nord.

– Chère petite ! s'esclaffa Gloucester en la serrant de si près que son visage faillit toucher le sien, qui me prouve que cette œuvre est de toi ?

– Je vous l'ai décrite.

Il haussa l'épaule et la relâcha. Elle s'éloigna de lui et se cala contre le mur qui se trouvait entre l'immense cheminée et le large lit à colonnes sculptées.

– Vous vous en moquez, capitaine Gloucester, dit-elle d'un ton ironique.

Surpris, il ouvrit la bouche, puis partit d'un fort éclat de rire dont les soubresauts allèrent se perdre dans le crépitement du feu.

– Mais foutre Dieu ! C'est que tu me plais. Allons, si cette œuvre est la tienne, nous finirons bien par nous comprendre.

La chambre regorgeait d'une odeur âcre et douceâtre à la fois. Pas un filet d'air n'y pénétrait, ce qui accentuait la chaleur. Le feu crépitait et les flammes jetaient des ombres qui se mouvaient sur le crépi blanc des murs.

– Rendez-la-moi, sire Gloucester. C'est le fruit d'un travail qui m'a coûté des mois de courage et d'obstination et sans elle je ne peux pas être le maître de mon atelier.

De nouveau, il se mit à rire un peu grassement, mais l'ardeur de son hilarité semblait un peu s'éteindre.

– À une condition, jeta-t-il en s'approchant d'elle.

Puis, de ses bras puissants, il enserra son frêle torse et la pressa contre lui. Quand elle sentit le souffle chaud de sa bouche sur son visage, elle se cabra et le repoussa.

– Sire Gloucester, je refuse cette condition-là.

– Alors, tu n'auras rien. Et je vais t'enfermer afin que tu prennes le temps de réfléchir. Cependant, n'attends pas que la Commission des lissiers du Nord soit passée. Sinon, il te faudra patienter jusqu'à celle de l'année suivante.

– Ne craignez-vous pas qu'on me recherche ?

Il se remit à rire et l'étreignit de plus belle.

– Personne ne te recherchera, ma belle. À cette heure, le convoi dont tu faisais partie est déjà disloqué.

– Disloqué ?

– Oui, attaqué par mes troupes. Elles sillonnent le Brabant et le Hainaut, même la Picardie. Des Flandres françaises jusqu'aux Flandres orientales, mes soldats veillent, prêts à se jeter sur tout ce qui se vend.

Comme Clarisse le regardait, ahurie, il poursuivit en ricanant :

– Rassure-toi, il n'y aura aucun massacre si les marchands se montrent accommodants. J'ai besoin d'argent, de beaucoup d'argent et donc de toute la production qu'ils véhiculent, c'est tout. Après, ils s'en retourneront sagement d'où ils viennent, mais sans les florins qu'ils espéraient. À moins que... À moins que...

– À moins que quoi ? s'écria la jeune fille dont les yeux s'agrandissaient de fureur à mesure que Gloucester la serrait plus fort.

– À moins que ces braves Bourguignons ne s'en mêlent. Dans ce cas, on court, ça je peux te l'affirmer. Alors ne compte pas sur ton convoi pour te rechercher.

– Si ! Je vous l'assure. On enquêtera, s'obstina Clarisse.

Il resserra son étreinte, pressant ses mains dans son dos, la forçant à se coller contre lui.

– Non, ma belle, car tu es sous ma coupe, à présent. Qui veux-tu qui se préoccupe de toi ? Ton pays succombe. Mon cher frère, le duc de Bedford s'y emploie à merveille. Il est le maître de l'Anjou, du Poitou, du Berry. Orléans est assiégé. Bedford – entre nous que je n'aime guère – sera le maître de Paris et, bientôt, de toutes vos provinces françaises, et moi de tout le Nord.

Voilà, ma chère, quel sera le nouveau découpage de nos possessions. Alors, tu as tout intérêt à passer dans mon camp.

– Mais c'est impossible !

Il colla sa bouche épaisse à la sienne et, sensuel, chercha à pousser plus loin l'intimité du baiser.

La pression de ses bras, de son torse, de sa bouche, était si forte que Clarisse ne put se dégager. Ciel ! Avait-elle envie de pleurer, de crier, de vomir ? Cet homme la répugnait et pourtant sa bouche était douce, non cruelle. Il la lâcha et se dirigea vers le coffre de la pièce dont le couvercle était éclairé par les lueurs du foyer qui crépitait dans un bruit infernal.

– Tiens ! fit-il en l'ouvrant. J'ai vu Florimont la semaine dernière. Et je n'ai pas eu le temps d'emporter ton œuvre chez moi.

Et sous les yeux ébahis de Clarisse, il sortit la tapisserie dont les trois volets se repliaient les uns sur les autres. Elle était plus belle, plus merveilleuse que ce qu'elle imaginait. Le vol dont elle avait fait l'objet la rendait plus chère encore à ses yeux.

– Tu t'offres à moi, et je te rends ton œuvre devenue mienne, que tu le veuilles ou non.

– Qui me prouve que vous dites vrai ?

– Tiens, fit-il, prends-la.

Elle la saisit de ses doigts tremblants.

– Je ne vous crois pas.

Il s'approcha d'elle avec une douceur extrême. Clarisse tremblait. Il ôta les peignes d'écaille qui retenaient les tresses de ses cheveux et se mit en devoir de dénouer les deux lourdes nattes qui retombaient sur ses épaules. Sa chevelure s'étala en flots sur ses épaules. D'une pression légère – il était étonnant de voir les mains fines et les longs doigts souples qu'il avait pour des bras aussi pesants –, il entreprit de caresser son cou. Clarisse frémit. Que devait-elle sauver? Sa tapisserie ou l'intimité de son corps? Elle pensa soudain à Thomas dont elle avait refusé les tendres baisers et les douces caresses pour ne pas se laisser piéger par l'angoisse qui, alors, étreignait tout son être. Or, à présent, elle se trouvait entre les bras d'un homme odieux, certes, mais qui ne la brutalisait pas et elle se laissait faire.

Il passa sa main entre le fin tissu de sa chemise et la peau de son cou. Puis la descendit et sentit la chaleur de sa gorge.

– Rassure-toi, je ne force que les pucelles effarouchées. Toi, tu as du cran et j'aime ça. Je te laisserai donc venir de ton plein gré.

Elle laissa échapper un léger cri quand il prit entre ses doigts l'un de ses petits mamelons qu'il se mit à caresser doucement. Mais il ne poursuivit pas plus loin l'audace de ses gestes.

– À vrai dire, précisa-t-il en la lâchant, j'ai horreur de violer une fille. Je dispose de toutes les catins de la ville. Elles tombent à mes pieds et je les comble de présents. Que demander de plus? La virginité d'une donzelle timorée ne m'intéresse pas. Je réitère donc le marché que je t'ai proposé. La tapisserie contre ton agrément. En attendant, garde-la près de toi. Elle saura bien te dicter ta réponse. Je te laisse quelques heures.

Ce fut à ce moment-là que la porte de la chambre s'ouvrit dans un fracas épouvantable et que Florimont apparut. Il était rouge, essoufflé, diabolique. Une violente algarade dont il avait eu l'avantage l'avait sans doute opposé au tavernier.

– Petite putain! s'écria-t-il en se jetant sur la tapisserie historiée que Clarisse tenait entre les mains.

Il la brandit comme un trophée au bout de ses deux bras.

– Je vous la reprends, capitaine Gloucester, je vous l'avais offerte pour ne pas qu'elle retombe dans les mains de cette petite traînée. Je ne pensais pas qu'elle userait de son cul pour vous la soutirer.

– Mais..., s'exclama Clarisse dont la tête menaçait d'exploser.

– Putain!

Clarisse hurla. Une douleur l'empoigna, la traversa comme si Gloucester ou Florimont l'embrochait. Le geste du jeune homme ne fit intervenir aucune once de réflexion. La rage l'avait à ce point envahi que rien d'autre ne comptait qu'éliminer définitivement ce chef-d'œuvre. Gloucester lui-même, trop surpris par l'entrée inattendue du jeune homme, restait sans voix. Clarisse et lui le virent jeter la tapisserie dans la cheminée qui craqua aussitôt de plaisir, léchant de ses flammes les fins fils d'Arras et les fils de soie aux couleurs chatoyantes qu'elle avait si harmonieusement tissés. Une fumée un peu âcre sortit du feu. L'embrasement fut total. Clarisse sentit ses yeux se brouiller. Ses jambes s'amollirent. Son esprit chavira. Elle regarda Gloucester, puis Florimont. Ils observaient la tapisserie qui, peu à peu, se calcinait.

– C'est dommage, ma belle, fit Gloucester froidement. Nous aurions peut-être pu nous entendre. À présent, je ne puis plus rien pour toi. Je te laisse à ton tortionnaire.

Et il quitta la pièce sans plus jeter son œil sur elle.

X

Jean Lenoir ne se lassait pas de regarder le corps lumineux et souple d'Anastaise. Par tous les dieux du ciel! Combien de fois avait-il rêvé de peindre l'ocre pâle de cette peau, le soyeux de ce ventre et le velouté de ce pubis dont le triangle formait une tache sombre entre les plis moelleux et chauds de ses cuisses!

Leurs premières étreintes ne furent troublées par aucune gêne extérieure, aucun trouble, aucune remarque désobligeante car, dès le départ de Clarisse, l'abbé Meslin était aussitôt parti à sa recherche. Le chariot ne comportait donc que leurs deux présences intimement liées, ce soir-là, dans la plus chaude et la plus douillette des atmosphères.

Pourtant la quiétude qui les enveloppait, l'harmonie de leurs sentiments et l'ardeur de leurs gestes complètement à l'unisson ne dura que le temps d'un feu de paille. Alors qu'Anastaise commençait à s'endormir dans les bras du peintre qui se refermaient sur elle, des cris l'éveillèrent.

– Ce n'est rien, ma colombe, assura Jean Lenoir, rendors-toi.

Elle releva son buste dénudé et posa un coude replié sous son menton.

– Clarisse va-t-elle revenir? s'enquit-elle, rêveuse. Je ne voudrais pas qu'il lui arrive malheur.

– Ma colombe, ne t'inquiète pas pour ta compagne. Elle reviendra avec ou sans sa tapisserie et nous partirons ensuite pour Bruges.

– Et si elle ne revient pas ?

– L'abbé est rusé, il la retrouvera.

Têtue, Anastaise s'obstina.

– Et si ce n'est pas le cas ?

Jean Lenoir hésita, calculant combien d'écus il devrait laisser à ceux qui, sur son ordre, rechercheraient la jeune fille.

– Je te promets que nous enquêterons.

Les bruits qu'Anastaise avait perçus tout à l'heure se firent plus intenses et, cette fois, Jean Lenoir sursauta. Des va-et-vient, des cris, des hurlements même. On s'agitait dans la nuit comme si un combat se tenait aux alentours du chariot, troublant la tranquillité des lieux. Maître Lenoir se leva. Il était nu. Pleinement réveillée, Anastaise lui jeta sa pelisse. En toute hâte, il la posa sur ses épaules et passa la tête par une brèche de la bâche qui recouvrait le chariot.

– Vite, habille-toi ! Nous sommes cernés, les Anglais nous attaquent ! fit-il en revenant, blanc de peur, près d'Anastaise.

Puis il passa rapidement son justaucorps et ses chausses pendant que la jeune fille saisissait promptement sa chemise. Dehors, une agitation indescriptible régnait. Des torches flambaient de partout. Des projectiles fusaient. Des feux s'allumaient.

– Ils nous pillent ! Les sauvages, les gredins, ils nous pillent !

Et, bien avant que le peintre et sa compagne n'eussent le temps de faire un geste, le chariot fut empli de soldats anglais. Ils entraient, ils cassaient, ils criaient. Les coups d'épée volaient. Des massues s'abattaient sur les tables et les tabourets en bois. Les montants étanches du chariot furent éventrés à coups de hache.

– Pas un mot, pas un cri et vous êtes saufs !

Anastaise cria. Jean Lenoir s'était précipité sur le coffre pour empêcher que l'un des soldats l'ouvrît. Il reçut un violent coup sur la tête, puis l'une des épées vola dans l'espace, s'abaissa dans un sifflement et lui entrouvrit le flanc. Le sang gicla sur le plancher.

– Prenez la fille et emmenez-la ! cria un Anglais en la désignant du doigt.

Tapie au fond du chariot, Anastaise avisa la brèche que la hache avait ouverte en défonçant le mur sur l'un des côtés. Elle s'y glissa aussi vite qu'elle le put. Heurtant violemment la marche, elle tomba, se releva. L'air frais de la pleine nuit la réveilla tout à fait. Elle courut à travers les chocs, les heurts, les cris et les cadavres. Elle courut jusqu'à en perdre haleine, sans trop savoir où elle se rendait.

Certains chariots renversés étaient déjà brûlés. Sans doute avaient-ils été pillés auparavant. Les morts gisaient à deux pas, les uns le cœur transpercé, les autres la tête tranchée ou le corps calciné par les flammes qui avaient fini par s'éteindre. Seules les braises rougeoyantes dans une aube infernale révélaient l'horreur du combat.

Ceux qui, par un pressentiment ou une chance inespérée, s'en étaient tirés fuyaient en retournant sur leurs pas. Mieux valait, pensaient-ils, repartir sur Amiens que de poursuivre vers un lieu démoniaque. Anastaise n'avait pas eu cette présence d'esprit. Au lieu de reculer, elle s'était au contraire portée en avant, vers les massacres dont elle découvrait l'atrocité à chaque minute.

Dans sa course effrénée, elle heurta un corps, puis

deux. Inertes et raides, ils appelaient le néant et la mort. Elle glissa sur une flaque de sang, noire et gluante, puis elle cria. L'un des corps était enveloppé d'une bure, l'autre d'une large cape. Elle tomba près d'eux, lourdement, comme on chute sans s'en apercevoir quand l'esprit quitte la raison. Elle tâta la grande cape semblable à celle qu'avait prise Clarisse au matin de son départ. Dégageant la capuche, elle sentit une barbe dure sous ses doigts.

Dieu merci ! Elle ne tenait pas dans sa main froide et tremblante le doux visage de son amie. Presque inconsciente, ses doigts frôlèrent les formes masculines sous la bure brune que la nuit dissimulait à demi. Le visage qu'elle tâtait était celui d'un homme et il lui sembla que l'abbé Meslin avait plus de rondeur sur les joues et moins de barbe, celles-ci lui semblèrent creuses et plus velues.

Près d'elle, un bruissement la fit se relever aussi promptement que si un serpent l'eût piquée. Une main la saisit violemment à l'épaule, se rabattit sur sa gorge en serrant comme pour l'étrangler. Lui restait-il encore quelque force ou simplement quelque énergie pour se défendre ? Elle ramena l'une de ses cuisses en avant, plia le genou et le reporta à hauteur du ventre de l'homme, puis elle détendit brusquement la jambe et, de son pied lancé contre son agresseur, réussit à se dégager.

Anastaise ne sut comment elle avait atteint le parvis de la cathédrale. À demi morte, elle eut encore la force de se traîner à l'intérieur de la grande église et s'écroula sur le dallage froid entre deux bancs de bois qui lui offraient un asile bien incertain.

Quand elle s'éveilla, elle ne sut si les affrontements s'étaient calmés. Personne ne l'avait remarquée, là, écrasée sur le sol, cachée entre les bancs serrés de l'église. Sa première pensée fut pour Jean Lenoir qui la tenait encore dans ses bras quand les agitateurs avaient commencé à crier. Puis elle revit la scène où les trois soldats anglais s'acharnaient sur lui et celle où l'un d'eux criait qu'on la saisisse. Elle se souvint de sa fuite. Les images cauchemardesques l'assaillirent. Chacune se collait à elle sans aucune complaisance, la laissant pantelante, incapable de faire un geste.

Elle retomba dans une hébétude qui l'immobilisa quelques heures encore. Puis, de nouveau, elle revint à elle et prit conscience de son dépouillement. Sa chemise sans manches ne recouvrait que son buste, s'arrêtant juste au-dessus de ses cuisses. Autant dire qu'Anastaise était presque nue. Alors elle se leva, honteuse de se trouver aussi dévêtue dans une église. La tête lourde, elle tituba en s'avançant jusqu'à la porte. Le jour avait dû se lever, car une lumière à la fois éblouissante et apaisante traversait les vitraux. Pourtant, la grande voûte de l'abside lui parut monstrueuse quand elle laissa courir ses yeux sur la petitesse de son corps tassé sous les ogives.

À l'extérieur, le vent la prit de plein fouet. Elle frissonna et, sans réfléchir, contourna la cathédrale en rasant les murs. Tout était silencieux. Pas un bruit n'arrivait à ses oreilles. On eût dit que rien ne s'était passé. Le jour se levait. Les clameurs quotidiennes allaient bientôt retentir à travers la ville.

Puis, lasse et impuissante, elle retomba mollement entre deux bosquets dont les basses ramures la recouvrirent entièrement. Des larmes abondantes coulaient sur son visage. Anastaise regrettait tout. Son départ, sa jeunesse inexpérimentée, sa pauvreté immense et son amour tout neuf perdu dans une effroyable effusion de sang et de douleur.

XI

Juste avant l'attaque des Anglais, laquelle, il faut le dire, avait été soudaine, brutale et extrêmement rapide, l'abbé Meslin avait retrouvé les traces de Clarisse. Quittant le représentant des marchands lainiers de Tournai, il était allé aussitôt chez le bailli et de là chez le bourgmestre de la ville. N'obtenant point de réponses satisfaisantes, il commença à questionner les gens là où ses pas le menaient et, de renseignements en déductions, il s'était tout simplement dirigé vers l'auberge où logeait Gloucester.

Mû par un pressentiment, il resta tapi dans la cour de la taverne entre un amoncellement de barils vides et un attelage assez imposant. Dieu ! Qu'il eût aimé tenir une torche entre ses mains pour examiner de plus près les deux chevaux blancs qui y étaient attachés ! Il lui semblait reconnaître l'attelage de Florimont. Mais si ce chariot était bien le sien, où étaient passés les deux marchands qui le partageaient avec lui ?

Comment l'abbé Meslin aurait-il pu se douter qu'à peine avait-il le dos tourné, passé les remparts de la ville, les Anglais attaquaient sauvagement le convoi et que les deux braves hommes dont il se souvenait gisaient parmi les nombreux morts, le corps cruellement transpercé et la bourse vidée jusqu'au dernier florin ?

Sa bure sombre le cachait des éventuelles indiscrétions. Il ramena la capuche sur sa tête afin de s'y enfouir plus profondément. Tassé entre les barils de bière et l'une des roues arrière de l'attelage, il vit soudain deux hommes traîner un sac qu'ils déposèrent dans le chariot comme s'il s'agissait d'un sac de céréales. Le heurt du sac contre le plancher du chariot fut accompagné d'un gémissement humain qui frappa douloureusement l'ouïe de l'abbé. D'un bond de chat, il profita de la seconde où les hommes enfourchaient les chevaux pour grimper lestement par l'arrière, là où la bâche laissait une fente qui, fort heureusement, n'avait pas été fermée de l'intérieur.

Le sac en grosse toile de jute gisait devant ses yeux. Il jura par tous les saints en pensant qu'il n'avait pas de couteau. Sa matraque, pour l'instant, ne lui servait à rien.

Fort heureusement, les liens qui enserraient le sac n'étaient pas solidement fermés et il s'employa à les desserrer. Mais le temps passait et l'abbé croyait à tout instant voir apparaître l'un des conducteurs. Quand il écarta les bords rugueux du sac, il vit avec un soulagement extrême que Clarisse était bien à l'intérieur. Assommée, elle respirait à peine, la tête plongée dans le fond, les pieds devant. La profondeur du sac ajoutait de la difficulté à l'en sortir. Enfin, l'abbé réussit à lui saisir les jambes et à la tirer sur le sol.

Elle était à demi morte. Mais les cahots de l'attelage contre les pavés disjoints de la ruelle que les hommes venaient de prendre et l'air frais passant par la brèche largement ouverte permirent à la jeune fille de reprendre conscience.

Étonnée, elle se passa la main sur les yeux, le front, puis sur la tête qui devait la faire souffrir. L'abbé Meslin posa un doigt sur sa bouche.

– Ne criez pas.

Elle reconnut la voix de l'abbé et émit un soupir de soulagement.

– Il faudrait sauter, chuchota l'abbé. N'attendons pas que le chariot prenne de la vitesse. Venez. Il vaut mieux se casser une jambe que de mourir dans quelques heures.

Et, sans plus réfléchir, il la tira par le bras et l'entraîna hors du chariot. Ils tombèrent violemment, roulèrent et cognèrent contre quelque chose de dur.

– Aïe ! Mon épaule ! gémit Clarisse, le visage blanc de peur et de souffrance.

– Et moi, j'ai dû me fouler la cheville. Ne nous apitoyons pas sur notre sort.

Mais, tandis que le chariot filait devant leurs yeux, Clarisse retombait dans le coma et l'abbé ne put se relever tant sa cheville lui faisait mal. Une douleur violente le saisissait, l'envahissait et il crut qu'il allait, lui aussi, tourner de l'œil. Sacrebleu ! Il était dangereux de rester dans les parages, car si les hommes de Florimont s'apercevaient de la supercherie, ils allaient, sans aucun doute, faire aussitôt demi-tour.

Il tapota les joues de Clarisse et, comme il n'y eut aucune réaction, il se mit, à contrecœur, à la gifler plus fort. Les couleurs réapparurent sur son visage et elle ouvrit les yeux.

– Vite, fuyons ! Ils risquent de revenir d'un instant à l'autre.

Clopinant, grimaçant, suant, s'entraidant l'un l'autre, ils quittèrent la ruelle, s'engagèrent dans une sorte d'allée sablonneuse encombrée de mauvaises herbes et de pierrailles grises, la suivirent jusqu'au bout et s'aperçurent, en respirant à grands coups, qu'ils étaient arrivés sans le savoir sur les bords de l'Escaut.

– Regardez, Clarisse ! Une péniche ! fit l'abbé Meslin en pointant son doigt sur le filet grisâtre que formait le fleuve assez mince à cet endroit-là.

L'air frais semblait les rétablir. De leurs émotions du moins, car l'un et l'autre souffraient encore.

Le vent s'engouffra dans leurs vêtements et, silencieusement, la péniche se rapprochait. Clarisse alla jusqu'au bord :

– Pouvons-nous monter ? cria-t-elle au batelier qui les regardait s'avancer avec méfiance.

Le marinier hésita. Un moine n'avait jamais d'argent et une fille échevelée, les vêtements sales et débraillés qui semblait s'enfuir ne devait guère en disposer de plus. Mais, les temps étaient si durs ! Une idée soudaine lui fit penser qu'après tout ils sortaient peut-être de l'enfer où avaient eu lieu les massacres provoqués par ces satanés Anglais et dont on commençait à parler dans la ville.

– C'est que..., bredouilla-t-il à demi rassuré.

– Ne craignez rien, jeta Clarisse en tenant son épaule. Je n'ai pas beaucoup d'argent, mais suffisamment pour vous payer le voyage.

Le batelier reprit de l'assurance.

– C'est dix pennies par personne.

– Partez, fit l'abbé en prenant la main de Clarisse. C'est vous qui êtes en péril. Moi, je n'ai pas un écu en poche.

– Nous irons ensemble à Bruges. De toute façon, vous devez vous y rendre. Je vais donc vous y accompagner.

– Vous n'allez pas payer pour moi ! murmura l'abbé.

– Ne m'avez-vous pas sauvé la vie ?

– Non, non. Je ne vous encombrerai pas davantage. Vous êtes ici en toute sécurité. Suivez l'Escaut jusqu'à Gand. Dans le Brabant, vous serez tranquille. Il n'y a ni Bourguignons ni Anglais. Moi, je retourne au convoi.

– Le convoi des marchands n'est plus qu'un amas de débris et de cendres, mon brave abbé, fit le batelier en dirigeant sa péniche vers les berges du fleuve. L'avez-vous donc quitté depuis si longtemps pour ignorer ce qui est arrivé ?

– Que vient-il de se passer ? s'exclama Clarisse en tremblant.

– Sur les ordres du capitaine Gloucester, les soldats anglais ont tout pillé, tout massacré. Il ne reste plus rien. Les quelques marchands ayant été épargnés soit par chance, soit parce qu'ils ont abandonné leurs bourses contre la vie sauve, ont fait tout de suite demi-tour. Et croyez-moi, ceux-là ne sont guère nombreux.

– Dieu du ciel ! murmura Clarisse en passant sa main moite et tremblante sur ses yeux, Jean Lenoir tenait à ses parchemins comme à la prunelle de ses yeux. Et Anastaise !

Elle se mit à pleurer et s'écria, chancelante :

– Anastaise ! Dieu ! Où es-tu ?

L'abbé Meslin la prit dans ses bras et tenta de la calmer. Quand il vit qu'elle se détendait un peu, il expliqua :

– Je ne peux pas venir avec vous, Clarisse. Vous êtes sauvée à présent. Vous n'avez plus besoin de moi. Mais Anastaise ? Il faut que je la recherche.

Clarisse hocha la tête dans un signe d'acquiescement.

– Nous nous retrouverons à Bruges, dit-elle d'un ton las. Il y a beaucoup d'ateliers là-bas. Je pourrai travailler et refaire mon œuvre pour la présenter dans une année ou deux.

Elle se réfugia de nouveau dans les bras de l'abbé et sanglota, cette fois sans retenue.

– Ils ont brûlé mon triptyque, je l'ai vu se réduire en

cendres dans cette monstrueuse cheminée sans pouvoir rien tenter. J'avais mis tant d'amour et de temps pour le faire !

– Dépêchons, cria le marinier. Je ne peux attendre plus longtemps. Je n'ai guère envie que ces sauvages m'égorgent s'ils voient que j'embarque l'une de leurs proies.

Certes, il n'avait pas tout compris de la discussion qui se déroulait devant lui, mais l'époque était si floue et incertaine. L'abbé réitéra ses conseils.

– Partez, mon enfant, et que Dieu vous bénisse. Un jour prochain, le destin nous replacera sans doute sur le même chemin, à Bruges ou ailleurs. Partez, je ne vous oublierai pas.

Puis, la lâchant, il poursuivit d'une voix plus enjouée :

– Si nous larmoyons plus longtemps, ce batelier va vous plaquer là sur la berge et je vous aurai sur le dos sans savoir quoi faire de vous.

Hélas, les événements commandaient et les êtres devaient obéir. L'abbé parti, Clarisse s'assit dans un angle de la péniche, défit un coin de son ourlet et saisit quelques pièces qu'elle tendit au batelier. Étendu nonchalamment sur le plancher, non loin d'elle, un jeune homme la regardait, dissimulé par les cordages. Elle ne l'avait pas remarqué. Aussi l'aborda-t-elle avec prudence.

– Qui êtes-vous ? s'enquit-elle en pensant aussitôt à ses maigres économies dont elle venait de révéler la cachette.

– Soyez sans crainte, répondit le jeune homme en souriant. Je ne suis pas un voleur et j'ai largement de quoi payer mon voyage sur cette péniche, ce qui n'est peut-être pas votre cas. Le simple ourlet de votre cotte, si toutefois vous n'aviez pas de lieu plus sûr, ne doit pas contenir très grande quantité de pièces.

– En effet, mais j'ai suffisamment pour payer le marinier. C'est l'essentiel. À Bruges, je travaillerai, s'il le faut.

– Travailler ! Qu'allez-vous faire ?

Elle le regarda, laissant flotter sur son visage un brin d'appréhension.

– Je ne vous répondrai que si je sais qui vous êtes.

Il se mit à rire et ramena ses genoux sous son menton.

– Vous avez raison. On n'est jamais assez méfiant de nos jours. Je suis le fils d'un marchand lainier lorrain. En passant directement par la province du Hainaut qui est proche de ma Champagne natale, je m'apprêtais à rejoindre le convoi à Tournai pour me rendre à Bruges. Les événements imprévus ont perturbé le déroulement de mon voyage. Ces satanés Anglais sont partout.

– Ces satanés Bourguignons aussi, jeta Clarisse en regrettant aussitôt la teneur de ses mots.

Ce jeune homme était sans doute un sympathisant de la Bourgogne, comme tous les pays du Nord, la Picardie, la Champagne, le Hainaut, le Brabant.

Mais loin de lui tenir rigueur de son propos il lui tendit la main.

– Vous vous trompez, je n'aime point les Bourguignons. Je m'appelle Quentin Durand Laxart, petit cousin du sire de Vaucouleurs. Et je suis de la province de Lorraine. Décidément, les temps sont incertains ! Je suis parti dans une grande agitation et je tombe sur une turbulence plus grande encore.

– Et que se passe-t-il donc en Champagne, fit le marinier qui près d'eux déroulait des cordages, pour que tumulte et remous s'y soient installés ?

– Je n'ai pas dit simplement en Champagne. Je parle de la Lorraine aussi. Les Anglais et les Bourguignons tuent, pillent, égorgent. Ils violent aussi sans aucun scrupule les filles et les femmes. Dans un petit village lorrain, à Domrémy, une jeune paysanne s'est élevée, fière et pure, contre tous ces massacres et contre l'infortune du dauphin de France, sans cesse repoussé des frontières de son royaume.

– Oh ! fit Clarisse. Une jeune fille peut-elle donc s'insurger contre tant de violence ?

– Elle a eu des visions, dit-on.

– Des visions ! s'exclama Clarisse, intéressée subitement par cette histoire qui lui faisait oublier la sienne.

– Le peuple l'appelle Jeanne la pucelle. Elle crie haut et fort que des voix l'ont investie d'une mission.

– Des voix ! répéta stupidement le marinier dont l'étonnement faisait écho à celui de Clarisse.

– Oui ! D'après elle, ces voix lui auraient commandé d'aller délivrer la ville d'Orléans assiégée par les Anglais et de conduire à Reims le dauphin pour s'y faire sacrer roi de France. Elle réclamait une armée pour la conduire à Chinon.

– Rien que ça ! jeta le batelier sur un ton goguenard.

Puis il s'esclaffa et reprit :

– Une armée ! Donner une armée à une femme !

– Vous riez, s'exclama Clarisse, mais vous avez écouté. Pourquoi cette jeune fille ne dirait-elle pas vrai ?

Le marinier haussa l'épaule.

– Oh ! fit-il, laissons les gens à leur place. Que les soldats soient à leur armée et les filles à leurs fuseaux. Celle-ci est sans doute une demi-folle qui se dit pucelle.

– Voilà bien le jugement des hommes sur les femmes quand ils trouvent sur leur chemin plus fort qu'eux portant jupons et robes ! Allons ! Compère le marinier, puisqu'il en est ainsi, un capitaine doit être à son gouvernail. Repartez donc à vos commandes et laissez-nous discuter.

Véritablement intriguée par cette histoire et voyant que le jeune marchand ne semblait pas partager le point de vue du batelier, Clarisse prit place à son côté et questionna :

– Cette jeune fille est vraiment paysanne ? La connaissez-vous ?

– Non, mais je connais son père Jacques d'Arc et ses trois frères, surtout l'un qui est attiré par le commerce. J'ai conversé plusieurs fois avec lui. Il m'avait déjà révélé que sa sœur était étrange.

Il leva les yeux au ciel et suivit quelques instants le vol hésitant d'une mouette. Elle tourbillonnait sur elle-même et semblait chercher quelque chose.

– L'agitation était grande en Lorraine quand je suis parti. Jamais encore le peuple n'avait vu ça. Elle s'était habillée en soldat.

– De mieux en mieux ! s'écria le batelier qui ne se décidait pas à s'éloigner. Une fille habillée en soldat !

Clarisse eut un geste agacé.

– Poursuivez, sire Quentin, je vous en prie.

– Son armée était petite, mais bien constituée. Un écuyer personnel de la garde du dauphin, un capitaine et son lieutenant, quelques soldats et quelques intimes de la cour du duc d'Anjou, venus en éclaireurs.

– De la cour d'Anjou ? Qui était-ce ?

– Deux écuyers du capitaine Jean Dunois.

– Oh ! fit Clarisse en pâlissant. Vous connaissez leur nom ?

– Je ne m'en souviens plus, bien que je leur aie parlé.

Il ne remarqua pas tout de suite l'agitation de Clarisse.

Il releva la tête. Dans le ciel haut et grisâtre, une tache mouvante forçait le regard. Les mouettes avaient l'air de s'assembler. Elles affluaient par petits groupes venant grossir le noyau central. Clarisse se rappelait avoir vu le même spectacle sur les bords de la Loire. Les oiseaux se rassemblaient toujours le long des fleuves avant leurs grands voyages. Un silence succéda au tumulte. Sur les berges de l'Escaut comme ailleurs, c'était identique. Les oiseaux s'y retrouvaient tous.

Quentin rabaissa son visage.

– Bien sûr, à présent, je m'en souviens. L'un s'appelait Thomas...

– Thomas de Beaupréhaut, coupa la jeune fille, et l'autre Lucas Cosset.

– Vous les connaissez?

– Lucas Cosset est mon frère.

Ce ne fut que plus tard, quand le vaste ciel qui s'étendait au-dessus de la péniche devint noir et criblé d'étoiles, que Clarisse, elle aussi, conta son histoire à Quentin. Non pas celle d'une jeune paysanne investie d'une mission à l'envergure nationale, mais celle d'une jeune tapissière en quête de sa propre réussite. Un combat sans doute aussi difficile pour celle qui voulait en faire une gloire personnelle.

XII

Betty et Renaude passèrent leur tête par la petit fenêtre de la voiture. L'église de Saint-Benoît-sur-Loire apparut à leurs yeux. Derrière les dépendances du monastère s'étendait un grand champ qui filait vers un bois et, tout au fond, quelques fermes s'entassaient sur un espace assez restreint.

Maître Férard arrêta son attelage dans la cour du monastère. Les deux femmes descendirent du chariot, observèrent un instant les alentours – tout était silencieux – puis suivirent le lissier en levant le nez sur les chapiteaux sculptés. La beauté du lieu les fascinait.

Betty savait que le chœur de l'église était du pur roman du XIe siècle et que les religieux avaient acquis quelques prestigieuses tapisseries dans la décennie précédente.

Tandis que maître Férard se dirigeait vers les annexes de l'intendance pour y trouver un moine susceptible de les renseigner sur l'atmosphère qui régnait à Orléans, Renaude et Betty pénétrèrent dans la chapelle.

Elles avancèrent silencieusement tout en admirant les œuvres tapissières accrochées sur les murs et dont la splendeur était inégalable.

– C'est curieux, murmura dame Renaude en désignant la plus petite, j'ignore d'où vient cette merveille. Betty, le savez-vous ?

Betty l'ignorait aussi. Mais elles entendirent un glissement de pas derrière elles et, brusquement, elles tournèrent la tête. Un moine les observait tranquillement, un léger sourire sur les lèvres.

– Hélas, les renseigna-t-il d'une voix graveleuse, cette tenture nous a été confiée il y a quelque temps. Elle ne restera pas là. Nous ignorons cependant quelle sera sa destination véritable. C'est la tenture de *La Passion**.

– Elle est éblouissante, chuchota Betty époustouflée. Regardez, Renaude, comment les deux petits anges agenouillés sous les bras relevés du Christ recueillent le sang tombant de ses plaies. Et ces casques de soldats au-dessus desquels pointent les piques et les hallebardes. Regardez comme ils dissimulent bien l'ironie de leurs visages.

– Dieu ! Que les couleurs sont belles ! s'exclama Renaude.

Le moine tendit le bras et désigna la tenture qui s'affichait sur le mur opposé. Plus petite, elle forçait aussi le regard par ses couleurs. Mais le thème de la passion du Christ avait été reproduit plus simplement, sans doute par un artiste peu connu qui n'avait pas dû vendre son dessin très cher.

– Le tissage est parfait, fit Renaude en s'approchant plus près pour voir le point avec lequel avait été réalisée la tenture.

Puis elle se retourna vers le moine qui les observait toujours.

– Vous êtes lissière ? questionna-t-il.

---

* *La Crucifixion*, extrait de la tenture de *La Passion*, fut tissée dans un atelier du Nord et dessinée par un peintre vénitien. La tenture a été réalisée dans le premier quart du XVe siècle. (Trésor de la basilique Saint-Marc.)

– Oui, et mon mari est parti du côté de votre intendance pour rencontrer le prieur de votre monastère.

De ses longs doigts maigres, le moine fit jouer la grande croix qui reposait sur son buste recouvert par l'épaisse bure blanche.

– Nous ne passons aucune commande en ce moment, reprit-il. Du moins dans le domaine des œuvres lissières. Seules, la calligraphie et les enluminures, pour l'instant, retiennent notre attention. C'est la raison pour laquelle nous donnons de nombreux manuscrits à recopier à l'extérieur. La région fourmille de petits copistes prêts à nous aider.

Il déploya sa haute silhouette restée courbée pendant qu'il discutait et redressa les épaules.

– Cherchez-vous des commandes ?

– Nous en cherchons toujours, surtout en ces temps troublés où la domination anglaise perturbe beaucoup nos moyens de production.

– Je sais, approuva le moine en hochant la tête.

– L'époque est dure, reprit Renaude. Nous allons livrer une tapisserie à Paris que nous avons bien du mal à rejoindre. Un jour, on dit qu'Orléans est bloqué, le lendemain que la ville est libre. Beaucoup d'entre nous auraient fait demi-tour.

– Les Anglais ne laissent-ils plus passer les marchands ?

– Je crains bien qu'ils n'acceptent plus grand-chose. À présent, ils menacent Tours.

– Vous avez tout de même réussi à quitter la ville. Êtes-vous allés à Germigny ?

– Non, pas encore. Mais nous comptons nous y arrêter avant de bifurquer sur Orléans.

– Je vous y engage, le prieur du monastère que je

connais bien parle de temps à autre d'une future commande pour faire le pendant avec son *Saint Michel.*

– Pensez-vous qu'il pourrait nous faire confiance?

– Pourquoi pas? Passez les voir et posez-leur la question. Vous leur direz que vous venez de notre part.

Sur les conseils du frère de Saint-Benoît, ils prirent la direction de Germigny. Les chevaux trottaient à une allure qui convenait à la «Grisette» et maître Férard se laissait tranquillement mener en tenant lâchement les rênes qui glissaient entre ses mains. Le soir tombait et le ciel commençait à s'assombrir, laissant çà et là filer des traînées rougeâtres.

Germigny était à quelques lieues de Saint-Benoît. Ils y furent en quelques tours de roue. Le lieu paraissait calme. L'heure tardive était peut-être la raison de ce grand silence qui entourait le monastère. À peine furent-ils descendus de la voiture qu'un mendiant se jeta sur eux en tendant la main. Ses loques pendaient, ses pieds nus frottaient la poussière et sa barbe tombait jusque sur son poitrail sale et à moitié découvert.

– Mon bon sire! fit-il en fixant le regard de maître Férard. N'avez-vous pas un petit sou pour moi?

Mais une voix puissante lui fit tourner la tête.

– Où sont les vêtements propres que nous t'avons donnés?

Un moine s'approchait, le pas et l'allure tranquilles. Ses deux mains enfouies dans les larges manches de sa bure, sa tête droite et relevée, son crâne tonsuré, son regard bleu-gris, un peu dur, et son menton imberbe qui avançait, tout lui conférait ce statut de moine rigoureux, austère, que rien ne fait dévier de sa route.

– Allons ! réitéra-t-il à l'intention du pauvre bougre. Où sont les vêtements propres que tu as enfilés quand tu es venu la dernière fois ? Regarde-toi. Tu nous avais promis pourtant que tu ferais attention.

– Je n'ai pas bu, je vous promets, je n'ai pas bu, balbutia le malheureux qui tendait toujours sa main.

Renaude détacha la petite bourse accrochée à sa ceinture, l'ouvrit et en tira un sou. Puis, elle le lui tendit :

– Tiens ! Mais c'est pour t'acheter du pain. Tu auras sans doute assez pour l'accompagner d'un bout de lard ou d'un morceau de jambon.

– Merci, ma bonne dame ! Merci ! Que le ciel vous bénisse.

Il se confondit en courbettes et, de ses pauvres lèvres sèches, sortit un flot de paroles où revenait sans cesse « Que le ciel vous bénisse ! ».

– Avant de Lui demander de bénir les autres, fit le moine, demande-Lui plutôt de te bénir, tu en as grand besoin, mon pauvre garçon. Allons, va-t'en à la cuisine et demande un bol de soupe.

Puis le moine se tourna vers maître Férard.

– Il n'est pas méchant, mais d'une extrême faiblesse et sa tête ne fonctionne plus très bien. Hélas, comme tous ces pauvres êtres, il est impuissant et désarmé. Conjointement avec les moines de Saint-Benoît, nous en nourrissons une dizaine chaque jour.

Il se retourna et braqua ses yeux sur son protégé qui s'était arrêté et regardait la pièce briller dans le creux de sa main.

– Il ne va pas la conserver très longtemps.

– Va-t-il la dépenser à boire ? s'enquit Renaude.

– Sans aucun doute, s'il ne se la fait pas voler avant par l'un de ses congénères.

– Pauvre homme, murmura Betty en regardant le mendiant qui, à présent, reniflait tant qu'il pouvait sa pièce.

Le moine hocha la tête et reprit :

– Quand il retrouve un semblant d'équilibre, il fait un peu de jardinage dans notre potager. Hélas, ça ne dure jamais très longtemps. Ses délires le reprennent au bout de quelques jours et il retourne à la dérive. On ne le revoit plus pendant des jours, parfois des semaines.

Il fit quelques pas en avant, laissant tomber les mains de ses manches.

– Que nous vaut votre visite ?

– Nous sommes lissiers et nous rejoignons Paris pour livrer une commande, exposa maître Férard. Nous venons de Saint-Benoît.

– Oui ! coupa vivement Renaude. Un moine nous a conseillé de venir voir votre *Saint Michel*.

– Il a bien fait. C'est une splendeur.

Vue de l'extérieur, la petite basilique était une pure merveille. Un bijou appartenant à l'Église ! Un joyau qui scintillait sous le ciel en lui renvoyant un étrange reflet.

Quand ils entrèrent, ils ne surent où poser les yeux. Tant de beauté les subjugua. Une grande luminosité encerclait tout l'intérieur. C'était à se demander comment une si petite église pouvait irradier une si grande surface.

– L'oratoire est d'époque carolingienne, leur confirma le moine en désignant le lieu saint où ils pénétrèrent avec délicatesse tout en levant les yeux. C'est le plus ancien que l'on puisse trouver en France.

Sur la droite, le plafond était décoré d'un ange auréolé d'or et de lumière, les ailes largement déployées, et, sur la gauche, on aurait cru sa réplique, mais l'ange montrait une différence dans le visage et l'attitude que l'on ne remarquait qu'après un examen approfondi.

– Oh ! fit soudain Betty en posant ses yeux sur la tapisserie accrochée au mur de la chapelle, n'est-ce pas le *Saint Michel* de la tenture de *L'Histoire d'Abraham* * ?

Renaude tourna la tête vers sa compagne. Elle paraissait toujours émerveillée de sa culture.

– Le style est des siècles précédents, reprit Betty en fixant l'ange qui, d'une main, tenait le glaive et, de l'autre, le bouclier.

– Cet ange tissé au XIIe siècle est en parfaite harmonie avec celui qui est peint sur le plafond de notre église qui date du IXe siècle. Voyez comme ils s'équilibrent.

Il recula de quelques pas et posa son regard sur le mur blanchi d'en face.

– Il nous en faudrait un autre, reprit le moine en souriant. Mais c'est étrange, nous ne pouvons fixer notre choix. Sans doute, craignons-nous que l'équilibre, entre eux, ne soit plus tout à fait le même.

– Un saint Michel valeureux et combatif pourrait côtoyer un saint Jean sage et pensif.

– Expliquez-vous, fit le moine en se tournant vers Betty.

Il aperçut la cicatrice sur sa joue. Elle rougit et passa sa main sur son visage.

– Un soldat anglais m'a repoussée avec sa hallebarde alors que je voulais traverser le pont pour sortir de Tours,

---

* Cette *Histoire d'Abraham* et son panneau « Saint Michel » furent tissés vers 1150. L'ensemble des panneaux mesurait onze mètres de long. C'est la plus ancienne tapisserie conservée du monde occidental. Sa destination originale reste imprécise.

murmura-t-elle. Je crains que cette marque toute récente ne me suive jusqu'à la fin de mes jours.

– Allons, ma fille ! Le visage importe peu, fit le moine. C'est l'âme qui compte.

Puis, comme si cette anecdote venait quelque peu perturber leur discussion, il reprit :

– À quel saint Jean pensiez-vous ?

– Celui de l'Apocalypse.

Soudain, Renaude eut envie de pousser en avant sa compagne.

– Dame Betty Cassex a travaillé autrefois sur les lisses de Robert Poinçon et Nicolas Bataille.

– Ah ! Je vois, fit le moine en scrutant plus profondément Betty.

Comme tous ceux qui s'intéressaient au monde de la tapisserie historiée, chacun savait que les ateliers de Poinçon et de Bataille avaient exclusivement travaillé à l'œuvre gigantesque de *L'Apocalypse de saint Jean.*

– Voilà presque vingt ans que ces tentures sont achevées, dit-il.

– C'est exact, affirma Betty. Elles ont été déployées pour la première fois dans le château de Saumur, à l'occasion de grandes festivités du duc et de la duchesse d'Anjou.

– Cela nous reporte en effet à presque deux décennies, jeta le moine en regardant de nouveau la cicatrice de Betty.

Il s'approcha d'elle.

– Quand les Anglais vous ont-ils fait ça ?

– Il y a trois semaines à peine, répondit Renaude en toute hâte. Dame Cassex tenait sa joue ensanglantée entre ses mains. Elle ne savait où aller. Elle est entrée dans notre atelier, morte de peur, la pauvre ! Mon mari et moi l'avons hébergée. Depuis, elle travaille avec nous.

– Je souhaite que vous arriviez à Paris sans complications. À votre retour, j'aimerais que vous repassiez par Germigny.

Il se tourna cette fois vers Betty dont la rougeur avait disparu du visage.

– Nous discuterons plus amplement de saint Jean, celui de l'Apocalypse, voulez-vous ?

XIII

L'isolement et la misère commençaient à détruire la reine Isabeau et à la pousser dans ses derniers retranchements. Ses meilleurs jours, à présent, traînaient derrière elle comme une ombre ironique et menaçante. L'hôtel Saint-Pol où elle s'était réfugiée se délabrait de plus en plus. Le duc de Bedford ne lui apportait aucun soutien, pas plus que Philippe de Bourgogne, et ses caisses étaient vides.

Le dénuement dans lequel elle se trouvait portait atteinte à l'acuité de son esprit. Vers qui pouvait-elle se tourner maintenant? À qui réclamer l'argent qui lui manquait pour subvenir décemment à ses dépenses, même de moins en moins lourdes? Elle avait dû se séparer de sa belle tapisserie commandée autrefois aux lissiers Robert Poinçon et George Bataille.*

Frustrée des fêtes qu'elle aimait tant, des bijoux et fourrures dont elle devait, par la force des choses, se défaire peu à peu pour payer le personnel qui lui restait, manquant de bois pour se chauffer, d'huile pour allumer ses lampes, de musiciens pour la distraire, Isabeau rêvait aux jours fastes d'un règne qu'elle s'était efforcée de rendre éblouissant.

---

* Cette tapisserie commandée par Isabeau de Bavière s'intitulait *L'Histoire du roi des amants*.

Oui ! Autrefois cet hôtel l'avait accueillie en grand apparat, dont le luxe éclatait dans chaque pièce. Vidées maintenant de tout mobilier, elles offraient une désolation immense. Plus de coffres et de buffets sculptés dans les coins, plus de tapisseries historiées sur les murs, plus de bibelots et d'objets précieux, plus de livres enluminés. La pauvreté du lieu était telle que l'on eût dit l'intérieur d'une masure de paysan.

Bedford, devenu sourd à ses appels, ne lui donnait aucun écu, refusant d'écouter les plaintes d'une femme qu'il ne voulait plus voir. Passant son temps à chevaucher sur les territoires français qu'il gagnait peu à peu, se gaussant des faibles armées du petit roi de Bourges qu'il prenait pour un demeuré et un couard, il riait à gorge déployée devant cette pucelle à moitié folle et qu'il allait bientôt écraser.

Quant au duc de Bourgogne, depuis qu'il était veuf, il ne venait même plus visiter Isabeau et se souciait peu de ses angoisses.

Hormis sa cruelle déchéance, à quoi pouvait penser la reine de France si ce n'était à ce triste jour – glorieux pour elle – où le traité de Troyes avait cédé le royaume français aux Anglais et où elle mariait sa fille Catherine au roi d'Angleterre à qui elle reconnaissait tous les pouvoirs. Aurait-elle effacé de sa mémoire les termes infâmes de ce traité qui nommait son fils « le soi-disant dauphin » ou « le bâtard », pis ! qui le déshéritait purement et simplement ? Isabeau avait ensuite accrédité les bruits les plus malveillants, répercutant que Charles n'était pas le fils du roi et qu'il était le fruit de l'une de ses aventures de passage.

Le traité de Troyes ! Ce 21 mai 1420, Isabeau ne pouvait l'oublier, pas plus qu'elle ne pouvait oublier les ignominies dont elle était la responsable. Les campagnes dévastées par les guerres, les pénuries de blé, de légumes, de fruits ne la concernaient guère à cette époque où elle dépensait sans compter l'argent que lui procurait Jean sans Peur, le duc de Bourgogne dont elle s'était accordé les divines grâces.

À présent que ses bijoux, sa vaisselle, ses tapisseries, ses enluminures étaient vendus, même les banquiers refusaient de lui prêter l'argent qu'elle demandait et les murs de l'hôtel Saint-Pol restaient décrépis, les plafonds laissaient couler l'eau et les portes filtrer le vent et le froid.

À l'isolement s'ajoutait l'inaction. Vieille, grosse et impotente, les chairs débordant de sa chaise roulante, la reine ne pouvait plus rien faire sinon penser à ses enfants, hormis Charles, celui qu'elle détestait encore de toutes ses forces.

Avant de mourir, Michelle ne lui avait apporté aucun secours. Peut-être l'eût-elle fait si sa mère n'avait pas intrigué contre elle.

Quant à Marie, supérieure au couvent de Poissy, elle se contentait de la supplier de prier pour que la paix revienne dans le royaume unifié et que cessent famine, crimes et violences.

Dans un geste de colère, Isabeau brûlait les messages. De quoi se mêlait Marie ? Voulait-elle donc à ce point que son infâme et frivole mère fît place à la femme repentante et que, consciente des fautes qui pesaient sur ses épaules, des remords la submergent ?

C'est à Catherine qu'elle pensait le plus. Sans doute retrouvait-elle dans la plus jeune de ses filles la nature frivole, capricieuse et déloyale qui l'avait toujours habitée. La jeune épouse du roi d'Angleterre trompait déjà son mari bien avant que celui-ci mourût. Isabeau le savait, comme elle savait qu'à présent elle s'affichait avec ce jeune Anglais de basse origine.

Le seul point qui ne liait pas mère et fille et qui désolait Isabeau, c'est que Catherine ne maniait pas son scandale par ambition, pas plus qu'elle ne désirait jouer un rôle sur les finances anglaises. Au plus haut du pouvoir, on ne demandait qu'à oublier son image, on voulait même oublier qu'elle était mère du jeune roi d'Angleterre dont Bedford assurait la régence.

Clouée sur son fauteuil roulant, toute de noir vêtue, les chairs flasques et débordantes, une couverture sur ses jambes déformées par les varices, Isabeau surveillait, écoutait, épiait derrière les fenêtres, car son ouïe restait fine et son regard conservait toute l'acuité de sa jeunesse. Les bruits parvenaient aisément jusqu'à elle.

Des ragots ! Des sottises qui la mettaient en rage ! On prétendait que Jeanne la pucelle réussissait là où avaient échoué les compagnons du dauphin. Avec une armée, elle se dirigeait sur Orléans pour libérer la ville et repousser les Anglais.

Tous ses espoirs, les derniers ! s'écroulaient. Elle frappa le sol de sa canne qu'elle tenait entre les doigts de sa main droite. Gertrude et dame de Viesville accoururent.

– Je viens de surprendre au bas de ma fenêtre une discussion entre deux de mes gens, s'écria-t-elle, rouge et indignée. Ils disent que la pucelle s'apprête à délivrer Orléans. Par le sang du Christ ! Qu'on égorge donc cette folle et qu'on n'en parle plus !

Elle frappa de nouveau sa lourde canne sur le plancher de bois qui, autrefois, était recouvert des plus beaux tapis d'Orient qui fussent. À présent, on y étalait de la paille en hiver et des feuillages en été. Par temps froid, la paille conservait un peu de chaleur et, par temps chaud, les feuillages apportaient de la fraîcheur.

– J'ai aperçu l'écuyer de La Trémoille. Je veux le voir tout de suite.

– Majesté, répondit Gertrude d'un ton tranquille, il se restaure aux cuisines.

– Il se restaurera quand il m'aura rapporté ce qu'il a vu à Orléans ! s'écria-t-elle en colère. Qu'il vienne. Je ne veux plus attendre.

Le gros La Trémoille, somptueusement vêtu comme s'il était un prince ou un évêque – d'ailleurs sa double position lui assurait un énorme apport d'argent qu'il amassait dans ses caisses –, arriva quelque temps plus tard dans la chambre de la reine.

– On vous prendrait pour un personnage de la maison de France, mon cher La Trémoille. Depuis que vous jouez double jeu d'une façon aussi franche, vous me semblez accumuler les richesses comme aucun autre.

– Allons, allons, Majesté ! Pas d'agressivité entre nous. Je viens dans le but de trouver un accord.

– Un accord, dites-vous ? Mais mon cher La Trémoille, vous ne l'aurez que s'il est monnayé. De quoi s'agit-il ?

– Parlons tout d'abord de l'atmosphère qui règne à Orléans.

Isabeau s'énerva et le bout de sa canne frappa le sol.

– Dites ! Dites !

– Avant que Jeanne arrive à Chinon pour voir le petit roi de Bourges, le duc de Bedford avait rasé toutes les villes de la Loire.

– Je le sais. Allons, donnez-moi des nouvelles plus fraîches.

– Depuis qu'Orléans est assiégé, la population est sous la menace de la famine, car plus rien n'arrive, ni par bateau ni par voie de terre.

– Arrivons-nous là à cet accord dont vous m'avez parlé ?

– Certes. J'y viens. Les Orléanais ne se tiennent plus d'impatience depuis qu'on leur promet une libératrice. Déjà, des soubresauts d'espoir se remarquent, car Yolande d'Aragon leur a fait livrer du blé et des vivres payés de ses propres deniers.

– La garce ! murmura Isabeau. Ne peut-elle donc s'enfermer dans ses terres de Provence et ne plus m'indisposer avec ses éternelles provocations !

– Ah ! C'est qu'elle n'est pas près de s'y rendre. Bien au contraire ! Partout où passe Jeanne d'Arc, la duchesse d'Anjou, appuyée par l'autorité des Armagnacs, immense encore, s'y trouve, rehaussant de son auréole la tête de la pucelle.

– Dites « putain », cela me plaira mieux, rugit la reine. Mais, poursuivez, poursuivez.

– À Tours, on crie partout que la pu...

– La « putain » ! s'emporta Isabeau.

– La putain Jeanne, répéta La Trémoille en se trémoussant, a reçu un étendard blanc sur lequel est peinte l'image du Sauveur.

– Du sauveur ! grinça la reine entre ses dents. Quel sauveur ?

– Ne vous en déplaise, Majesté. Du Sauveur assis en jugement dans les nuées du ciel, face à un ange tenant d'une main un lys, et de l'autre une épée très ancienne frappée de cinq croix. On dit encore que Jeanne chevauchait aux côtés de Jean Dunois, avec une grande hardiesse, relevant tous les défis, l'épée battant son flanc et le ventail de son casque levé.

– Ainsi, cette paysanne sait monter à cheval !

– Admirablement bien, il faut le dire, et elle supporte la lourde armure comme un vrai chevalier.

– Ne faut-il pas avoir une grande habitude pour s'y mouvoir à l'aise ?

– C'est étrange comme cette frêle fille peut être forte.

La Trémoille approcha son visage de celui de la reine. Ses yeux étaient aussi plissés que ceux d'Isabeau et lançaient les mêmes lueurs de haine et de traîtrise.

– Ce n'est ni une pucelle ni une putain, chuchota-t-il dans son oreille. Pas plus qu'une sainte. C'est une sorcière. Une terrible sorcière.

Isabeau resta coite. Ciel ! Elle n'y avait pas songé.

– À ce point du récit, arrive-t-on sur notre fameux accord ? dit-elle en prenant son souffle.

– Connaissez-vous un certain Pierre Cauchon, ancien recteur de l'Université de Paris ?

– Certes. Un homme dévoué à la cause des Anglais. N'est-il pas devenu évêque au lendemain du traité de Troyes dont il a été le négociateur et ne réside-t-il pas à Rouen ?

– Oui, mais il n'en est pas l'évêque.

– Avec notre appui, il le sera dans quelque temps. Demandez-lui une entrevue, il se fera un plaisir de nous rendre visite. Je pourvoirai financièrement à ce déplacement. Je redonnerai le luxe nécessaire à l'aspect de votre chambre et aux quelques pièces attenantes. Des maîtres cuisiniers et maîtres boulangers vous établiront les meilleurs menus, des musiciens donneront deux ou trois concerts. Une chasse aussi serait à envisager. Je sais que Pierre Cauchon aime dépister le gibier comme nulle autre personne. Bien sûr, vous suivrez avec lui les messes, les vêpres et les saluts.

Comme Isabeau se taisait, supputant les privilèges qu'elle tirerait de cette situation inattendue, il poursuivit :

– Votre hôtel revivra encore quelque temps. Vous y reverrez vos chères tapisseries, vos bibelots favoris, vos livres et vos lustres éclairés. Ensuite, avec le talent qui vous est coutumier, le sens de la comédie qui vous est cher et, disons-le, la diplomatie avec laquelle vous savez enrober les gens, vous lui réclamerez le paiement de cette invitation.

– Et quel est-il ?

– Qu'il fasse examiner par des personnes habilitées la virginité de cette fille. Seul un évêque peut procéder à cette demande. Dans cette sollicitation, vous serez fortement assistée par la duchesse de Bedford.

– Qu'a-t-elle à gagner dans cette affaire ?

– La toute-puissance de son époux et, par ricochet bien entendu, la sienne.

Isabeau émit de ses lèvres, seul atout encore pulpeux et sensuel de sa personne disgracieuse, un petit sifflement.

– Que faites-vous de la duchesse d'Anjou ?

– La protectrice de cette fille ne pourra faire autrement que de se plier à ces exigences. Les refuser la condamnerait à la colère de la foule. N'ayez crainte, elle devra se soumettre sous peine de cacher quelque chose. L'honneur de son petit favori – votre fils en l'occurrence – est en jeu.

– Mon cher La Trémoille, votre proposition me plaît, elle est certes séduisante pour écarter ce fléau qui nous tombe inopinément du ciel. Mais qui vous assure de votre pleine réussite ?

– Allons ! Allons ! Comment cette fille qui, vivant

journellement au milieu des soldats, et la nuit couchant «à la paillade» avec ceux qui la convoitent depuis qu'ils la connaissent, ne pourrait-elle pas succomber aux lois, aux forces même de la nature? Comment cette fille jeune et jolie, il faut bien le dire, pourrait-elle échapper à un système de société établi depuis la nuit des temps? C'est une quasi-certitude que je vous avance là. Majesté, nous avons gagné d'avance.

Si l'accord que passa Isabeau avec La Trémoille lui rapporta les faveurs qu'elle attendait, la sortant de sa déchéance quelque temps, il ne fut pas sans traumatiser les sympathisants de Jeanne.

Sur les instances de Yolande, la jeune fille se trouva donc dans l'obligation de comparaître devant les médecins et de se plier à leur souhait. La longueur de l'interrogatoire ne sembla pas la fatiguer ni la perturber. Jeanne gardait son calme en n'importe quelle circonstance. Elle demeurait insensible aux regards qui soupesaient sa force d'âme, aux questions qui cherchaient à l'ébranler et aux gestes accusateurs qui, déjà, la condamnaient. En voulait-elle à la duchesse d'Anjou de ne point lui faire confiance quand elle proclamait haut et fort qu'elle était encore pucelle?

Dans la grande salle où l'on devait décider de son innocence ou de sa culpabilité, on la fit asseoir sur un banc face aux médecins. Son regard chargé de reproche croisa celui de Yolande. La duchesse eut un frisson qui lui parcourut tout le corps. Jeanne l'observa longuement sans rien dire, immobile et fière, ayant compris depuis longtemps que Yolande ne pouvait plus se laisser attendrir. Jeanne poussa un léger soupir et lui sourit, les yeux toujours obstinément fixés sur elle. Ce fut la duchesse d'Anjou qui baissa la tête, incapable de soutenir plus longtemps la belle assurance de sa compagne.

– Que les dames de Preuilly et de Gaucourt viennent, jeta-t-elle d'une voix métallique.

Une voix basse et sèche, prompte à la réplique, que Jeanne ne lui connaissait pas.

– Et que l'on dise à la dame de Trêves d'aller chercher les matrones, poursuivit-elle en rejoignant les médecins qui, assis les uns à côté des autres, attendaient avec une apparente indifférence le verdict.

Non loin d'eux se trouvait une assemblée composée de plusieurs jurés et de membres associatifs attachés au rectorat de l'Université de Paris. La Trémoille n'avait pas voulu manquer ce spectacle. Il se tenait assis, une lueur sauvage et ironique dans l'œil, un peu à l'écart des deux seules femmes présentes, dont la rivalité n'était plus à contester. Yolande d'Anjou et la duchesse de Bedford ne s'étaient pas adressé la parole, pas plus qu'elles ne s'étaient regardées. Elles s'ignoraient avec la plus froide des expressions, l'une attendant qu'on libérât Jeanne pour avoir crié sa virginité, l'autre espérant qu'on l'enchaînât et qu'on l'emprisonnât dès que l'on aurait proclamé ses mensonges.

Les trois dames désignées pour cette affaire arrivèrent. Elles marchaient dignement, se tenaient droites, affichant cette attitude austère qu'on attendait d'elles, du moins le temps que durerait cette épreuve. Comportement d'ailleurs qu'elles savaient cultiver avec art. Elles avaient pour mission d'assister les deux matrones qui les suivaient d'un pas pesant, les yeux vidés de toute expression humaine.

Quand les cinq femmes eurent disparu dans la petite

pièce contiguë où attendait déjà Jeanne, la duchesse de Bedford se leva.

– Qui me dit que cet examen de virginité n'est pas faussé par quelque ruse venant des sympathisants de cette fille ? Je veux y assister.

– Il n'est fait aucune mention, ma chère, répliqua la duchesse d'Anjou d'un ton haut et sec, d'autres présences, hormis celle des deux matrones, dans le document qui réclame cette épreuve.

– Vous parlez de présences masculines, cela va de soi et nous le concevons tous, rétorqua la duchesse de Bedford d'une voix ironique.

Elle se retourna vers l'assemblée dont le subit intérêt pouvait, le cas échéant, tourner vite en sa faveur.

– Qui nous assure que les trois femmes choisies ne sont pas complices de la duchesse d'Anjou ? Ces femmes sont françaises, aucune Anglaise n'a été nommée. Je veux être celle-ci.

– Alors, j'y assisterai aussi, décréta Yolande d'un ton glacial en plongeant ses yeux noirs et intransigeants dans ceux de sa rivale.

Aucun membre de l'assistance ne contesta cette soudaine décision. Il était évident que s'ils avaient pu eux-mêmes assister à cet examen, c'est avec une sadique joie qu'ils auraient tous épié chaque mouvement, chaque soupir et chaque larme de Jeanne.

Les matrones accomplirent leur besogne sans douceur. Jeanne se plia à l'acte indispensable sous les yeux imperturbables de la duchesse d'Anjou, de la duchesse de Bedford et des trois dames de la Cour. Elle s'inclina par la force des choses sans aucun mot ou contestation qui eussent pu mettre ses adversaires en position forte.

Quelque temps plus tard, alors qu'un silence pesant

gagnait la grande salle d'audience où chacun attendait le verdict, ce fut Yolande d'Aragon qui sortit victorieuse de la pièce où se tenaient les huit femmes.

– Cette fille n'est pas une menteuse, cria-t-elle. Elle est vierge !

La duchesse de Bedford la suivait.

– Cette pucelle, dites-vous, n'est que votre instrument, ma chère, jeta-t-elle d'un ton sulfureux. Elle tombera un jour ou l'autre, quand vous n'aurez plus besoin d'elle. Aujourd'hui, son état de pucelle la préserve. Demain, son état de sorcière la trahira.

Puis, sans autres mots, gestes ou regards, elle quitta la grande salle de l'assemblée.

Sa virginité prouvée, Jeanne eut un temps de répit et Yolande put enfin poursuivre le financement qui servait à renforcer l'armée du dauphin Charles.

La Trémoille en fut pour ses frais, Isabeau perdit les avantages qui l'avaient un moment rehaussée à son niveau de reine et Pierre Cauchon se retira quelque temps dans sa province de Rouen, l'œil braqué sur les agissements de la pucelle.

Cette épreuve passée, il n'était certes pas dans les intentions de Jeanne de perdre son temps dans des tremblements et des regrets excessifs. À Blois, où elle s'assura des bonnes intentions de tous, elle servit de porte-parole aux Angevins et aux Bretons qui se pressaient devant elle.

L'armée du dauphin, fraîche et fringante, fut bientôt au complet et comptait plus de huit mille hommes. Celle de Bedford, mal nourrie, mal payée, car le siège d'Orléans lui coûtait une fortune – plus de quarante mille livres chaque mois –, faiblissait.

Voyant que Jeanne s'irritait devant la prudence des

capitaines et la lenteur d'exécution des ordres autant qu'elle s'indignait du déroulement trop fastueux et inutile, disait-elle, des préliminaires de l'expédition, Yolande décréta que le moment était propice. Oui ! La duchesse d'Anjou insufflait sa dernière énergie à toute une armée conduite par une jeune pucelle que la foule considérait comme une sorte de sainte et que les Anglais appelaient la putain des Armagnacs. Les mains jointes, elle se mit à prier, regardant s'éloigner l'interminable file des soldats, hantée par le visage de Charles déchiré encore entre le doute et l'espoir.

Quelque temps plus tard, on annonçait la délivrance d'Orléans. Les courriers affluaient de toutes parts, à Chinon, à Tours, à Angers, à Blois, à Saumur, relatant chacun les événements, selon sa formule. L'histoire de la formidable épopée d'Orléans était à son apogée.

Plus tard, Jeanne la Lorraine n'eut de cesse de presser le dauphin pour qu'il se rendre à Reims. Sa bannière blanche haut levée attirait les foules et la lourde armure qu'elle portait semblait ne pas lui peser.

En cette année 1429, le dauphin Charles se faisait enfin sacrer roi de France. Mais Yolande d'Aragon, duchesse d'Anjou, avait encore fort à faire face à l'indolence, à la crainte et sans doute aux états dépressifs du dauphin. Sa joie, pourtant réelle et sincère, à voir s'ouvrir devant lui, une à une, les villes du val de Loire, ne suffisait pas à lui communiquer cette verve qu'Angevins et Tourangeaux attendaient de lui pour concrétiser les efforts de la pucelle.

Indécis, mou, suspicieux même à l'idée d'aller jusqu'à Reims, d'autres que lui devaient encore intervenir. Cette idée du sacre dans le lieu où s'étaient fait couronner tous les rois de France depuis le grand Saint Louis, Yolande d'Anjou la défendait avec acharnement, énergie et enthousiasme.

– Charles, lui dit un matin Yolande d'une voix au timbre assuré, il ne faut pas rester dans l'ombre. Les villes qui vous appartiennent sont à présent libérées. Vous ne devez plus être le «petit roi de Bourges» timoré et solitaire. Bougez, que diable ! Remuez-vous, sortez de votre mutisme. Vous êtes le dernier des fils du roi Charles le sixième. Les autres sont morts, vous le savez. Il vous revient donc d'assurer la succession du trône. C'est le moment. N'attendez pas que les Anglais reprennent ce que nous avons réussi à gagner. Profitons que, pour l'instant, ils sont convaincus du pouvoir de notre pucelle. Ne leur laissons aucun répit, nous le regretterions.

Le dauphin secoua la tête et, tristement, haussa les épaules. Yolande vit que son discours ne portait pas. Charles traversait l'un de ses états dépressifs dont il avait peine à sortir. La duchesse d'Anjou décida de s'en remettre à Jeanne qui, de Chinon, puis de Blois, de Poitiers, enfin de Tours où on l'avait confortablement installée, cherchait à communiquer avec le taciturne dauphin.

Charles ne la voyait que de temps à autre. On pouvait même se demander s'il ne la fuyait pas. Les ultimes fois où il la vit, il n'aborda jamais la discussion sur son départ pour Reims, mais, avec une extrême courtoisie, se préoccupa du confort de ses installations, s'inquiéta sur sa forme physique et sembla heureux à l'idée que Jeanne le soit aussi.

Charles se laissait plonger dans le désarroi, la solitude. Doutait-il donc encore de son état authentique de fils de roi ? Voyait-il dans l'acte suprême du sacre un piège prêt à le précipiter plus bas qu'avant ?

Enfin, Jeanne réussit à s'entretenir avec lui, seule à seul, un soir après un dîner donné en l'honneur de la victoire de Beaugency.

– Gentil sire, lui dit-elle un jour, voyez, les courriers affluent de toutes parts à travers la France pour annoncer la délivrance d'Orléans et les victoires qui l'accompagnent. Les tentures déroulées battent les fenêtres des maisons, les bannières flottent au vent, le vin coule et, après toutes ces privations qui ont affaibli le peuple, la nourriture est enfin distribuée. La joie déborde, Charles, la joie déborde ! Nobles, bourgeois, paysans et manants, sans compter toute la chevalerie française, vous transportent au plus haut de leur délire. Qu'attendez-vous, messire, pour vous faire sacrer roi ? Je vous en supplie, nous devons aller à Reims. L'armée vous attend, elle est prête.

Mais le discours de Jeanne n'eut pas plus d'effet que celui de Yolande. Charles restait obstinément défiant. Sur les conseils de la duchesse d'Anjou, il fallut que Marie sa fille, la douce et pieuse Marie, la vertueuse dauphine, vînt à lui avec tout son amour pour le réconforter, l'assurer d'une vérité dont il devait se convaincre. Les gestes tranquilles et les mots sécurisants de son épouse n'eurent pas raison de ses craintes et, une fois encore, Charles resta sourd aux injonctions de Marie comme il l'avait été à celles de sa mère et à celles de Jeanne. Les propos de la dauphine glissaient sans succès dans l'esprit tourmenté du jeune homme.

Marie ne vit plus qu'une seule hypothèse pour le sortir à nouveau de ses cauchemars. La seule qui pût le faire fléchir. Un soir, elle avança vers lui son ventre qu'elle disait proéminent mais qui, en fait, ne l'était pas assez pour le convaincre.

– Après notre fille, nous aurons un second fils, Charles, dit-elle doucement en s'agenouillant devant lui. Tu dois penser à l'aîné qui portera la couronne après toi.

Le dauphin la regarda d'un air morne, puis peu à peu son œil s'aviva et Marie sentit qu'il reprenait goût à la vie.

– Tu n'as pas le droit, reprit-elle en prenant sa main dans la sienne, de mettre en péril l'avenir de tes fils. Non ! Tu n'as pas le droit. Ils doivent être fils de roi. Notre petite Catherine aussi, tout enfant qu'elle soit, revendique son titre royal. Aimerais-tu donc que, plus tard, elle ne puisse épouser qu'un simple écuyer de France, un fils de petite noblesse ?

Sur cette argumentation courte et bien menée, Charles capitula, promit d'aller à Reims et se laissa entraîner dans la douceur des bras de sa jeune épouse.

Ville après ville, les envahisseurs se retiraient, tombant sous les lances, les flèches et les épées des troupes commandées par Jeanne.

Enfin, l'ultime jour arriva. Jeanne et le dauphin précédant l'armée entrèrent à Reims. Il y avait grand-foule dans les rues et la liesse battait son paroxysme. Charles avait trop subi d'humiliations depuis sa prime enfance pour que son visage reflétât de la joie, mais du moins était-il serein quand Jeanne posait son regard sur lui en souriant tranquillement.

L'armée des Anglais se trouvait totalement désorganisée. Bedford ne décolérait pas, cherchant déjà vengeance.

Les épaules recouvertes d'un grand manteau bleu étoilé de fleurs de lys, Charles parcourut la ville à cheval sous les acclamations et les vivats de la foule. Les trompes sonnaient, le peuple hurlait. L'archevêque posa sur la tête du jeune roi une couronne, assurément bien mince, mais une couronne trouvée à la hâte dans le Trésor de la cathédrale, car jusqu'à la dernière minute rien n'avait été vraiment sûr.

Quant au saint chrême, on manquait aussi d'huile sainte. Il fallut en consacrer sur-le-champ pour en oindre le front royal. Jeanne se tenait là, agenouillée, la tête baissée, tenant dans sa main sa bannière blanche très haut levée.

XIV

Plume s'agita. Elle n'avait plus cette élasticité qui la faisait sauter d'un seul bond sur le lit de sa maîtresse. Plume vieillissait. Le poil de son museau blanchissait, mais ses yeux ronds et noirs restaient encore vifs et remuaient au moindre bruit.

La dauphine se pencha et attrapa la petite chienne par le collier de cuir clouté qui entourait son cou mince afin de l'aider à monter sur son lit. Plume remua la queue et, satisfaite après avoir léché la main de Marie, s'enroula au pied du lit et s'endormit.

– Marie, ma fille ! Tu me combles. Un second fils ! s'exclama Yolande, en tenant l'enfant dans ses bras.

– Il s'appelle Charles, mère.

– Charles ! s'écria-t-elle à nouveau. Voyons s'il ressemble à Louis.

– Mère, je crois qu'il aura le visage de Catherine. Regardez ses yeux, ce sont les mêmes que ceux de sa sœur. Ils ont cette lueur grise et douce que n'ont pas ceux de Louis.

– Jeune Charles ! dit encore Yolande en reposant l'enfant dans les bras de sa mère. À cette heure, ton père est roi de France et si ton frère Louis, qui se trouve être l'aîné, devient à son tour roi de France, toi, tu hériteras pareillement d'un grand royaume. Peut-être l'Anjou, la

Touraine, le Maine, la Provence ? Peut-être même la Sicile ou la province de Naples, comme ton grand-père.

Marie acquiesça doucement de la tête.

– Faites entrer mes suivantes, mère. Voulez-vous ?

– Veux-tu parler un peu avec elles ? Veux-tu qu'elles t'apportent tes broderies ? Veux-tu écouter un peu de musique ? poursuivit la duchesse d'Anjou, réjouie à la vue de sa fille reprenant un peu de couleurs.

Ce troisième accouchement l'avait épuisée plus que les autres. Charles était un gros poupon rieur, joufflu, gourmand et si remuant que, déjà, il exténuait ses nourrices. Le nouveau-né semblait pourtant moins autoritaire que son aîné Louis, enfant plus frêle et plus calme qui ne parlait guère, se contentant de fixer et d'observer en silence les gens de son entourage.

– Non, mère. Je préfère me lever et demander à mes suivantes de m'accompagner à la chapelle.

– Veux-tu donc prier ? À cette heure !

– Il n'y a point d'heure pour prier, ma mère. Vous le savez bien.

– Alors, je vais demander qu'on vienne chercher ton fils et je te ferai apporter ton livre d'heures.

– Merci, ma mère, murmura Marie en relevant son buste.

On vint chercher le petit Charles. Marie embrassa la douce tête duveteuse avant de remettre l'enfant à la nourrice. Puis, entra dame de La Roche-Guyon, sa fidèle suivante qui faisait office de dame de chapelle. Elle était veuve et, à présent, ne voyait guère d'autre manière de vivre qu'en suivant Marie comme une ombre.

La dame de La Roche-Guyon tenait en main un livre d'une rare beauté. Il est vrai que ce dernier avait été confectionné par le célèbre peintre enlumineur Jean

Colombe, resté longtemps son ami et son confident au temps où elle n'était que jeune mariée. Elle vivait alors chez le duc de Berry, au château de Mehun-sur-Yèvre, là où de grands et beaux ateliers attiraient les plus grands peintres de l'époque.

Jean Colombe avait poursuivi les travaux des frères Limbourg, renommés dans l'art de l'enluminure et qui, après le grand maître Jacquemart de Hesdin*, avaient dirigé les travaux d'une œuvre remarquable qu'on appelait *Les Très Riches Heures du comte de Berry*.

Dame de La Roche-Guyon, suivie par Isabelle de Richemont et Jeanne de Nevers, tendit le livre enluminé à Marie. Elle le feuilleta quelques instants sans rien dire. Les lettres dont les rinceaux s'échappaient en marge étaient d'une splendeur parfaite. Psaumes et prières diverses se suivaient sur le fin parchemin en étalant des couleurs incomparables. Jean Colombe employait à l'époque des ors éblouissants, des bleus fluides et profonds faits de lapis-lazuli que Jean de Berry faisait venir d'Orient, des verts de Hongrie, des verts de flambe rappelant les feuillages des forêts profondes et des pourpres violacés aussi majestueux que des habits d'évêque. Chaque mois, chaque semaine et jour, chaque heure rappelaient à Marie la prière, l'adoration ou l'invocation qui s'y rapportait.

Soudainement, à la page historiée d'un jour du mois de mai, dans la figurine du «M», elle tomba sur un portrait d'une Vierge à l'annonciation dont l'ange s'encastrait dans le ciel entre un cygne et une colombe, aussi blancs l'un que l'autre. L'image lui rappela celle que son amie Clarisse avait dessinée pour la tapisserie qu'elle devait présenter aux membres de la guilde des lissiers du

---

* Enlumineur au service du duc Jean de Berry, Jacquemart de Hesdin précéda les frères Limbourg et illustra *Les Petites Heures du duc de Berry*.

Nord. Que faisait Clarisse à cet instant où son époux se faisait sacrer roi de France ? Avait-elle réussi ? Où était-elle ? Revenue à Bourges, sans doute travaillait-elle avec sa mère dans le petit atelier qu'autrefois elle lui avait donné pour lui témoigner sa reconnaissance.

Elle regarda Plume endormie au pied du lit, puis, aidée par ses suivantes, se leva.

Deux semaines plus tard, le nouveau roi de France rentrait en val de Loire. On l'avait prévenu que la reine avait accouché d'un second garçon gros et robuste. Il lui tardait, à présent, d'être à ses côtés et de reprendre le quotidien d'une vie tranquille qui lui convenait.

Quand il tint le petit Charles dans ses bras, il sentit son cœur fondre et son visage s'illumina devant l'enfant qui lui souriait. Marie semblait heureuse et, soudain, elle prit conscience que le roi portait sur lui cet air triomphateur auquel il ne l'avait pas habituée. Oui ! Charles VII affichait enfin l'attitude des monarques quand ils sont assurés de leur grandeur. Assurément, le nouveau roi de France était enfin devenu lui-même. Il s'approcha de sa douce épouse et lui posa tendrement un baiser sur le front.

– Oh ! Mon bon roi, fit-elle en lui souriant. Serrez une fois encore votre fils dans vos bras avant de repartir.

Charles se redressa.

– Mais je ne pars plus, ma bonne amie.

Marie reprit son fils et le berça. Percevant les bruits de la chambre, l'enfant se mit à rire et gazouiller comme un oiseau s'ouvrant à la splendeur du jour. Ah ! Que Marie aimait ce tendre babillage qui lui donnait un cœur gros comme une montagne pour aimer ses petits !

Un bruit de porte se fit entendre. Plume, la levrette, sauta au bas du lit.

– Comment, vous ne partez plus ! Que dites-vous là, Charles ?

Yolande d'Anjou venait d'entrer. La dame de La Roche-Guyon qui la suivait de près s'enfonça dans un angle de la chambre et Anne de Neuville se tassa contre la paroi d'un des murs entre un grand coffre sculpté et la cheminée qui n'était pas allumée.

– Mais, ma bonne mère...

Marie sourit. Elle aimait entendre Charles appeler la duchesse d'Anjou « ma bonne mère ». C'était un titre de tendresse à son égard. Ne l'avait-elle pas élevé lorsque, enfant, il avait été rejeté par Isabeau !

– Oui ! Charles, fit Yolande d'une voix un peu sèche, vous partirez. Ces trépidations de Paris vous concernent. Si vous ne les arrêtez pas, Philippe vous absorbera tout entier et votre sacre ne pèsera pas lourd.

– Mon cousin Philippe est à Bruges en ce moment.

Bruges ! Yolande haussa l'épaule. Bruges et les villes de Flandres ! Le royaume du duc de Bourgogne ! Un bien vaste domaine sur lequel il régnait plus encore que son père, Jean sans Peur, dont la puissance dans les Flandres françaises était déjà assurée.

Sans doute peu impressionné par le sacre du dauphin, Philippe de Bourgogne avait regagné Bruges, où il se plaisait et vivait pleinement. Là où s'épanouissait une civilisation, somptueuse et sensuelle, croulant sous les plus beaux modèles de femmes qui fussent. Van Eyck* achevait *L'Agneau mystique* et les jeunes filles se courbaient devant lui pour qu'il acceptât de les peindre. Oui !

* Peintre flamand né vers 1390, Jan Van Eyck fut au service du duc Philippe de Bourgogne après avoir été à celui de Jean de Bavière.

C'était à Bruges que le duc de Bourgogne soupirait, respirait, vivait. L'image de sa première femme Michelle, la fille d'Isabeau, morte dans des conditions assez mystérieuses, commençait à s'estomper, bien qu'il en eût été très amoureux. Sa seconde épouse, Bonne d'Artois, lui frayait un chemin vers les villes d'Amiens, Arras, Lille, Tournai, Gand et Bruges sans que personne lui opposât de résistance.

À présent, le duc de Bourgogne n'aspirait plus qu'à fonder l'ordre de la Toison d'or. Tout le Nord en parlait. Et, par le biais de cette nouvelle institution, Philippe cherchait à être le maître incontesté de tout un monde se rapportant aux textiles.

Oui, Philippe de Bourgogne voyait grand et, quand il n'était ni dans les Flandres ni en Picardie, mais dans son royaume de France, une autre envie de puissance le tiraillait. C'était une rage qui titillait les fibres de son âme. À Paris, il ne poursuivait plus que faiblement ses intrigues avec les Anglais, encore fallait-il qu'il y trouvât son intérêt, ses véritables objectifs allaient trop dans le sens de ses revenus bourguignons. Sa position de maître dans les Flandres l'aidait à consolider un puissant domaine situé entre le territoire de ses deux principaux rivaux, l'un devenu impuissant, donc inoffensif, l'autre trop jeune encore pour marquer la griffe de son pouvoir.

Aussi ne se préoccupait-il guère de la situation de Paris toujours occupé par les Anglais. Après sa défaite magistrale tout au long du val de Loire, Bedford refusait de quitter la capitale et s'y accrochait comme un rat sur une maigre branche à la dérive.

– Certes, Charles ! admit Yolande en regardant le visage de son gendre penché sur celui de l'enfant. Le duc de Bourgogne, votre cousin, est peut-être à Bruges actuellement, mais Bedford est à Paris.

– Il est aux abois, ma bonne mère. Aux abois. Après ces défaites successives, il ne sait plus quoi faire.

– Je ne le pense pas. Le duc de Bourgogne, auquel il a demandé une aide, a chaleureusement acquiescé. Il accepte de lui prêter main-forte. Philippe rassemble ses troupes en Picardie. Elles sont prêtes à renforcer les Anglais.

Elle fixait le jeune roi dans les yeux, d'une façon à la fois douce et impérative selon son habitude, afin de lui faire accepter et comprendre son état de futur souverain. Sacré, il n'en était pas puissant pour autant, et la mission de Yolande – elle le savait – était de l'amener à prendre conscience de ses devoirs de roi.

– Ils sont prêts à négocier, Charles, et vous devez être là pour savoir ce qui se dira. À présent, vous avez votre mot à dire.

– Quel mot, ma bonne mère ?

Dans sa soudaine colère, Yolande reprit le tutoiement dont elle se servait lorsqu'ils étaient seuls, mais qu'elle avait abandonné depuis qu'il était sacré roi de France.

– Charles ! Ne sais-tu pas que Bedford envisage de faire venir le jeune roi d'Angleterre, celui-là même qui est ton neveu par sa naissance issue de ta propre sœur Catherine ?

Le jeune roi hocha la tête, comme gêné par cette argumentation.

– Je sais.

– Bedford veut que le jeune Henry VI reçoive, lui aussi, l'onction suprême dans la cathédrale de Notre-Dame.

– Ce n'est pas la coutume, fit Charles en esquissant un petit geste énervé. Cette onction n'aura aucun poids auprès des Français.

– Et s'il se rendait ensuite à Reims pour y recevoir l'huile sainte, cela aurait-il du poids? rétorqua Yolande d'un ton sec.

On toquait à la porte. Cette diversion soulagea le roi qui ne tenait guère à poursuivre ce sujet épineux avec sa belle-mère. Jean Dunois et sa jeune femme Marie Louvet entrèrent, accompagnées des suivantes de la reine, Jeanne de Nevers, Anne de Villancourt, Louisette de Maille et les dames de Chamoisy et du Mesnil. Aussitôt dame de La Roche-Guyon et Anne de Neuville, coincées toujours contre les murs, s'enhardirent et s'avancèrent vers leurs compagnes.

– Mais vous partez, Jean! fit Yolande en observant le jeune capitaine. Je vous vois revêtu de votre armure.

Elle s'écarta du lit de sa fille et s'approcha de lui. Agressée littéralement par ses suivantes qui voulaient admirer l'enfant sommeillant à demi dans ses bras, Marie observait du coin de l'œil le duo que formaient Yolande et Dunois. Aussi vit-elle sa mère prendre le bras de Jean et l'entraîner dans un angle de la chambre.

– Partez-vous vraiment?

– Il le faut, dame Yolande, Jeanne m'attend à Soissons.

– Cette petite va trop loin, affirma la duchesse à voix basse, beaucoup trop loin.

– Elle dit que ses voix lui commandent d'aller jusqu'à Paris.

– Eh bien! Ces voix sont trop exigeantes à présent. Elles doivent cesser d'importuner l'esprit fragile de Jeanne.

Jean Dunois parut offusqué.

– L'esprit fragile! murmura-t-il, sidéré.

La duchesse d'Anjou s'efforçait de parler à voix basse.

– Vous le savez bien, Jean. Ou elle est sorcière, ou elle est sainte. Et comme ni vous ni moi ne désirons la voir sorcière, elle est donc sainte. Une telle charge sur ses épaules la fragilise.

Elle avait un peu élevé la voix et poursuivit :

– Où se trouve-t-elle ?

– En route pour Soissons.

– Ne partez pas, Jean. Laissons passer quelque temps avant de reprendre les combats.

– Je dois m'y rendre, dame Yolande. Jeanne n'a pris que deux capitaines avec elle et trop peu de soldats.

Yolande eut un geste agacé. Jugeant que sa mission n'était pas terminée, l'insatiable guerrière voulait entraîner l'armée à Soissons, à Château-Thierry, à Provins, à Crépy-en-Valois.

– La prise est trop grosse. Elle ne peut qu'échouer.

– Ma dame ! s'exclama Jean toujours à voix basse, je ne peux pas l'abandonner. Déjà le roi la délaisse.

– Oui ! Mais, il y a un instant, je le priais de partir pour Paris où ses adversaires complotent.

Dunois hocha la tête.

– Bien ! Voyons les choses autrement, chuchota la duchesse d'Anjou. Vous avez dépêché auprès de Jeanne vos deux écuyers, n'est-ce donc pas suffisant ?

– Hélas, non.

Aspirant une grande bouffée d'air, elle la rejeta lentement, puis entraîna Dunois hors de la chambre.

– Jean ! lui dit-elle familièrement en lui prenant le bras. Je ne suis pas femme à changer de route aussi facilement et tu le sais. À présent, ce n'est plus dans la guerre que nous réussirons l'unification du royaume. L'heure des pourparlers est arrivée et ce n'est pas Jeanne la Lorraine qui ne sait ni lire ni écrire qui pourra nous aider à traiter des accords. Ses voix l'ont portée jusqu'à Reims, son courage n'a pas failli, son énergie est invincible et elle a su donner aux soldats l'ardeur qui leur manquait, mais son devoir s'arrête là. À présent, il faut consolider et ce n'est plus de son ressort.

Le jeune capitaine semblait atterré par une si cruelle vision des choses.

– Jean, ne pars pas la rejoindre, ce serait une erreur, dit-elle en adoptant le tutoiement qu'elle prenait autrefois envers lui.

Dunois écoutait sans rien dire. Son regard semblait vide. Un instant, Yolande crut qu'elle avait réussi à le convaincre, mais, quand elle vit l'étincelle briller à nouveau dans ses yeux, elle sut qu'il n'en était rien. Elle prit sa main et la serra. C'était presque une caresse.

– Accompagne plutôt Charles qui doit s'entretenir avec le duc de Bourgogne. Les hésitations qu'il m'oppose ne me semblent guère aller dans un sens souhaitable. Bedford s'acharne sur Paris et Philippe risque de lui prêter main-forte beaucoup plus que nous le pensons. C'est déjà trop d'aider Gloucester, le frère du régent, cantonné dans le Nord. On dit qu'il en profite exagérément et taxe les marchands lainiers dès leur entrée à Lille. Peut-être même fait-il pire ! Cet homme est un véritable démon.

Jeanne venait de s'adosser à son bouclier posé contre le mur.

– Gentil comte d'Anjou, voulez-vous m'expliquer pourquoi la duchesse, votre mère, m'ignore à présent ?

Gêné, René d'Anjou ne répondit pas. Jeanne posait sur lui son regard clair. De longs cils blonds venaient ombrer ses joues. Elle les avait pâles, un peu creuses, car elle ne mangeait guère, se nourrissant d'espoir, de foi et d'enthousiasme. Depuis quelque temps, elle ôtait son armure, du moins le soir quand elle savait qu'au lendemain il n'y avait pas de combat.

– Alors, dites-moi pourquoi le roi lui-même refuse de me voir.

– Le roi s'adonne en ce moment aux plaisirs que lui procure la vie familiale. N'oubliez pas, Jeanne, qu'après une fille, la reine vient de mettre un fils au monde.

La jeune fille soupira.

– Je le sais. Mais faut-il vraiment que le plaisir d'être père lui ôte le courage et la force de combattre l'ennemi ? Le roi devrait prendre plus de plaisir dans cette guerre qu'il gagne à présent jour après jour.

– Comme vous y allez, Jeanne ! Combattre n'est pas un plaisir.

– Mais si, doux sire ! C'est un contentement qui va jusqu'à l'euphorie quand tout n'est plus que victoire.

– Plaisir ! Victoire ! Euphorie ! Ne voilà-t-il point des mots un peu excessifs dans votre bouche ?

– Que faut-il dire alors ? Que faut-il compter surtout ? Les deux capitaines qui me restent et dont vous faites partie, et les quelques soldats que votre mère accepte de laisser à nos côtés ! C'est trop peu, René. Nous ne pouvons rien faire. Avec une autre armée, nous pourrions gagner les territoires à conquérir.

Elle se redressa contre le bouclier qui faisait écran entre elle et le tronc d'arbre.

– Combien de temps allons-nous attendre cette nouvelle armée ? Répondez-moi sincèrement, René.

La question de la jeune fille s'avérait plus délicate encore et, se taisant toujours, le jeune duc d'Anjou se noya dans l'immensité du regard qui lui faisait front.

– Jeanne, vous le savez, dame Yolande ne peut pas nous laisser tomber.

C'était Thomas de Beaupréhaut qui affirmait ce qu'il croyait être une évidence.

Comment expliquer à Jeanne que Charles VII voulait, dorénavant, s'enfermer dans la grandeur de sa mince puissance ? Une vie lente et tranquille à l'affût des joies que lui apporterait le pouvoir de la royauté. Comment lui expliquer que le sacre avait effacé tous ses doutes, ses scrupules, ses angoisses ? Mieux, que le sacre avait d'un seul coup balayé les chaînes avec lesquelles sa mère Isabeau l'avait attaché depuis son enfance ?

René ne pouvait tout occulter. Il décida donc d'avouer une partie de la vérité tout en édulcorant l'essentiel.

– Ma mère s'est dépossédée de presque tous ses biens pour financer les opérations qui nous ont permis de délivrer Orléans et de défendre les villes du val de Loire constituant le noyau vital de Charles. Elle ne peut plus rien faire. Ses richesses sont trop amputées. Il faut la comprendre, Jeanne. Dorénavant, nous devons agir seuls, avec de faibles moyens.

– Mais, protesta la jeune fille étourdie par une telle argumentation, à présent n'y a-t-il pas un jeune et nouveau roi ? Son devoir est de poursuivre la route de sa victoire et de chasser définitivement les Anglais de Paris.

– Oui, bien sûr, Jeanne, approuva Lucas Cosset, le compagnon de Thomas. Mais il préfère, sans doute, ne pas presser les choses.

– Il a tort ! s'écria Jeanne d'une voix où la colère montait. Nous avons parcouru la moitié du chemin et nous ne reposons que sur une demi-gloire. À présent il faut poursuivre. Mes voix me le commandent.

Jeanne ne s'adonnait que très peu aux accès de fureur,

sauf quand elle se sentait impuissante et qu'elle voyait autour d'elle l'inertie prendre trop d'ampleur.

– Que veut le roi ? s'exclama-t-elle en prenant son visage entre ses mains. Que les Anglais reculent ? Charles est-il insensé au point de croire qu'ils vont s'arrêter là ? A-t-il perdu la raison pour oublier la gravité de notre situation ?

Jeanne hurlait. La rougeur de ses joues s'avivait. Elle frappa le sol de terre battue d'un pied rageur et agita ses mains dans l'espace à la recherche d'un souffle d'air dont elle semblait manquer.

– Que croit-il ? Que la couronne lui apportera sans efforts le reste de la France ?

Elle se leva promptement et marcha soudain vers sa tente plantée non loin de l'arbre où elle s'était accotée. Puis elle saisit sa lance posée en travers de sa couche, ressortit et, d'un geste irrité, en ficha la pointe dans le sol. Pour un peu, elle l'aurait projetée avec une violence plus grande encore dans la toile de sa tente dressée au centre du camp. Mais à quoi bon ! Tout revenait cher dans cette guerre sans merci. Les campements, les armes, les chevaux, la nourriture, la solde même que les troupes touchaient très irrégulièrement. Elle arracha sa lance du sol, son irritation subitement calmée.

– Dès que Dunois sera là, fit-elle, en reprenant sa voix tranquille, nous passerons Soissons, puis Château-Thierry, Provins et Crépy-en-Valois.

– Notre armée est trop mince, Jeanne. Il nous faut du renfort.

Elle se tourna vers René.

– Ne peut-on compter sur un renforcement de votre part, gentil seigneur ?

– Bien sûr, bien sûr. J'essaierai, je vous promets.

– Il me faudra bien rencontrer le roi un jour ou l'autre, jeta-t-elle en s'asseyant sur le sol.

– Rentrons à la Cour, si vous désirez vraiment avoir une entrevue avec le roi.

– Il ne m'écoutera point.

Elle se tourna vers René.

– Lui avez-vous dit que je ne voulais pas être une dame de la Cour ? Ce n'est ni mon rôle, ni ma vocation.

– Il le sait, Jeanne. C'est pourquoi il vous a laissée repartir.

– Alors, je vous le dis, si le roi me délaisse, nous monterons seuls à l'assaut de Paris.

Ensemble, Thomas et Lucas levèrent leur épée. Leur ardeur ne s'émoussait pas et n'avait d'égal que leur enthousiasme juvénile. Ils savaient aussi que le roi récompenserait un jour prochain leur dévouement au combat.

– Nous vous suivrons, Jeanne. Nous vous suivrons, seuls et sans l'aide des grands capitaines. Voyez, nous avons réussi à enlever Saint-Pierre-le-Moustier avec une armée pas plus grosse que ça.

Il ferma le poing et le leva dans un geste triomphant. Puis il regarda René, attendant un encouragement de sa part. Avec l'extrême courtoisie qui le caractérisait, René d'Anjou – il était plus poète que soldat – s'interposa dans un salut discret.

De son fief regagné, Charles réfléchissait. Enfin convaincu par Yolande d'Anjou que Paris serait libéré s'il trouvait un accord avec Philippe, il accepta de le rencontrer sur la seule route dégagée de Compiègne.

Mais, à Provins, les choses se gâtèrent. L'approche de Bedford fut signalée et l'absence de Philippe confirmée.

Le duc de Bedford qui ne décolérait pas envoya un défi à Charles qui, enfin, avait rejoint Jeanne. La jeune fille déchanta quand elle s'aperçut que le roi n'était pas venu, comme elle le croyait, afin de combattre à ses côtés, mais pour parlementer avec les émissaires du duc de Bourgogne, puisque ce dernier, toujours à Bruges, ne jugeait pas nécessaire de se déplacer.

C'est à Compiègne que Charles décida de rencontrer les émissaires de Bourgogne en la personne de Jean de Luxembourg et celle du perfide La Trémoille.

L'impatience de Jeanne était à son comble. Elle connaissait trop bien les faiblesses du roi pour que cette affaire tournât à son avantage. Elle sentait que, par la démarche conciliatrice de Charles, la seule chance de battre définitivement les Anglais à Paris s'échappait. En effet, elle ne se trompait pas, le roi signa à Compiègne un compromis dans lequel il s'interdisait de poursuivre les combats sur la rive droite de la Seine.

Hélas, Charles comprit trop tard son erreur. Le duc de Bourgogne n'avait nulle envie de libérer Paris. Le jeune roi, fragile, trop complaisant et inexpérimenté, était sottement tombé dans le piège. Écœuré par les agissements des Bourguignons et de leur duc en qui il avait mis une toute nouvelle confiance, il se dit que plus rien n'était à perdre et laissa Jeanne d'Arc et son armée tenter l'attaque sur Paris.

Ce fut à la porte Saint-Honoré que Jeanne fut blessée. La flèche traversa son bras de part en part. Elle sentit à peine la douleur car, à cet instant, son visage se tournait vers Lucas, qui lui aussi recevait une flèche identique, mais c'était l'une de ces flèches dont on ne se remet pas. Elle se ficha en plein cœur, provoquant la chute fatale du jeune écuyer.

– Lucas ! cria Jeanne. Lucas !

Puis elle vit Thomas sauter de cheval, se précipiter sur son compagnon et l'entraîner hors du combat, tandis que René d'Anjou et ses frères s'acharnaient sur trois Anglais qui les avaient pris en tenaille. Jeanne poursuivit quelque temps, sans penser à la douleur qui, peu à peu, s'éveillait en elle. Le sang ne coulait toujours pas. Il ne fallut plus que quelques minutes de combat et elle sentit des bras puissants la soulever, l'enserrer et la déposer sur le sol. Elle perdit connaissance tandis que Lucas mourait quelques instants plus tard devant les yeux ahuris, affolés et impuissants de Thomas en murmurant des mots incompréhensibles.

Quand elle se réveilla, la douleur de son bras s'était un peu atténuée. Elle vit le visage de Thomas penché au-dessus du sien. Des larmes affluaient à ses yeux et il ne faisait aucun geste pour les retenir. Jeanne comprenait sa douleur. Il avait perdu son compagnon de jeunesse, son fidèle ami de combat, son frère, son unique confident.

Jeanne sentit son regard devenir humide et glauque. Elle ferma les paupières, puis les rouvrit et regarda Thomas qui, muet et immobile, était retourné vers Lucas dont le corps gisait sans vie. Elle sentit que les forces lui manquaient et que son esprit vacillait. La fatigue, la douleur, la perte de Lucas et la peine de son ami Thomas l'assommèrent et elle perdit connaissance.

XV

Bien amorcé depuis son départ de Saumur, le plan de Betty s'était vu pourtant sensiblement transformé au fur et à mesure qu'elle avançait. En deux saisons, sa petite bourse s'était regarnie et elle se félicitait d'avoir mené rondement ses affaires. Il est vrai que, s'il n'y avait eu cette cicatrice qui la défigurait et la cruelle absence de Clarisse, son cœur eût débordé de joie.

Et, à présent, voyager avec Renaude Férard était un dérivatif. Vive et pétillante, celle-ci avait toujours un mot à dire, une idée à mettre en place, une organisation à revoir. Plus taciturne, son époux n'était cependant pas un méchant homme. Bien au contraire, sa générosité spontanée prenait souvent le pas sur ses silences que Renaude savait d'ailleurs fort bien combler par ses bavardages et son entrain.

Betty ne s'adonnait aux longues réflexions que lorsqu'elle était triste et lasse. Lille était encore loin et le chemin s'avérait difficile. On signalait sans arrêt des émeutes, des barrages et des combats d'où l'on ne ressortait pas toujours vivant. Depuis quelque temps, les régions du Nord paraissaient autant perturbées que le reste de la France. Les Flandres n'offraient plus la vision d'un calme pays où l'on vivait serein. Arras, Tournai, Bruxelles connaissaient aussi de fortes turbulences.

La route du Nord ! Betty irait-elle jusque-là ? Certes, la fougue et la hardiesse qu'elle avait léguées à Clarisse étaient toujours en elle, sa longue et profonde cicatrice à la joue en témoignait.

Betty n'avait pas froid aux yeux et si, autrefois, elle s'était laissé doucement bercer au creux du nid conjugal, elle n'oubliait pas que, fille d'un célèbre brodeur anglais, elle avait dû reprendre la direction de l'atelier à sa mort et que difficultés et complications ne l'avaient pas épargnée.

Maître Férard et son épouse avaient quitté Germigny avec l'idée d'y repasser pour emporter une commande. Aussi, s'acheminaient-ils satisfaits vers Paris, malgré les multiples et sombres recommandations qu'on ne cessait de leur jeter au visage.

Un Paris loin d'être paisible les attendait. Betty qui connaissait le boulevard Saint-Jacques pour y avoir vécu et travaillé savait qu'elle y reverrait avec plaisir les lieux où se tenaient les enlumineurs, relieurs, scribes, lissiers et teinturiers. Un quartier qui lui rappelait tant de souvenirs !

Dans la capitale, on discutait avec une verve qui ne cachait pas l'animosité que les habitants entretenaient avec les Bourguignons. Certes, il n'y avait plus d'Armagnacs pour venir titiller les esprits belliqueux, mais il restait les Anglais, et c'était beaucoup trop.

Les agissements de Jeanne d'Arc et ses prises de position depuis qu'elle avait libéré Orléans et fait sacrer le roi à Reims faisaient couler beaucoup de mots entre les lèvres des Parisiens. Et, perdue dans ses réflexions, la jeune guerrière trouvait que non seulement les armées françaises ne bougeaient guère, mais qu'elles ne prenaient plus les décisions qui s'imposaient.

N'ayant que sa fille en tête, Betty restait éloignée de ces questions qu'elle jugeait secondaires. Que lui importaient les excitations et les effervescences de Jeanne envers un roi de France qui paraissait se désintéresser du sort de la capitale ? D'ailleurs, comment aurait-elle pu expliquer les dernières paroles jetées par la duchesse d'Anjou à Jeanne d'Arc sur la conduite à suivre ? Des mots qui avaient meurtri la jeune fille jusqu'à l'os et dont elle gardait une marque indélébile.

La duchesse d'Anjou ! Où se trouvait-elle donc ? Plutôt que de discuter sur les actions en faveur du pays, Betty aurait aimé la rencontrer pour lui parler de ses propres problèmes puisqu'elle ne pouvait voir la dauphine. Sans doute aurait-elle trouvé une solution la sortant de tous ces tracas.

Hélas, la duchesse Yolande restait invisible tout comme Marie d'Anjou et ne cherchait à suivre qu'un seul but : celui de pousser Jeanne non à la prudence, mais à l'inaction. Ne lui avait-elle pas dit, les yeux froidement plaqués sur les siens, que ce n'était plus des batailles qu'il fallait à la France, mais de la dialectique et de la diplomatie ? Tout un art qui ne concernait plus la jeune fille et pour lequel, d'ailleurs, elle n'était pas faite.

Que pouvait faire à présent Jeanne, l'analphabète ? Poliment, habilement, Yolande lui avait fait sentir qu'elle devait, maintenant, retourner en Lorraine.

– Retourner en Lorraine ! jeta dame Renaude qui, calée dans la voiture, ne parlait plus que de ces événements dont s'était alimenté tout le val de Loire et dont s'abreuvait à présent la capitale.

Elle se cala plus confortablement contre le coussin qui retenait sa tête et déplia ses jambes qui commençaient à s'ankyloser.

– Repartir chez elle ! C'est que notre pucelle ne veut point en entendre parler, reprit-elle en regardant Betty qui lui faisait face, assise sur la banquette de bois.

– Pourtant, il faudra bien qu'elle rentre. Elle n'aura plus sa place parmi les soldats quand tout sera calmé.

Tout en hochant la tête, Renaude esquissa une moue dubitative.

– Alors, espérons que l'harmonie ne tardera plus.

– On dit que son village de Domrémy a été pillé, dévasté, brûlé et qu'il ne reste plus rien. Les pauvres gens s'enferment dans leurs maisons, leurs greniers ou leurs fermes et ne veulent plus en sortir.

L'attelage filait vite. Maître Albin Férard le menait avec une poigne ferme. Les deux chevaux qui encastraient la « Grisette » galopèrent jusqu'à la porte Saint-Martin par laquelle ils arrivaient.

– Faut pas passer par là, cria une sorte de géant qui, soudain, se dressa devant eux, tenant en main un solide gourdin.

Il le brandissait comme un glaive tandis que deux hallebardiers surgissaient derrière lui.

– Faites le tour par l'une des portes du nord. Vous aurez plus de chance pour entrer dans la ville, ordonna le plus grand d'entre eux.

– Mais qu'est-ce qui se passe ? fit dame Renaude d'une voix aiguë en penchant sa tête à la fenêtre de la voiture. Nous devons rejoindre le boulevard Saint-Jacques.

– Peu importe où vous allez, répliqua l'autre soldat, sa hallebarde menaçante pointée vers la voiture. Les armées de la pucelle vont bloquer toutes les issues d'un moment à l'autre.

– La pucelle ! Est-elle donc aux abords de Paris ?

Betty soupira. Tous ces tracas au sujet de Jeanne d'Arc ne la concernaient guère. Ce qui la préoccupait vraiment, c'était de quitter Paris sans encombre et filer en direction des régions du nord.

Ah ! Que cette guerre commençait à l'ennuyer et que cette Jeanne dont tout le monde parlait achevait de la contrarier en bloquant les issues de la capitale. Certes, elle admirait son acharnement à vouloir défendre Paris après avoir libéré Orléans. Mais n'allait-elle pas un peu trop loin dans ses espoirs de conquête ? Pourquoi forcer le jeune roi Charles VII à conquérir Paris libéré si sa couronne, aussi nouvelle que légère, son statut de monarque et ses récentes prérogatives semblaient largement lui suffire ?

Betty soupirait devant ces dilemmes qui ne la touchaient pas. Cette jeune femme ne pouvait-elle donc pas comprendre que les Parisiens réclamaient un roi qui ne désirait nullement s'installer dans la capitale ? On racontait qu'elle refusait d'ôter son heaume et sa cotte de mailles, espérant sans cesse que le moment d'agir allait intervenir. Sa bannière blanche ne la quittait pas. Son cheval dormait à la porte de sa tente et, chaque soir, elle allait lui chercher de la paille fraîche en murmurant à son compagnon, l'écuyer Thomas de Beaupréhaut : « Il va réagir ! Thomas, il va réagir ! »

Mais le roi faisait la sourde oreille et Thomas qui se morfondait, tout comme sa compagne, pensait à son ami Lucas mort depuis peu dans la bataille, et qui avait laissé une fiancée à Saumur.

L'attelage de maître Albin Férard arriva sans autres péripéties boulevard Saint-Jacques. Dame Renaude, pressée de se rendre chez son frère, eut la générosité d'inviter Betty.

– Ne repartez pas de suite, Betty. Les Anglais sont partout et des émeutes s'installent.

– Je n'ai pas peur.

– Je sais que vous ne craignez pas les Anglais. Mais attendez donc un peu. Pourquoi vous précipiter quand tout crépite au-dehors ?

Elle prit la main de sa compagne.

– Ne voulez-vous pas travailler quelque temps avec nous ?

Betty eut un instant de réflexion.

– Si Paris est bloqué et que les événements m'empêchent de repartir, c'est avec un grand soulagement que j'accepte votre proposition, Renaude, cela me permettra de vous rembourser la pension que je prends chez vous.

– Qui vous parle de payer ? s'exclama la brave femme en se tournant vers Aude, sa belle-sœur, qui revenait de la cuisine où elle était allée donner des instructions à la servante. Ne peut-on l'accueillir le temps de son passage à Paris ?

La parente de Renaude, une femme brune aux formes rebondies, au visage rose et avenant alourdi d'un double menton, acquiesça sans attendre.

– Bien sûr, jeta-t-elle en souriant à Betty. Renaude m'a déjà confirmé votre expérience professionnelle. C'est un excellent hasard de vous avoir dans notre atelier.

– Et c'est une chance pour moi, répliqua Betty.

Dame Aude servait une boisson fraîche et mentholée dans des gobelets en grès.

– Elle m'a expliqué aussi vos craintes de ne point retrouver votre fille partie dans les Flandres. Si c'est le cas, je suis sûre qu'elle reviendra. Ne vous pressez pas et restez chez nous aussi longtemps qu'il vous plaira. Nous savons que votre travail à l'atelier ne pourra que nous satisfaire.

Puis dame Aude, qui semblait très au courant de l'agitation parisienne, ne tarda pas à dévier la conversation sur les bruits qui circulaient depuis la veille.

Son grand plaisir n'était-il pas de discuter des derniers événements survenus dans la capitale ! Il fallait dire que dans chaque maison, chaque échoppe, chaque angle de rue et de ruelle, on ne parlait que de l'attitude des Anglais envers les armées françaises qu'ils repoussaient avec hargne et fracas, vociférant qu'ils en avaient par-dessus la tête de cette putain indésirable qui se prenait pour la Vierge.

– Notre jeune roi Charles est un faible et un lymphatique, décréta dame Aude. Son indolence peut en effet contribuer à rendre les choses difficiles. Se hisser au sommet de la gloire n'est pas son but.

– Mais quel est son but ?

– Retourner en val de Loire et gouverner son petit fief. Son attitude est fort gênante. Il ne devrait pas rester ainsi écarté du royaume de France. Où est sa dignité de monarque ? Il est bon qu'à sa place, cette jeune guerrière ait l'envie d'anéantir Bedford et les Anglais. Qui va le faire si ce n'est elle ?

– Bah ! La tâche s'avère trop lourde, rétorqua dame Renaude. On dit à Tours que la duchesse Yolande le dissuade de poursuivre la guerre et qu'elle prêche à présent la patience.

– Tu veux dire ne pas lâcher la proie pour l'ombre !

– C'est un peu ça.

– Si elle veut tenir des palabres qui endorment et atténuent les prétentions des Anglais, c'est peut-être une excellente idée.

– Il faut faire confiance à sa grande sagesse.

Betty qui prenait rarement part à ces discussions soupira. Elle se tint à l'écart de la conversation et se mit à penser à Clarisse. L'essentiel pour elle était de la retrouver saine et sauve. Oui ! Dès que Jeanne la pucelle aurait déblayé la voie en libérant Paris, elle quitterait la capitale en direction de Lille.

– L'atelier de votre époux, dame Aude, est-il boulevard Saint-Jacques ? questionna-t-elle pour couper court à l'entretien qui plaisait tant aux deux femmes.

– Bien sûr. Nous irons dès demain. Vous pourrez y voir une tenture commandée par Jeanne de Luxembourg. Que dis-je ? Vous pourrez même y travailler.

– Jeanne de Luxembourg ! Mais son mari n'est-il pas à la tête des Bourguignons ? s'exclama Betty.

– Si fait, mais qu'y pouvons-nous ? Les affaires sont les affaires.

Cette fois, dans un petit sourire de connivence, Betty acquiesça. Oui ! Les affaires étaient les affaires ! Et les siennes aussi devaient passer avant les considérations du pays. Finalement, puisqu'il fallait rester à Paris, travailler quelque temps dans l'atelier de maître Denis, ne serait-ce qu'une saison, accroîtrait son pécule.

– Jeanne de Luxembourg vit dans le Nord, reprit Betty. Je sais que toutes ses commandes sont réalisée sur les lisse arrageoises. Pourquoi vient-elle à Paris ? Qu'a-t-elle donc commandé ?

– Une très belle tapisserie à ses armoiries.

Enfin Betty se retourna vers ses deux compagnes.

– C'est une femme que l'on dit très bonne et très juste. Comment se fait-il que son époux soit à la tête du parti bourguignon ? L'avez-vous déjà vue ?

– Juste une fois, affirma dame Aude. Elle s'est déplacée en toute simplicité dans notre atelier. C'est une femme fort plaisante. D'une cinquantaine d'années, grande, assez corpulente, elle possède un visage qui a dû être parfait au temps de sa jeunesse.

Elle se mit à rire et fit pivoter à droite, puis à gauche sa taille rondelette en agitant ses bras dodus.

– Mais à présent son menton s'épaissit et son front se plisse de trois ou quatre rides qu'elle ne réussit point à cacher sous la pointe de sa coiffe. Disons que c'est une femme dans nos âges.

– Aude ! coupa sa compagne. Betty est plus jeune que nous et sa taille n'est pas aussi grassouillette que la nôtre, même si elle n'est plus aussi fine que celle de sa fille.

– Quel âge a votre fille, Betty ?

– Dix-huit ans !

– Ciel ! Comme c'est jeune pour être partie seule sur les routes !

Betty acquiesça, un air résigné sur le visage, bien qu'une petite lueur de fierté apparût dans son œil.

– Elle veut à tout prix sa licence. Rien d'autre ne compte pour elle. Ma fille pense qu'elle ne pourra rien faire sans son titre de maître lissier.

Dame Aude parut étonnée et le haussement appuyé de ses sourcils le prouva.

– Mais ne peut-elle épouser tout simplement un brave et jeune lissier, comme nous l'avons toutes fait ? Comme vous aussi, Betty !

– Ma fille doit être différente des autres, soupira la jeune femme. Sans doute ne supporte-t-elle pas d'être commandée.

– Oh ! fit dame Aude. Comment peut-on réagir de la sorte quand on est femme ? Avec un raisonnement pareil, ne se prépare-t-elle pas bien des désillusions ? Une femme commande son foyer, mais pas un atelier !

– Aude ! reprit Renaude d'un ton railleur, ne me dis pas que tu n'as jamais commandé ton petit monde à l'atelier du boulevard Saint-Jacques.

– Admettons, répliqua la femme de maître Denis, mais de là à ne point épouser un gentil fils de lissier...

– Pour Clarisse, c'est le sort qui décidera, coupa vivement Betty. J'étais moi-même fille d'un grand brodeur anglais et, à sa mort, les événements m'ont propulsée en France sans que je le veuille. Si j'étais restée à Londres, sans doute aurais-je pris la succession de mon père sans pour autant y mêler un homme. Je m'en sentais fort capable. En ce point, ma fille me ressemble et je ne la critiquerai pas. Les lissières sont souvent plus compétentes que les lissiers. Elles travaillent avec une sensibilité plus développée et un sens de la création plus subtil. Elles peuvent réaliser de grandes œuvres.

Aude et Renaude se regardèrent avec un sourire ambigu. Voilà une constatation qui ne les laissait pas indifférentes, bien au contraire, mais elles préféraient ne pas révéler qu'elles partageaient le point de vue de leur compagne. Elles avaient toutes les deux un époux dont il fallait ménager l'honneur et la susceptibilité.

Betty préféra tout à coup changer de discussion. Aussi s'enquit-elle avec un brin d'intérêt dans la voix :

– Comment avez-vous tissé les armoiries de Jeanne de Luxembourg ?

– Comme la tenture aux *Armes des Rolin* *, très styli-

* La *Tapisserie aux armes des Rolin* fut commandée par le chancelier Nicolas Rolin et son épouse Guigone de Salins, et tissée dans la première moitié du XVe siècle. La tenture était destinée à orner une chaire de la chapelle de l'Hôtel-Dieu de Beaune.

sée. Un point assez lâche qui laisse un envers aussi visible que l'endroit. Mais, à mon sens, les couleurs sont moins flatteuses. Un décor qui se compose d'écus, de tourterelles et d'initiales entrelacées.

Puis, la soirée se passa dans la discussion et la bonne humeur.

Les entrées de Paris restaient bloquées, mais il était dit que Jeanne n'entrerait pas dans la capitale. Les Anglais lui barraient la route et elle sentait trop la pesanteur envahissante des Bourguignons pour insister.

Elle s'était pourtant mise en selle, étendard et lance en main. Jean Dunois, son capitaine, et Thomas de Beaupréhaut, son écuyer, chevauchaient à sa suite, devançant la petite armée qui leur restait. Les bruits couraient toujours à travers la capitale. La pucelle, affirmait-on, ne pouvait tolérer que la Normandie restât la propriété des Anglais et, dans un enthousiasme subitement revenu, elle prétendait emporter la ville d'Alençon.

Mais, ne pouvant avancer, elle dut se replier à Crépy-en-Valois, y resta le temps de quelques messes et de quelques prières, puis se rendit à Compiègne où, avec sa mince armée, elle attaqua le camp des Bourguignons.

Hélas, la gloire de Jeanne s'achevait. Un archer parvint à l'attraper et à la faire tomber de son cheval. La jeune guerrière se défendit avec une fougue peu commune, mais son armée était trop faible pour la défendre. Quand elle se releva, elle vit que ses compagnons d'armes n'étaient plus à ses côtés.

Les discussions allaient bon train. On criait partout que Jeanne était prisonnière. Paris s'était divisé en deux. Les partisans des Bourguignons et ceux qui prônaient les saintes décisions de la pucelle.

Boulevard Saint-Jacques, dans la Cité, sur la place Notre-Dame, le pont au Change et le Petit-Pont, près de l'Hôtel de Ville et partout ailleurs, l'agitation régnait anormalement.

Dans l'atelier de maître Denis, la tapisserie *aux Armoiries de Jeanne de Luxembourg* était tendue sur les grands cadres verticaux, offrant leurs prestigieuses couleurs et l'uniformité de leurs dessins parfaitement structurés. Ouvriers, apprentis et contremaître s'activaient sur les hautes lisses, maniant les leviers, passant les fils de chaîne sur les cadres métalliques, reportant les repères devant les maquettes.

Avec deux autres femmes et quelques apprenties, Betty travaillait avec la passion qu'elle avait toujours montrée à la tâche.

Installée devant sa lisse, elle se remémorait parfois, avec une grande nostalgie, les jours heureux où elle travaillait aux côtés de Mathieu dans un atelier similaire, pas très loin du lieu où elle se trouvait actuellement. Oui ! Elle s'activait alors devant l'époustouflante *Apocalypse de saint Jean*.

Betty et ses compagnes levèrent le nez de leur travail. Des clameurs étranges leur parvenaient de la rue comme si l'agitation se faisait plus intense et surtout plus rapprochée. Il leur sembla, tout à coup, que les échoppes voisines répercutaient, elles aussi, des cris inhabituels. Brusquement, la grande porte de l'atelier s'ouvrit dans un claquement et le vent la referma. Mais, la seconde suivante, elle s'ouvrit de nouveau, laissant entrer un groupe d'hommes, la mine menaçante, poings levés, tenant gourdins, haches et couteaux.

Ce fut une agression sauvage. Les femmes s'esquivèrent en criant dans les angles de la pièce. Les hommes se ruèrent sur les trois ouvriers et le contremaître qui, posté devant maître Denis, les regardait, complètement ahuri.

– Traître ! cria un homme en laissant retomber son gourdin sur une table à tréteaux qui se fêla dans un bruit sec et mat.

– Mais qu'est-ce que c'est ? Qu'est-ce que c'est ? s'écria dame Aude occupée à compter les écheveaux de fils de lin et de soie alignés sur les étagères de l'atelier.

Maître Denis gardait la bouche ouverte, incapable de prononcer un mot, Betty observait avec effarement ces hommes dont le visage marqué par la colère annonçait de dangereux instants. L'un d'eux tenait un ouvrier au collet. Il se débattait et, sans l'aide d'un de ses compagnons plus fort que lui, il serait resté étendu sur le sol, matraqué par le gourdin levé au-dessus de sa tête.

– Qu'est-ce qui se passe ? hurla de nouveau dame Aude qui, verte de peur, restait le bras levé vers ses écheveaux.

– Il se passe, vociféra un homme hors de lui, que vous êtes des traîtres.

– Oh là ! cria Albin Férard, venu en toute hâte de l'annexe voisine pour soutenir son beau-frère, maître Denis. Qui vous permet...

Sa question fut brutalement tranchée par un coup de gourdin qui lui arriva en plein ventre, lui coupant le souffle et le courbant en deux. Trois hommes encerclèrent maître Denis qui n'était toujours pas remis de sa surprise et, d'un coup de gourdin cette fois appliqué sur la tête, l'envoyèrent au sol. Saisie par l'épaule et jetée contre le mur, dame Aude cria, tituba, chuta et perdit connaissance.

À cet instant, dame Renaude arrivait, essoufflée, de la

petite annexe servant de stockage d'où sortait son époux, toujours courbé en deux. Elle le contempla d'un air effaré, puis porta son regard sur les hommes hirsutes, d'aspect effrayant, les yeux rouges et hagards, qui ruaient dans tous les sens en agitant leur gourdin et en criant : « Traîtres ! Traîtres ! » Ils continuèrent de frapper Férard jusqu'à ce qu'il tombe inanimé au côté de Denis.

Quand Renaude abaissa les yeux sur son époux et son beau-frère étendus à terre, inertes, un filet de sang coulant sur le front, elle poussa un hurlement, sentit ses jambes ramollir et se retint à la table que les hommes avaient fracassée quelques minutes plus tôt.

Alors que les ouvriers, les apprentis et le contremaître avaient juste été appréhendés mais non encore violentés, Betty s'était réfugiée avec les femmes contre les cloisons de l'atelier. C'était bien mal connaître ces fous dangereux que de croire qu'ils ne leur feraient rien. Deux d'entre eux s'approchèrent, puis saisirent Betty et l'une de ses compagnes.

– Qui t'a fait ça ?

L'homme montrait du doigt la cicatrice fraîche de Betty.

– Les soldats anglais.

– Alors, t'es pas pour les Bourguignons.

– Pourquoi serais-je pour les Bourguignons ? Je viens du val de Loire et je suis pour la maison d'Anjou.

– Et ça ? hurla l'homme en désignant la tenture *aux Armoiries de Jeanne de Luxembourg*, qu'est-ce que c'est ?

Rouge et menaçant, il pointa le doigt en direction de la haute lisse sur laquelle était tendue la tapisserie.

– Discute pas, cria un autre homme en levant sa hache sur la tenture.

Il la taillada de haut en bas de plusieurs coups violents et rageurs et, dans un grand rire sadique, partit à la recherche d'une autre tapisserie à laquelle il voulait faire subir le même sort.

Betty entendit une femme hurler. C'était la jeune Angélique, une jolie brunette au minois plutôt agréable. Un homme venait de la retrousser et cherchait par des gestes brutaux à la soumettre à sa volonté. Betty fit un geste pour aller la secourir juste au moment où la porte s'ouvrit, laissant pénétrer quatre gens d'armes qui tenaient leur lance pointée contre les agresseurs.

– Sortez, leur crièrent-ils. Sortez ou nous vous enfermerons pour dérangement de l'ordre public.

– Ce sont des traîtres qui travaillent pour les Anglais, hurlèrent les autres. Ce sont eux qu'il faut abattre.

– Oui ! Regardez, s'écria l'un des tourmenteurs, ce sont les armoiries de Luxembourg et...

Un assaillant lui coupa la parole et se mit à invectiver les hallebardiers qui cherchaient à protéger les femmes et les ouvriers morts de peur.

– Le feu ! mettons le feu !

À l'arrivée des hommes d'armes, la jeune Angélique s'était empressée de rejoindre ses compagnes toujours tapies contre la cloison. Dame Renaude et Betty avaient réussi à s'échapper des griffes tenaces de leurs agresseurs qui commençaient à les battre à coups de pied et coups de poing. Elles se précipitèrent vers Denis et Férard étendus sur le sol tandis que dame Aude se remettait lentement de son étourdissement.

Prise entre l'envie de fuir pour ne pas être emportée dans une tragique embuscade qui risquait de faire échouer son voyage et celle d'aider ses amis, Betty ne savait que faire.

Élevant leurs gourdins, la masse informe et ricanante des hommes s'opposait à l'effarement des ouvriers qui, à présent, se cachaient derrière les soldats cherchant à les défendre. Ils dressaient leurs hallebardes comme une forêt de pieux infranchissable en leur criant de reculer. Mais l'un d'entre eux s'était approché des basses lisses et, à coups de hache, poursuivait l'ignoble travail de son compagnon en cisaillant les autres tapisseries.

À la vue des ouvrages anéantis, dame Aude vacilla de nouveau et retomba dans le coma. L'homme ricana et repoussa du pied le corps des deux hommes toujours inanimés.

– Jean de Luxembourg est un traître et toi aussi, putain.

Il venait de prendre Betty par la taille, la forçant à se plier en arrière pour subir la pression de sa bouche. Mais la poigne d'un hallebardier la sauva.

Quand elle recula, protégée par le soldat, elle vit une torche allumée filer devant ses yeux, puis s'abattre sur un monceau de fils de laines défectueuses mises à l'écart et déposées sur le sol.

Le feu s'étendit en un clin d'œil. Ce fut un embrasement général. Il y eut des cris, puis la panique. Les hallebardiers ouvrirent la porte et ce fut la ruée à l'extérieur. Quand les gens des échoppes voisines virent le feu, ils ne perdirent pas une seconde et se précipitèrent en tenant des seaux d'eau à la main. Les flammes se propageaient vite et, dans ces cas-là, s'il n'y avait aucune entraide, le feu se répandait jusque chez les voisins, entraînant même parfois un incendie capable de détruire tout un quartier.

Suffoquant, toussant, il fallut sortir de l'atelier. Ouvriers et apprentis étaient déjà dehors quand maître Denis et maître Férard reprirent connaissance. Leurs blessures à la tête les affaiblissaient et leur ôtaient tout discernement, du moins dans un premier temps, car le feu les ranima et ils regardèrent avec des yeux effarés la fumée qui se dégageait de toutes parts. On les traîna dehors. L'air frais les remit tout à fait et, de la main, ils essuyèrent le sang qui coulait encore sur leur visage.

Soudain, Betty cria. Aude était restée étendue à l'intérieur. Elle fit demi-tour, la trouva bloquée derrière un amoncellement de laine qui s'embrasait, la tira par les pieds, souffla, sua, et réussit à l'extirper de là.

Quittant son mari qu'elle souffletait par petits coups afin de lui faire reprendre entièrement ses esprits, Renaude remercia Betty de son acte de courage et se mit en devoir de ranimer sa belle-sœur.

– Ciel ! Je ne pensais plus à elle. Sans vous, Betty, où serait-elle à cette heure ? Le feu se propage si vite.

Quand Aude ouvrit les yeux, elle regarda du côté de son mari et, le voyant ranimé, soupira.

Soudain, Betty prit conscience des suites que cette affaire pouvait déclencher. D'un geste instinctif, elle s'assura que sa bourse était bien dissimulée dans la doublure de sa robe. Remarquant son geste, Renaude comprit.

– Partez, Betty. Je vous remercie pour tout ce que vous avez fait pour nous. À présent, il est inutile que vous restiez là.

– Mais ...

– Si les choses se compliquent, vous serez bloquée et ne pourrez plus aller à la recherche de votre fille. Je vous en prie, partez.

XVI

À Bruges, Quentin Durand Laxart avait recommandé Clarisse à maître Colard Van Der Hanck sans le prévenir toutefois qu'il s'agissait d'une jeune fille afin qu'il ne se heurtât pas à l'idée qu'une personne du sexe féminin vînt troubler la bonne marche de ses ateliers.

Vêtue d'un justaucorps rouge et de hauts-de-chausses assortis sur lesquels elle avait passé un pourpoint vert bronze, Clarisse s'était donc présentée, avait passé un test et prouvé qu'elle pouvait faire autre chose que de menus travaux d'apprenti. Puis, maître Van Der Hanck avait dû s'absenter une semaine pour livrer un travail au marchand Pieter Van Aelst de Bruxelles.

Il existait à cette époque de nombreux tapissiers à Bruges, comme de nombreux marchands de textile. Ils orchestraient une véritable industrie reposant sur une main-d'œuvre importante, filage, teinture, tissage, assemblage des basses et hautes lisses, dessins des cartons, enfin de multiples activités afférentes à ce domaine qui s'étendait sur tout le sud des Pays-Bas et le nord de la France. Bruges, Arras, Tournai, Bruxelles, Lille s'illustraient superbement par un commerce très actif de tapisseries historiées, parfois des pièces immenses allant jusqu'à dix, quinze ou vingt panneaux dont les histoires s'encastraient les unes dans les autres. *L'Apocalypse de saint Jean* effectuée quarante ans plus tôt en était le plus bel exemple. D'autres figuraient en tête de liste, toutes ordonnées, commanditées, financées par les plus grands de ce siècle.

Le thème des chasses à la licorne était fréquent dans le tissage tout comme dans les textes médiévaux ou les enluminures, jusqu'à figurer dans les illustrations bibliques. Clarisse, ayant surmonté ses regrets, avait décidé de refaire son œuvre en axant son choix sur la licorne. Lorsqu'une série de tapisseries était tissée pour un mariage, la licorne y tenait toujours une place exceptionnelle. Emblème de fidélité, de pureté, de chasteté, souvent figurée en cheval blanc à tête surmontée d'une longue corne droite, elle représentait le symbole de la jeune fille.

Oui ! Sa licorne aurait une belle corne à spirale comme on la voyait dans les tapisseries. Mais elle aurait aussi une petite barbe blanche de bouc, une queue flamboyante et des sabots de sanglier.

L'atelier de maître Van Der Hanck était assez renommé. On y exécutait de belles et de grandes œuvres. On y était à l'écoute de tout ce qui se faisait ailleurs. Ainsi, on savait que *L'Histoire de Jourdain de Blaye* avait fait fureur pour avoir mis en cause le poète Guillaume de Machaut. Un peu plus tôt, la *Tenture de l'histoire de saint Piat*, exécutée pour la cathédrale de Tournai, avait eu son triomphe tout comme *La Tenture des preux*, *Les Hommes sauvages* ou *Les Bûcherons**. Des ensembles de conception encore très médiévale qui traduisaient bien la place privilégiée qu'offrait le thème

* *Les Bûcherons*, pièce rustique sur fond « millefleurs » en gammes rouges et bleues exécutée dans les ateliers de Pasquier Grenier pour l'épouse du duc de Bretagne.

de la chasse où de beaux seigneurs paradaient au milieu de paysages luxuriants, où les chiens gueules ouvertes s'excitaient contre les animaux de la forêt traqués cherchant à s'échapper*. Des œuvres authentiques qui voyageaient souvent d'un pays à l'autre.

Tapissiers et marchands exportaient vers l'Allemagne, l'Angleterre, la France, l'Espagne, l'Italie, appuyés sur une organisation bancaire qui, peu à peu, se mettait en place.

Dans le Nord, les ducs de Bourgogne représentaient une clientèle assurée dont s'inspiraient les seigneurs fortunés des autres pays. On y écoulait une production de luxe faite avec des fils de soie et des laines fines d'une extrême qualité. Le tout réalisé sur des dessins dont l'originalité devait sans cesse surprendre.

L'atelier de Colard Van Der Hanck, dont s'occupait Gontran en son absence, était l'un des plus importants de la ville. Le premier jour, il s'était questionné sur le cas de ce jeune garçon, sans doute encore adolescent, aux allures de fille. Intrigués, les autres s'étaient tus.

Aussi Gontran fit-il voler sa mauvaise humeur à travers tout l'atelier pour marquer sa désapprobation quant à la personnalité étrange du jeune compagnon que son maître venait de lui imposer. Clarisse se méfia aussitôt. Gontran l'agaçait. Il ne la quittait pas des yeux, un pli méfiant au coin des lèvres, louchant sur le buste de la jeune fille dissimulé pourtant sous la cotte et la blouse vague qu'elle enfilait chaque matin et ne quittait plus de la journée. Les bas et hauts-de-chausses rouges que lui avaient procurés Quentin accentuaient peut-être un peu trop ses fines chevilles et ses mollets délicats.

* Les « chasses à la licorne » en seront les exemples types.

Ses cheveux, elle les avait serrés, tournés, tassés et solidement épinglés sous une grosse résille qui n'en laissait passer aucun et elle avait posé par-dessus le grand bonnet à rebord qui camouflait le tout.

Cependant, sans la méfiance exacerbée de Gontran, la situation eût pu paraître banale, car il existait souvent, dans les professions artistiques – et surtout dans les pays du Nord –, de jeunes apprentis au teint si blanc et aux cheveux si blonds que leur frêle silhouette, pour peu que les traits du visage fussent fins et déliés, s'apparentait plus à celle d'une fille qu'à celle d'un garçon.

Mais ce qui intriguait fortement Gontran, c'était le menton imberbe de Clarisse, sans l'ombre même d'un petit poil, et le velours de son regard qui battait sous de longs cils soyeux et charmeurs.

Les deux ouvriers, Hugues et Barbieux, ne portaient que de temps à autre un regard sur Clarisse. Quant à Gaspard et Anselme, les apprentis, joyeux de voir leur maître s'absenter pour huit jours, ils s'attachaient moins à l'apparence efféminée du nouveau venu qu'à la pensée de ralentir la cadence et si, par instants, ils scrutaient les gestes de Clarisse, c'était sans doute pour trouver la faille qui l'aurait disgraciée aux yeux de leur maître.

Restaient Benoît, le haut lissier qui manœuvrait avec dextérité le grand métier, et Jehan, un adolescent à qui l'on confiait les corvées de l'atelier. Orphelin, Jehan avait été recueilli par la femme du lissier. Il effectuait les petites besognes relatives au quotidien des époux Van Der Hanck.

Dans les ateliers de tapisserie, la période d'apprentissage était assez longue et se poursuivait par quelques années où l'apprenti devenait ouvrier. Avant de passer compagnon, il lui fallait maîtriser toutes les phases du travail. Puis, il devait présenter une œuvre effectuée de ses propres mains. Son maître lui avançait l'argent pour payer un droit d'entrée à la corporation.

Hugues et Barbieux s'attendaient que le marchand Pieter Van Aelst retienne leur maître plus longtemps que prévu. Van Der Hanck ne rentrerait sans doute pas tout de suite. On disait que Van Aelst hébergeait un jeune peintre de talent, Rogier Van Der Weyden, celui-là même qui effectuait les dessins de plusieurs cartons que devait rapporter leur maître pour être réalisés sur ses métiers à tisser.

À cette époque, lorsqu'un artiste renommé avait trouvé un mécène, il pouvait se permettre de ne plus penser qu'à sa création pour le plaisir de son protecteur. Il faut dire que maître Van Der Hanck était sans cesse à la recherche de nouveaux dessins et, en ce XVe siècle, la principale innovation des tapisseries résidait dans l'apparition de décors historiés beaucoup plus élaborés que les motifs végétaux, animaliers ou héraldiques auxquels on s'était limité jusqu'alors. Si les licornes abondaient, les tapisseries aux «millefleurs» regorgeaient elles aussi de fantaisie.

Quand Gontran partit se réapprovisionner en laines, la tension se dissipa au sein de l'atelier.

– Maître Colard, commenta Hugues, va nous rapporter des cartons aux dessins compliqués. Espérons que nous pourrons les réaliser sans trop d'efforts.

– Parions qu'ils seront identiques à *L'Histoire de la destruction de Troie* que nous avons copiée et recopiée. Maître Colard affectionne ce thème-là.

– Pourquoi ne nous apporterait-il pas des motifs s'apparentant à la *Tapisserie aux armes des Rolin*? suggéra le jeune Anselme qui s'appliquait sur son travail.

– Comment veux-tu apprendre ton métier, ronchonna

Barbieux, si tu t'en tiens à cette vieille méthode de tissage ? Il faut savoir progresser, Anselme.

Clarisse leva les yeux et sourit à Anselme qui lui fit un clin d'œil. La jeune fille brûlait, soudain, de donner son avis. Elle connaissait bien la *Tapisserie aux armes des Rolin* dont l'inspiration venait du val de Loire. Mais la froideur de Barbieux à son égard la dissuada d'intervenir et elle se replongea sans rien dire dans son travail.

Ah oui ! Elle connaissait aussi la célèbre *Résurrection* tissée de façon magistrale en fils de métal et en fils de soie où frondaisons multiples, combats et divinités se mêlaient pour le plaisir de l'œil. Mais toutes ces tapisseries étaient anciennes. Les artistes des Flandres avaient besoin d'autres idées, d'autres motifs et d'autres objectifs.

– Maître Colard est féru d'histoire ancienne, tu le sais bien, Anselme, rétorqua Hugues qui glissa vers Clarisse un œil plein d'arrogance.

– Bah ! remarqua malicieusement l'apprenti Gaspard. Il tient moins aux histoires bibliques qu'aux jolies filles.

Clarisse se mit à rougir et Barbieux vint se planter devant elle.

– Pourquoi rougis-tu, le nouveau ?

– Je ne rougis pas, se défendit vivement Clarisse. Je pense simplement que les thèmes bibliques occuperont toujours une place privilégiée dans la tapisserie flamande. Peintres et tapissiers encouragent sans cesse les références au passé. Les meilleurs les traitent différemment. C'est peut-être de tels dessins que vous rapportera votre maître.

– Tais-toi et travaille, avorton ! cria Barbieux.

– Je ne fais que commenter ce dont vous parliez tout à l'heure. Quant à l'avorton que je suis, il pourrait peut-être vous en remontrer au sujet de ses connaissances. Vous ne parlez pas d'œuvres profanes.

– Les œuvres profanes ! s'esclaffa Hugues. Sais-tu ce que tu dis, avorton ? Nous avons copié et recopié *L'Offrande du cœur* et *La Condamnation de banquet**.

– Je connais *L'Offrande du cœur* mieux que vous, s'écria Clarisse furieuse d'être traitée d'avorton. Et je peux vous l'expliquer mieux que vous ne le feriez vous-mêmes.

Elle toisa ses deux compagnons d'un air ironique.

– On peut tisser une œuvre comme un imbécile, un sot, fat et prétentieux, et ne rien comprendre à ce que l'on tisse. Ce n'est pas mon cas.

Hugues et Barbieux se regardèrent, sidérés. Anselme et Gaspard souriaient, ravis de cette diversion.

– *L'Offrande du cœur*, poursuivit Clarisse sans attendre, est une évocation de l'amour qui perd son caractère traditionnel et prend un aspect plus représentatif de la mode actuelle. C'est une tapisserie historiée qui a été exécutée pour meubler un intérieur et être plaisante.

Elle vit que son petit exposé faisait son effet et poursuivit :

– Quant à *La Condamnation de banquet* tout comme la *Tenture de l'histoire de Jourdain de Blaye*, ce sont l'une et l'autre de pures évocations de scènes anciennes. La première met en scène les chansons de geste et ne néglige aucun détail sur les coiffures, costumes et apparats de toutes sortes. La seconde se complaît dans les

* Ces deux tentures à scènes médiévales sur fond de « millefleurs » furent tissées vers 1400.

ripailles, festins, spectacles et drôleries où dressoirs et tables sont luxueusement pourvus.

Devant tant de savoir, Anselme se mit à siffler et Barbieux lui administra une taloche.

– Tu ne feras jamais rien d'autre que de bâiller devant plus grand que toi. Allons, reprends ton travail.

Il se campa devant Clarisse et, ne voulant pas être en reste, jeta d'un ton sec :

– Et toi, l'avorton, sache que les tapisseries d'autrefois vont sans doute changer de ton.

– C'est bien la question que se posent maître Colard et les artistes flamands, dit Benoît qui, un instant, avait quitté sa haute lisse pour donner enfin son avis. Par leur destination de plus en plus lointaine, par leurs thèmes sans cesse à l'affût d'originalité, tout va changer. C'est pour ça que maître Colard va nous rapporter de nouveaux cartons.

– C'est qu'il a de gros clients, renchérit Hugues.

– Travaille-t-il aussi pour les Anglais? s'enquit Clarisse qui venait d'être mise en confiance par Benoît.

Hugues haussa les épaules.

– Comme les autres.

Certes, on travaillait beaucoup pour les Anglais dans les ateliers flamands et les œuvres ne se comptaient plus. Une *Histoire de Notre Dame* pour Gloucester, une *Histoire d'Octavien* et de *Perceval* pour le duc d'York, une *Histoire de Pharaon et de la nation de Moïse* pour le duc de Lancaster, une *Histoire de la Clinthe* remise à Richard II d'Angleterre à Calais.

– Et les Bourguignons? Maître Colard travaille-t-il pour les Bourguignons?

– Pourquoi voudrais-tu que le duc de Bourgogne ignorât notre maître? ricana Barbieux. Il préfère cent fois fréquenter nos ateliers des Flandres que de se mêler du sort de cette putain française...

– Cette putain française ! Mais vous parlez de la pucelle d'Orléans ! s'exclama Clarisse.

Hugues et Barbieux s'esclaffèrent.

– Philippe de Bourgogne se moque bien des combats dirigés par ta pucelle d'Orléans. Tu veux que je te dise, avorton, poursuivit Barbieux en redressant le buste, son dessein n'est même pas d'affronter son cousin devenu roi de France et son propos n'est plus celui de son père, Jean sans Peur, qui voulait régner sur Paris et les provinces avoisinantes. Non ! Que non ! Son avenir se tourne vers les Flandres en pleine effervescence. Le duc de Bourgogne s'apprête à créer la plus grande corporation dans le domaine des textiles qui soit et qu'on appelle déjà la « Toison d'or ».

Clarisse soupira. Cette histoire de « Toison d'or » la préoccupait moins que Jeanne d'Arc. Et si une jeune fille de Lorraine s'habillait en soldat pour combattre dans l'armée du dauphin, elle pouvait bien revêtir des chausses, un bonnet et un manteau d'homme pour réaliser son projet qui n'était peut-être pas de sauver la France, mais celui de préserver son petit atelier de Bourges, son seul moyen de survie.

– Assez parlé comme ça. À présent, ne t'occupe plus des Anglais ni des Bourguignons et fais ton travail, ordonna Barbieux.

« Son travail ! » Balayer, ramasser et trier les laines ! comme Jehan. Une besogne qui ne l'intéressait guère. Il fallait ranger, inspecter et répertorier par couleur et qualité les ballots de laines et de soies.

Maître Van Der Hanck revenu, elle obtiendrait sans doute un autre travail. Peut-être la placerait-il devant le cadran ou peut-être lui dirait-il de reporter le travail sur la toile. Pour l'instant, une besogne aussi peu captivante lui permettait de penser à autre chose. C'est ainsi que, tout en triant ses laines, elle réfléchissait au jour où elle quitterait Bruges, sa nouvelle œuvre terminée, acceptée par les membres de la guilde et qui la consacrerait maître de ses entreprises.

À emballer et déballer ses laines, elle ne pouvait aussi s'empêcher de penser à Marie d'Anjou dont l'espoir devait grandir chaque jour davantage, puis à sa mère, à Lucas, à Thomas qui revenait parfois tracasser ses rêves, à son amie Anastaise, à l'abbé Meslin et même aux maigres finances du brave maître Taupin et à sa nostalgie d'un temps prospère où la France ne s'effilochait pas sous le pas sonore et pesant des Anglais, et où les commandes affluaient dans son atelier de reliure.

Le lendemain, Gontran qui était rentré ne cessa de surveiller Clarisse. Il tournait autour de la jeune fille en silence, levait parfois les mains comme s'il avait envie d'ôter le bonnet qui enfermait l'opulente chevelure et retournait sans rien dire à sa place.

Petit et râblé, Gontran avait le thorax bombé et les épaules rejetées en arrière. Une silhouette plutôt ramassée qui contrastait avec le côté anguleux du visage. En l'absence de Van Der Hanck, il menait son monde avec autorité, sans complaisance, mais, à l'inverse de son maître qui ne sévissait que devant l'imperfection d'un ouvrage, Gontran se délectait d'ordres et de remarques acerbes. Aussi, ce soir-là, rabaissa-t-il très vite les espoirs de Hugues et de Barbieux qui espéraient quitter le travail plus tôt que prévu. Les deux ouvriers aimaient se rendre, avant que la nuit tombe, dans le centre de Bruges où les auberges foisonnaient pour y boire une bière fraîche et mousseuse.

Mais, comme chaque soir, Gontran alluma les lampes de l'atelier et cria :

– Allons, le travail n'est pas achevé !

Ce fut le moment où, tapi dans la demi-obscurité de l'angle de la pièce où se trouvait Clarisse, il arracha d'une main son grand bonnet à rebord et le fit voler à terre.

– Une résille ! explosa-t-il en dardant la lueur de la lampe sur le visage de Clarisse. Une résille ! Voyons ce qu'il y a en dessous.

Et avant que Clarisse eût pu faire un mouvement pour s'écarter et s'enfuir, il avait arraché la grossière toile quadrillée de fils de lin. Un flot de cheveux bruns s'éparpilla sur les épaules de la jeune fille. Elle resta là, indécise et sidérée, la colère empourprant ses joues.

– Une fille ! s'écria Hugues.

– Et quelle fille ! hurla Barbieux à son tour en sifflant d'admiration devant les boucles soyeuses qui retombaient sur les épaules de Clarisse.

Une fille ! Une fille qui allait perturber la tranquillité de l'atmosphère des ateliers, la discipline du travail établies depuis si longtemps, regarder effrontément les autres, troubler l'ordre des équipes. Gontran tenait toujours sa lampe, buste redressé, jambes un peu écartées, un mauvais sourire aux lèvres. Clarisse se leva, ramassa résille et bonnet, puis, secouant ses cheveux, jeta d'un ton âcre :

– Oui ! Je suis une fille et je prouverai que je travaille mieux que vous.

– Pauvre sotte ! Tu vas repartir à l'instant d'où tu viens.

Elle se tourna vers Gontran et pointa son index rageur vers lui.

– C'est vous qui êtes un sot, sire Gontran, car en l'absence de votre maître, vous n'avez pas le droit de me jeter dehors, je resterai donc jusqu'à son retour. C'est lui qui décidera de me garder ou non.

– On verra bien, jeta Barbieux en posant d'un geste nerveux sa lampe sur la table.

Puis il reprit son poste de travail, entraînant avec lui son compagnon Hugues sur le cadran de la petite lisse.

– Pauvre fille ! Ainsi tu crois maître Van Der Hanck capable de sentiment envers toi, ironisa-t-il du bout des lèvres sans plus s'occuper d'elle.

Le lendemain, Clarisse se présenta à l'ouverture de l'atelier comme s'il ne s'était rien passé la veille. Elle avait cependant natté puis enroulé ses cheveux sur ses oreilles, remplacé ses bas-de-chausses et sa blouse d'homme par l'unique robe qu'elle possédait et sur laquelle elle passait son surcot de flanelle grise.

Son éternel sourire arrogant sur les lèvres, Gontran s'approcha d'elle, la prit par le coude et la plaça sur un tabouret à l'opposé des lisses. Qu'attendait-on pour lui donner du travail ? Elle n'eut pas à attendre. La réponse vint aussitôt.

– Tu n'as rien à dire ni à faire avant que Colard revienne.

Tiens ! Maintenant, il appelait son maître par son prénom ! Colard ! Sans doute pour donner le poids nécessaire à la décision qu'il venait de prendre, celle de laisser Clarisse sans rien faire. Elle jeta un regard sur la longue table où Jehan triait les laines défectueuses que l'on ôtait des stocks pour ne pas les utiliser. Elles servaient aux ouvrages plus communs destinés à une petite clientèle, celle de Bruges ou des autres villes de Flandres. Tout comme Anselme, l'apprenti, il lui souriait de temps en temps en clignant de l'œil. S'armant de courage, elle parvint à lui rendre son sourire.

Depuis que Gontran l'avait installée dans ce coin assez obscur sur un tabouret à trois pieds, on ne s'était plus préoccupé d'elle. Quand midi sonna au carillon de l'atelier, la porte s'ouvrit à grand fracas et le visage d'une femme se profila dans l'encadrement.

Elle avait une quarantaine d'années, portait un front large, net et sans ride au-dessus de deux grands yeux clairs qui tombaient sans complaisance sur ceux qu'elle aurait voulu dompter, mais que le destin avait faits plus grands qu'elle. Alors elle se contentait de jeter haut et fort les réflexions qui ne manquaient pas d'agrémenter la logique de ses raisonnements.

Le bonnet blanc amidonné entourant son visage rond lui donnait un air pompeux, accentué par les plis impeccables de sa cotte grise qui enveloppait une jupe empesée elle aussi. Elle avait cette assurance des vieilles servantes fidèles qu'on ne déloge plus de leur tanière. D'ailleurs, où iraient-elles ? Le territoire de leur maître était devenu le leur. Elle s'avança, huma l'air, tourna la tête à droite et à gauche pour s'assurer de l'atmosphère régnante.

C'était Katelina qui, mouvante et impétueuse, entrait chaque midi dans l'atelier pour apporter aux lissiers, ouvriers et apprentis le repas qu'ils attendaient. Elle déposa sur la table la plus proche, sans doute destinée à cet effet, un panier d'où elle sortit une énorme miche de pain, des pâtés, des fromages et des fruits.

– Approchez, demoiselle, fit-elle en s'adressant à Clarisse.

Mise au courant du subterfuge qu'avait utilisé la jeune

fille pour se faire engager, elle semblait s'en amuser et la prit tout de suite en sympathie.

– Ce n'est pas parce qu'ils ne vous donnent rien à faire qu'il faut jeûner, déclara-t-elle en coupant une large tranche de pâté. Ah ! C'est que le Gontran n'est pas facile ! On verra bien quand le sire Van Der Hanck reviendra.

Et, d'autorité, sans même regarder si les autres acquiesçaient ou rechignaient, elle mit un morceau de pain et de pâté entre ses mains.

Gontran observait la scène sans rien dire tout en jetant un œil en biais sur la nourriture déposée sur la table.

– Eh ! dit Barbieux en se mettant à rire stupidement, cette fille se tourne les pouces et Katelina lui donne notre part.

– Ce n'est pas « votre » part. Que crois-tu, petit imbécile ? rétorqua la servante, j'attendais ta réflexion. Alors j'ai pris la précaution d'augmenter les quantités.

Gontran se piqua devant elle, le regard noir de colère :

– Je te prierai dorénavant, Katelina, de ne pas renouveler cette initiative.

– Je n'ai pas à recevoir d'ordre de toi, petit présomptueux, répliqua la servante.

Gontran haussa les épaules.

– Tout de même, insista Barbieux, elle ne se fatigue guère à prendre, toute la journée, ses rêves de bécasse pour des réalités.

– De bécasse ! Oui, c'est bien ça ! de bécasse, renchérit Hugues.

Clarisse serra entre ses doigts la miche de pain qu'elle n'avait pas encore touchée. Katelina la regarda, les mains posées sur ses larges hanches, et hocha la tête, attendant visiblement la suite.

– Si je suis une bécasse, rétorqua Clarisse en se tournant vers l'ouvrier, toi, tu n'es qu'un petit coq prétentieux et incapable. J'ai vu ton travail. Il n'est pas meilleur que celui des apprentis.

Comme l'ouvrier ouvrait la bouche pour répliquer, elle poursuivit sans attendre :

– Tu es incapable de faire un envers d'ouvrage aussi net que l'endroit. Oui ! Je l'ai observé tranquillement, ce matin. Devant de telles différences entre les deux faces, je me pose la question : ou bien maître Van Der Hanck présente une forte myopie dans l'œil, ce qui m'étonnerait fort, ou bien sire Benoît, plus compétent que toi, rectifie tes faiblesses avant de rendre l'ouvrage à ton maître.

Benoît, qui n'ouvrait guère la bouche et laissait dire ses compagnons, esquissa un sourire équivoque.

– Bien torché, petite ! jeta Katelina.

– Je n'ai pas fini, poursuivit Clarisse d'un ton buté.

Sa forte et tranquille assurance semblait impressionner Gaspard et Anselme, les moins querelleurs.

– Allons, les enfants ! tenta de temporiser Katelina. Il faut manger à présent.

Mais la jeune fille s'entêta avec un calme sang-froid.

– Et celui-là, fit-elle en désignant Gontran du doigt, il ne sera jamais capable d'être un patron. Sa bêtise est aussi grande qu'une montagne.

– Salope ! Catin ! ragea Gontran, les yeux révulsés.

Il avait lancé ces mots de la même façon et du même ton qu'Humbert Florimont de Tournai lui avait jeté « putain » lorsqu'elle était devant le capitaine Gloucester. Comme si certains hommes ne connaissaient que ces mots-là dès qu'ils s'adressaient à une femme de caractère.

Cette fois, toute patience envolée, Clarisse se précipita

sur Gontran et lui retourna une gifle cinglante. Lorsqu'elle retira sa main, il l'attrapa au vol, la serra violemment et tordit son poignet. Elle ne cria pas, se contentant de fixer les yeux durs et froids de son compagnon, mais elle sentit la douleur s'infiltrer jusque dans son bras.

– Cela suffit, s'écria Benoît. Lâche-la immédiatement.

D'un geste sec, Gontran laissa tomber à regret le fragile poignet de Clarisse.

– Si tu ne la laisses rien faire, poursuivit Benoît, comment veux-tu qu'elle prouve ce qu'elle dit ?

Un éclair alluma l'œil de Gontran, puis il se dirigea vers l'un des murs contre lequel était posé un balai de branchages souples liés les uns aux autres. Il le prit, revint à Clarisse et le lui déposa entre les mains.

– Il a raison, ricana-t-il. Tiens, montre-nous ce que tu sais faire.

Tous, à l'exception de Benoît, éclatèrent de rire. Rouge de honte et de colère, Clarisse jeta si violemment le balai à terre qu'il glissa le long du sol et alla heurter le mur opposé.

– Cet abruti m'a démis le poignet. Je ne peux plus balayer.

– Allons, ma mignonne, intervint Katelina qui trouvait que l'algarade prenait un vilain tour, mangez au moins un bout de fromage si votre autre poignet est valide.

– Elle balaiera demain si ce n'est pas aujourd'hui, aboya Gontran en avalant un énorme morceau de pain et de pâté. Et, crois-moi, Katelina, tu n'auras rien à dire ! Si tu es le chef dans ta cuisine, tu n'es pas celui de cet atelier.

– Je suis tapissière et non balayeuse ! cria Clarisse. Si

je dois faire du ménage, c'est le maître qui me l'ordonnera. Pas toi.

– C'est une honte de voir ça ! s'exclama Katelina en hochant la tête. Allez ! La petite a raison, c'est au maître de décider. Quand le sire Van Der Hanck sera là, il mettra de l'ordre dans tout ça. Allons, demoiselle, venez avec moi. Dans ma cuisine, personne ne vous importunera.

Puis elle s'en fut en remportant son panier vide et en s'assurant que Clarisse la suivait.

XVII

Le jour suivant – et il en fut ainsi tous les jours de la semaine jusqu'à l'arrivée de maître Van Der Hanck – on se contentait de lui tendre le balai qu'elle refusait de saisir et, comme Benoît n'avait pas réitéré l'approche de sympathie qu'il avait amorcée la veille, elle prit sa décision.

Traînant son tabouret vers la baie vitrée pour profiter de la lumière, Clarisse installa un carton sur ses genoux et se mit à dessiner, refusant ainsi de perdre le fil de son inspiration. Attitude qui lui permit aussitôt d'oublier le cynisme de ses compagnons.

Allons ! Il fallait bien que, dans l'atelier, les autres l'oubliassent un peu. Elle bénéficiait de quelques heures de répit et pouvait se pencher sur sa propre création, indifférente à la douleur de son poignet.

Clarisse ne ressentait plus le besoin d'exécuter un ouvrage à thème religieux comme elle l'avait fait pour remercier Marie d'Anjou de lui avoir donné l'atelier de Saumur. Marie, dauphine à l'époque, si attachée à l'exacte traduction d'un regard de Vierge ou du geste d'un saint, d'un motif pieux enluminé, peint, brodé ou tissé ! Marie, reine à présent, toujours confinée dans l'atmosphère des chapelles et des églises ! Ah ! Il était bien loin ce triptyque de la nativité que, jadis, Clarisse avait exécuté avec tant de soin. Emporté, réduit en cendres dans l'âtre du sire de Gloucester, à jamais disparu des yeux de ceux qui auraient pu en admirer les formes, les symboles et les couleurs. La belle et soyeuse tapisserie historiée ne tenait plus qu'une place inviolable dans la mémoire de la jeune fille. Le portrait de la Vierge à l'enfant dont Marie avait apprécié le visage qui ressemblait fort au sien ne demeurait plus qu'un souvenir pour Clarisse.

L'ouvrage que s'apprêtait à réaliser la jeune fille ne ressemblerait en rien à celui qu'on lui avait volé. Elle traduirait, cette fois, toute l'atmosphère d'une scène galante de l'époque. Un château en bordure de Loire où elle transposerait la blancheur des pierres, le bleu délicieux du ciel, la verdure estivale des abords giboyeux. Oui ! Un décor de val de Loire où les silhouettes de jeunes seigneurs apporteraient l'offrande de leur cœur à quelques jolies dames de la noblesse provinciale. Des fleurs par milliers joncheraient le sol et une éblouissante licorne viendrait rehausser l'ensemble.

Clarisse n'avait qu'à fermer les yeux pour revoir Lucas et sa jeune fiancée marcher d'un pas lent dans les frondaisons printanières du château de Chinon, le bras de Lucas soutenant la main blanche et fine de la jolie Anne. Et, pour peu que son esprit s'arrêtât sur le visage de Thomas, elle pouvait dessiner la délicatesse de ses traits et achever son croquis par sa haute et mince taille, prise dans un justaucorps de satin broché, une fleur à la main, penché sur elle, les yeux fondus dans les siens.

Le château, la nature, les seigneurs ! Elle gardait en tête leurs silhouettes, leurs allures, leurs couleurs. Restaient les femmes dans leurs apparats de fête, leurs attitudes, leurs regards. Clarisse ne pouvait oublier la seule fois où elle avait revêtu un habit de rêve. C'était le jour où Jean Dunois et Marie Louvet se mariaient. Le hennin qu'elle portait, ce jour-là, était si haut que la pointe en effleurait le ciel et le voile transparent qui en tombait flottait dans l'air comme l'aile d'un grand papillon. Quant à la robe de ce rose intense, ce rose à la pointe un peu violacée à peine perceptible, que certains enlumineurs de l'époque savaient si bien traduire, elle la reproduirait sur son ouvrage, de même qu'elle y poserait le petit lévrier de Marie et la cithare de Thomas.

Perdue dans ses pensées, le carton posé sur ses genoux, le fusain entre ses doigts agiles, Clarisse ne gaspillait plus son temps. C'était à peine si elle remarquait les sombres coups d'œil que lui jetait Gontran ou les sourires narquois de Barbieux.

Quelques jours passèrent donc ainsi, attitude silencieuse de la jeune fille, mutisme complet comme si la langue lui avait été coupée et regard seulement dirigé vers Katelina quand elle entrait dans l'atelier. Consciente du détestable comportement des ouvriers, à l'exception de Benoît qui, de temps à autre, encourageait l'inspiration de Clarisse, Katelina surveillait de près la jeune fille. Scrupuleuse sur le bon fonctionnement de sa mission en l'absence de maître Van Der Hanck, elle ne pouvait qu'apprécier la belle indifférence de Clarisse envers ses compagnons. Et puisque, en l'occurrence, il ne pouvait s'agir de respect et d'égards que tous bons ouvriers devaient se témoigner entre eux, du moins essayait-elle de faire régner une atmosphère calme et faussement sereine.

À la fin de la semaine, Clarisse paraissait un peu plus tendue. Ses yeux se tournaient fréquemment vers la grande porte dont Katelina faisait claquer les deux battants de bois quand elle entrait. Demain, maître Van Der Hanck devait rentrer de son séjour, satisfait sans doute de la commande qu'il rapportait. Jehan, qui savait toujours tout, avait même insinué qu'une arrivée intempestive n'était pas impossible. Une arrivée bruyante, joyeuse, pleine d'entrain qui n'empêchait pas, pour autant, le bref, mais incisif regard circulaire qu'il posait sur l'ensemble de l'atelier pour s'assurer que tout s'était déroulé sans incident durant son absence.

Mais comment allait-il réagir à la présence de Clarisse ? La jeune fille craignait de se voir tout simplement jetée à la rue, selon les prédictions ricanantes de Gontran. Ce n'est pas qu'elle se sentait malheureuse, la honte et la rage étaient passées et Katelina avait réussi à installer dans son esprit une certaine indifférence qui lui faisait passer les jours dans l'attente du retour de maître Van Der Hanck. Parfois, elle appréhendait de devoir chercher un autre atelier qui la prît en charge mais acceptât qu'après les heures de travail, elle puisse réaliser l'ouvrage dont elle avait besoin pour rentrer en France et travailler comme elle le souhaitait dans son propre atelier.

Elle jeta un coup d'œil à Jehan. Il triait soigneusement par couleur et par calibrage un paquet de laines et de fils que Benoît venait de sortir de l'appentis qui servait de stockage. Puis, levant le visage, elle vit Gaspard, l'œil distrait sur son ouvrage. Il reportait mal ses repères sur les fils de chaîne. Un repère devait être reporté avec un soin scrupuleux, une attention qui réclamait une concentration soutenue, car le moindre décalage engendrait une erreur tôt ou tard reconnue.

Pour rien au monde, elle ne changerait d'opinion. Ce garçon-là ne ferait jamais un bon lissier. Son travail manquait d'attention et de soin.

Elle haussa l'épaule en voyant que Gaspard la regardait et, sans plus insister, elle se tourna cette fois vers Hugues. Face au cadran métallique où les fils s'alignaient à l'horizontale, il travaillait en se guidant sur le carton d'origine, fixé à l'arrière, juste devant les yeux afin que le modèle pût être suivi avec méthode et attention. Seuls, les très grands artistes pouvaient se permettre de modifier quelquefois l'ordre des couleurs et des points pour intensifier un geste, un regard, un reflet dont l'intérêt n'apparaissait pas sur le carton, mais qui, sur la tapisserie, apportait toute sa valeur. Et, par tous les saints du ciel ! Elle était bien décidée à prouver ses aptitudes à maître Van Der Hanck. Hugues ne savait pas plus que Gaspard travailler avec grand art et, certes, Clarisse allait leur montrer, à tous ces médiocres, comment elle reportait ses couleurs et comment elle donnait vie aux personnages sans même bousculer les règles établies de la haute lisse.

Détachant son regard des deux ouvriers, elle le reporta sur Benoît. Enfin, voilà un lissier qui connaissait son travail. Il actionnait la haute lisse verticale avec des gestes justes et précis. Dieu ! Que Clarisse avait envie de la manier à sa place ! Elle ne pouvait s'empêcher de la regarder tant elle l'obsédait. Elle gardait trop en mémoire les conseils et les avertissements de son père sur le fonctionnement de ces grandes lisses verticales pour préférer les basses lisses horizontales sur lesquelles les tapissiers effectuaient de plus petites œuvres.

Jehan s'était trompé sur l'arrivée de maître Van Der Hanck, car l'heure de midi sonna sans qu'il ne fût encore arrivé et Katelina fit son apparition comme à l'habitude, son panier plein de nourriture. Elle avait la mine réjouie à l'idée de retrouver son maître qu'elle connaissait depuis si longtemps. Son entrain et sa jovialité lui manquaient et, pendant ses absences, la triste compagnie de dame Griète l'agaçait.

– Que c'est beau tous ces dessins, demoiselle. Qu'allez-vous faire ?

– Réaliser l'œuvre que je présenterai à la guilde des lissiers du Nord.

– Mais vous n'êtes pas très à l'aise à travailler de cette manière, assise sur votre tabouret, grogna la servante qui ne pouvait admettre la façon avec laquelle l'ensemble de l'atelier la rejetait.

– Cela me suffit, Katelina, pour l'instant du moins. Maître Van Der Hanck m'a dit que si je travaillais correctement à l'atelier, il me laisserait exécuter mon œuvre comme je l'entends.

Barbieux ricana aussitôt.

– Attends qu'il découvre qui tu es. Alors il te flanquera dehors en te traitant de menteuse et d'incapable !

Sur ces mots dont la souplesse ne s'améliorait guère, Clarisse préféra opposer l'indifférence. Elle haussa les épaules et se plongea dans ses dessins. Elle avait pris l'habitude de laisser manger ses compagnons avant elle. Katelina déposait à son intention, sur le bord de la table, une grosse miche de pain assortie d'une tranche de pâté, un verre d'eau et un morceau de fromage.

Maître Colard Van Der Hanck arriva quand le soir commençait à tomber. Le cœur de Clarisse battait si fort qu'elle perdit un instant sa belle assurance. Mais la vision de la bouche arrogante de Gontran et les regards aigus de Barbieux lui rendirent l'énergie suffisante pour affronter dignement le maître tapissier. Aussi le regardat-elle s'avancer dans l'atelier, les yeux braqués sur elle, rien que sur elle. Les mains de Clarisse tremblèrent un peu, mais quand elle vit que Katelina était sur ses talons, elle reprit courage.

Il ne put dissimuler sa stupéfaction. Certes, l'expression de ses yeux dénotait qu'il ignorait encore l'objet du conflit à venir. Ce fut Katelina qui rompit le silence de sa voix rassurante et gouailleuse.

– Regardez-moi cette mignonne-là qui attend son maître, susurra-t-elle en glissant à Clarisse un coup d'œil rassurant.

– Qui est-ce? fit le tapissier, sans quitter des yeux Clarisse qui relevait haut le menton.

Gontran s'approcha, l'air à la fois désabusé et triomphant.

– Ah! Maître Van Der Hanck, je n'ai pu la jeter dehors sans votre autorisation. C'est une vulgaire fille qui vous a trompé en se faisant passer pour un garçon afin que vous l'embauchiez et...

Il s'arrêta net, indécis, surpris, voyant que son maître détaillait la jeune fille sans manifester ni colère ni arrogance.

– Laisse-la parler, Gontran, et ne l'interromps pas.

Clarisse fit un pas en avant.

– C'est mon ami Quentin Durand Laxart, le marchand lainier, qui a eu cette idée afin que vous ne refusiez point de me prendre.

– Eh bien, il a parfaitement réussi et tu as merveilleusement joué ton rôle puisque tu as su me tromper.

– Oh! Croyez-moi, maître Van Der Hanck, me travestir en garçon ne me plaisait guère. Je n'avais jamais dissimulé mon état de fille et j'ai toujours crié haut et fort que j'étais tapissière et non tapissier.

– Quentin Durand Laxart ! Ainsi, tu ne partageais pas son idée ?

– Nullement, mais il m'a assuré qu'un maître lissier des Flandres était moins tolérant qu'un maître lissier français ou anglais qui, eux, emploient hommes et femmes dans leurs ateliers de tissage.

Elle vit que sa réflexion, même si elle sonnait un peu faux, faisait mouche. Maître Van Der Hanck esquissa un fin sourire et plongea ses yeux dans les siens. Puis il les abaissa et considéra longuement sa longue chevelure.

Pourquoi n'avait-elle pas, ce matin-là, tressé ses cheveux qu'elle enroulait habituellement sur ses oreilles ? Pourquoi, puisqu'elle avait repris sa tenue de fille, n'avait-elle pas posé son bonnet blanc amidonné sur sa tête ? Ses cheveux, souples et soyeux – elle les avait lavés la veille afin qu'ils jetassent les reflets de châtaignes mûres dont elle connaissait les effets quand ils étaient brillants et propres – descendaient en cascade sur ses épaules et l'encolure de sa sous-cotte laissait apparaître sa gorge blanche.

– Tu te trompes, petite. Les maîtres lissiers de Bruges ne sont pas tels que tu les dépeins.

– Je ne sais pas, fit la jeune fille d'un ton feutré. Je ne demande qu'à me faire une opinion sur ce point-là.

– Tu m'as l'air bien hardie.

Sur cette réplique dont il avait largement fait les frais, Gontran s'empressa d'insister.

– C'est une furie, croyez-moi, maître Van Der Hanck, elle ne sait rien faire et...

Furieuse, Clarisse se dressa devant lui, tel un petit coq en colère.

– Parce que vous ne m'avez rien laissé faire. Rien ! Sinon balayer le sol.

– Je t'avais pourtant dit qu'elle n'était plus une apprentie, rétorqua tranquillement Van Der Hanck en se tournant vers Gontran.

– Ils m'ont ignorée, ridiculisée, mise à l'écart. Et lui, fit Clarisse en désignant Gontran du doigt, il m'a... violentée !

Elle tendit son poignet encore meurtri.

– Cette furie a osé me gifler, déclara Gontran d'une voix blanche.

– Quand il a vu que j'étais une fille, il m'a traitée de salope et de catin, rétorqua aussitôt Clarisse. Il n'a aucun droit d'agir de la sorte. Je suis une honnête lissière.

Katelina s'agitait.

– Tout cela est vrai, renchérit-elle. Les choses se sont hélas passées de cette façon. Seul Benoît lui a manifesté quelques égards. Les autres l'ont bafouée. Ils refusaient même que je lui donne son repas du midi. Pauvre petiote ! Elle avait bien le droit de manger comme les autres !

Elle jeta vers Gontran un regard de défi. Il voulait à tout instant lui couper la parole. Aussi reprit-elle plus vivement encore :

– Elle se tient là depuis plusieurs jours, assise dans un coin sur son tabouret. Elle dessine de belles choses. Tenez, regardez.

Elle saisit les esquisses de Clarisse et les tendit précipitamment à Van Der Hanck. Il les prit, y jeta rapidement ses yeux et les releva sur la jeune fille.

– Hormis ces dessins, de quoi es-tu capable, exactement ? s'enquit-il sans dédain ni colère.

– Oh ! Elle ne sait rien faire ! s'écria Gontran.

Clarisse toisa Gontran d'un air hautain et se retourna vers le tapissier.

– Comme il refusait de me laisser travailler, hormis les tâches de balayage de l'atelier, j'ai pris le temps de dessiner les motifs qui composeront l'ouvrage que je présenterai à la prochaine Commission de la guilde des lissiers du Nord.

– Ah ! Ce sont de bien jolis dessins, n'est-ce pas, maître Van Der Hanck ? s'exclama Katelina.

Le tapissier qui les tenait toujours en main les observa à nouveau.

– C'est une parfaite chanson de geste. Une belle scène galante. Si tu la réalises finement sur la basse lisse, avec les couleurs qui s'imposent, elle devrait plaire au jury.

Elle hésita et interrogea d'une voix indécise :

– Hélas ! Sur quelles lisses vais-je pouvoir les réaliser ?

– Mais sur les miennes, petite. Sur les miennes.

Clarisse vacilla. Gontran fit un pas en avant et faillit s'étrangler.

– Maître ! C'est une fille.

Le considérant un instant, Van Der Hanck se mit à rire.

– Et alors !

Il se tourna vers Clarisse. C'est alors qu'elle fut frappée par la noblesse de ses traits, sa bouche large et généreuse, ses yeux gris que les couleurs du ciel de Bruges traversaient de part en part, son menton carré bordé d'une barbe blonde et parfumée. Il avait à peine une quarantaine d'années, trente-cinq tout au plus.

– Ainsi, mes ouvriers t'ont manqué de respect, reprit le tapissier en regardant les hommes qui, l'air gêné, étaient retournés à leur poste de travail.

– Oh ! Tout cela est terminé à présent que vous êtes rentré, répondit Clarisse en souriant. Et sans cette haine que nourrit votre surveillant à mon égard, les choses n'auraient pas été aussi loin et j'aurais pu montrer ce que je savais faire. Par exemple, réaliser un envers de tapisserie aussi net que l'endroit. Il ne me semble pas que tous vos ouvriers en soient capables.

Elle décocha un coup d'œil rapide à Gaspard qui, le nez plongé sur son travail, ne broncha pas. Katelina s'était accotée au mur, attendant la suite du débat qui, décidément, tournait en faveur de sa petite protégée.

– À t'entendre parler, lança Van Der Hanck, tu présentes un ouvrage aussi beau à l'envers qu'à l'endroit !

– Parce que je suis adroite à la basse lisse. Mais, à vrai dire, je sais aussi manœuvrer la grande lisse verticale.

Il se planta devant elle. L'acier de ses yeux la pénétra de plein fouet.

– Connais-tu vraiment la différence entre la haute et la basse lisse, si ce n'est que l'une est verticale et l'autre horizontale ?

– Bien sûr, répondit la jeune fille d'un ton assuré. Toutes les lisses reportent les repères sur les fils de chaîne, ce qui permet à l'ouvrier averti, du moins s'il est un artiste, de conserver une certaine liberté d'interprétation.

– Et comment fait-il pour accéder à cette liberté d'interprétation ?

– Dans le cas du métier vertical, reprit la jeune fille sûre d'elle, l'ensemble de la composition à réaliser se voit forcément réduit du fait de la minutie du travail.

– Je t'ai demandé comment l'ouvrier pouvait interpréter le travail ?

– Par vérification sur l'envers du travail.

– Et dans le cas d'un métier horizontal ? poursuivit

maître Van Der Hanck, le regard devenu soudainement dur.

– C'est impossible puisque la composition obtenue sur la tapisserie est inversée par rapport au carton.

Le maître eut un sourire approbateur. Sa nouvelle ouvrière était sans doute aussi compétente que Gontran, à moins, pensa-t-il un instant, qu'elle ne le fût davantage.

– Et que nécessite cette composition inversée par rapport au carton ?

Clarisse saisit le regard de Van Der Hanck. Assurément, il lui tendait un piège. Elle fit un effort de mémoire et se rappela que son père lui avait une fois expliqué qu'il fallait toujours prévoir les inversions. Mais elle était si jeune à cette époque ! Pourtant, la joie ressentie devant l'intérêt qu'on lui portait soudain lui ramena à l'esprit chaque point essentiel du problème. Elle jeta donc sans attendre :

– Il faut prévoir les inversions dès qu'on place la composition sur les fils de chaîne, ce qui évite les anomalies de parcours. Le célèbre Jean de Bruges, lorsqu'il dessinait les scènes de l'*Apocalypse*, prévoyait souvent ces inversions et cela aidait considérablement les lissiers.

– Comment le sais-tu ?

– C'est lui qui le disait à mon grand-père.

– Ton grand-père l'a donc connu ?

– Oui. À une lointaine époque, ils étaient tous deux à Avignon.

– Ont-ils travaillé ensemble ?

– Non, ils se sont connus autrefois dans des circonstances qui n'étaient pas professionnelles.

Maître Van Der Hanck sentit qu'il ne devait pas insister. D'ailleurs, qu'aurait pu ajouter la jeune fille ? Que Jean Hennequin, dit de Bruges, avait un jour payé la pension que devait Jean le Flamand aux moines de l'abbaye située à Avignon et dans laquelle se trouvait Mathieu, le père de Clarisse ? Non, cela ne regardait personne.

Van Der Hanck dardait sur la jeune fille un œil perçant. Le gris de sa prunelle n'était pas précisément tendre en cet instant où il s'interrogeait sur ses capacités.

– Pour la dialectique, tu me sembles imbattable. Voyons la technique à présent. Tu m'as dit que tu savais manœuvrer la haute lisse.

– Oui, maître Van Der Hanck. Et la basse lisse.

– L'un ne va pas sans l'autre. Montre-moi ce que tu sais faire sur le grand métier vertical.

Clarisse sentit ses veines bouillonner dans tout son corps. Depuis qu'elle était là, assise sottement sur un tabouret à regarder Benoît travailler, elle rêvait de cet instant où elle pourrait activer les leviers de la lisse.

Maître Van Der Hanck s'approcha de Benoît qui se tourna vers Clarisse sans aucune malveillance.

– Je n'oublie pas, lui murmura-t-elle en se glissant près de lui, que vous avez été le seul à me défendre.

Il ne répondit pas et, lui laissant la place centrale, il s'écarta sur le côté. Clarisse tira le levier qui actionnait la lisse en face du cadran où les fils de chaîne s'alignaient à la verticale.

– Le fil de trame que vous utilisez, Benoît, dit-elle sans prétention, est un peu inégal.

– Je sais. C'est pour cette raison que j'ai dit à Jehan d'ôter les fils défectueux des pelotons qu'il me donne chaque matin. Regardez, à partir d'ici, la régularité du fil est constante.

Benoît se plaça derrière elle et tira l'un des leviers à son tour. À cet instant, elle sentit qu'il serait agréable de travailler avec lui. Benoît aimait trop son métier pour se choquer de la présence d'une femme à son côté. Pour lui, parler le même langage et vivre les mêmes émotions devant un travail bien fait suffisait.

– Appuyez plus fort sur la pédale, Clarisse, elle n'est pas très nerveuse et je dois la huiler.

Et, sans plus se préoccuper des autres, ils firent un bout de travail ensemble.

XVIII

Les rues de Bruges pavoisaient de mille couleurs, fanions, banderoles, fleurs jonchant le sol dans toute la ville, étendards flottant sur le parvis des églises, le long du port et des quais, déploiement d'oriflammes et de bannières au-dessus des multiples ponts que l'on pouvait compter par dizaines. Le bâtiment des Augustins, la place du marché, le couvent Saint-Jacques, entourés de grandes bâtisses bourgeoises aux briques rouges d'où l'on voyait, en levant les yeux, la grande tour du beffroi dont les énormes cloches sonnaient chaque heure du jour, crachaient de toutes parts des draperies de velours et de soieries armoriées. Les fenêtres en ogives faisaient claquer leurs décorations d'or et d'azur sous les frontons crénelés des maisons.

Au-dessous des ponts, les barques décorées flottaient en reflétant dans l'eau grise leurs couleurs et les hérauts annonçaient la proche arrivée de Philippe de Bourgogne en sonnant de la trompe.

Demain serait un grand jour de fête. Sur le passage que le convoi ducal devait emprunter, les membres de la Toison d'or suivraient, bannières de soie volant au vent et chevauchant leurs beaux alezans harnachés, caparaçonnés des couleurs somptueuses de la maison de Bourgogne. Oui ! Demain, la foule entière, badauds, commerçants, voyageurs, colporteurs, tous ceux qui composeraient l'immense fresque colorée de la ville applaudiraient au passage de Philippe de Bourgogne.

Entre la haie barrée de fer que formeraient les files de soldats, l'escorte serait interminable. Famille ducale, seigneurs en pourpoint de velours et leurs dames coiffées d'un hennin pointu, cornu ou à bourrelet, suivants et suivantes, gens de cour revêtus de leurs toques enrubannées et de leurs poulaines à bout relevé daigneraient poser leur regard sur la masse du peuple qui, chaleureusement, les ovationnerait.

Tard dans la nuit, les torches de la ville illumineraient les toits, les fenêtres, les sols jonchés de fleurs. Mais déjà tout brillait, tout scintillait et claquait de bruits, jusqu'au bout des multiples ponts, ceux de pierre et ceux de bois dont on avait rehaussé la dorure et décoré les saints qui les surplombaient. Dès à présent, la ville entière commençait à s'étourdir et les esprits s'échauffaient. Pour le bonheur des curieux, de la ruelle la plus simple jusqu'au centre des places, musiques, jeux et danses accompagnés de beuveries et d'exclamations diverses s'organisaient devant les échoppes, les auberges, les pas de porte d'où l'on voyait sortir les ménagères à l'affût du détail croustillant à rapporter. Quand le duc de Bourgogne visitait Bruges, la ville restait huit jours en fête. On buvait, on mangeait, on dansait sans souci du lendemain.

Pourtant, avant que le duc de Bourgogne ne pénétrât dans la ville, avant même qu'il n'entrât en Flandre orientale, la fastueuse cavalcade qui composait toute sa suite avait dû traverser les provinces françaises du Nord profondément dévastées. La Champagne et la Lorraine ne présentaient plus qu'un immense territoire, noir, pillé, brûlé, vidé de toute vie acceptable. On y survivait. Partout ce n'était que visages maigres et affamés. On y rencontrait la peur, l'angoisse, l'incertitude. La famine y était depuis trop longtemps installée pour que les familles des paysans puissent échapper à la mort. D'ailleurs nombre de petits villages étaient vides, entièrement détruits ou calcinés par le feu qui avait fait rage. Les Anglais, les pilleurs, les voleurs, les bandits de toutes sortes y causaient grands dommages.

Mais, passé la Flandre française, tout redevenait luxuriant et Bruges ne souffrait certes pas des misères lorraines et champenoises.

Les bruits de la ville résonnaient jusque chez maître Van Der Hanck dont la maison se trouvait non éloignée du centre et se répercutaient même dans le petit atelier qui jouxtait les stockages de laines où travaillait Clarisse lorsque sa journée de labeur était terminée.

Katelina, qui ne manquait pas de stimuler l'appétit de Clarisse, lui choisissait toujours les meilleures parts de gâteau ou de viande froide. Elle allait jusqu'à lui préparer des galettes fourrées de miel ou de confiture, car, disait-elle, c'était là un moyen de résister à la besogne. Et, pour bien travailler, il fallait bien se nourrir.

Ce soir-là, donc, avant que commençât la fête qui devait durer huit jours, l'agitation se faisait entendre et ressentir jusque dans l'atelier du lissier, perturbant les habitudes de maître Van Der Hanck qui, parfois, retrouvait Clarisse afin de suivre l'évolution de son travail. Il s'asseyait près d'elle et la regardait travailler, lui prodiguant des conseils qu'elle s'empressait de suivre. La jeune fille avait depuis longtemps compris qu'avec un tel maître son œuvre serait irréprochable. Tous les critères d'exécution, ceux qu'elle aurait oubliés ou surtout ceux qu'elle ignorait, seraient remplis et joueraient bien évidemment en sa faveur. Oui ! Le jury de la guilde serait sans doute impressionné par la perfection de son ouvrage.

Ce soir-là, Clarisse le sentit nerveux. Il se levait fréquemment du siège où il était assis, regardait par la baie mal vitrée laissant filtrer le vent et le froid et revenait près de la jeune fille qui n'avait pas encore touché au repas que lui avait apporté Katelina. Certain qu'elle ne viendrait plus à cette heure tardive, maître Van Der Hanck tira le loquet qui fermait l'atelier de l'intérieur.

– Laisse ton travail un instant, Clarisse, et prends ton dîner.

– Le soir n'est pas encore tombé, maître Van Der Hanck.

– N'es-tu pas fatiguée ?

– Non. Mais avec toute cette agitation dans la ville, mon attention se relâche un peu.

– La mienne aussi, murmura le tapissier en esquissant un geste vers elle.

Mais il se ravisa, se leva, fit quelques pas vers les vitres de la baie que Katelina avait débarrassées des toiles d'araignées qui s'y étaient installées depuis que l'atelier avait été délaissé et fermé. Les poutres du plafond, le plancher, les murs, tout avait été nettoyé, lavé, astiqué par la brave servante afin que Clarisse ne logeât pas dans un taudis.

Colard posa son regard sur la couche sommaire disposée dans un angle du petit atelier. Recouverte d'une chaude couverture, d'un édredon et d'un oreiller moelleux, elle semblait étrangement l'attirer. À vrai dire, combien de fois aurait-il voulu l'y entraîner pour discuter enfin de choses qui ne concernaient pas le travail ? De la musique parvenait à leurs oreilles, des sons de trompettes, des cris, des bruits divers. Colard percevait même, tant son trouble était grand, des heurts de chopes de bière contre les rebords de table dans les auberges avoisinantes. Soudain, n'y tenant plus, il revint près de la jeune fille, mais resta debout à son côté.

– As-tu un promis ? questionna-t-il brusquement.

Surprise, Clarisse leva les yeux sur lui mais ne répondit pas.

– Je t'ai parlé, petite.

– En quoi ma réponse concerne-t-elle le travail, maître Van Der Hanck ?

– Je suis ton nouveau protecteur et j'ai besoin de savoir.

– Je ne suis pas votre élève, je suis votre ouvrière.

Il parut contrarié et Clarisse vit une légère rougeur envahir le grand front de Colard.

– Tu te trompes, Clarisse, tu es l'une et l'autre.

La jeune fille eut un geste désabusé.

– Je vous le répète, maître Van Der Hanck, en quoi cela vous concerne-t-il ?

– Je veux savoir, as-tu laissé un promis dans ton village ?

Clarisse lâcha le regard de Colard et reprit son travail.

– J'y ai laissé ma mère.

Le maître lissier l'observa quelques instants. Il tenait entre les mains un écheveau de fin fil d'Arras. Il le posa sur la table à tréteaux et reprit sa place sur le tabouret à côté d'elle.

– Je le sais. Tu me l'as dit mille fois.

Certes, Clarisse se confiait peu à son maître. Chaque soir, quand il venait s'assurer de l'avancement de son travail, elle lui tenait un propos différent. Mais le point que n'avait pas révélé Clarisse à Van Der Hanck, c'est que le petit atelier de Saumur, dont elle était la propriétaire bien peu fortunée hélas ! lui avait été offert par Marie, la dauphine de France. Car c'eût été mal vu – lui avait dit Quentin Durand Laxart – qu'une sympathisante de la maison d'Anjou œuvrât pour un lissier de Bruges qui, lui-même, travaillait pour le duc de Bourgogne. Aussi avait-elle assuré au lissier que l'atelier lui venait de son père.

Quand il jeta sur elle son regard gris d'acier frangé de sourcils blonds, un regard d'aigle cherchant à percer le mystère du vaste ciel, elle s'entendit répondre d'une voix plus incertaine :

– Non, je n'ai pas de promis.

Elle ne pâlit ni ne rougit. Par ces mots, balayait-elle d'un seul coup de grand vent le gentil Thomas de Beaupréhaut qui, maintes fois, lui avait déclaré son amour dont elle ne voulait pas ?

Inclinant son buste vers elle, le Brugeois effleura son épaule. Le petit métier horizontal offrait ses tiges et ses rames entrecoupées de fils. Peigne, navette, ensouple, pédale, lisse et rouleau, Clarisse maniait l'ensemble avec une dextérité accomplie qui émerveillait sans cesse son maître. Depuis longtemps, sans doute le premier jour où elle s'était installée aux côtés de Benoît, il avait senti qu'elle ferait merveille dans son atelier.

– Allons, fit-il en lui prenant le menton de sa grande main brunie par les vents du nord, une jolie fille comme toi qui n'a pas de soupirant, cela sonne faux !

Clarisse saisit un fil bleu. Il avait la teinte et la chaleur des beaux bleus de lapis-lazuli qu'elle avait vus dans l'atelier de maître Lenoir et qu'Anastaise étalait avec tant de cœur sur l'enluminure de son *Apocalypse*. Clarisse avait encore dans les yeux la splendeur de sa couleur.

Colard dut lâcher le menton de Clarisse car on frappait à la grosse porte de bois qui fermait le petit atelier. À l'exception de Clarisse, personne n'y entrait puisqu'il n'était plus en fonctionnement avant qu'elle arrive. Les coups redoublèrent. C'était Jehan qui n'était pas encore parti. Maître Van Der Hanck l'avait oublié. Certes, avec son sens aiguisé de la diplomatie et de la prudence, il avait su écarter Katelina pour la soirée, mais pas son jeune apprenti.

Jehan ne rentrait pas chez lui comme les autres ouvriers. Il dormait dans un petit appentis qui jouxtait la maison du tapissier et il traînait toujours un peu avant de se coucher. En quelques secondes, Colard chercha le moyen de l'écarter des lieux.

– Jehan, jeta le Brugeois en lui ouvrant la porte, va chercher les dessins chez mon ami Van Eyck. Il doit les avoir achevés.

À ces mots, Clarisse sursauta. Van Eyck ! Le jeune et célèbre peintre de Bruges qu'Anastaise voulait tant connaître ! On disait qu'il faisait des merveilles et qu'il travaillait beaucoup pour le duc de Bourgogne. Être tombée chez l'un des meilleurs lissiers de Bruges, de surcroît, l'ami d'un grand artiste, influencerait positivement le jury.

Quant à Colard, il pouvait se permettre de réclamer quelques menus dessins au grand peintre que Van Eyck était devenu après l'avoir tant aidé dans sa jeunesse, alors que, pauvre, il s'efforçait de survivre. À présent, quand Van Der Hanck réalisait les travaux dessinés par le peintre, sa gloire était assurée.

– Mais, répliqua Jehan en écarquillant les yeux, le sire Van Eyck ne doit pas être chez lui puisqu'il fait partie de la suite du duc de Bourgogne.

– C’est vrai, trancha un peu sèchement Colard. Où avais-je la tête ?

Jehan attendait, debout. Sa haute silhouette maigre et dégingandée se balançait un peu sur le côté. À peine sorti de l’adolescence, il portait encore sur le visage une expression d’innocence et de candeur se mêlant à la proéminence d’un menton trop pointu et au décollement de deux oreilles trop larges. Tout était pâle et décoloré chez Jehan, ses cheveux hirsutes, ses sourcils embroussaillés, ses yeux délavés, sa peau presque transparente. Pourtant, le jeune apprenti dégageait une gentillesse et une malléabilité qui touchaient Clarisse et il lui rappelait Toussaint resté à Saumur avec sa mère.

– Alors passe chez Hans le borgne. Tu lui remettras l’argent que je lui dois. Il a fait du bon travail. Les peignes métalliques du cadre sont parfaitement réparés.

– Mais les rues sont bloquées. On peut à peine circuler. Les citadins sont tous sortis de leur maison. N’entendez-vous pas les rumeurs et les cris ? rétorqua Jehan. Ne voulez-vous pas aller vous-même vous en rendre compte ?

– Nous avons du travail, s’impatienta Colard en regardant Clarisse qui souriait à Jehan. Tiens ! Prends cet argent.

Il tira une pièce de la poche de sa blouse et la lui tendit. Puis il le poussa doucement dans le dos.

– Allez, file. Qu’attends-tu pour partir ?

Il sembla réfléchir, plongea de nouveau sa main dans la grande poche de sa blouse noire qui bâillait et dans laquelle il entassait de multiples choses, crayons, fils, pinces, crochets, bobines, menue monnaie, et lui remit un autre sou.

– Au retour, tu pourras t’arrêter sur la grand-place et

te mêler aux fêtards, si ça t'amuse. Avec cette pièce-là, tu t'offriras des saucisses et de la bonne cervoise. Mais, attention, je veux que tu sois là demain à l'aube pour commencer ton travail.

Ravi, Jehan opina énergiquement de la tête. Cette Clarisse était une aubaine pour lui. Depuis qu'elle était là, le maître l'envoyait courir à travers toute la ville pour effectuer de multiples courses. Il flânait, prenait son temps et lorsqu'il revenait, tard le soir, Van Der Hanck ne lui faisait aucune réflexion. D'ailleurs, lui-même regagnait fort tard le domicile conjugal depuis que Clarisse avait commencé son travail dans le petit atelier désaffecté.

Mais Colard ne s'inquiétait guère des réactions et des sentiments de son épouse. Elle ne pénétrait jamais dans les ateliers, pas plus dans l'étroit appentis que dans le grand atelier de tissage.

Dame Griète ne se mêlait jamais du travail de son époux. Clarisse ne l'avait aperçue qu'une seule fois, un jour qu'elle montait dans sa grande et confortable litière, menée par deux beaux genets noirs d'Espagne et conduite par un cocher, petit et maigrelet, qui faisait claquer son fouet haut et fort. Dame Griète avait au moins quinze ans de plus que son époux. Petite, grasse, le visage couperosé, la poitrine volumineuse, de larges hanches qui se balançaient au rythme de ses pas, la dame Van Der Hanck ne riait pas tous les jours. Assez austère, elle ne semblait douée que pour tenir les cordons de la bourse du ménage et, pis, celle de l'organisation du commerce conjugal. « Jamais les pieds dans l'atelier, affirmait Katelina, mais les yeux dans la bourse ! » Et la brave servante, qui avait fait sauter Colard sur ses genoux au temps de son enfance, ne parlait pas en l'air. Dame Griète savait mieux compter que rire.

Malheureusement pour Colard, c'était de Griète, son épouse, qu'il tenait sa fortune. Les ateliers, la grande maison et ses dépendances, les stockages de marchandises, les coffres remplis d'or disséminés chez les plus gros prêteurs à gages de Bruges, enfin le confort du quotidien, tout appartenait à son épouse. Fille unique du riche tapissier Anselme Grinsdeberg, décédé depuis longtemps, Griète avait épousé le plus bel homme de Bruges, le plus doué et le plus habile de tous les tapissiers du Nord.

Stimulé par l'indifférence de sa grosse épouse, Colard, loin de souffrir des insuffisances, pour ne pas dire de la quasi-inexistence de rapports conjugaux, fréquentait de temps à autre les jolies filles qu'il avait l'occasion de rencontrer. Qu'il fût tombé sous le charme de Clarisse n'avait donc rien d'étonnant quand, de surcroît, il mesurait non seulement l'ampleur de sa jeunesse et de sa fraîcheur, mais celle de son intelligence et de ses compétences au travail.

Assurée que Colard œuvrait pour la bonne marche des ateliers et la prospérité des affaires, Griète Van Der Hanck ne s'affligeait nullement des retards abusifs de son époux lorsque, déjà couchée, elle ronflait tranquillement, la tête entourée de son éternel bonnet à frisette et le nez émergeant du fin mouchoir blanc qui sentait fortement l'absinthe et qu'elle venait de respirer juste avant de s'endormir.

Dès que Jehan fut parti, Van Der Hanck s'approcha de Clarisse, luttant contre l'envie irrésistible d'enserrer ses épaules et de la presser contre lui. Mais il s'en abstint, mû par le pressentiment qu'il fallait agir autrement. Il saisit ses deux mains, l'empêchant ainsi de poursuivre son travail. Elle posa son regard clair sur son visage tendu. Il eut un sourire léger, empreint d'on ne sait quelle réserve, car son bel aplomb de fauve régnant sur son petit monde lui manquait soudain.

Il abaissa son regard sur le buste mince, à peine rebondi par sa poitrine menue. Les lacets de sa surcotte grise laissaient apparaître le décolleté de sa robe. Enfin, il osa lever les mains pour les poser sur ses épaules. Puis, les remontant doucement, lentement, avec des gestes mesurés, précis, il caressa quelques secondes la peau lisse de son cou. Comme Clarisse ne disait rien, il les glissa plus bas, sur le tissu de la surcotte qui lui sembla un peu rêche, mais il sentit sa peau frémir sous la pression de ses doigts.

– Clarisse, murmura-t-il, tu as laissé un ami à Saumur, à Blois, à Tours ou quelque part dans le val de Loire. Pourquoi me cacher la vérité ?

– Je ne vous cache aucune vérité. Je n'ai pas de soupirant et je ne vous autorise pas à me courtiser. Vous avez une épouse, maître Van Der Hanck.

Le Brugeois soupira, sans toutefois retirer les mains de son buste.

– Tu as raison.

– Et puis je suis votre ouvrière, ajouta-t-elle en se dégageant des doigts qui pesaient sur ses épaules.

– La journée, oui. Mais non le soir où je t'autorise à travailler sur ton œuvre en t'apportant tout ce dont tu as besoin pour la réaliser.

Elle se mit à rire et d'un pas leste s'éloigna de lui quelque temps, échappant ainsi à ses mains.

– Me faites-vous là un petit chantage, maître Colard ?

– Attention, petite, murmura-t-il. Un élément qui bascule doit en équilibrer un autre.

Elle ne répondit rien et se contenta de l'observer. Il fit un pas vers elle et jeta d'une voix un peu plus forte :

– Malgré ce que tu crois, sais-tu qu'il y a peu de femmes qui exercent ton métier?

– C'est faux, maître Van Der Hanck. Je connais des dizaines de femmes et de filles ouvrières.

– Certes, ouvrières! Mais tapissières tenant échoppe et devanture, et, de plus, travaillant pour leur propre compte...

– J'en connais au moins une qui, au départ, travaillait avec moi dans les ateliers de Nicolas Bataille.

Elle se tut et rougit, consciente de sa bévue.

– Nicolas Bataille! s'exclama-t-il, tu as travaillé à Paris chez le grand Nicolas Bataille?Je croyais que tu venais de Saumur.

– Non..., dit-elle en rougissant. C'est-à-dire, oui. Enfin, je parle de ma mère et... de mon père.

– Ne m'as-tu pas dit, Clarisse, que ton père avait son propre atelier à Saumur et qu'à sa mort vous en aviez hérité, toi et ta mère, et que c'est pour tenir cet atelier qu'il te fallait cette œuvre consacrée par le jury de la guilde?

Il la reprit aux épaules, mais cette fois d'une poigne plus forte.

– Je n'aime pas les mensonges, prononça-t-il tranquillement, et si tu ne m'as pas dit la vérité, tu ne resteras pas un jour de plus chez moi. Allons, parle à présent.

– Je... j'ai..., hésita la jeune fille.

– Parle, je te dis, ou demain tu chercheras du travail chez un autre.

Maître Van Der Hanck n'avait plus l'air de vouloir plaisanter et encore moins de tenir amoureusement ses mains entre les siennes comme il le faisait tout à l'heure. Son attitude avait si brusquement changé, ses yeux s'étaient tant assombris et sa bouche durcie que Clarisse prit le parti de raconter la vérité.

– Me promettez-vous de comprendre ?

– Je veux la vérité.

Les prunelles grises de maître Colard Van Der Hanck devinrent noires et, quand il se tut, ses lèvres se serrèrent. Clarisse capitula.

– Mes parents étaient ouvriers chez Nicolas Bataille, commença-t-elle avec prudence. Ils ont pris part à la confection de la grande *Apocalypse de saint Jean* commandée par le duc d'Anjou et destinée à son épouse Yolande d'Aragon.

– Voyez-vous ça, *L'Apocalypse de saint Jean* ! Et tu ne m'as rien dit, hormis une petite incartade sur le grand Jean de Bruges qui, soi-disant, a connu ton grand-père.

– Il n'y a nul mensonge à cela ! s'exclama la jeune fille. Jean Hennequin de Bruges a fait rentrer mon grand-père qu'on appelait Jean le Flamand chez l'artisan Robert Poinçon.

– Tiens donc ! Robert Poinçon ! Un autre grand tapissier. Qui m'oblige à te croire ?

Clarisse sentit la honte monter à ses joues.

– Allons ! Poursuis. À présent que tu as commencé, il faut bien terminer. Je ne t'interromprai plus, sauf si je sens que tu te moques de moi.

Prenant un air accablé, elle secoua la tête. Il eut soudain envie de la prendre dans ses bras, de la serrer violemment contre lui, d'oublier enfin que les propos qu'elle pouvait lui tenir l'intéressaient moins que de poser sa bouche sur la sienne pour en goûter l'exquis parfum.

– Je t'écoute, fit-il d'un ton sec.

– Quand mon père est mort et que l'atelier de Nicolas Bataille s'est replié dans les Flandres, ma mère et moi sommes restées sans travail.

– N'y avait-il pas celui de Robert Poinçon, puisque ton grand-père, dis-tu, y avait travaillé ?

– C'est vrai. Il y avait les ateliers de Robert Poinçon. Mais, hélas, une vieille histoire personnelle les empêchait d'y aller. Mon grand-père Jean le Flamand qui, en secondes noces, s'était marié avec la fille d'un des plus gros marchands de laine, Jean Cosset...

– Jean Cosset ! Mais je le connais, il commerce dans les Flandres, à Venise et, dit-on, jusque dans les pays du Levant.

Clarisse hocha la tête.

– À la mort de sa fille Blanche, il a rejeté la faute sur mon grand-père et l'a flanqué dehors comme un mauvais sujet. Puis il a gardé l'enfant qui venait de naître. Bien qu'il soit mon oncle, Lucas a le même âge que moi. C'est presque mon frère. Et c'est pour le connaître que je suis partie dans le val de Loire.

– Alors, c'est donc ça ! Cette histoire d'atelier à Saumur est une invention.

– C'est la vérité ! s'écria Clarisse dont les joues s'empourpraient davantage. Je vous interdis de dire que je suis une menteuse.

Il fit un pas nerveux en direction de la baie vitrée et revint à elle.

– Alors, poursuis.

Clarisse toussota, la main posée sur la bouche. Comment allait réagir un Brugeois qui travaillait et ne voyait que par la maison de Bourgogne, haïssant sans doute celle d'Anjou, alliée des Armagnacs ? Pourtant, elle reprenait de l'assurance. Elle posa les mains sur ses hanches et jeta ses yeux dans ceux de son compagnon.

– Il s'est avéré que Lucas, dont j'ai fait la connaissance au château d'Angers, est l'écuyer d'un seigneur qui sert la cause du dauphin de France.

– Je croyais que tu étais sans fortune, sans appui, sans...

– Je suis sans fortune, mais je ne vous ai jamais dit que j'étais sans appui.

– Sans fortune ! Comment se fait-il alors que ce Lucas, qui est à moitié ton oncle, à moitié ton frère, soit un seigneur, écuyer de France ?

– La fortune de son grand-père maternel Jean Cosset a permis de lui acheter le droit d'être éduqué à la cour d'Anjou. C'est ce que Lucas souhaitait le plus au monde. La duchesse Yolande n'avait ni trop d'argent ni trop de jeunes volontaires pour servir le dauphin Charles.

– Ton histoire me semble être loin de celle que tu m'as contée sur cet atelier de Saumur.

– J'y viens, maître Colard. J'y viens, soupira Clarisse.

Elle prit place sur le tabouret qu'avait délaissé le tapissier et posa les mains sur ses genoux. Il regarda quelque temps ses pieds chaussés de souliers noirs et, remontant un peu ses yeux, il remarqua l'extrême finesse de ses chevilles au-dessus de l'ourlet de sa cotte.

– Ton récit sur la maison d'Anjou me paraît bien compromis, signifia-t-il en reportant ses yeux sur son visage.

Clarisse esquissa une grimace.

– J'ai rendu un grand service à Marie d'Anjou, la dauphine, ce qui m'a valu d'être emprisonnée à la Bastille.

– Emprisonnée ! s'exclama-t-il. Mais de quel genre de service parles-tu donc ?

– Je n'ai pas révélé aux Bourguignons où se cachait Charles, le dauphin.

– Et tu le savais ?

– Bien sûr, puisque, à cette époque, j'étais avec Lucas et Marie d'Anjou qui suivait partout le dauphin. Marie m'a remerciée pour cet acte de courage. Si j'avais tout dévoilé, les Bourguignons traquaient aussitôt le dauphin et il serait peut-être mort aujourd'hui. Marie s'est montrée généreuse. Elle m'a fait don de cet atelier attenant au château de Saumur.

– Ainsi, voici ton histoire, jeta maître Van Der Hanck, apparemment satisfait.

– La suite, vous la connaissez. J'ai travaillé pour pouvoir tenir mon commerce et je me suis fait voler le triptyque historié que je devais présenter à la guilde des lissiers du Nord.

Van Der Hanck partit d'un grand éclat de rire.

– Ainsi donc, tu travailles pour la maison d'Anjou ! Pourquoi ne me l'as-tu pas dit plus tôt ?

– Mais...

– Pensais-tu donc que j'allais te livrer aux Anglais ?

– Mais je hais les Bourguignons et vous ne travaillez que pour eux.

– Ah ! reprit Colard, c'est vrai qu'ici, dans les Flandres, tout Français qui n'est pas Bourguignon est à abattre.

Clarisse frémit.

– Allons, je t'ai expliqué que tout s'équilibrait dans la vie. Tu m'as dit la vérité et je t'en sais gré. Ton secret sera le mien.

Il la souleva lentement du tabouret où elle s'était assise et la tint contre lui.

– Je me tais. Mieux ! Je te protège. Sois sans crainte, quoi qu'il arrive, tu confectionneras l'ouvrage que tu présenteras à la guilde des lissiers.

De nouveau, il la lâcha, mais sans comprendre pourquoi, elle se raccrocha à son bras. Il regarda sa main fine et blanche posée sur l'étoffe de sa blouse.

– Je t'offre tout, Clarisse. Les crayons et les cartons que tu utilises, les fils d'Arras et les fils de soie, les laines les plus chatoyantes et les plus onctueuses. La lisse est à toi. Prends-la comme bon te semble. Je ne te demande rien en échange. Mais, je t'en supplie, ne me repousse pas.

Elle sentit les mains du lissier caresser son dos. Aussitôt, elle se remémora les gestes que Gloucester avait osé lui imposer. Étrangement, comme avec le capitaine anglais, elle ne ressentit aucune angoisse, aucune panique, à la différence près que le corps et le visage de Colard étaient d'une extrême séduction. Mais la pression obstinée de leurs mains dans son dos était identique.

Clarisse respira une bouffée d'air, puis avala lentement sa salive. Sa gorge lui paraissait un peu sèche. Elle sentit les mains de Colard presser son dos au point que leurs deux bustes se frôlaient, surprise que ce geste ne fasse intervenir aucune brutalité, aucune violence et surtout qu'il ne débouchât pas sur un acte aussi monstrueux qu'un viol. Elle pensa au tendre regard de Thomas, à ses yeux doux et rêveurs, à ses mots rassurants, ses gestes inoffensifs. Pourquoi avait-elle eu si peur de son amour ? Pourquoi s'était-elle crue obligée de refuser l'étreinte de ses bras ? Et pourquoi, surtout, craignait-elle tant de se donner avec plus d'abandon ?

Quand maître Colard resserra la pression de ses bras autour d'elle, Clarisse ne fit aucun mouvement. Elle eut simplement l'impression que son cœur s'arrêtait de battre et que le sang ne coulait plus dans ses veines. Tout cela n'engendrait-il pas les mêmes conclusions, mis à part que maître Van Der Hanck était assez jeune et séduisant pour tourner la tête des jeunes filles étourdies ou capricieuses ?

Cette constatation passée, son cœur se remit à battre et le sang à couler lentement dans son corps. Cela la réchauffait, la grisait. La bouche de Colard était près de la sienne. Elle sentit le souffle qui s'en échappait. Alors elle vacilla, se reprit et s'écarta sans brusquerie.

De nouveau, Clarisse ne savait plus. Devait-elle laisser déborder l'amertume qui l'empoignait tout entière comme une coupe emplie d'un liquide âcre et déplaisant laisse couler, peu à peu, son trop-plein ? Serait-elle prude au point de lâcher l'unique occasion qu'elle avait de tenir un jour son atelier sans l'aide d'un usurpateur ? Serait-elle sotte à ce point, uniquement pour préserver une virginité qu'elle ne possédait d'ailleurs plus ? Ah ! Certes. Elle comprenait maintenant que cette satanée virginité gênait parfois les pauvres filles en quête d'un métier plus que d'un amour. Comment une femme seule ou une fille vierge pouvait-elle s'investir totalement dans la réalisation d'un métier, d'un commerce, d'un travail professionnel ?

Dieu ! Qu'elle avait mûri depuis qu'elle était tombée entre les mains des soldats bourguignons ! Oui, Clarisse avait autre chose à faire que de nourrir son animosité envers ceux qui l'avaient massacrée, humiliée, vaincue, tuée peut-être. Elle comprit soudain qu'à cet instant précis, si Thomas s'était trouvé devant elle, la sollicitant de mille douces caresses, aucune frayeur ne l'aurait tourmentée, aucun blocage ne l'aurait arrêtée. Pourtant, elle ne voulait plus penser à Thomas. Il suivrait son destin, rencontrerait un jour une jeune fille de petite ou de grande noblesse, peu importe ! Et Clarisse poursuivrait, de son côté, la destinée qui l'attendait.

Le geste de recul qu'avait amorcé Clarisse ne découragea cependant pas le maître brugeois. Il la rattrapa et resserra son étreinte. Puis, de la main, il l'obligea à relever la tête.

– Ah ! Clarisse. Sais-tu quelles sortes d'embûches les filles risquent de rencontrer quand elles ne sont plus chez leur mère ?

– C'est exactement ce à quoi je pensais, murmura la jeune tapissière.

– Tu me troubles, Clarisse.

– Je sais, fit tristement la jeune fille. Et malgré toute votre gentillesse, je suis tentée de refuser ce que vous attendez de moi.

Elle sentit la chaude haleine contre sa bouche et poursuivit dans un chuchotement qu'il réussit à comprendre :

– Pourquoi les jolies femmes qui aspirent aux mêmes professions que les hommes font-elles l'objet d'un tel élan de convoitise et non d'un sentiment de respect et d'admiration ? Voulez-vous me l'expliquer, maître Van Der Hanck ?

– Ah ! jeta-t-il d'un ton amer en la relâchant. Tu as raison. Tu as mille fois raison. Vois-tu, Clarisse, je n'intéresse plus ma femme depuis longtemps, si ce n'est par l'argent que je lui rapporte. Mais, cela dit, moi non plus, je ne me soucie plus d'elle. Nous vivons côte à côte, c'est tout. J'attire parfois des filles que je ne revois pas plus de deux ou trois fois parce qu'elles sont futiles, faciles, puériles, sottes aussi. Pourquoi es-tu différente ? Tu bouscules l'ordre mental et la rectitude que je me suis efforcé de suivre depuis que je suis marié. Pour la première fois, je m'aperçois qu'une femme peut tout m'apporter, la joie du travail et celle de l'amour. Ah ! Clarisse, la justesse de ta réflexion me sidère, m'anéantit, me tue. Aussi, je ne t'importunerai plus, car il est vrai que tu mérites cent fois plus le respect et l'admiration qu'un vulgaire élan de convoitise.

Il eut un soupir de regret.

– D'ailleurs, ajouta-t-il, il me suffit de regarder ton visage pour deviner ce qu'est ton corps. J'en resterai donc là.

Il s'écarta pour s'approcher du métier et saisit le levier de la lisse.

– Allons, voyons ensemble ce que tu as réalisé ces derniers jours.

D'un geste nerveux, Clarisse se mordit les lèvres. Se pouvait-il que tout en restât là, sans cris, sans pleurs, sans gémissements, sans autres mots ou explications et, pourquoi pas, sans joie et sans bonheur peut-être ? Colard se taisait. Il observait minutieusement son travail, mais Clarisse le sentait trop perturbé pour reprendre complètement ses esprits.

Ce soir-là, il n'avait pas mis sa toque enrubannée portée haut sur la tête avec le pan qui retombait par-devant. La bouche large et généreuse, le nez droit, le front haut et lisse, le menton carré, ombré d'une barbe fine et blonde, la chevelure souple qui frôlait le col de sa blouse noire, il n'était guère étonnant que Griète, la Brugeoise, ait succombé autrefois sous le charme de cet homme.

Quand il eut fini son examen, Clarisse voulut lui sourire, mais elle se retint et ne lui offrit qu'un visage aux lèvres serrées. Il nota qu'elle faisait un effort pour paraître détendue. En fait, Clarisse ravalait son amertume en constatant qu'elle ne l'aimait pas et que, dans ces conditions, rien n'était possible. Puis elle réfléchit le temps d'une seconde, peut-être l'instant précis où il la couvait d'un regard intime, et se dit qu'elle se persuadait plutôt qu'il ne lui plaisait pas.

Pourtant, il n'était ni rude, ni sot, ni laid, ni brutal et sa solide logique égalait son talent. Le temps d'un éclair, elle crut qu'elle pouvait accepter de l'aimer.

– Tu travailles bien, Clarisse, et j'appuierai ton œuvre devant le jury. Je paierai aussi la somme qu'il te faudra pour entrer dans la guilde. Tu pourras retourner chez toi heureuse et sereine.

Elle ne broncha pas, un simple petit rictus lui pinça les lèvres, qu'il ne fut pas sans remarquer. Et, quand leurs yeux se croisèrent, ce fut elle qui se jeta dans ses bras. Ses doigts effleurèrent doucement la peau lisse et soyeuse de son cou. Puis Colard remonta une main jusqu'à la nuque de Clarisse et, de l'autre, entreprit de faire glisser l'étoffe de sa surcotte grise le long de son épaule. Clarisse frémissait, mais non de peur. Où allaient s'arrêter les mains de son compagnon ? Elles descendirent dans son dos et stoppèrent à la cambrure de ses reins. Elles étaient chaudes, souples, presque hésitantes et cela lui donna confiance.

Oui ! Surprise, Clarisse l'était. Surprise qu'il esquissât des gestes aussi tendres, des gestes qui la faisaient trembler de joie. Il fit glisser l'autre épaule de sa surcotte, puis celle de sa robe et le barrage de la chemise en batiste blanche l'empêcha de pousser plus loin ses investigations amoureuses.

Quand elle sentit sa bouche contre la sienne, elle hésita. Jamais encore Clarisse n'avait embrassé de cette manière. Il perçut avec étonnement l'inexpérience de la jeune fille, la maladresse avec laquelle elle répondait à son baiser et comprit qu'elle disait vrai et n'avait jamais eu d'amant. Ne voulant pas la brusquer, il n'insista pas, remettant à plus tard la poursuite d'un tel enseignement. Mais, s'enhardissant dans une autre aventure, il fit glisser la fine chemise sur le sol en suivant du regard la courbe délicate et gracieuse de la jeune poitrine frémissante qui s'offrait à demi.

– Ma Clarisse ! chuchota-t-il en descendant ses lèvres sur l'un des seins auréolé d'un si tendre rose qu'il en fut un instant extasié.

Précautionneusement, il referma ses lèvres sur la pointe veloutée pour en garder le subtil parfum dans sa bouche.

– Viens ! chuchota-t-il en la soulevant de terre. Viens !

Il la posa sur la moelleuse couverture du lit qui emplissait l'un des angles de l'atelier et admira longuement sa nudité complète quand il eut ôté le reste de ses sous-vêtements. Ce n'est que lorsqu'il s'aventura vers la douceur de son bas-ventre qu'elle se mit à crier.

Surpris, il releva la tête et rencontra son regard affolé.

– Oh ! Non, fit-elle, des larmes plein les yeux. C'est impossible. Je t'en supplie, Colard, laisse-moi. Va-t'en.

– Je ne te ferai aucun mal, Clarisse. Je veux t'aimer, c'est tout.

– Non, c'est impossible. Va-t'en.

– Je t'en prie, fais-moi confiance.

Elle le suppliait à présent. Plus elle l'implorait de partir et plus les gestes de son compagnon se faisaient tendres, caressants et insistants. Un bonheur presque insoutenable.

– Clarisse ! Je veux que tu m'aimes. Je ne ferai rien qui te soit désagréable, je ne veux pas voler ta virginité. Je veux que tu me la donnes de ton plein gré.

Un vertige la prit. C'était comme une clarté aveuglante qui effaçait le passé, cassait l'affreuse vision qui lui restait encore en mémoire. Quelque chose en elle se réveillait. Elle n'en comprenait que l'essentiel. Enfin elle cessa de geindre et d'une forte détente se releva. Puis elle s'écria, tremblante :

– Ma virginité ! Sois sans crainte, je ne l'ai plus. Les

soldats bourguignons me l'ont volée avant que j'entre à la Bastille. Je me suis fait violer, Colard ! Violer par je ne sais combien de Bourguignons. Comprends-tu, à présent, pourquoi je les hais ?

Étourdi par une telle révélation, il secoua la tête et se releva. Puis il respira une forte bouffée d'air et jeta d'un ton apparemment tranquille :

– Alors, nous avons tout notre temps. Sois sans crainte, ma Clarisse ! Je saurai te faire aimer ce que les autres t'ont fait haïr.

XIX

À Amiens, les Bourguignons mêlés à l'émeute avaient à peine tourné le dos que les quelques marchands lainiers ayant échappé au massacre avaient fait rapidement demi-tour, préférant repartir vers le sud que rester sur les lieux et risquer leur vie entre les mains des Anglais.

Plutôt que de se compromettre avec les soldats de Gloucester en leur prêtant main-forte pour accomplir les forfaits qu'ils accumulaient en Champagne et en Lorraine, les Bourguignons se préoccupaient beaucoup plus de l'arrivée de leur bien-aimé duc, Philippe de Bourgogne, et des réjouissances qui allaient suivre. Aussi, pour l'accueillir dans toutes les règles de l'art, s'étaient-ils regroupés aux abords des villes flamandes, cottes de mailles étincelantes, casques empanachés et lances ornées de fanions aux armes de leur maître.

Et, pendant que l'escorte du duc de Bourgogne se pressait aux portes de Bruges, l'argent coulait à flots et rien n'était trop grandiose pour la venue de celui qui, suivant les pas de son père, mettait peu à peu la main sur l'ensemble des Flandres.

Philippe, suivi de près par sa mère, la duchesse douairière Marguerite et par sa sœur Anne, devenue la duchesse de Bedford – il avait osé donner l'une de ses cadettes à l'infâme régent anglais dont les appétits grandissaient malgré les succès que remportait Jeanne d'Arc auprès d'une armée vaillante et dévouée à sa cause –, s'avançait en conquérant.

Derrière Philippe chevauchaient ses autres sœurs, Marguerite dont l'époux, duc de Guyenne, tenait avec un brin de suffisance les rênes d'un destrier noir superbement caparaçonné; Isabelle, comtesse de Penthièvre, habillée toute de rouge du haut de sa coiffe jusqu'au bout de la semelle de son soulier, et Agnès, la jeune duchesse de Bourbon que son époux n'avait pu accompagner pour des raisons de maintenance domaniale.

Depuis la mort de Michelle de France, fille d'Isabeau de Bavière, le duc de Bourgogne avait épousé Bonne d'Artois qui lui cédait avantageusement les territoires du Nord. Raison pour laquelle Philippe pouvait dorénavant profiter avidement des multiples sources financières que la Flandre orientale représentait à cette époque.

Au lendemain de ces affreuses tueries accentuées par les pillages qui avaient laissé les quelques marchands rescapés du massacre complètement démunis de leurs biens, les violences et les affrontements s'étaient atténués, faute de proies sans doute, et un calme froid où transperçait encore la peur s'était établi. Chacun était rentré chez soi en attendant que les agitateurs s'éloignent. Même l'évêque se terrait dans sa cathédrale en maudissant les Anglais, car, s'il était l'ami du duc de Bourgogne, il ne frayait guère du côté Bedford, encore moins Gloucester.

Après les émeutes, les habitants de Tournai et Amiens respiraient sans bruit et soufflaient avec modération, dissimulant leurs craintes, leurs angoisses, leurs espoirs et les citadins ne s'aventuraient pas encore dans les rues sans prendre d'ultimes précautions.

On disait, pour ne pas alourdir la conscience des Bourguignons, qu'ils n'avaient nullement provoqué les massacres et que, dans cette affaire, ils étaient restés neutres. Mais Anastaise savait que tout était faux et qu'ils avaient pris une large part, si ce n'était la plus grande, aux tueries qui avaient suivi l'attaque du convoi des marchands. D'ailleurs, c'était les Flamands qui répandaient ces propos mensongers, car il n'eût pas fallu que des bruits malveillants se déversent dans les rues pavoisées, décorées, que s'apprêtait à parcourir le duc de Bourgogne.

Il n'eût certes pas été bon que Philippe, traînant derrière lui sa cour, ses gens, ses meubles somptueux, ses gigantesques tapisseries historiées, sa vaisselle, ses livres, ses objets d'art, sentît une atmosphère morbide l'accompagner dans son voyage.

Certes, Philippe de Bourgogne à l'abri dans son fief des Flandres semblait beaucoup plus préoccupé par la situation mondiale des tisserands et la toute nouvelle création de la Toison d'or que par la célébration du sacre de Charles VII et la ténacité de Jeanne d'Arc qui venait de conduire le dauphin à Reims.

Dispersés aux quatre vents, les marchands lainiers ne faisaient plus parler d'eux. Seuls les plus récalcitrants – une dizaine tout au plus – se trouvaient dans les prisons de la ville dont les clés étaient entre les mains des hommes du capitaine Gloucester. Apparemment, tout était sauf, tout était calme et l'on pouvait rire et s'amuser dans le sillage du bon duc de Bourgogne.

Anastaise, qui n'avait pas attendu que l'aube se levât pour s'échapper, restait terrée aux portes de la ville. Depuis deux jours qu'elle se cachait, elle ne savait que faire. Trop vivaces encore dans son esprit, les intolérables images : corps transpercés, gorges tranchées, crânes enfoncés, s'y plaquaient sans aucune complaisance, la laissant pantelante et incapable de faire un geste.

La veille de l'attaque, alors qu'elle dormait, réchauffée par les bras sécurisants de maître Lenoir qui la caressait encore, les cris l'avaient éveillée brusquement et résonnaient à ses oreilles. Les yeux écarquillés d'horreur, elle avait vu trois robustes Anglais se jeter sur le peintre alors qu'une poignée d'autres, cinq ou six, saisissaient le coffre dans lequel il enfermait ses parchemins enluminés.

Ciel! Ce n'est pas que Jean Lenoir eût refusé de se défendre. Mais, sans arme, les poings qu'il agitait faisaient piètre figure face aux assaillants. L'épée d'un soldat lui avait vite transpercé le flanc, laissant une flaque de sang noir et gluant sur le plancher du chariot.

Épuisée, vidée de toute énergie et, dans son isolement, Anastaise n'osait remuer. Avait-elle seulement entendu que cris, plaintes et lamentations s'éloignaient au fur et à mesure que le temps s'écoulait? Ce ne fut que beaucoup plus tard que les bruits de l'auberge lui parvinrent à l'oreille et qu'elle perçut le roulement d'un attelage dans la cour où elle se terrait entre le mur de clôture et un amoncellement de bois. Elle ne savait même pas comment elle avait pu arriver jusque-là.

Anastaise amorça un mouvement, juste pour déplacer son épaule ankylosée et ôter son coude qui frottait la paroi rugueuse du mur. Elle sentit un frisson glacial courir sur tout son corps et frémit à l'idée qu'elle n'avait pas eu le temps de se couvrir. Sa fuite et sa course avaient été si rapides, tant elle avait peur que les Anglais ne la rattrapent, que toute réalité lui avait échappé. Et elle se trouvait, là, en chemise, tassée contre un mur d'auberge, n'osant entrer dans sa demi-nudité.

À chaque battement de porte qui s'ouvrait, elle entendait le brouhaha des voix et des bruits de vaisselle, celui du heurt des chopes et du crissement de la crémaillère dans l'âtre qui devait flamber fort. Elle percevait même les cris de l'aubergiste qui sermonnait les servantes. Puis, quand la porte se refermait, le silence retombait.

Elle leva le buste, puis la tête et vit l'attelage dont elle avait entendu le roulement sur le sol pavé de la cour. La voiture était là, mais les chevaux avaient été détachés et emmenés à l'écurie où ils devaient se nourrir et prendre du repos. Anastaise ne savait plus si elle avait faim, soif ou sommeil, car depuis sa fuite les heures défilaient sans rémission les unes derrière les autres. Elle se leva et, titubant à demi, esquissa un pas. Nul bruit ne vint troubler l'amorce de son geste et c'est à moitié morte de peur qu'elle poursuivit jusqu'à l'attelage, osant traverser la cour au risque de se faire repérer par l'un ou l'autre des serviteurs qui passaient à tout moment.

Mais personne ne l'interpella et elle grimpa dans la voiture avec cette sensation étrange qu'elle violait l'intimité d'un domicile. Une couverture épaisse et moelleuse attira son regard. Elle était posée sur la banquette de velours cramoisi. Anastaise la saisit et s'en recouvrit sans attendre. Dans la chaleur qui l'enveloppa tout entière elle se sentit revivre.

L'intérieur de l'attelage était confortable et le capitonnage en cuir calfeutrait les issues afin de ne laisser passer ni le vent, ni la pluie, ni le froid. Le parfum qui s'en dégageait semblait être celui d'une femme. Une femme ! Oui ! C'était presque à ne pas s'y tromper. La douceur de cette couverture qui, à présent, enveloppait Anastaise le confirmait.

La jeune fille leva les yeux et vit une petite étagère

sur le côté droit, juste en dessous de la vitre fermée par un rideau épais dont les plis retombaient jusqu'à terre. De ses doigts hésitants, elle tira l'ouvrage qui s'y trouvait posé. C'était un livre d'heures richement décoré. Elle ne tourna que quelques pages. Celui qui l'avait si somptueusement enluminé devait être un maître renommé, cela ne faisait aucun doute. Ces ors, ces bleus, ces verts de flambe, ces pourpres étaient travaillés de la façon la plus savante qui fût. Ces lettrines d'où retombaient en cascades de fins motifs et, dans les marges, ces rinceaux aux symboles les plus divers ! Un livre d'heures comme Anastaise n'en avait jamais vu.

C'était donc là une voiture de femme non seulement cultivée mais pieuse, car un livre d'heures rassemble les prières et les obligations religieuses que sa propriétaire s'oblige à suivre pour plaire à Dieu et à Ses saints.

Un petit coffret de bois peint était posé à côté. Anastaise le prit, l'ouvrit. Il contenait des amandes recouvertes de sucre praliné. La jeune fille sourit et ne put résister à la tentation, la faim tenaillait trop son pauvre estomac et, de ses doigts non plus hésitants, mais carrément tremblants, elle saisit une dragée et la porta à sa bouche.

Hélas ! Que faire d'autre que de s'allonger sur la banquette, enveloppée dans la chaude couverture et absorber, une par une, la totalité des friandises afin d'apaiser la faim qui la rongeait ?

Une main douce sur son front l'éveilla. Artaude avait cette façon-là, parfois, de la rassurer. Anastaise ouvrit les yeux. La vieille servante de maître Lenoir n'était pas à son chevet et le décor qui l'entourait ne s'apparentait nullement à celui qu'elle connaissait. Que faisait-elle, allongée sur cette banquette, enroulée dans une couverture qu'elle n'avait jamais vue ? Elle releva la tête prestement et se passa la main sur les yeux. Ils étaient encore embués du profond sommeil qui l'avait terrassée après l'absorption des dragées.

La main douce s'écarta de son front pour se poser sur l'une de ses joues. Alors elle se laissa glisser et referma les yeux.

– Que fais-tu, ici, mon enfant? s'enquit la femme dont le visage était penché au-dessus du sien.

– Je... je vais repartir tout de suite, murmura-t-elle.

– Je n'ai pas voulu dire ça, précisa la femme, j'ai demandé simplement ce que tu faisais dans la voiture de mon attelage.

Anastaise ouvrit la bouche, mais les mots lui manquaient.

– Que fais-tu là, mon enfant?

La main revint sur son front.

– J'avais froid, prononça-t-elle d'un ton si bas qu'on l'entendit à peine.

– Oui ! Il me semble que tu devais frissonner quand tu t'es allongée sur cette banquette, car tu es en chemise.

Le mot de «chemise» acheva de l'éveiller. Elle sentit ses joues s'empourprer. Elle redressa vivement son buste, agrippant la chaude couverture enroulée autour d'elle.

– Comment vas-tu repartir avec cette simple tenue qui couvre à peine ton corps? Si elle te trouve, la police va te questionner.

Suffisamment éveillée, cette fois, pour se rappeler chaque détail, Anastaise déglutit avec peine, puis elle ouvrit la bouche pour respirer. Le parfum douceâtre dont elle s'était repue tout à l'heure chatouilla ses narines. Son cœur battait à vive allure. Certes, elle ne pouvait refaire le triste trajet qu'elle s'obligeait à oublier, pas plus qu'elle ne pouvait entrer en chemise dans cette auberge si cette femme n'acceptait pas de la garder quelque temps avec elle.

Impressionnée, elle s'efforça de l'observer un instant. Âgée, le dos un peu voûté, elle se redressait pourtant, cherchant sans doute par cette attitude à effacer quelques années de sa vie, mais ses épaules semblaient maigres et fragiles. Des rides sillonnaient tout son visage et ses mains aux doigts longs, qu'aucune bague ne venait alourdir, portaient les taches qui marquent souvent les mains des vieillards.

Anastaise esquissa un pauvre sourire.

– Êtes-vous flamande ? s'entendit-elle murmurer d'une petite voix étouffée.

La vieille femme la regarda, un peu surprise. L'étrange question que lui posait abruptement cette jeune fille la troublait-elle ?

– Mais non, je ne suis pas flamande, répondit-elle tranquillement.

– Alors, vous êtes bourguignonne ! murmura Anastaise en poussant un soupir de regret.

La vieille femme sourit. Dieu ! Que ses yeux paraissaient encore jeunes dans ce visage sillonné de rides profondes ! Le bonnet qu'elle portait enserrait ses oreilles et pas un seul cheveu n'en dépassait. Un bonnet plat et noir avec une large bordure argentée qui venait mourir en pointe au centre de son front. Un front blanc et trop dégagé pour dissimuler les nombreux sillons qui couraient du bord de ses sourcils clairsemés jusqu'à ses tempes à demi cachées.

– Je ne sais plus très bien ce que je suis, fit-elle dans un geste plein de langueur, ou plutôt j'ignore encore ce que je veux être. J'étais devenue bourguignonne de cœur, mais je ne veux plus le rester.

Anastaise s'enhardit.

– Alors vous êtes du côté des Armagnacs ?

– Ce n'est pas aussi simple, mon enfant. Et toi, qui es-tu ?

De nouveau, la jeune fille hésita.

– Je viens de Nantes.

– Tu es neutre, alors ? Les Bretons ne se mêlent pas trop du reste de la France. Ils se sont toujours suffi à eux-mêmes.

– Oui, mais...

– Oui, mais tu veux savoir ce que je vais faire de toi si je ne suis ni partisane des Bourguignons, ni partisane des Armagnacs. Est-ce vraiment important pour toi de le savoir ?

– Un peu.

– Vois-tu, je crois qu'à présent, je suis du côté de Dieu. C'est le seul qui me reste fidèle. T'es-tu échappée, petite ?

– Échappée !

Anastaise hésita. La vieille femme reprit d'un ton toujours aussi tranquille, en pointant sur elle un doigt maigre :

– Cette chemise !

– Je dormais quand les Bourguignons sont arrivés. Oui. Je me suis échappée du convoi des marchands de laine.

– C'est donc ça. Pauvre enfant ! Avec qui étais-tu ?

Comme Anastaise ne répondait pas, elle poursuivit :

– On dit que les soldats bourguignons n'ont pas participé au massacre des lainiers. Ce n'est donc pas ton avis !

– On criait de toutes parts que les Anglais n'étaient pas seuls. C'est un soldat bourguignon qui a fracassé devant moi le crâne d'un vieux marchand avec qui je discutais de temps à autre. J'ai crié, j'ai couru et j'en voyais d'autres, toujours plus nombreux, qui pillaient les chariots, étranglaient ceux qui refusaient de laisser leurs marchandises, les égorgeaient, transperçaient leurs corps. Oui, je me suis échappée. J'ai contourné la ville, faute de pouvoir la traverser.

Elle haussa les épaules.

– De toute manière, pourquoi l'aurais-je traversée ? Pour m'y heurter à des Anglais qui m'auraient emprisonnée, violée, tuée ?

– Ah ! Mon enfant ! Par tous les saints du ciel, t'ont-ils meurtrie ?

– Non.

La vieille femme dardait sur elle un regard perçant. Troublée, la jeune fille souleva le rideau de la petite fenêtre et vit que le ciel était gris. Sans se retourner, elle entendit sa compagne questionner.

– Et dans ce convoi des lainiers, avec qui étais-tu, mon enfant ?

– Avec maître Jean Lenoir.

La vieille femme eut un sursaut, ferma les yeux, attendit quelques instants et murmura :

– Jean Lenoir, l'enlumineur !

Étonnée, Anastaise fronça le sourcil. La renommée de son maître était-elle donc si étendue ?

– Oui ! Je suis son élève.

Soudain, comme si un grand soleil d'été venait l'éblouir après une triste pluie d'hiver, tout sembla subitement s'éclairer pour Anastaise et la tension qui l'assaillait depuis ces deux derniers jours s'estompa complètement. La vieille femme posa sur elle un regard calme, impassible, mais l'éclat de ses yeux avait pris une lueur étrange et presque insoutenable à regarder.

– Une jeune fille enlumineuse. Oui ! C'est rare. Mais j'en connais quelques-unes, comme je connais Jean Lenoir avec qui j'ai travaillé autrefois. Je m'appelle Christine de Pisan.

– Christine de Pisan ! Auriez-vous...

– Oui, mon enfant, j'ai beaucoup écrit pour les ducs de Bourgogne, de Berry, d'Anjou et tous les grands seigneurs de France. Des rondeaux, des ballades, des virelays. J'ai écrit des épîtres pour la reine Isabeau, des livres de vertus et de faits d'armes. J'ai même écrit une histoire du roi Charles V.

– Je comprends pourquoi vous êtes de tous les partis de France.

– Oui, mon enfant ! J'ai toujours écrit pour vivre. Très tôt veuve, j'ai dû assumer l'existence de toute ma famille.

– Prenez-vous toujours le parti des femmes ? murmura la jeune fille.

– Oui, les idées qui me vont droit au cœur sont essentiellement orientées vers la cause des femmes.

Comme Anastaise paraissait médusée, Christine de Pisan lui prit la main.

– Par tous ces écrits que j'ai laissés, j'ai montré mes opinions en dénonçant fortement les erreurs de mon époque et en espérant que les temps à venir seraient moins cruels pour elles.

– L'injustice est si grande, marmonna la jeune fille en ramenant les pans de la couverture sur elle, il faut sans cesse que nous soyons protégées par un homme et, si celui-ci ne correspond pas à notre idéal, nous devons subir sa pression jusqu'à notre mort. Pourquoi ne pouvons-nous pas évoluer librement comme eux ?

– Je sais, mon enfant, je sais, soupira la vieille femme. Et, pour cette raison, j'ai toujours contribué à ce que les choses aillent dans ce sens. Vois-tu, petite ! Je suis presque au bout de ma vie. Elle a été riche, très riche, non en écus, car il a fallu que je réclame souvent mon dû, mais fertile en sentiments. Si je suis devenue veuve très tôt, Dieu m'a donné trois enfants, beaux, honnêtes et sains d'esprit et je l'en remercie, même si mes deux fils sont morts, à présent, et que la seule fille qui me reste a pris le chemin de la prière.

Elle se tut subitement quand elle vit qu'Anastaise l'écoutait avec un intérêt presque trop soutenu.

– Et toi, mon enfant, vers quoi aspires-tu dans ce monde ?

Anastaise eut un regard vague, imprécis et sa voix se fit basse et tremblante.

– Maître Lenoir m'enseignait l'art de l'enluminure.

Christine de Pisan haussa ses sourcils gris :

– Pourquoi dis-tu « m'enseignait » ?

– Parce qu'il est peut-être mort à présent.

Un long silence tomba que Christine de Pisan rompit la première.

– A-t-il eu des ennuis ?

– Il refusait de se faire dépouiller des enluminures qu'il devait livrer à Bruges. Les Anglais lui ont transpercé le flanc. Avant de m'enfuir, j'ai vu que le plancher du chariot était recouvert de sang.

Elle eut un sanglot presque étouffé et porta ses mains sur son visage.

– Nous prendrons de ses nouvelles. Certaines blessures paraissent graves, car elle font couler beaucoup de sang. Peut-être n'est-il pas mort. On dit qu'il reste quelques prisonniers aux mains des Anglais.

– Vous... vous croyez?

– Dieu t'aidera, mon enfant. Cependant, tu dois être courageuse et envisager aussi une autre solution.

– Oh! Dame Christine, s'écria Anastaise en lui prenant la main, serait-il possible que je ne le revoie jamais?

– Hélas. Que dire? En attendant, veux-tu rentrer avec moi en Bourgogne ou préfères-tu que je te laisse dans cette hôtellerie après t'avoir recommandée à l'aubergiste? On te donnera des vêtements chauds, de la soupe et un bon lit.

– Je n'ai pas d'argent pour me payer gîte et couvert.

Christine de Pisan sourit et sur son visage passa une expression qui semblait être détachée.

– Alors, je t'emmène et tu travailleras pour moi.

Anastaise se redressa. La couverture glissa sur le côté, mais elle en rattrapa le bord frangé pour se couvrir l'épaule qui venait de se dénuder.

– Travailler pour vous! s'exclama-t-elle, les yeux brillants.

– N'as-tu pas dit que maître Lenoir t'enseignait l'enluminure?

La jeune fille lui rendit son sourire.

– Si.

– Alors, c'est parfait. À cette heure, je reviens de Picardie où je devais régler quelques affaires familiales. Mais, je ne veux plus retourner dans ce pays dévasté, mutilé, calciné, où l'on ne rencontre que pauvres gens affamés, traînant leur angoisse profonde et leur misère insoutenable. Je viens de vendre cette maison, que je tenais de mon mari, à un prêteur sur gages pour une bouchée de pain. Mais, peu importe, je n'attends plus rien de la vie, à l'exception des bienfaits de Dieu.

Comme Anastaise ne disait rien, elle poursuivit :

– Nous allons passer par Paris que j'avais quitté pour des raisons de sécurité. Depuis que la ville est occupée par les Anglais, je ne m'y plais plus, je ne m'y reconnais plus. Là encore, tant de massacres et tant de destructions ont rendu l'air irrespirable. Mais je dois aussi régler quelques affaires d'ordre financier. Après, si tu veux toujours me suivre, nous rentrerons en Bourgogne.

La jeune fille restait silencieuse.

– Ma maison à Paris est dans le quartier Saint-Paul. Elle n'est pas très grande, mais elle est confortable. J'ai un petit atelier chez moi. Tu t'y installeras.

– Oh ! s'exclama Anastaise, offrant à la vieille femme ses prunelles bleues où se mêlait autant d'effarement que de plaisir.

– Rue Saint-Paul, mon bureau est juste à côté de la pièce où tu travailleras. Je ne suis pas riche, Anastaise, malgré les deux maisons qui me restent, celle de Paris et celle de Dijon. Aussi, je ne pourrai pas te payer très généreusement, mais je t'offre mon toit, mon pain et mes manuscrits que tu pourras illustrer selon mes goûts et mes conseils. Cela te convient-il ?

Anastaise saisit la main de Christine de Pisan et la porta à ses lèvres.

– Il faudrait être folle pour refuser une telle offre quand on se trouve sur les routes, grelottant en chemise, le ventre vide, la tête qui tourne et le cœur en souffrance. Je suis pauvre comme Job, dame Christine.

– C'est bon. Je compte reprendre le cours de mes récits et de mes poésies, car après ces quelques années passées au couvent de Saint-Louis de Poissy, j'ai longuement réfléchi.

– Vous n'écriviez donc plus !

– Comment faire entendre le langage de la poésie quand, autour de soi, tout n'est plus que dépravations, pillages, trahisons et souffrance? Le pays n'est plus que ruines, Anastaise. Les gens meurent, le monde s'entretue, les énergies s'essoufflent. Il n'y a plus de paix ni de clémence. Je suis lasse et, pourtant, à voir ton visage, je reprends confiance. Oui! Si tu m'aides, je poursuivrai le cours de mes récits.

– Dame Christine, puis-je vous poser une question?

– Certes.

– Je ne suis rien pour vous, qu'une pauvre fille trouvée dans votre litière à la recherche d'un peu de chaleur. Ce n'est pas moi qui vous pousse vers cette force invisible qui semble vous rattacher à la vie. Pourquoi ce regain d'énergie?

Dame Christine réfléchissait. Puis ses yeux clairs d'où s'échappait une lueur intense autour des multiples rides qui venaient en rehausser l'éclat se posèrent tranquillement sur elle.

– Ne sais-tu donc pas qu'une jeune fille nous vient de Lorraine, investie d'une mission que lui auraient confiée des voix, celle de se rendre à Reims pour y faire sacrer roi le dauphin Charles? Ne sais-tu pas que cette jeune fille, vêtue comme un soldat, conduit une armée entière et boute les Anglais de toutes les villes du val de Loire? L'une après l'autre, elles tombent, libérées du joug des envahisseurs.

Elle se tut, soupira comme si elle était lasse, attendit quelques instants et reprit d'une voix plus hachée, plus rapide :

– C'est à Poissy où, de bouche en bouche, on colportait le bruit que la ville d'Orléans, assiégée par les Anglais, avait été délivrée par cette jeune pucelle champenoise, que j'ai consciemment pris ma décision. Oui, petite, j'ai décidé de reprendre la plume et j'aurai à mes côtés une jeune fille qui fera ses débuts dans l'enluminure des beaux parchemins. Tu m'insuffleras ton énergie et ta jeunesse. Le veux-tu ?

Laissant tomber la couverture à ses pieds, Anastaise s'agenouilla près de Christine et la serra dans ses bras.

De retour à Paris, Anastaise qui refusait de trop penser à Jean Lenoir s'était lancée à corps perdu dans le travail. Seules, ses nuits restaient peuplées de cauchemars. Seules aussi, ses émotions ne trouvaient hélas qu'un écran infranchissable auquel elle se heurtait sans pouvoir passer le barrage qui l'eût probablement libérée. Sans doute ne reverrait-elle jamais la haute stature de Jean Lenoir et l'acuité de son regard. Sans doute aussi n'apprendrait-elle jamais de lui le mystère des beautés de l'enluminure.

Certes, dame Christine lui fournirait l'élément de prestige, le récit, le poème, la prière qu'elle illustrerait avec son âme et sa force créatrice, mais elle était privée du conseil indispensable, du mot juste, de l'accord souhaité, du détail infime qui rend une œuvre parfaite.

Chaque fois qu'Anastaise se réveillait en sursaut, le front embué de sueur, c'était pour essayer de retenir deux bras séduisants et protecteurs dans lesquels elle ne s'était abandonnée qu'une seule fois. Mais, dans un nuage opaque, les bras s'éloignaient et elle ne pouvait, malgré ses cris, les rattraper. Éveillée, tout en gardant les yeux clos, elle se retrouvait subitement dans le confortable chariot de Jean Lenoir, étendue dans sa jeune nudité, offrant avec délice l'intimité soyeuse de son corps.

Elle tentait même de revivre les émotions, les élans, les mots et les regards échangés, les caresses qu'elle ne pouvait oublier. Elle essayait de sentir sur sa peau le contact chaud et sensuel qui avait tant su la troubler. Elle ouvrait alors les yeux, un souffle rauque s'échappait de sa bouche. Elle aurait voulu crier, hurler sa souffrance, mais elle se taisait, ne pouvant que prendre le ciel à témoin de son infortune et regretter les larmes qui lui montaient aux yeux.

Christine de Pisan, de son côté, avait pris contact avec les prieurs de l'abbaye de Saint-Séverin qui recensaient les nouvelles en provenance des divers convois partis aux quatre coins de France. Mais les quelques marchands revenus des Flandres disaient que ceux qui y étaient restés avaient sans doute trouvé la mort.

Malgré son grand âge, Christine de Pisan s'était révélée impatiente de commencer son travail. Plume en main, inspiration en tête, elle écrivait le *Dittié de Jeanne d'Arc* tandis qu'elle avait déjà installé Anastaise dans le petit atelier qui jouxtait son bureau où elle se tenait presque toute la journée.

– Que sais-tu faire, mon enfant ? avait-elle dit le premier jour à Anastaise. Allons, montre-moi. Tiens ! Prends ce livre de pupitre.

D'une main tremblante, Anastaise avait saisi l'ouvrage, les yeux grands ouverts, le cœur palpitant, l'esprit presque en déroute. Allait-elle vraiment enluminer ces pages ?

Puis les jours s'étaient succédé, dans une atmosphère de calme et de saine inspiration. Anastaise oubliait peu à peu sa douleur ou plutôt le mal qui se refermait en elle, malgré l'enfant de Jean Lenoir qu'elle attendait. Un amour pur, sincère, qui n'était plus qu'un souvenir enfoui dans un coin de sa mémoire.

Chaque matin, Christine de Pisan apprenait une nouvelle chose à Anastaise. Tout d'abord, malhabile dans l'exécution de sa tâche – il fallait dire que la célèbre Christine de Pisan la troublait plus encore que maître Jean Lenoir près duquel elle s'était habituée à commenter, discuter, oser, voire se rebeller quand un point essentiel n'allait pas dans son sens –, Anastaise ne vivait plus, ne travaillait plus, ne dessinait plus que pour plaire à sa protectrice.

Ce matin-là, la jeune fille s'était levée tôt. Elle recommençait à vivre, à réagir, à sourire et même à rire parfois. Debout près du lutrin, Anastaise se tenait rêveuse dans un vêtement sobre que lui avait donné Christine de Pisan, une robe peu à la mode, car bien que l'époque fût tourmentée, les habits se taillaient différemment. On ne faisait plus les surcottes aux formes droites, moulant étroitement ventre et hanches, les plis retombaient plus souplement et les manches s'évasaient. L'arrière des robes traînait en longueur, se relevant par-devant sur un jupon clair. Quant aux encolures, elles s'arrondissaient et épousaient les formes du cou plus harmonieusement. Les hennins se portaient à ruban et non plus à voilage. Anastaise se souciait peu de la mode et ne se formalisait guère que sa robe ne fût point assez large du bas et que son décolleté fût carré et non arrondi.

Elle caressa du bout des doigts la belle couverture reliée qu'offrait le manuscrit enluminé.

– Un livre de pupitre, précisa Christine de Pisan qui venait d'arriver dans la pièce, est un livre qui se lit à haute voix.

– Oh ! fit Anastaise en se retournant précipitamment. Voulez-vous que je vous en lise une page ?

– Que non, ma chère enfant ! Tu n'es pas ma dame

de compagnie. Tu es mon enlumineuse et je préfère te voir devant tes pinceaux et tes couleurs.

– Dame Christine, s'enquit la jeune fille, pourquoi les pages doivent-elles impérativement comporter un texte réparti sur deux ou trois colonnes ?

– Pour en faciliter la lecture et pour qu'elle soit plus rapide. Ainsi le regard ne se disperse pas. Aimerais-tu illustrer un tel manuscrit ?

Anastaise hocha la tête dans un signe affirmatif.

– Eh bien, viens avec moi.

Christine de Pisan l'entraîna dans la bibliothèque qui enfermait de nombreux ouvrages serrés les uns contre les autres sur des étagères partant du haut plafond qui se perdait dans les poutres jusqu'au plancher recouvert d'un tapis de laines aux couleurs chatoyantes.

– Tiens, fit-elle en prenant un manuscrit qu'elle dégagea entre deux gros ouvrages déjà illustrés.

Un feuillet tomba sur le sol. Il n'était pas enluminé. Anastaise se baissa, le saisit et lut à mi-voix :

Mantel de soie blanche sans tache
La queue tournant d'une attache
Liée au col, j'eus belle et riche
En la poitrine noble affiche.

– Tu vois, fit-elle en souriant. J'ai été jeune et belle et je plaisais à mon époux. La robe démodée que tu portes était l'un de mes principaux atours. C'était l'époque où le roi Charles VI, encore sain d'esprit, portait secours au duc de Bourgogne piégé dans ses Flandres. Leur entente était alors parfaite et la jeune reine Isabeau de Bavière n'était pas encore corrompue. Mais, regarde plutôt ce manuscrit, tu verras que je n'ai point toujours été tournée vers la piété. Ce *Dit de la pastoure* est une fête galante. On y voit des bergers, des ménestrels, des filles qui dansent, des seigneurs, des festins et des joutes. Tu les illustreras.

– Je vais commencer dès à présent, dame Christine, en effectuant tout d'abord les réglures d'après votre texte. J'essaierai ensuite de trouver une présentation harmonieuse. Soyez sans inquiétude, je sais maîtriser la réalisation d'une miniature.

– Je les veux petites et pas trop fantaisistes. Je me souviens que ton maître, Jean Lenoir, m'avait illustré un texte quand il était jeune. Il doit être là, dans cette bibliothèque. D'ailleurs, je dirai à Clotilde qu'elle le recherche. Il faut que tu le voies.

– Qui est Clotilde? s'enquit Anastaise.

– C'est ma suivante, mon amie, ma conseillère pour toutes les questions d'intendance relatives à cette maison dont je ne m'occupe guère. Sais-tu doser et maîtriser tes couleurs?

– Bien sûr.

– Sais-tu aussi les différencier?

– Je sais que les bleus d'azurite qui font de beaux cieux d'été sont moins denses que ceux d'outre-mer qui font les cieux d'orage. Je connais tous les rouges d'origine minérale.

– Et la pourpre, Anastaise?

La jeune fille marqua un arrêt. C'était la première fois que Christine de Pisan l'appelait par son prénom. Jusqu'à présent, elle l'avait toujours appelée «mon enfant» ou «petite». Il est vrai qu'elles devaient avoir une différence d'âge de plus de cinquante ans.

– Je n'aime guère la couleur pourpre, dame Christine. Elle rappelle la violence et le sang. Je garde le rouge pour les flammes et je les anime avec une touche d'ocre mêlée à du blanc de céruse. Au pourpre, je préfère aussi le vermillon et j'en revêts les fleurs, les robes ou les manteaux des femmes.

Christine de Pisan hocha la tête.

– Tu as peut-être raison, mais comment obtiens-tu un rouge plus sombre qui ne te fait penser ni à la violence ni au sang ?

– J'écrase de l'extrait de tournesol, ce qui mêle à mes rouges une pointe violacée et si je veux obtenir un rose, j'emploie de la décoction de bois. Je savais tout cela avant d'être l'élève de Jean Lenoir.

– Qui te l'avait appris ?

– Mon père, tout comme il m'a appris la mesure, l'équilibre, la nuance.

– Pourquoi n'es-tu pas restée avec lui ?

– Parce que je n'avais pas ma place sauf dans son ombre.

– Comme tu as raison, Anastaise ! Ne pas rester dans l'ombre d'un homme ! Ce fut ma lutte continuelle. Je me suis toujours lamentée d'être née femme. Fort heureusement, je ne me suis pas arrêtée à cette constatation. Tu as bien fait de quitter ton père si tu te sentais prisonnière à son côté.

Elle se leva. Clotilde, sa fidèle servante, une femme d'une cinquantaine d'années environ, le visage anguleux et le regard délavé, lui tendait un autre ouvrage.

– Ah ! Parfait, Clotilde. Tu as trouvé le livre de pupitre dont je t'avais parlé. Regarde, là, Anastaise. C'est une copie de l'un des quatre livres des chroniques du célèbre Froissart. Tu y trouveras une certaine inspiration.

– Oh ! s'extasia la jeune fille. Des pages segmentées

en médaillons à la verticale sur deux colonnes ! C'est magnifique. Avez-vous beaucoup d'ouvrages comme celui-ci, dame Christine ?

– Tu peux tous les consulter, si tu le désires.

Anastaise reçut cette permission comme un ultime cadeau, un présent qui n'avait pas de prix. Elle vivait un si plein bonheur aux côtés de Christine de Pisan ! Cette femme extraordinaire, auprès de laquelle elle apprenait ce dont elle avait besoin pour devenir enlumineuse, la fascinait. Certains jours, elle en arrivait à ne plus penser à Jean Lenoir, bien que la proche venue au monde de son enfant pût à tout instant le lui rappeler.

XX

Betty quitta Paris plus facilement qu'elle ne l'eût cru. Mais, au lieu de bifurquer vers Beauvais, elle fut projetée sur la route d'Évreux qui menait à Rouen. Sa mule, la « Grisette », qu'elle avait pu récupérer trottinait allègrement et Betty remerciait le ciel de pouvoir voyager, à présent, sans fatigue. Car dès qu'elle marchait, même sur une courte distance, ses maux de pieds la reprenaient et la pommade que lui avait donnée sœur Marie-Jeanne de Fontevrault ne suffisait pas à atténuer sa douleur.

Comment aurait-elle fait sans la « Grisette » ? Sans doute aurait-elle été contrainte d'abandonner ses recherches pour retourner à Saumur.

Mais tout se passait bien et la « Grisette » ne rechignait pas pour la porter. Comme Betty refusait de voyager la nuit pour des raisons de prudence, sa mule se reposait et repartait fraîche et dispose à l'aube suivante.

Passer par Dreux, puis Rouen allongeait considérablement sa route, mais comment faire autrement ? Si les complications ne s'accumulaient pas trop, elle serait peut-être à Lille dans une ou deux semaines.

Alors qu'elle quittait Dreux où elle ne s'était pas arrêtée, Betty se laissait bercer au rythme dandinant de sa mule, sa besace devant elle et sa petite gourde attachée à sa ceinture. Un bruit sur la route lui indiqua qu'une voiture n'était pas loin. En effet, ralentissant sa marche, elle tomba sur un charroi de foin tiré par deux ânes juste au carrefour d'un hameau.

La chance fut avec elle, car l'homme qui poursuivait sa route jusqu'à Rouen accepta d'attacher sa mule à son attelage, ce qui lui permettait d'aller deux fois plus vite. Habituée à trotter entre les deux chevaux de maître Férard, la « Grisette » n'en fut pas perturbée.

L'homme était bavard et ne cessa de discuter sur sa vie de paysan : ses cultures, sa ferme, ses poules et ses cochons, ses huit gosses et, quand il eut tout épuisé, il se mit à parler de ces satanés Anglais qui se propulsaient partout.

Alors que Betty se posait mille questions pour savoir comment elle pourrait reprendre la route de Lille, l'homme s'arrêta à l'entrée de Rouen. Il descendit de sa charrette, détacha la « Grisette » et tendit la longe à Betty en lui souhaitant une bonne journée. Comment aurait-il pu savoir, ce brave paysan, que ce jour-là serait un des plus horribles de l'histoire de son pays ?

En arrivant à Rouen, Betty ne se doutait pas non plus qu'un drame se préparait dans la ville. Après avoir questionné les gens qui, certes, ne lésinaient pas sur les détails, elle apprit que Jeanne la guerrière avait été faite prisonnière par les Bourguignons qui l'avaient vendue aux Anglais et qu'on la brûlait vive en place publique.

Fallait-il comprendre la raison de cette ignominie qui faisait hurler toute la ville, les uns de plaisir, les autres de colère ? On criait dans les rues qu'on brûlait la pucelle et qu'il fallait se rendre sur la place du Vieux Marché pour voir le spectacle.

Betty n'en croyait pas ses yeux. Elle tomba sur un groupe de femmes qui brandissaient des bâtons en hurlant qu'elles allaient insulter le bourreau et acclamer Jeanne. Puis elle heurta des soldats bourguignons qui riaient aux éclats en se frottant les mains. Sur la place, elle fut ahurie de remarquer combien l'agitation était intense. La foule déjà compacte vociférait, trépignait et chacun se heurtait en criant qu'il fallait s'avancer pour ne pas manquer les préparatifs du bourreau.

À cet instant, jamais Betty n'aurait pu imaginer qu'elle serait l'une des dernières à quitter le lieu de l'atroce vision et que celle-ci la hanterait longtemps.

Vêtue d'une large tunique grise et déchirée, Jeanne se tenait droite, attachée sur le bûcher que le bourreau allumait. Alors qu'elle était encore lucide et voyait les flammèches embraser les fagots disposés sous ses pieds, elle dut comprendre qu'aucun secours ne viendrait plus. Une peur intense, puis un immense découragement durent la saisir, car Betty aperçut sur son visage exsangue deux grands yeux pleins d'effroi qui se fermaient, puis se rouvraient, vidés de toute énergie.

Sans plus rien voir, Jeanne fixait la place du Vieux Marché et les maisons pentues, charpentées, accolées le long des pavés disjoints. La foule agglutinée comme des mouches observant les gestes du bourreau, les gardes impassibles, le prêtre qui s'avançait, une grande croix portée au bout d'un long bâton, rien de tout cela ne la concernait plus.

Les soldats alignés devant elle restaient immobiles, lance en main. Ce n'était que des visages fermés, neutres, indifférents à toute émotion tandis que, derrière eux, la foule médusée s'était subitement tue.

Betty s'était glissée au premier rang, malgré l'horreur qui l'étreignait tout entière. Quand elle vit les flammes monter à l'assaut du bûcher, elle resta pétrifiée.

Comment ne pas être confondu devant le courage de cette jeune fille qui refusait de pousser les cris et les hurlements que Bourguignons et Anglais attendaient ?

Cette silhouette menue et fragile paraissait si jeune encore ! Betty se mit à trembler. À présent, cette femme dont elle n'avait guère voulu connaître les exploits et les sacrifices – trop concentrée sur sa propre fille – s'imposait à elle comme une image qu'elle ne pouvait plus oublier.

Jeanne d'Arc brûlait comme une torche vive. Quelques secondes avant de succomber, elle eut un sursaut. Puis plus rien ne dut compter pour elle que de rester les lèvres obstinément closes.

Les flammes l'enroulaient en dessinant autour d'elle de grandes auréoles orangées. Puis elles la recouvrirent entièrement bien au-dessus de la tête. C'était un immense voile de fumée âcre qui la cachait tout entière.

La foule suspendait son souffle, persuadée à présent que l'âme qui s'en allait de ce corps calciné était celle d'une sainte.

Betty resta longtemps les yeux fixés sur le bûcher où s'entassait la cendre. Le regard inexpressif, le souffle court, elle observait en silence les hommes qui dégageaient avec des gestes rapides le centre de la place, ôtant ce qu'il restait de paille, de braises, de combustion pour éviter que les odeurs âcres et insoutenables vinssent gêner les habitants de la ville. Un peu plus loin, elle entendit la « Grisette » qui, en hennissant, la rappelait à l'ordre, mais aucun geste ne réussit à la faire bouger.

– Cette jeune fille devait être peu ordinaire, entenditelle dans son dos.

Betty se retourna. Un jeune homme se tenait là, grand, mince, les cheveux clairs et le regard bleu. Son air triste, impuissant, révolté, frappa la jeune femme.

– Oui ! Sans doute, murmura-t-elle.

Le jeune homme eut un haussement d'épaule agacé et repoussa l'une de ses mèches blondes qui tombait sur son front.

– Pourquoi ont-ils fait ça ? En quoi les gênait-elle ?

– C'était une femme, murmura Betty. Quel homme peut accepter sans sourciller ce qu'elle a fait ? Un acte de courage extraordinaire, un exploit que personne n'a pu réaliser ! Une femme endossant les vêtements d'un soldat pour combattre comme un soldat, cela se pardonne-t-il ?

Le jeune homme fixait Betty de ses yeux clairs. Vêtu d'un surcot brun qui lui serrait la taille, il portait un caleçon jaune et des bottes en cuir fauve lacées jusqu'aux mollets. Le bonnet à bord carré posé sur sa tête et piqué d'une plume verte dissimulait mal ses cheveux clairs et frisés.

– Vous avez raison, avoua-t-il tandis qu'il lui adressait un sourire plein de réserve. Je crois que c'est sa réussite qui l'a perdue. On ne pouvait pas rire d'elle et moins encore se moquer. Une attitude plus fantaisiste aurait pu la mettre à l'abri.

– Oh ! s'exclama Betty. Se rendre ridicule, voulez-vous dire ?

– C'est un peu ça.

– Les femmes qui veulent vraiment réussir ce qu'elles décident ne se rendent jamais ridicules. Elles vont jusqu'au bout de ce qu'elles entreprennent.

– C'est étrange, j'ai connu une jeune fille qui tenait les mêmes propos.

– Dieu merci, répliqua Betty, il y en a quelques-unes. Sachez, jeune homme, que les femmes qui prennent le parti de se distinguer par leur travail, leurs exploits, leur courage, ont trois fois plus d'efforts à fournir qu'un homme.

– Clarisse parlait comme vous.

Betty eut un sursaut.

– Clarisse ! murmura-t-elle, abasourdie.

– Oui ! Une jeune fille que j'ai rencontrée autrefois sur une péniche en partance pour Bruges.

– Clarisse ! répéta Betty rouge d'excitation. De quelle Clarisse parlez-vous ?

– Clarisse Cassex. Oui ! Cassex, je crois.

Betty sentit ses jambes trembler et la sueur couler sur son visage. Le sang afflua sous sa cicatrice qui se colora d'un mauve violacé. Ses tempes résonnèrent comme si les cloches bourdonnaient dans sa tête. Puis elle vacilla.

Le garçon qui n'avait pas plus de vingt-cinq ou vingt-six ans s'approcha vivement. D'un geste prompt, il la retint dans ses bras. Enfin, il avisa sa pâleur et tapota ses joues tout en évitant de heurter la cicatrice de ses doigts.

– Ce triste spectacle vous a-t-il chavirée à ce point ?

– Oui ! Non ! Je ne sais plus, fit Betty toujours sous le coup de l'hébètement.

Elle ne savait plus que dire. Soudain, la joie empoigna tout son être. Elle explosait de bonheur, craquait de plaisir, sentait ses forces revenir. Clarisse était vivante ! Mais pourquoi ne rentrait-elle pas à Saumur ? N'avait-elle pas présenté son œuvre ?

Lisant mille questions dans les yeux de son compagnon qui la soutenait encore par le bras, elle murmura :

– Je m'appelle Betty Cassex.

Puis elle se redressa tout à fait.

– Ah ! fit le jeune homme à son tour étonné. Clarisse m'avait parlé en effet de sa mère restée à Saumur.

– C'est moi et je la recherche. Savez-vous où elle est ?

– Bien sûr, elle est chez maître Van Der Hanck.

Trop de joie étouffait Betty. Oui ! Trop de joie aiguisait son envie de se renseigner davantage. Quand l'avait-il vue ? Que faisait-elle et avec qui était-elle ? Pourquoi travaillait-elle chez un maître lissier au lieu de rentrer à Saumur ?

Et, finalement, elle présenta toutes ces questions en une seule :

– Maître Van Der Hanck ! Est-ce un grand maître ?

– L'un des plus renommés de Bruges.

– L'un des plus grands ! répéta-t-elle, un sourire béat sur les lèvres à l'idée que sa fille devait progresser dans son travail.

– C'est moi qui lui ai conseillé de le voir. Elle avait besoin de travailler pour effectuer son œuvre.

Betty ne comprenait plus rien et ses yeux s'écarquillèrent de surprise.

– Mais l'ouvrage qu'elle devait présenter à la guilde était achevé depuis longtemps et elle l'avait emporté avec elle.

Le garçon hocha la tête.

– Ne saviez-vous pas qu'on le lui avait volé dans le convoi où elle voyageait ?

Volé ! Betty comprenait tout à présent. Voilà pourquoi Clarisse tardait tant à rentrer.

– Oh ! Comment aurais-je pu le savoir, je n'avais aucune nouvelle. C'est pour cette raison précise que j'ai voulu partir à sa recherche. J'ai tant craint qu'il ne lui soit arrivé un malheur que je n'en dormais plus.

– Elle ne pouvait pas rentrer. Où aurait-elle effectué un autre ouvrage puisque votre atelier est fermé ?

Betty hocha la tête.

– A-t-elle retrouvé le voleur ?

– Je ne sais pas s'il a été appréhendé. Mais je connais son nom, c'est Humbert Florimont.

– De Tournai ?

– C'est bien ça.

Betty essuya son front. Une petite moiteur le rendait humide. Dans ses yeux passa une lueur de colère.

– Que Dieu maudisse cet homme ! Il veut notre mort. Je le sais. C'est lui qui a donné les instructions pour fermer notre atelier.

– Cet Humbert Florimont est jeune. Clarisse m'a parlé d'un homme plus mûr.

– Ce doit être son fils.

– Il n'a pas de fils.

– Alors c'est son neveu ou quelqu'un de sa famille qui œuvre pour son compte. Devant l'audace de ma fille, cet homme avait formulé des menaces.

Puis, s'arrêtant, elle soupira et jeta, anxieuse :

– Savez-vous si elle avait toujours sa bourse ?

Le jeune homme se mit à rire.

– Ça, je peux vous l'affirmer, car à peine était-elle montée sur la péniche et m'avait-elle aperçu, assis sur le pont, le dos calé contre les cordages, qu'elle se méfia de moi comme si j'étais le voleur de sa tapisserie. Elle ne voulait même pas répondre à mes questions pourtant accueillantes et cordiales, je lui ai fait remarquer qu'elle portait une robe sale et déchirée et que, vraiment, j'avais l'air plus riche qu'elle.

Betty était suspendue aux lèvres de son compagnon.

– Nous nous sommes rencontrés juste après l'attaque des Anglais à Tournai. Ils ont massacré la plupart des marchands lainiers. Clarisse qui était partie à la recherche de son ouvrage qu'on venait de lui voler a pu ainsi être épargnée.

– Ciel ! Ainsi, grâce à ce vol, elle serait en vie.

– Exactement ! Beaucoup de marchands ont été tués.

Clarisse sentit la pâleur envahir son visage alors que sa cicatrice rougissait. Elle porta la main à sa joue en regardant son compagnon. Elle s'avisa qu'il posait ses yeux sur cette marque qu'elle commençait à détester.

– C'est un soldat qui m'a tailladé la joue, expliqua-t-elle d'une voix éteinte. Je voulais passer le pont, il m'a arrêtée de cette façon. Hélas, il a eu gain de cause. J'ai aussitôt reculé en tenant ma joue ensanglantée dans ma main.

Elle hocha la tête et eut un léger sourire.

– Comment vous appelez-vous ?

– Quentin Durand Laxart.

– Quentin, permettez-moi de vous embrasser. C'est le plus beau jour de ma vie depuis que ma fille est partie. Fallait-il donc que cette jeune fille meure sur le bûcher pour que j'apprenne aujourd'hui cette heureuse nouvelle qui me fait revivre ?

Rien ne retenait plus Betty sur les routes. Elle savait d'instinct que Clarisse reviendrait bientôt, se doutant qu'elle ne traînerait pas pour refaire son ouvrage, car l'inspiration ne lui manquait pas. Elle le présenterait à la saison prochaine et, dans un an à peine, elle serait rentrée à Saumur. Cela laissait le temps à Betty de retourner à l'abbaye de Fontevrault, puis peut-être de s'arrêter à Tours quelque temps. Maître Férard et son épouse seraient sans doute rentrés.

Elle fit un brin de route avec Quentin qui se révélait un excellent compagnon.

XXI

Clarisse et maître Colard Van Der Hanck quittèrent Bruges un matin d'hiver sous un ciel d'une blancheur grisâtre. Le clocheton des églises et les toits crénelés disparaissaient sous une brume épaisse qui se leva quelque temps plus tard, laissant traîner un voile transparent dégageant la masse des plus grosses résidences.

Depuis deux ans que Clarisse avait quitté Saumur, pas un seul jour ne s'était passé sans qu'elle pensât à Betty, sa mère, à Fanchou, sa brave nourrice, à l'atelier qui attendait sa réouverture, au ciel angevin et à la grise et douce teinte d'un fleuve qu'elle n'avait pas oublié.

– Tu verras, Colard, comme la Loire est belle quand l'hiver tombe sur ses bancs de sable.

Maître Van Der Hanck hocha la tête. Il resserra son bras autour des épaules de Clarisse et lui sourit. Ciel ! Pourquoi s'était-il tant attaché à la jeune fille durant ses deux années d'exil dans la cité flamande ? À Bruges, Colard avait l'impression que Clarisse lui appartenait, qu'elle était sienne, que rien ni personne ne pouvait la lui voler. Puis la réalité des choses était apparue brutalement, un beau jour où Clarisse avait tenu entre les mains le document qui la rendait maîtresse d'elle-même.

Colard pouvait soupirer. Une bien mince compensation que celle d'accompagner la jeune fille dans son pays du val de Loire en lui répétant sans cesse, pour tromper ses ardeurs, qu'il refusait de la savoir seule sur les routes. À présent qu'ils avaient quitté Bruges, plus ils s'écartaient du nord pour s'approcher de la France, plus elle semblait lui échapper. Elle parlait constamment de Saumur, de Nantes, d'Angers, de ses attaches, de ses racines et de ses amis. Clarisse semblait vouloir tout à coup renouer avec le ciel angevin lui-même.

Ce n'est certes pas que Colard ait manqué de lui rappeler que, sans elle, il ne pouvait plus rien assumer, que, privé continuellement de son visage, de ses gestes, de ses mots, il ne pourrait plus ni travailler, ni respirer, ni vivre. C'est pourquoi il avait été jusqu'à lui proposer de lui offrir un atelier en plein centre de Bruges – non loin du sien, bien entendu – et d'y faire venir sa mère. À présent qu'elle pouvait se passer d'un maître lissier pour ouvrir son propre commerce, pourquoi ne s'installait-elle pas dans le Nord ? À défaut de Bruges, ce n'était certes pas les ateliers de tapisserie qui manquaient à Gand, à Audenarde, à Tournai !

Les arguments de refus face à cette offre pourtant si généreuse tombaient devant maître Colard et le plus insurmontable de tous ne paraissait guère pouvoir, un jour, être résolu. Colard était marié et la fortune ne quitterait jamais les coffres de dame Griète.

Certes, Clarisse se sentait triste. S'étant, elle aussi, fortement attachée à Colard, elle vivait ce voyage comme la fin d'un amour qui n'était pas une rupture. Oui ! Le maître tapissier pouvait se féliciter de s'être bien conduit avec elle. Titulaire de son titre de maître lissier, elle exercerait à présent là où elle voulait, en toute sérénité, le métier qu'elle s'était choisi. Maître Van Der Hanck avait même poussé la générosité jusqu'à payer le droit d'entrée dans la corporation.

Personne, ni son ennemi maître Florimont de Tournai, ni son neveu Humbert, plus acharné encore contre elle, n'avait pu empêcher la décision favorable du jury des membres de la guilde des lissiers. Colard avait suffisamment d'appuis lui permettant d'emporter un vote compliqué parce qu'il concernait une femme.

En un tournemain, Colard avait obtenu les assentiments des maîtres Baudoin Bailleul d'Amiens, de Pieter Van Aelst de Bruxelles, de Pasquier Grenier de Tournois*, dont les plus grands ateliers se trouvaient à Bruges, et même celui de maître De Wallois d'Arras, le plus réticent de tous.

Un fait complémentaire avait sans doute joué en faveur de Clarisse. Une femme figurait au jury. Katherine Hasselet, tapissière et haute lissière de profession, qui avait repris l'atelier de son époux Jehan De Wilde décédé récemment. Bien connue dans le milieu du tissage, Katherine Hasselet n'en était pas à ses débuts. Elle avait travaillé à la confection de grandes œuvres historiées parties au bout du monde, en Italie, en Espagne, en France. Entre elle et Clarisse, un seul regard de sympathie fut échangé, mais ni le destin ni le temps ne permit une autre rencontre qui les eût sans doute rapprochées.

C'est ainsi qu'à peine âgée de vingt ans, Clarisse était désormais une femme tapissière de haut niveau pouvant diriger sa propre entreprise. Les lois du métier étant respectées, la jeune fille pouvait parachever ses projets qui n'étaient nullement ceux de travailler pour un autre maître qu'elle-même.

---

* Ces trois peintres et maîtres lissiers sont des personnages authentiques de cette époque.

– Clarisse ! Pourquoi es-tu si pressée d'arriver à Saumur ? Nous venons à peine de quitter Tournai. Dans quelques jours nous serons à Lille. Veux-tu donc me quitter si vite ?

Amoureux ! Comment Colard pouvait-il ne pas tomber sous son charme ? Clarisse était ardente, généreuse, sage, intelligente. Tout était réuni pour que le tapissier désirât la garder dans son atelier où, finalement, il s'était interposé dès son arrivée pour que l'ordre y régnât à nouveau. D'ailleurs, Clarisse n'avait travaillé qu'avec Benoît sur la haute lisse et, comme elle parlait peu, ni Barbieux, ni Hugues, ni même Gontran ou Gaspard qui l'avaient si mal accueillie ne lui cherchaient de nouvelles querelles.

– Et toi, Colard, répondit-elle, es-tu si pressé de retrouver dame Griète ?

– Pourquoi me parler d'elle ? lança Colard d'un ton légèrement agacé.

– Parce qu'elle existe.

– Elle peut vivre seule quand je suis absent.

– Mais elle t'a souvent reproché tes incartades depuis que, moi, je suis là.

Oui ! Dame Griète avait vu d'un autre œil cette jeune et jolie tapissière, courageuse, volontaire, acharnée au travail, qui s'était incrustée aussi vite dans la vie de son séduisant époux. Griète pouvait s'inquiéter sur les sentiments de Colard qui ne la regardait pas plus que si elle eût été une potiche posée dans un angle de la pièce. Mais l'autoritaire et exclusive dame Griète se rattrapait largement à l'idée que son époux ne pouvait pas quitter le domicile conjugal puisqu'il ne disposait d'aucun bien personnel.

C'est pourquoi, après l'orageuse discussion qui lui avait appris son départ pour la France, Griète avait pensé ensuite qu'elle assumerait parfaitement son absence, sachant qu'il reviendrait à coup sûr. Soulagée d'apprendre que Clarisse quittait Bruges, elle s'était faite à l'idée qu'il se détacherait d'elle.

Mais les choses tournèrent un peu différemment. Aussi fut-elle déstabilisée quand elle apprit, de la bouche de Gontran, que Colard accompagnait Clarisse jusqu'à Saumur où un petit atelier de tapisserie, qui d'ailleurs lui appartenait, l'attendait de pied ferme. Un élément d'importance qu'elle ne connaissait pas. Elle pensait que, Clarisse étant plus démunie, le destin l'obligerait à travailler chez un autre maître. Et la belle assurance de dame Griète s'envola comme un pigeon voyageur libéré de sa cage. Et si Colard refaisait sa vie en acceptant de repartir au point mort ? Le travail ne lui faisait nullement peur. Un atelier dont il serait le maître, secondé par une femme capable, prendrait vite de l'extension. Et dame Griète n'en dormit plus la nuit, ignorant que Clarisse n'avait nullement l'intention de laisser conduire ses affaires par un maître quelconque, encore moins celui qui lui avait ouvert les portes de l'indépendance et de la liberté.

Clarisse et Colard voyageaient en péniche. Ils descendirent l'Escaut jusqu'à Tournai, mais le lendemain la neige se mit à tomber et le parcours du voyage en bateau fut rendu impossible par le vent du nord, dur et glacial, qui gelait l'eau du fleuve. Ils durent prendre une voiture pour se rendre à Tournai et, de là, le petit attelage conduit par un cocher tournaisien poussa jusqu'à Lille, puis Amiens où les Français plutôt tumultueux parlaient encore de la pucelle qui passait tantôt pour sainte, tantôt pour sorcière.

Depuis qu'ils foulaient le sol français, Colard n'avait plus qu'une idée en tête, mais il n'en soufflait mot, attendant que l'heure arrivât pour présenter son plan à la mère de Clarisse lorsqu'il aurait à répondre de ses sentiments envers sa fille.

Clarisse, à l'idée de retrouver Betty et Fanchou, ne contenait plus sa joie. Même la traversée d'un Paris agité ne l'effrayait pas. Avec un tel protecteur à son côté, que craignait-elle ?

Ils arrivèrent un jour de décembre aux portes de la capitale coupée en deux. Le jour où l'on annonçait le sacre du jeune roi Henri VI à la cathédrale Notre-Dame. Le parvis se trouvait noir de monde et l'on avait peine à circuler.

Depuis que Jeanne d'Arc était morte, Bedford reprenait de l'influence, bien que la nature de l'adolescent dont il était le régent semblât inquiétante. Craintif, timoré, pieux à l'extrême, l'enfant ne présentait aucune des qualités qui avaient fait la réputation de ses aïeux les Plantagenêts.

Aux yeux de Clarisse déshabituée des bruits et de l'effervescence de la capitale, Paris sembla plus déchiré encore qu'à son départ. À demi abandonnés, les hôtels offraient des devantures tristes, laissant une impression de solitude extrême. Les rues, hantées par les bêtes plus que par les gens, résonnaient de cris lugubres. Au parvis Notre-Dame, seuls Bourguignons et Anglais se flattaient de l'événement en cours.

La vraie populace, celle qui représentait les bons Parisiens, se terrait ailleurs. Oui ! Clarisse eut presque peur tant Paris lui parut étrange. La capitale de la désolation ! De l'infortune ! Un peuple devenu malchanceux à force de se donner aux Anglais qui, depuis plusieurs dizaines d'années, l'assaillaient sans scrupule ! Un peuple angoissé, en plein désarroi ! D'ailleurs épidémies et guerres en avaient restreint considérablement le nombre. Restaient toujours les plus solides, les plus forts. Partaient en masse les vieillards, les enfants fragiles, les défavorisés.

– On ne passe pas ! claironna un soldat devant Colard et Clarisse qui tentaient de traverser une foule mêlée de Bourguignons et d'Anglais.

– Et pourquoi donc ? questionna Colard en resserrant le bras de Clarisse.

Deux autres soldats s'approchèrent et, croisant leurs lances, bloquèrent instantanément leurs pas.

– Parce qu'on prépare le sacre du jeune roi.

– Le roi ! Quel roi ? s'enquit naïvement Clarisse. Le dauphin Charles a-t-il eu donc gain de cause ?

Elle se rappela soudain du mépris d'Isabeau envers son fils et des incessantes attaques contre lui, criant à tout venant que le dauphin n'était qu'un bâtard, issu de ses amours avec quelque petit seigneur de la Cour, voire un simple roturier. Ce n'était pas les amants qui avaient manqué à la reine de France !

– Sacrebleu ! s'écria le premier soldat en pointant sa lance sur le couple ignorant. D'où sortez-vous pour ne point connaître l'événement du jour ? On sacre aujourd'hui Henri, bien sûr. Le jeune Anglais.

– Le jeune Anglais !

Éberluée, Clarisse se libéra promptement du bras que tenait Colard et s'avança vers le garde. Fixant son regard neutre et froid, elle reprit son assurance.

– Excuse-moi, soldat, lança-t-elle en tutoyant l'homme pour lui montrer qu'elle n'était pas une fille rustaude, pas plus qu'une roturière ou une simple paysanne, mais j'ai quitté Paris depuis deux ans. Or, j'avais cru comprendre qu'une jeune fille nommée Jeanne et qu'on appelait «la pucelle»...

Le soldat se mit à ricaner, imité par un comparse qui se tenait derrière lui.

– La pucelle! Tu veux dire «la putain»!

– Oh!

Cette fois, Clarisse sentit le sang bouillir en elle.

Elle voulut rétorquer âprement, montrer son désaccord, crier que, tout compte fait, ce mot odieux n'attirait que le contentement des hommes, mais Colard serra son bras, l'engageant à se taire. De toute façon, le soldat reprenait d'un ton plus goguenard :

– La putain a été brûlée vive sur la place du Vieux Marché à Rouen. D'où venez-vous, braves gens pour ignorer ça?

Il les repoussa du bout de sa lance et attendit stoïquement la réponse.

– De Bruges! fit Colard, rendu méfiant par la tournure que prenait la discussion. Nous sommes de la corporation des textiles et nous venons commercer à Paris.

– Ah! Des gens du Nord.

Comme si ces mots devaient leur ouvrir les portes de la capitale, les trois lances s'abaissèrent aussitôt. Les Flamands, eux aussi, étaient des sympathisants à la cause anglaise.

– Rejoignez la foule. À présent, le cortège ne tardera plus.

– Mordieu! Poussez-vous, mécréants, poussez-vous! cria un cavalier qui se frayait péniblement un passage parmi la foule qui se tassait, de plus en plus dense. Voici le petit roi! Il nous arrive tout droit de Saint-Pol.

Un homme, soudain, jaillit de la foule et se jeta contre

le flanc du cheval. Puis, agrippant le pied du cavalier engagé dans l'étrier pour le faire tomber, il se mit à vociférer :

– Ton petit roi de malheur n'est donc plus avec sa vieille putain de grand-mère ?

– Cela fait beaucoup de putains, marmonna Colard qui, décidément, n'appréciait guère l'atmosphère qui régnait dans Paris.

Un Bourguignon éleva le bras, brandissant une bannière aux armes du duc de Bourgogne. L'homme qui ne parvenait pas à faire chuter le cavalier se rua sur lui, le bouscula, le renversa et saisit la bannière, l'agitant comme un objet maudit.

– Oui ! La putain de reine. La grosse putain d'Isabeau ! Qu'elle crève dans sa déchéance, qu'elle se fasse bouffer les pieds par les vers !

Le déroulement des festivités du sacre du jeune Henry prévoyait que celui-ci rendît visite à sa grand-mère Isabeau. La vieille reine, en effet, ne le connaissait qu'à peine puisqu'il avait été élevé en Angleterre.

Le perturbateur hurlait, tous poumons ouverts. La bannière aux armes bourguignonnes vola dans la foule avant de tomber à terre où elle fut aussitôt écrasée par des centaines de pieds.

– Attrapez-le ! cria un soldat.

Mais, déjà, l'homme s'échappait en criant :

– Ah ! Elle peut serrer l'avorton contre elle et allumer le feu de sa dernière vengeance. Elle ne nous prendra plus rien, la garce, quand les vers auront bouffé les graisses de son gros corps hideux. Paris sera délivré. Qu'elle crève, la putain ! Qu'elle crève !

Comme la foule se resserrait sur l'homme, empêchant les soldats de le saisir, ses paroles s'éteignirent dans les soubresauts des trompes que les hérauts faisaient entendre. Parmi les Parisiens, les irréductibles, car il y en avait toujours, commençaient à appeler le jeune garçon « le petit roi anglais » comme on avait appelé Charles « le petit roi de Bourges ».

Le cortège se mit en place. Venant de Pontoise, il était passé par Saint-Denis, avait traversé la Seine, s'arrêtant juste à l'hôtel Saint-Pol pour que l'adolescent puisse, un instant, être serré dans les bras d'Isabeau.

Si, en bon Flamand qu'il était, Colard restait neutre dans cette affaire, Clarisse était outrée qu'un Anglais monte sur le trône de Paris. Elle regardait avec des yeux effarés le cortège que les Anglais ovationnaient, soutenus par les quelques partisans français qui se comptaient fort heureusement sur les doigts de la main.

Comment aurait-elle pu oublier ce jour où, dans les rues de Paris, on exhibait le pauvre roi Charles VI, en travers de son cheval, crasseux, vêtu de haillons, les cheveux sales et emmêlés, secoué de rires convulsifs ? La monture du roi avait traversé la mêlée de ces satanés Bourguignons, excités par les Anglais, sous les quolibets et les plaisanteries qu'une telle pitrerie engendrait.

Ah ! Clarisse exécrait ces Bourguignons destructeurs de la France, sauvages, violeurs de femmes, qui, par la force, avaient eu raison de sa jeunesse et de sa candeur.

– Partons, murmura-t-elle en se tournant vers Colard. Je ne veux pas voir ce cortège.

– Mais il est trop tard. Regarde ! fit le tapissier en désignant de la main les premiers attelages du défilé qui arrivaient sur le parvis de la cathédrale.

– Je t'en prie, Colard, supplia la jeune fille. Ces soldats bourguignons me font horreur.

– Oh ! Pardonne-moi, ma colombe, j'oubliais tous les

tracas que ces hommes-là t'ont fait subir. Tu as raison, nous allons essayer de nous dégager de cet enfer.

Ils n'eurent que le temps d'apercevoir le début du cortège. Bedford, le régent anglais, conduisait l'adolescent vêtu d'azur et d'argent. Le comte de Salisbury, le duc d'York, le cardinal de Winchester et, bien sûr, Jean de Luxembourg et l'évêque Pierre Cauchon, expulsé de Beauvais après la mort de Jeanne d'Arc, suivaient au petit trot. Bientôt, ils laisseraient leur attelage aux portes de la cathédrale pour pénétrer sous les grandes et somptueuses voûtes de Notre-Dame.

Repoussés tant bien que mal dans la rue Saint-Séverin, Colard et Clarisse réussirent à s'engouffrer dans une auberge à demi fermée qui refusait d'héberger les Anglais. Le maître Quinquempoix, qui rabrouait le jeune Aubert parce qu'il regardait béatement par la porte entrouverte pour voir l'agitation dans la rue, se tourna maussadement vers le couple.

– D'où venez-vous ?

Il regretta aussitôt son ton bourru en remarquant la chaude pelisse de maître Colard.

– De Bruges ! répondit Colard en se frottant les mains. Je suis maître Van Der Hanck, membre de la guilde des lissiers de Flandre et, avant de me rendre en val de Loire, je dois rester quelque temps à Paris, pour rencontrer des peintres-cartonniers et des tapissiers actuellement descendus dans la capitale française. Je sais que votre auberge n'est pas celle qui, en temps habituel, regroupe les commerçants du textile, mais la place Notre-Dame et les rues avoisinantes sont complètement bouchées. On ne peut aller plus loin. Voulez-vous bien nous héberger ?

Le discours de Colard avait conquis l'aubergiste. Il salua son hôte et se lança dans des explications qui ne pouvaient que convaincre les nouveaux venus.

– Je suis maître Quinquempoix et, croyez-moi, messire Van Der Hanck, mon établissement vaut largement celui où vous avez l'habitude de descendre. Je saurai bien vous convaincre de revenir, moi, à l'auberge qui s'appelle « La Tête de veau », dans la rue Saint-Séverin et même que tous les gens de la haute lisse et de la production lainière vous y suivront ! Attendez de goûter mes pâtés de chapons et mes pigeons farcis à la noix de veau, le tout arrosé d'un bon petit vin qui nous vient de Montmartre, il m'en reste encore un peu. C'est que ces satanés Anglais nous rasent tout. Je vais même vous cuisiner de la tourte aux épices orientales. Vous m'en direz des nouvelles !

Après cet exposé flatteur, maître Quinquempoix s'approcha du jeune Aubert et lui fila une taloche.

– Je t'ai déjà dit de ne pas t'occuper de ce qui se passait dehors. Ça nous regarde pas.

Il se tourna vers ses hôtes.

– Il est à l'affût des troupes qui campent non loin de Paris. Ce petit abruti s'est mis dans la tête de s'enrôler dans le régiment des forces armées du capitaine Dunois.

– Le capitaine Dunois ! s'exclama Clarisse. Le capitaine du dauphin !

– Sauf votre respect, demoiselle, le dauphin est devenu roi de France.

– Vous avez raison, suis-je bête ! s'excusa la jeune fille. Je connais le capitaine Dunois. Mon frère est son écuyer.

D'un bond, Aubert fut à son côté, mais une nouvelle taloche l'envoya à l'opposé de Clarisse qui crut nécessaire d'en raconter un peu plus à l'aubergiste.

– Ah ! commença-t-elle. Voici deux ans que j'ai quitté Paris et le val de Loire pour faire mes preuves en tant que tapissière et Colard Van Der Hanck, lissier de Bruges, est mon maître. Quand je suis partie, Charles était encore dauphin. Voici pourquoi je suis restée si ignorante de l'évolution des choses. Hélas, je vois que Paris est toujours sous la domination des Anglais et je le regrette fortement.

Comme tout Parisien qui se respecte, maître Quinquempoix avait été, un temps, côté Bourguignon, un temps où il disait comme les autres « ces cochons d'Armagnacs ! ». Mais, à présent qu'un roi anglais s'apprêtait à monter sur le trône, les vrais Parisiens se mettaient en colère.

– Et où campe l'armée de Dunois ? s'enquit Clarisse en se tournant vers Aubert qui semblait en savoir davantage que son maître.

– On dit qu'ils sont du côté du Grand Châtelet, s'écria l'adolescent en s'esquivant promptement pour éviter la claque qui s'apprêtait à tomber sur sa tête.

Il s'approcha de Clarisse et lui chuchota à l'oreille :

– À mon avis, hormis un ou deux capitaines, leurs écuyers et une poignée de soldats angevins devraient faire partie du contingent et ne pas être loin du pont au Change.

Maître Quinquempoix qui n'avait pas l'ouïe bouchée rétorqua en essuyant ses mains sur ses hauts-de-chausses verts :

– Pour sûr, ils auraient mieux fait d'être là quand notre pucelle voulait nous débarrasser de ces maudits Anglais. Depuis qu'ils l'ont brûlée comme une vulgaire sorcière, ils se croient tout permis.

Clarisse n'écoutait plus. Un seul point comptait pour elle : une poignée d'hommes de la maison d'Anjou campaient à proximité du pont au Change et, parmi eux, les écuyers du capitaine Dunois, Lucas Cosset et Thomas de Beaupréhaut.

Déjà, dans sa tête, elle mûrissait son projet.

XXII

Toute la nuit, blottie entre les bras sécurisants de Colard, Clarisse avait peaufiné son plan.

La veille, elle avait réussi à en savoir davantage de la bouche même du jeune Aubert qui, pour se rendre intéressant aux yeux de la jeune fille, avait craché ce qu'il savait.

Alors que maître Quinquempoix faisait goûter un vin capiteux à son hôte pour achever le repas en beauté – et non en discrétion, car Colard parlait haut et fort –, un gros homme étrange était descendu à «La Tête de veau». Obèse, vêtu de rouge tel un évêque, cet homme ne passait pas inaperçu. Il portait de lourdes bagues, Aubert les avait comptées, une à chaque articulation. Ses doigts gras et boudinés empêchaient les anneaux de pénétrer à fond. Il s'appelait La Trémoille.

La Trémoille! Clarisse avait entendu ce nom, autrefois, à l'hôtel Saint-Pol où dame Yolande, duchesse d'Anjou, était venue réclamer l'aide d'Isabeau au sujet du dauphin. À cette époque, La Trémoille était un homme à la solde de la reine de France. Un triste sire, disait la duchesse d'Anjou. Un homme rusé, puissamment riche qui, certes, n'aurait pu expliquer de façon claire comment tous ses biens s'accumulaient dans ses coffres et autres multiples escarcelles.

Aubert avait ajouté qu'il était accompagné de curieux individus. Ils affichaient des élégances vestimentaires, mais traînaient avec eux des manières de rôdeurs, de voleurs, de fourbes, d'espions. Aubert qui leur servait du vin à tout instant était suspendu à leurs lèvres. La Trémoille parlait peu, mais les autres discutaient à voix basse d'un plan où il était question d'une attaque sournoise menée au Châtelet contre le capitaine Dunois. Il avait même assuré à Clarisse qu'il n'avait pas tout dit à maître Quinquempoix pour ne pas recevoir l'habituelle taloche.

Épuisé par une nuit à laquelle Clarisse avait su donner toute son intensité amoureuse, maître Van Der Hanck s'était profondément endormi sur le coup du petit matin. Ce fut le moment où la jeune fille qui, par contre, n'avait pas fermé l'œil, se leva. Elle choisit l'instant où Colard entrait dans un léger ronflement pour s'enfuir. À coup sûr, Colard ne s'éveillerait pas avant quelques heures.

Laissant juste un mot qui lui expliquait les raisons de sa fuite, sans préciser toutefois qu'Aubert lui avait parlé d'une éventuelle attaque au Châtelet, Clarisse hésita un instant. Cette décision lui pesait, mais elle devait choisir.

Qu'allait penser Colard ? Pour tout paiement de sa générosité, de ses bontés, de son amour, Clarisse ne lui offrait qu'abandon et trahison ! Ils avaient prévu de rencontrer – ce qui d'ailleurs remplissait de joie le cœur de Clarisse – un peintre-cartonnier qui travaillait sur une œuvre gigantesque destinée au duc de Bourgogne pour accompagner ses déplacements lors des multiples festivités consacrées à la Toison d'or. L'ensemble de la tapisserie historiée s'articulait autour d'un thème biblique et s'appelait *L'Histoire de la tenture de Gédéon* *.

---

* Tissée dans les Flandres au début du XVe siècle, *L'Histoire de la tenture de Gédéon* illustre la victoire des meneurs de croisades contre les infidèles.

Aussi, avant de descendre jusqu'en val de Loire, devaient-ils rencontrer le maître Baudoin de Bailleul dans l'un des ateliers de Jean de l'Ortye qu'il partageait à Paris avec Robert Dary lorsqu'il venait dans la capitale.

Certes, Clarisse eût préféré découvrir des maîtres d'œuvre travaillant pour la maison d'Anjou plutôt que pour celle de Bourgogne. Mais, elle gardait précautionneusement dans un coin de sa mémoire tous ces noms. Puissants et solides contacts que lui offrait Colard et dont elle pourrait tirer avantage.

La jeune fille regrettait sincèrement de ne point voir les dessins que Baudoin de Bailleul avait effectués à Tournai et qu'il devait présenter aux maîtres de l'Ortye et Dary. Déjà, la célèbre tenture qui n'était pas encore achevée sur *Les Douze Travaux d'Hercule**, commandée elle aussi par le duc Philippe de Bourgogne, alimentait nombre de rumeurs parmi les partisans de la maison d'Anjou.

À l'atelier de Colard, Clarisse n'avait travaillé pratiquement que pour la maison de Bourgogne. Comment pouvait-elle oublier, malgré la répulsion qu'elle éprouvait pour les Bourguignons, le splendide travail auquel elle avait contribué avec Benoît à ses côtés ? C'était *La Verdure aux armes de Philippe le Bon*, duc de Bourgogne, un ensemble de huit pièces enrichies de fils d'or et d'argent, qui évoquait le duc tenant son écu avec sa devise au centre entouré du collier de l'ordre de la Toison d'or.

Malheureusement, le travail n'avait pu que démarrer chez maître Van Der Hanck. Mais Clarisse se rappelait

---

* Tissé dans les Flandres, le thème de la tenture *Les Douze Travaux d'Hercule* destinée au duc de Bourgogne fut repris plus tard, à la fin du XVe siècle, pour le duc Charles de Bourbon.

combien elle avait pris de plaisir à tisser les multiples feuillages aux gammes de verts extraordinaires, mêlés de jaune, de brun, de rouge et d'ocre, avec des sujets parallèles à ceux des *Travaux d'Hercule*.

Enfin, Colard avait prévu de lui présenter l'un de ses amis, un peintre français qui, au temps de sa jeunesse et de sa pauvreté, avait collaboré avec lui. Son atelier était dans le Nord, mais son domicile officiel à Paris. Il s'appelait Jacques Daret et travaillait depuis deux ans sur un grand retable commandé par Jean du Clercq pour l'abbaye de Saint-Vaast à Arras.

Oui ! Si elle quittait tout de suite Colard, elle mutilait son bel apprentissage de quelques éléments de valeur. Elle réfléchit encore un peu, histoire de se dire et surtout de se prouver qu'elle n'agissait pas à la légère, regarda Colard qui dormait profondément, s'assura que le billet laissé sur la table était bien maintenu par l'un des tisonniers.

Puis, prenant subitement sa décision, elle quitta la pièce sur la pointe des pieds et ferma doucement la porte. Le couloir qui menait à l'escalier était sombre. Elle prit garde de ne point tourner sur le corridor de gauche au bout duquel dormait l'aubergiste. Et, tâtant le mur pour éviter de trébucher, elle le suivit jusqu'à la première marche qu'elle descendit en silence. Au bout de six marches – elle les avait comptées la veille pour minimiser le risque d'une mauvaise chute – elle trouva le palier d'étage et réveilla le jeune Aubert qui dormait sous l'appentis de l'escalier.

Il se frotta les yeux, puis les ouvrit grands en y laissant traîner une lueur d'étonnement quand elle lui présenta une piécette d'argent.

– C'est pour troquer tes vêtements contre les miens,

expliqua-t-elle à l'adolescent éberlué. Tu n'y perdras pas, il y a là de quoi t'habiller en prince.

Enfin, quand il fut tout à fait éveillé, il chuchota :

– Je peux faire mieux, demoiselle, vous accompagner au Châtelet.

Clarisse sourit.

– Non ! Ta compagnie me gênerait plutôt. Je suis parisienne et je connais le chemin parfaitement. C'est une apparence de garçon qu'il me faut.

Aubert haussa l'épaule :

– Dommage !

– Console-toi, cette pièce n'est pas en plâtre. Je suis sûre que ton maître ne t'en donne pas une comme celle-là tous les mois.

– Ça non ! rétorqua le garçon en hochant la tête.

Puis il se leva et lui tendit sa chemise, ses bas-de-chausses et la blouse qui lui tombait jusqu'aux cuisses.

– Attendez, fit-il, mon maître accroche au clou de la soupente une vieille pelisse qu'il ne met presque plus. Il ne s'apercevra même pas de sa disparition. Avec ça sur le dos, vous aurez l'air d'un vrai colporteur.

– Merci, Aubert, je n'oublierai pas ton aide et si, plus tard, tu veux toujours entrer dans la garde du capitaine Dunois, mon frère Lucas lui parlera de toi.

– Le chapeau, souffla Aubert. Il vous faut un chapeau.

Il lui lança le sien alors qu'elle s'éloignait déjà.

Elle quitta l'auberge comme un chat méfiant et se perdit rapidement dans les ruelles redevenues silencieuses après le passage du cortège anglais. Clarisse connaissait trop ce quartier de Paris pour s'y perdre. En une demiheure à peine, elle serait au Grand Châtelet. Prenant par la rue Pierre-à-Poisson, elle aperçut le pont au Change. Deux gardes en barraient le passage. Certes, elle se félicita de ses vêtements qui lui donnaient l'allure d'un gamin parisien. Elle se redressa pour paraître plus grand. Le chapeau d'Aubert à large bord camouflait ses longs cheveux qu'elle avait serrés à la hâte. Les bas-de-chausses étaient un peu lâches, mais en marchant vite, cela n'y paraissait pas.

Les deux gardes la regardèrent s'avancer. Elle en aperçut un troisième dont la tête sortait à peine de la guérite qui leur servait de poste de surveillance.

Clarisse s'immobilisa, soupesa les éventuelles possibilités, puis respira à pleins poumons l'air du petit matin dans l'espoir qu'ils la laisseraient passer sans difficulté. Pour l'instant, les lieux paraissaient calmes, mais dans une heure ou deux, tout s'agiterait, et Bourgogne et Anjou s'affronteraient à nouveau dans de sanglants combats.

Elle s'arrêta devant les deux soldats, les regarda en s'efforçant de ne pas paraître effrontée et prononça d'un ton tranquille :

– Un bon jour à vous, messires les gardes ! Je dois passer le pont pour me rendre au Grand Châtelet.

Elle se félicita de la voix grave qu'elle avait réussi à prendre. Une voix qui pouvait fort bien passer pour celle d'un adolescent en passe de muer. Elle redressa les épaules et bomba le buste en se gardant toutefois de lever les yeux sur eux pour ne pas qu'ils aperçussent son visage un peu trop fin pour un garçon.

– Passer le pont ! s'écria l'un des deux gardes. Et que veux-tu faire de l'autre côté ?

– Remettre ce document à un artisan-peintre. C'est la confirmation d'une commande.

Elle tendit le papier estampillé par maître Colard qu'elle s'était approprié avant de partir. Fort heureusement, il en avait plusieurs dans sa sacoche en cuir.

– C'est mon maître qui m'envoie, reprit-elle en baissant la tête pour éviter qu'on remarquât son menton lisse et blanc. Nous sommes de Bruges et repartons demain.

– Où vas-tu ?

– Rue Saint-Denis.

L'un des gardes s'approcha d'elle et l'observa. L'autre barrait toujours le pont. Quant au troisième, il sortit tranquillement de sa guérite, tenant sa lance pointée vers le ciel, et s'approcha de son compagnon.

– Que veut-il ?

– Traverser le pont pour se rendre rue Saint-Denis.

Il saisit le document estampillé et le brandit en direction du garde qui barrait le passage.

– Si on arrête les besogneux, à présent ! grogna-t-il en voyant que son compagnon n'avait pas l'air décidé à dégager la voie.

– Comment s'appelle ton maître ?

– Colard Van Der Hanck.

– Connais pas ! fit l'autre d'un air pédant.

Clarisse sentit ses nerfs affleurer à sa peau. Il fallait pourtant qu'elle les maîtrisât.

– Et maître Baudoin de Bailleul, le connaissez-vous ? Et maître de l'Ortye ? Et maître Dary ? Et le grand peintre Van Der Weyden ! Les avez-vous déjà vus ? Oui ! Van Der Weyden ! C'est lui qui travaille avec mon maître. C'est un grand artiste de Bruges qui œuvre aussi pour le duc de Bourgogne. Tout le monde le connaît.

Au nom du duc de Bourgogne, le plus récalcitrant hocha la tête et celui qui tenait son document le lui rendit.

– Ah oui ! Van Der Weyden !

Puis ils se concertèrent du regard, répétèrent plusieurs fois le nom du peintre comme s'il était devenu subitement l'un de leurs familiers et le plus grand ordonna :

– C'est bon, passe.

La jeune fille soupira de soulagement et ne se le fit pas répéter deux fois. Le premier barrage franchi, le plus difficile restait sans doute à faire. Comment ne pas attirer l'attention des Anglais qui pullulaient partout ? Où trouver la petite armée de la maison d'Anjou dans cet imbroglio d'espions, de commerçants, de soldats ? Sur la place du Châtelet, quatre Anglais l'arrêtèrent, mais le nom brugeois de Van Der Hanck servit de sésame. Clarisse, dont le cœur battait la chamade, n'en revenait pas. Que les soldats français multiplient les gardes la laissait perplexe. Lui tendaient-ils un piège ? Allaient-ils la rattraper, l'encercler, la bâillonner, lui lier solidement pieds et poignets et la jeter dans une fosse du Châtelet ou même sur un bûcher pour la brûler vive comme Jeanne la pucelle ?

Elle ne respira vraiment qu'une fois hors d'atteinte et elle se mit à courir pour disparaître de leur ligne de vision. Puis, soucieuse de ne pas révéler son empressement à les quitter, elle ralentit son allure.

Devant la grande porte du Châtelet, gardée par une poignée de Bourguignons, elle déballa les mêmes arguments. Un soldat la conduisit devant le capitaine de son bataillon.

– À qui veux-tu remettre ton document ?

Il n'était plus question de citer le nom d'un peintre reconnu, car ces hommes étaient capables de l'escorter jusqu'à la demeure dudit artiste pour le seul plaisir d'accomplir correctement leur mission.

Un instant à court d'arguments, elle hésita, mais se

reprit assez vite, voyant que les Bourguignons commençaient à la scruter avec des yeux méfiants.

– Au seigneur Vieille de Bassetour, inventa-t-elle sur-le-champ.

– Vieille de Bassetour ! Vieille de Bassetour ! Je n'en connais point, petit. Es-tu sûr qu'il est au Châtelet ?

– C'est ce que mon maître m'a dit.

On l'escorta dans l'aile droite du Châtelet où une petite garnison composée d'une dizaine de soldats bourguignons jouaient nonchalamment aux cartes. Jetant un bref coup d'œil, elle distingua les figurines de ce jeu nouveau dessiné pour le roi fou Charles VI, et dont on commençait à reproduire et diffuser de vulgaires copies. Des bustes de rois, de reines, de dames et de valets, les uns rouges, les autres noirs s'étalaient sur la table à tréteaux disposée devant eux.

Elle failli trembler devant ces hommes qui l'avaient si honteusement traitée autrefois. Un bref instant, elle revit ces mains avides, ces yeux cruels, ces rires déments, ces gestes violents. Ces hommes emplis de folie sauvage et brutale qui l'avaient anéantie, meurtrie, marquée de leur inoubliable et détestable empreinte. Si la peur ne l'avait pas autant saisie, elle leur aurait volontiers craché au visage en les traitant de vulgaires porcs. Mais c'était là une belle utopie que de s'adonner à des réflexes qui l'eussent plongée dans une situation irréparable.

L'angoisse au ventre, elle attendit. Son habit de garçon lui redonna courage et elle leur fit front hardiment, sans pour autant se montrer arrogante.

– C'est pourtant le nom du client de mon maître.

– Dis-moi, fit l'un d'eux en se levant, ton Vieille de Bassetour ne serait pas un d'Anjou, par hasard ?

– Parce qu'ils sont à l'opposé, fit un autre en se levant

lui aussi, suivi d'un troisième qui se pencha vers Clarisse.

Avec stupeur, Clarisse le vit plier les genoux, se baisser, courber le dos et l'observer tranquillement. Dans cette posture ridicule, il avait son nez sous le sien. Voyait-il l'ombre de ses grands cils ou la mèche rebelle qui commençait à glisser du large bord du chapeau noir d'Aubert ?

– Mais, à mon avis, ils ne vont pas y rester longtemps.

Les autres s'esclaffèrent et Clarisse recula.

– C'est bon, fit-elle en levant la main dans un geste d'impuissance. Je vais retourner chez mon maître. Je lui dirai que les gardes du pont au Change m'ont laissée passer, que les Anglais n'ont opposé aucune difficulté, mais que les soldats bourguignons ne m'ont pas cru.

– Tu dirais ça ? s'exclama un grand escogriffe dont le visage paraissait plus maigre que celui d'un chat affamé.

– Je ne peux pas trouver mon homme sans le secours des gens que je rencontre, fit-elle d'un voix faussement contrite. Si vous ne voulez pas m'aider, mon maître cherchera lui-même son sire Vieille de Bassetour.

Elle fit mine de faire marche arrière.

– Sans doute le verrez-vous avant la tombée du jour et, sans doute aussi s'expliquera-t-il mieux que moi. En tout cas, je peux vous assurer que maître Colard Van Der Hanck avec qui je viens tout droit de Bruges ne travaille que pour la maison de Bourgogne.

Un soldat se détacha de la masse sombre – ils étaient une dizaine – jouant aux cartes. Dans un grand geste, il lança sur la table une cartelette qui représentait un enchevêtrement de petits cœurs pourpres.

Le bas du visage recouvert d'une barbe noire et naissante, grand, bien bâti, les épaules carrées et les jambes campées solidement au sol, il se gratta la gorge et vint à elle.

– Allons ! Passe, fit-il d'un ton goguenard, il ne sera pas dit que nous n'aurons rien fait pour un sympathisant bourguignon.

Un autre soldat lui coupa la parole :

– Hé ! Petit, fit-il en riant, fais attention à toi si tu rencontres d'autres Anglais, ils sont friands des damoiseaux qui ont un fin minois comme le tien.

Ils s'esclaffèrent et retournèrent à leurs cartes.

– Mais avec nous, tu n'as rien à craindre, on préfère les filles !

C'était le grand escogriffe au visage maigre qui venait de jeter cette affirmation. Clarisse eut un frisson et elle s'en fut presque en courant sans se rendre compte qu'elle s'était propulsée à l'opposé du Châtelet, là où les soldats bourguignons avaient dit que les d'Anjou se tenaient.

Reprenant sa respiration et surtout son courage, elle traversa la cour qui se trouvait devant elle et se faufila dans l'obscurité d'un couloir interminable qui la mena à une série de pièces vides. Ressortant par une trouée en ogive qui débouchait sur le bas-côté, elle heurta une porte à double battant qu'elle poussa avec difficulté. La pièce était grande, nue et froide. Des paillasses entassées dans un angle montraient que les hommes dormaient là. Une lumière blanche pénétrait parcimonieusement par des fenêtres aux carreaux de parchemin huilé. Les courants d'air fusaient de toutes parts et nul feu de cheminée ne venait en réchauffer l'atmosphère.

– Seigneur Jean Dunois ! murmura-t-elle en voyant les deux hommes attablés devant un grand plan déplié à côté duquel étaient posés plumes et encriers.

Ils se levèrent, étonnés, le regard posé sur les bas-de-chausses rouges qui moulaient de si fines jambes.

– Qui es-tu, petit?

Clarisse hésita quelques instants. Elle ne pouvait révéler la vérité à ces hommes sans connaître leur identité. Elle se félicita d'avoir murmuré seulement le nom de «Jean Dunois» qu'ils n'avaient pu entendre puisque, à cet instant-là, ils lui tournaient le dos. Sotte qu'elle était! Que croyait-elle donc? Voir à l'instant même le grand capitaine de Charles VII et ses deux écuyers Lucas Cosset et Thomas de Beaupréhaut!

– Mon maître m'envoie porter l'accord d'une commande à l'un de ses clients, répéta-t-elle machinalement.

– Et comment s'appelle ce client?

Un froid étrange envahit l'atmosphère. Clarisse n'était certes pas arrivée au terme de sa tâche. Pourquoi pressentit-elle que le nom de «Vieille de Bassetour» utilisé tout à l'heure sonnait mal? Et pourtant, s'ils étaient bien de la maison d'Anjou?

Du fond de la pièce, une porte s'entrouvrit et claqua dans le courant d'air. Soudainement, un gros homme se détacha sur la paroi pierreuse et blanchie du mur. Il avança tel un pachyderme, lourdement, suant, s'épongeant le front à tout instant avec un linge blanc et fin qu'il gardait en permanence dans sa main. Clarisse trembla. D'énormes bagues serties de pierres étincelantes, encerclées d'or, pesaient lourdement sur ses doigts. Il était vêtu de rouge des pieds à la tête. Son chapeau de couleur pourpre, tout en hauteur, laissait retomber sur son épaule droite un large pan plissé. Jusqu'à ses poulaines longues et étroites, à bout relevé, qui s'agrémentaient de fourrure écarlate. La Trémoille!

Elle se trouvait devant le monstre, le fourbe, l'ambitieux et insatiable La Trémoille. Celui qui, depuis que

Charles VII s'était fait couronner roi de France, se faufilait dans son sillage, l'aveuglant par ses mines hypocrites et l'abreuvant d'ordres et de conseils, bien qu'il restât encore tourné vers les Anglais et qu'il sympathisât toujours aussi grandement avec la maison de Bourgogne. La Trémoille œuvrait en faveur de ses propres biens et amplifiait démesurément sa puissance.

Un instant, Clarisse pensa au grand et gras capitaine anglais Gloucester qui avait, il fallait bien le dire, l'avantage de la franchise. L'homme qui s'avançait vers elle paraissait faussement affable. Un sourire qui pouvait encore passer pour charmeur rehaussait ses bajoues retombant sur un triple menton presque imberbe.

– Comment s'appelle donc ce client-là? susurra-t-il en s'avançant vers elle comme un chat à l'affût d'une proie. Il va nous le dire, ce gentil puceau-là!

Clarisse frémit. Dans quel piège s'était-elle enfermée? Faute de répondre instantanément sinon elle serait fouillée et l'on verrait le subterfuge utilisé pour dissimuler son état de fille révélé au grand jour. Soudain le nom du peintre français que Colard devait contacter avant de descendre en val de Loire lui revint à l'esprit. Il travaillait aussi bien pour la maison de Bourgogne que pour celle d'Anjou.

– Mon maître Colard Van Der Hanck m'a demandé de porter une commande au peintre Jacques Daret. Ce sont des dessins qu'il doit effectuer pour son compte. On m'a dit que le sire Jacques Daret avait son domicile derrière le Châtelet.

Les hommes qui s'étaient levés semblaient tout droit sortis du récit qu'Aubert lui avait fait la veille à l'auberge. Un air d'espions à la solde de cet homme! Oui! Des attitudes de faux amis, de faux frères! Assurément, voilà les hommes qui devaient perdre ceux d'Anjou ! L'un d'eux s'approcha d'elle, l'autre l'imita. On l'encerclait de façon inextricable. Clarisse avala sa salive.

– Je crois que je me suis égarée, messires, dit-elle, mal à l'aise tandis que les petits yeux porcins de La Trémoille essayaient de la percer. Voulez-vous bien m'indiquer le bon chemin pour sortir de cette impasse ?

– Ce gentil puceau-là, ricana l'un des hommes à la solde de La Trémoille, me semble en effet avoir de forts jolis yeux. Montre-les donc.

Clarisse prit peur et recula.

– Allons, petit. Ne peux-tu ôter ton chapeau quand tu parles à des seigneurs ?

Ciel ! Clarisse allait se faire piéger de la même façon qu'à Bruges dans l'atelier de Colard devant un Gontran envieux et irascible. Elle recula davantage, mais bientôt le mur l'arrêta brutalement. Ce fut le gros visage de La Trémoille qu'elle eut brusquement devant elle. Ses yeux étroits, petits et plissés brillaient de façon malsaine. Son sourire avait disparu et ses bajoues roses et imberbes tombaient dans le pli profond de son cou blanc et gras. Un cou d'ailleurs presque inexistant qui s'enfonçait dans le col de son pourpoint rouge.

Sentant qu'elle était perdue, elle joua le tout pour le tout et s'efforça d'expliquer d'une voix calme :

– Je m'appelle Clarisse, messires. Je suis une fille.

Cela eut au moins l'avantage de les étonner. C'était un premier point. Il fallait toujours déstabiliser l'adversaire. Mais c'était aussi compter sur une clémence que le sire de La Trémoille, hélas, ne possédait guère. Elle poursuivit :

– Je cherchais du travail depuis quelques semaines. Ayant appris que maître Colard Van Der Hanck, venant de Bruges, restait quelque temps à Paris et désirait un guide pour traverser la capitale sans encombre, je me suis habillée en garçon afin qu'il m'engage sans discuter. Il me faut à présent trouver ce peintre à qui je dois remettre cette commande, sinon il prendra quelqu'un d'autre et je devrai lui rendre les quelques sous qu'il m'a remis en acompte.

Ce petit discours sonnait-il juste ? Elle attendit leur réaction. Son cœur battait à tout rompre. Ils la regardaient sans plus rien dire, un air de doute sur le visage.

– Ôte ton chapeau immédiatement ! ordonna La Trémoille.

– Ce n'est pas une fille ! s'écria l'un des hommes. C'est un puceau. Oui ! Par les tripes de saint Jean ! C'est un puceau. Parions, messire La Trémoille !

L'autre vint sous son nez et renifla son odeur.

– Non ! Ça sent la fille. Je parie que c'est une putain de fille. Allons, messire La Trémoille, pourquoi ne lui dites-vous pas d'enlever sa houppelande et sa chemise ?

Ce petit jeu risquait d'aller plus loin qu'elle ne le souhaitait. Clarisse força l'allure. D'un grand geste balayant l'espace, elle ôta son chapeau de garçon, libérant son opulente chevelure qui coula sur son dos et ses épaules.

Elle vit l'étonnement s'inscrire sur les trois visages qui lui faisaient face.

– N'en réclamez pas plus, messires, dit-elle d'une voix forte. Je suis une fille, je vous l'ai dit et je travaille pour maître Van Der Hanck.

– Quand on joue à ce jeu, mon enfant, susurra le gros La Trémoille, il faut s'attendre à des surprises. Qui me dit que tu ne dissimules pas sous cette pelisse épaisse et sous le bas-de-chausses, qui après tout est peut-être le tien, un beau petit objet de chair, dur, bien tendu ?

Les deux hommes se jetèrent aussitôt sur elle. Elle cria, mais la force brutale avec laquelle ils lui arrachèrent sa houppelande ne faisait aucun doute sur leurs intentions. Certes, Clarisse n'était plus pucelle et, chose curieuse, autant les soldats bourguignons, dont elle se rappelait l'horrible séance subie autrefois, la paralysaient, autant elle bravait ces hommes avec courage. La solide passion, doublée d'une certaine tendresse, prodiguée par Colard avait su étouffer, presque effacer ses anciennes paniques. Avec lui, elle avait acquis de l'assurance et même de l'expérience. Elle n'était plus sans défense à ce jeu risqué.

Peut-être pour la mettre en garde, Colard lui avait dit, un jour, que tout homme anormalement excité prenait déjà son plaisir à dépouiller sauvagement la fille dont il voulait profiter. Un geste sordide qui décuplait ses pulsions et intensifiait l'ampleur sauvage de ses désirs.

– Que voulez-vous voir, messires ? Mon dos ! Ma gorge ! Mes seins ! Alors, assurez-vous que je suis bien une fille et laissez-moi passer.

La chemise donnée par Aubert était grossière et le col montant dissimulait sa gorge. Elle défit promptement les lacets et tira sur l'étoffe pour dégager l'une de ses épaules. La carrure de la chemise était suffisamment large pour glisser d'un coup d'épaule sur sa peau blanche et satinée.

Quand, enfin, l'un de ses seins fut dénudé, laissant apparaître un joli galbe terminé par une pointe fine et rosée, elle s'assura que les trois hommes ne perdaient rien du spectacle, muets d'étonnement, et ramena brusquement chemise et houppelande sur elle.

– Vous êtes convaincus ? Que le gagnant s'estime content et que le perdant s'en amuse. À présent, laissez-moi partir.

C'était, certes, une réaction bien simpliste dans l'esprit de Clarisse. Mais La Trémoille, qui n'avait pas dit son dernier mot, eut une réaction inattendue. D'un coup sec, il dégagea d'un de ses gros doigts boudinés une lourde bague au chaton d'or enfermant une turquoise et la balança sur le sol, tel un os jeté à ses chiens.

– Prenez cette pierre et laissez-moi la fille, siffla-t-il à ses hommes en s'épongeant le front.

Les autres hésitèrent. Le joyau étincelait de tous ses feux, narguant le regard des deux complices. Assurément, il représentait une petite fortune. Cela compensait bien la perte d'une jolie fille. Les écus que leur rapporterait la vente de ce bijou leur permettraient de s'offrir plus d'une gracieuse donzelle.

– Filez avant que je ne change d'avis, murmura La Trémoille aux deux hommes qui ne se firent pas prier plus longtemps. Filez.

Découvrant des dents jaunes et vilaines, il ricana à la vue des deux comparses qui se mesuraient déjà du regard pour savoir lequel aurait le privilège de garder sur lui le joyau en attendant sa vente.

– À nous deux, mon enfant, fit-il suavement quand il fut seul avec Clarisse. Des choses urgentes m'attendent. Oui ! D'une urgence qui ne souffre aucun retard. Aussi, je vais t'enfermer dans une de ces petites pièces jusqu'à ce que la nuit tombe. Je reviendrai ce soir te chercher.

Comme Clarisse ne répondait pas, réfléchissant intensément au moyen qu'elle devait mettre en œuvre pour échapper à ce rapace, il ajouta :

– Tu es bien belle et tu me plais. J'aime les filles de ton espèce.

Il se mit à rire, épongeant toujours son front qui ruisselait de sueur.

– Je n'ai pas cru un seul mot de ton histoire. Tu te caches sous les habits d'un garçon pour un autre motif. Mais peu importe ! Là où je vais t'enfermer, personne ne viendra te chercher, pas même ton maître, si du moins il existe.

Il se mit encore à rire, sortit un poignard dissimulé dans l'une de ses larges manches écarlates et en lissa soigneusement la lame grise et brillante comme s'il caressait les hanches d'une femme soumise.

– Cette petite arme me rend de multiples services quand une jolie fille comme toi se montre récalcitrante envers le grand seigneur que je suis. Mais je sais que tu seras docile et que tu vas m'attendre sagement jusqu'au soir. Alors tu me raconteras ton histoire. La vraie ! Et, si je suis magnanime, je te ferai connaître mille plaisirs dont tu ne pourras plus te passer.

Il la narguait de ses yeux plissés et malsains, avança sa main grasse vers elle, la suspendit un instant au niveau de son buste et la laissa retomber. Puis il remit le poignard dans sa manche, le glissa soigneusement dans la fente sans doute cousue à cet effet, et prit Clarisse par le bras pour l'entraîner vers la grande porte qui barrait le mur opposé de la pièce.

La jeune fille fut surprise de la poigne immensément forte de ce gros homme mou et flasque. Elle sentait la pression de sa main, dure comme une lame de fer, sur son bras.

– Où m'emmenez-vous ? Ne puis-je vous accompagner là où vous vous rendez ? Je vous promets que je ne m'échapperai pas.

– Là où je vais, je ne peux t'emmener. Le seigneur Jean Dunois est un homme d'honneur, un homme de morale et de bonne conduite. Il serait capable de te délivrer avant même que je ne lui fasse transpercer le cœur.

– Est-il donc seul ? N'a-t-il point d'amis avec lui ? susurra Clarisse.

La Trémoille se mit à rire.

– Bah ! Deux jeunes écuyers qui n'auront même pas le temps de réagir avant que le même sort les touche. Mais j'ai à faire à présent, ma belle ! Je dois recruter mes hommes pour la besogne qui m'attend.

Deux jeunes écuyers ! Clarisse frémit à l'idée que Lucas et Thomas étaient ces deux damoiseaux-là ! Ciel ! Allait-elle pouvoir les prévenir avant que le désastre n'arrive ? Où l'emmenait cet homme ? Allait-il la séquestrer pieds et poings liés ?

Elle n'eut pas à se poser la question. Ils arrivèrent dans une salle obscure, étroite, petite, mais extrêmement haute, si haute que le plafond paraissait à des lieues de sa tête. La pièce était vide et, tout en haut, une simple fenêtre, percée dans le mur, laissait entrer un filet de jour.

La Trémoille esquissa un rictus quand il lut l'effroi dans le regard de la jeune captive, dont les yeux s'attardaient sur les murs inviolables de sa nouvelle prison. Les parois devaient être recouvertes, autrefois, d'armes, de casques, de baudriers, de cottes de mailles et d'autres outils d'artillerie, car les clous qui s'y trouvaient plantés restaient apparents.

Pas un banc, pas un tabouret, pas plus qu'une table ni même une seule paillasse n'y figurait. La petite salle était désespérément vide, n'offrant à Clarisse que la désolation de sa solitude extrême et l'abandon total de toute aide éventuelle.

Le gros homme arborait un visage aussi cramoisi que son rouge pourpoint de velours confortablement rembourré aux épaules et ses écarlates bas-de-chausses en satin liés aux chevilles avec des lanières en cuir souple. Visiblement, il paraissait nager dans la double satisfaction, celle de détruire un adversaire qui le gênait dans ses ambitions personnelles et celle de se plonger dans une nuit d'ivresse dont il supputait déjà les délices. Tout à l'heure, aucun appât affriolant de Clarisse n'avait échappé à son œil exercé. D'un geste lent et pesant, il la fit reculer contre l'un des murs et la força à s'accroupir.

– Je suis bon prince, jeta-t-il d'une voix fluide et doucereuse. Je refuse d'attacher ces jolis pieds et ces gracieux poignets qui, meurtris, gâcheraient mon plaisir.

Il se mit à rire.

– Regarde, ma belle ! poursuivit-il en détachant de sa ceinture, dont la boucle de bronze était sertie de perles fines, une clef qu'il lui mit aussitôt sous le nez.

– Je t'enferme et, crois-moi, je suis d'une extrême prudence. Aucune autre clef n'ouvre cette porte et, comme tu l'as remarqué, aucun meuble dans cette pièce ne te permettra de te hausser jusqu'à la haute fenêtre. Seule, tu ne pourras jamais l'atteindre. Même les clous plantés dans le mur n'atteignent pas cette unique ouverture.

Il lui saisit le menton, le caressa en remontant ses doigts boudinés et lourdement bagués sur ses joues. Puis, lui dédiant un sourire perfide, il conclut d'une voix plus sournoise encore :

– À ce soir, ma belle. Essaie de dormir pendant tout ce temps. Sommeiller aura pour toi le double avantage de ne pas voir les heures défiler et de venir à moi, cette nuit, belle, fraîche et détendue.

Il s'éloigna et Clarisse entendit la lourde porte se fermer à double tour. Elle était bel et bien prisonnière jusqu'au soir. En soupirant, elle resserra sa houppelande contre elle, s'allongea sur le sol, le dos collé au mur, et réfléchit.

À peine était-elle plongée dans ses sombres pensées qu'un bruit lui fit lever les yeux. C'est alors qu'elle vit des doigts s'agiter en haut, contre le rebord de la fenêtre. Venait-on l'agresser dans ce repaire où personne ne pouvait la trouver ou venait-on la délivrer ?

Une seconde main vint rejoindre la première. Elles se frôlèrent, glissèrent un instant le long du bord pierreux, puis l'une d'elles disparut et, avec un grand battement de cœur, saisie par l'émotion, elle vit le bout d'une corde apparaître et se jeter à l'assaut du minuscule espace qu'offrait l'ouverture de la fenêtre.

La corde se balança quelque temps, s'immobilisa et descendit lentement le long du mur pour tomber à ras du sol dans une oscillation qui laissa Clarisse interdite. À présent, elle ne pouvait plus en douter, on venait la délivrer ! Les yeux braqués sur la corde, elle vit le haut d'un crâne chevelu pointer à la fenêtre, deux yeux la cherchèrent et, l'apercevant blottie contre le mur, la dévisagèrent avant que le nez et le menton ne parussent.

C'est alors que Clarisse reconnut Aubert. Une joie profonde l'envahit et, sans attendre davantage, elle courut à la corde.

– Accrochez-vous, demoiselle Clarisse, souffla le garçon, je vais la tirer comme je peux. Aidez-vous avec les jambes en les appuyant contre le mur.

Clarisse obéit aussitôt. Mais elle se rendit compte que sa houppelande la gênait considérablement et qu'avec cette masse d'étoffe autour d'elle, elle s'empêtrait lamentablement. Aussi, s'en débarrassa-t-elle promptement en la laissant tomber sur le sol.

Reprenant avec un courage dosé d'espoir et de peur

l'ascension du mur, elle s'entortilla autour de la corde. Ses pieds glissaient malhabilement sur la paroi, mais elle finit par utiliser la rugosité de la pierre et les quelques clous qui s'y trouvaient plantés pour prendre appui sur ses pieds et soulager ses bras. Heureusement, la souplesse de sa jeunesse compensait son inexpérience dans ce genre d'exercice.

Suant et soufflant, la paume des mains brûlée et rougie par la corde rêche, elle atteignit la fenêtre.

– C'est bien, demoiselle, lâchez une main et prenez celle que je vous tends. Ne craignez rien, elle est solide.

– Je n'ai plus de force et j'ai peur de retomber.

– Ne regardez pas le sol, insista le jeune Aubert. Fixez-moi plutôt. Allons ! Tendez la main.

Clarisse essaya d'apaiser la crainte qui l'avait envahie, lâcha la main en évitant de penser à la chute qu'elle risquait de faire et la tendit presque désespérément. Par chance, il la saisit au vol.

– Remontez encore les pieds, demoiselle, aussi haut que vous le pourrez, et passez la tête. Je vais tendre la corde.

Elle fit exactement ce qu'il lui commandait et sa tête vint s'encastrer dans l'ouverture de la fenêtre. Aubert tirait à présent de toutes ses forces. Ciel ! Si Clarisse n'était pas très lourde, lui, en contrepartie, n'avait pas un corps d'athlète. Aubert était un de ces adolescents maigres et dégingandés à l'ossature plus apparente que la musculature.

– Nous ne sommes pas au sommet d'une tour imprenable, chuchota-t-il. Vous glisserez aisément dès que votre buste aura passé la fenêtre. Encore un effort, puis laissez-vous retomber doucement. La corde vous portera.

Bientôt, ce ne fut plus qu'une question de secondes et

Clarisse sauta les quelques centimètres qui la séparaient du sol.

– Ah! souffla-t-elle, en s'essuyant le front. Je ne te remercierai jamais assez, Aubert. Comment as-tu fait pour me retrouver?

– C'est que...

– Tu m'as suivie, n'est-ce pas?

– Que pouvais-je faire d'autre pour approcher le régiment dont vous me parliez?

La jeune fille acquiesça.

– C'est vrai, j'aurais pu t'emmener.

– Et nous serions tous deux prisonniers! conclut Aubert en riant. Quand j'ai vu que vous ne ressortiez pas de cette maudite pièce, j'ai compris que vous aviez bien fait de me laisser à l'auberge.

De nouveau, Clarisse approuva. Elle essuya sur sa robe ses mains rouges et écorchées et les laissa retomber.

– Comment as-tu traversé le pont au Change?

– Je ne suis parisien que par accident, demoiselle. Natif de Saint-Malo, je suis plutôt un gamin sorti du port et je sais donc nager. Mais les bateaux et la pêche aux sardines ne m'attirent pas plus que de servir les clients dans une auberge. C'est dans une armée du roi de France que je veux servir. Je ferai tout, vous entendez, demoiselle, je ferai tout pour y arriver. Avec ou sans votre aide.

– C'est entendu, Aubert. Je parlerai de toi au grand capitaine Jean Dunois, si toutefois nous arrivons jusqu'à lui sans autre encombre.

– Alors, pressons, demoiselle Clarisse.

XXIII

Remise de ses craintes, Clarisse détendit son corps, massa l'articulation de ses chevilles malmenées par la rudesse de la corde, absorba une grande gorgée d'air et étudia quelque temps les tourelles du Châtelet. S'étant vite rendu compte que sa méprise venait de son erreur d'orientation, Clarisse et Aubert devaient à présent traverser le Châtelet sans se faire remarquer et atteindre l'opposé. Les chances de réussite étant plus grandes à deux, Clarisse eut l'idée d'un plan dont elle discuta avec Aubert. C'est ainsi qu'ils décidèrent d'emporter la corde et de s'en servir pour monter à l'assaut d'une tourelle érigée sur la face sud-ouest qu'ils suivaient pas à pas en rampant contre les murs.

Par chance, la tourelle était trapue et pas très haute, mais Clarisse dut à nouveau essuyer la douleur qu'occasionnait l'ascension de son corps sur la corde râpeuse. Un grand calme, fort heureusement, régnait aux alentours et pas une âme ne se montra.

En levant les yeux, Clarisse distinguait le ciel hivernal, gris et pommelé ce jour-là, et la Seine plus grise encore filait son cours et emportait les tranquilles péniches et leur chargement. Des mouettes survolaient cet ensemble presque parfait, griffant l'espace de leurs piaillements sans fin. Elles se posaient parfois entre les crénelures des toits, à moins que ce ne fussent les pigeons ou des corbeaux. Clarisse n'en savait trop rien. Un curieux malaise l'oppressait, un vague mélange de vertige et d'appréhension. Allait-elle retrouver Lucas et Thomas ? Sa tête bourdonnait de sons étranges et, quand elle retomba de l'autre côté de la tourelle, Aubert la tint solidement contre lui. Elle sentit son buste creux la retenir un instant. Puis, levant les yeux sur lui, elle le vit rougir et elle se détacha doucement.

– Vite, Aubert. Il ne faut pas tarder ! Le gros La Trémoille a précisé qu'il devait rassembler quelques hommes. C'est peut-être déjà fini.

– Cela m'étonnerait, fit l'adolescent en secouant la tête. Quand je vous ai suivie, j'ai dû me cacher par prudence, au hasard de mes pas, et j'ai remarqué que tout était vide, les salles, les cours intérieures, les guets et les chemins de ronde. Si ce gros porc doit rassembler des hommes, il devra les trouver plus loin que vous ne le pensez. Cela nous laisse le temps de rejoindre vos amis.

Ils durent longer une petite cour intérieure, carrée, obscurcie par les hauts bâtiments qui l'entouraient et découvrirent un peu plus loin une porte à ciel ouvert sous laquelle ils s'engagèrent prudemment. Leurs pas feutrés troublaient à peine le silence. Débouchant de l'autre côté de la cour, Clarisse prit soudain conscience qu'ils se trouvaient, enfin, près du but. Sa périlleuse expédition touchait à sa conclusion.

Un bruit les fit sursauter, perturbant la tranquillité de l'instant. Ce n'était que le piaffement d'un cheval attaché à une borne de pierre. S'avançant plus profondément dans une nouvelle cour mal pavée où des détritus s'accumulaient aux quatre coins, ils découvrirent trois autres chevaux qui patientaient tranquillement, retenus à des pitons scellés dans le mur.

Tout au fond, presque dans l'encoignure opposée, ils avisèrent une porte basse au fronton sculpté, mais terriblement écorché, délabré, gris de poussière. Ils s'avancèrent prudemment, étouffant presque leur respiration afin de mieux cerner le moindre bruit, prêts à fuir précipitamment devant le plus petit incident.

Poussant la lourde porte avec la même prudence, ils s'engagèrent sur la pointe des pieds, retenant toujours leur souffle et mesurant les pas qui les séparaient du centre de la pièce dont ils découvraient soudain l'ampleur.

Large, haute, spacieuse, éclairée de grandes baies vitrées, la salle n'en offrait pas pour autant un luxe éclatant et un confort rassurant. Elle était vide, elle aussi. À croire que toutes les pièces de ce Châtelet étaient imprégnées de solitude, de pesanteur, d'insensibilité à force de receler complots, pièges, espionnage et meurtres divers qui n'en faisaient plus qu'un immense lieu de crainte et d'horreur. En ces temps d'incertitude, le Châtelet respirait la même tristesse que la Bastille.

Ils avancèrent au centre de la salle, persuadés que les silhouettes de quelques vaillants soldats – ceux de la maison d'Anjou – allaient bientôt apparaître. Les chevaux stationnés dans la cour en étaient un signe. Clarisse eut un frisson, ses pieds se dérobèrent, un instant, sous le poids de son corps et une perle de sueur tomba de son front. Elle la sentit couler le long de ses joues et glisser dans son cou. Et si les valeureux soldats en question, en l'occurrence le capitaine Jean Dunois et ses deux écuyers, venaient d'être tués, poignardés ou étranglés par les hommes de La Trémoille ? Aubert s'aperçut de la subite peur de sa compagne et lui prit la main. Aussitôt Clarisse reprit courage.

Toujours à pas de loup, ils s'approchèrent de la paroi opposée, quand, soudain, par l'unique tapisserie de la pièce largement effilochée, s'ouvrit brusquement un panneau qui dissimulait une porte. C'est à peine si Clarisse eut le temps de remarquer les symboles historiés qui dataient d'une époque ancienne. Les motifs démodés étaient tissés d'un point très lâche comme on le pratiquait quelques dizaines d'années auparavant.

Quatre soldats apparurent. Leur haute stature revêtue de la cotte de mailles montrant que le combat n'était pas loin étonna les deux nouveaux arrivés. Ils se dévisagèrent sans rien dire. Clarisse avait conscience de leur regard affûté sur sa propre personne. Partant de sa chevelure éparpillée en désordre sur ses épaules, ils descendaient lentement les yeux sur son buste mince et ses bas-de-chausses que le surcot de toile recouvrait jusqu'à mi-genoux. La jeune fille n'y décelait cependant aucune agressivité, aucune moquerie excessive. À coup sûr, ces hommes devaient être ceux du capitaine Jean Dunois.

– Qui êtes-vous, messires ? s'entendit-elle questionner sottement.

Elle regretta aussitôt son audace, mais l'humble voix avec laquelle elle s'était exprimée semblait ne pas avoir choqué les hommes.

– C'est à vous, demoiselle, de nous dire qui vous êtes.

Celui qui venait de parler apparut soudain derrière les autres, suivi d'un chambellan et de trois valets portant une livrée aux couleurs de la maison d'Anjou.

Clarisse se précipita vers lui, tremblante, les larmes perlant à ses yeux, les mains en avant.

– Enfin ! Dieu soit loué. C'est bien vous, messire Dunois.

– C'est bien moi ! En effet. Que voulez-vous, demoiselle ?

Aubert se tenait à l'écart. Il semblait à Clarisse que les murs et le haut plafond vacillaient autour d'elle. À présent, une douzaine d'hommes l'encerclait. Elle ne savait plus comment commencer son récit. Tout se mêlait dans son esprit. Elle s'apprêtait cependant à ouvrir la bouche pour citer le nom de La Trémoille, l'immonde personnage qui, dans l'ombre, les trompait, quand elle fut saisie de stupeur à l'arrivée d'un jeune homme, grand, mince, l'œil bleu et le cheveu blond, lui aussi revêtu de son armure.

– Thomas ! cria-t-elle.

Et elle se jeta dans ses bras, trop émue pour remarquer que le compagnon de Thomas n'était pas son frère Lucas.

– Thomas, répéta-t-elle.

– Ma douce ! murmura le jeune écuyer. Que vous avez changé, mais Dieu ! que vous êtes belle !

Il la repoussa légèrement pour mieux la contempler.

– Mais que veut dire cet accoutrement de garçon ? Aurais-je besoin d'un aide pour mon service, douce Clarisse, que je ne vous prendrais point. Nos équipées sont trop périlleuses.

Il se tut, hésita, soudainement gêné, ouvrit de nouveau les lèvres pour parler, mais les referma presque aussitôt.

– Il semble que cette jeune fille, vêtue en garçon, ait quelque chose à nous dire, intervint Jean Dunois d'un ton tranquille.

Clarisse ferma les yeux, attendit et s'écarta brusquement de Thomas. Ses craintes venaient de resurgir avec plus de violence.

– Où est Lucas ? s'écria-t-elle.

Et elle se planta devant le compagnon de Thomas qu'elle ne connaissait pas en le dévisageant avec une insistance qui, visiblement, l'embarrassait.

– Où est Lucas ? hurla-t-elle. Où est mon frère ?

Cette fois, elle s'élança vers le capitaine Dunois et se mit à lui marteler le buste de ses poings refermés. Comment pouvait-elle ne pas avoir compris ? La réponse ne tarda pas. C'était comme un marteau qui venait fracasser les espoirs de la jeune fille.

– Soyez courageuse, Clarisse, murmura lentement Jean Dunois. Lucas est mort en héros alors qu'il combattait l'Anglais aux côtés de Jeanne la pucelle.

Clarisse s'abattit sur le large torse du capitaine, ne retenant plus les larmes qui aveuglaient ses yeux. Au bout de quelques minutes où l'on ne percevait que les souffles entremêlés des hommes, elle se reprit et leva son regard brouillé sur Dunois. Le front de celui-ci s'était plissé de contrariété. Il tenta cependant de la dissimuler dans le long discours qu'il articula lentement comme pour faire peser sur elle chaque mot.

– Je vous ai demandé d'être courageuse, Clarisse. C'est un ordre et je le réitère. Ici, je ne veux point que règne la faiblesse. Mes soldats, qu'ils soient écuyers, archers, arbalétriers ou simples fantassins, ont en commun la bravoure. Nous comprenons tous votre immense chagrin et nous le partageons. Oui ! Votre peine est aussi la nôtre. À tout jamais, l'image de Lucas restera gravée en nous. Il s'est battu avec la ferveur que j'aime et le courage que je réclame à tous les miens. Hélas, encerclés de toutes parts, nous n'avons pu le sauver. Mais vous saviez fort bien que votre frère avait choisi en pleine conscience de ses moyens les multiples dangers de son métier de soldat. Il les a toujours assumés, vaillamment, pleinement. Il ne les a jamais craints. En fidèle compagnon d'armes, il est mort glorieusement aux côtés de celle qui, en partie, a vaincu les Anglais. Comme

Jeanne, notre libératrice, il a mérité le ciel. Que cette pensée vous réconforte.

Clarisse, ébranlée par ce long discours, secoua tristement la tête.

– Et puis, poursuivit le capitaine, je vous ai connue stoïque, courageuse comme un jeune lion qui ne se laisse pas abattre. Je me souviens fort bien du temps où vous aviez adopté la cause de Marie, la dauphine, au risque de votre vie. Embastillée quand les Bourguignons assassinaient sauvagement les Armagnacs, vous avez fait preuve du même courage qui animait Lucas. Oui ! Clarisse, que vous le vouliez ou non, vous sortez du même moule que Lucas votre frère. Vous n'êtes pas faite pour vivre des regrets, mais des espoirs, alors séchez vos larmes et oubliez votre peine.

Un silence appuya ces termes que personne n'osa contester.

– Maintenant, poursuivit Jean Dunois qui semblait plus détendu depuis que les mots justes avaient sonné aux oreilles de la jeune fille, dites-nous ce que vous étiez venue faire. Était-ce simplement voir votre frère ?

– Non, messire Dunois.

Elle s'arrêta.

– Si ! corrigea-t-elle. Enfin, voilà, c'était pour vous informer de la tromperie du triste sire La Trémoille.

– La Trémoille ! Vous le connaissez donc ?

Ils l'encerclèrent tous et la pressèrent de parler, mais le capitaine intervint.

– Venez vous asseoir, Clarisse, et racontez-nous ce qui vous paraissait si urgent.

Jean Dunois l'entraîna sur l'unique banc de la salle. À l'exception de ce siège, seule une table longue et quelques tabourets de bois constituaient le mobilier.

– Si je n'avais été atterrée par la triste nouvelle de la mort de Lucas, je vous aurais déjà tenu au courant de ma mission. Il faut partir, messire Jean. Je reviens de Bruges et, à l'auberge où je suis descendue, j'ai appris de la bouche même d'Aubert qui m'accompagne, dit-elle en désignant son jeune compagnon toujours à l'écart, que des espions à la solde des Anglais doivent vous massacrer. Ne restez pas là une seconde de plus. Changez de quartier général.

– Peste ! Je m'en doutais un peu, maugréa le capitaine. Savez-vous qui sont ces éventuels massacreurs ?

– La Trémoille, messire Jean. Ses hommes figuraient dans le cortège qui accompagnait Henri VI et Bedford à Notre-Dame.

– Je crains qu'ils ne soient déjà là, hasarda le jeune Aubert en s'approchant du groupe qui encerclait Clarisse.

– Qui es-tu ? s'enquit Jean Dunois.

– Aubert, répondit Clarisse, un serviteur de maître Quinquempoix qui tient l'auberge « La Tête de veau » rue Saint-Séverin. Il voulait m'accompagner. Mais, devant le danger que cette expédition représentait, et vu son jeune âge, j'ai refusé. Cependant, sans que je le sache, il m'a suivie. Que le ciel bénisse sa décision, car c'est lui qui m'a sauvée des griffes de La Trémoille. Celui-ci m'avait emprisonnée dans une salle du Châtelet avec l'intention de m'y retrouver après le meurtre commis sur votre personne, messire Jean, celle de vos deux écuyers et de tout votre contingent.

Le capitaine se dirigea vers la baie dont les carreaux en papier de lin huilé apportaient une clarté suffisante pour qu'on puisse écrire un document sans l'aide d'une torche. Il ouvrit l'un des petits vantaux carrés et regarda discrètement à l'extérieur.

– Préparez-vous et partons ! ordonna-t-il en refermant le carreau. Il n'y a plus une minute à perdre.

Puis il s'attabla juste le temps de relater en termes courts, mais précis, la situation du moment et il tendit le document au compagnon de Thomas.

– Porte ce pli au roi Charles VII, rapporte-moi sa réponse et retrouve-nous à Chartres où est basé le reste du contingent.

– Regardez, capitaine, signifia Thomas qui venait d'ouvrir prudemment un carreau, ces hommes là-bas n'étaient pas présents lorsque, tout à l'heure, vous y avez jeté votre œil. Ils ont le regard pointé sur nos fenêtres. Nous n'aurions rien su si nous n'étions pas sur notre défensive. Nous les prenions sans doute pour de simples gardes. Hélas, nous l'aurions chèrement regretté. Il faut faire vite.

– C'est ma foi vrai. Fuyons sans attendre.

Tout fut exécuté à une cadence accélérée. Après avoir chaussé leurs bottes, saisi leur épée, posé leur casque et abaissé leur heaume, les hommes de Dunois détachèrent prestement les chevaux, les enfourchèrent, n'attendant plus que les derniers ordres de leur capitaine. Bien entendu, ils vinrent sans attendre.

– Puisqu'ils sont campés à la porte nord, prenons la porte sud ! leur cria Jean Dunois en grimpant lui-même sur sa monture.

– N'allons-nous pas attirer l'attention des Anglais ? s'inquiéta l'un de ses archers qui, perché sur son cheval, inspectait son arc et ses flèches.

– C'est mieux que d'attirer celle des Bourguignons qui ont juré notre perte. Il me paraîtrait étrange que La

Trémoille ait mis les Anglais au courant, alors qu'ils fêtent dans la débauche et la luxure le rejeton Henri devenu, lui aussi, roi de France.

Dans un demi-sourire rassurant, il se tourna vers son écuyer.

– Thomas, prenez Clarisse en charge. Elle a risqué sa vie pour nous sauver. Elle mérite des égards.

Devant la mine dépitée d'Aubert, la jeune fille intercéda en sa faveur :

– Sire Jean Dunois, gardez cet adolescent avec vous. Depuis qu'il est enfant, il ne rêve que d'une chose, vous servir. Oui ! Vous obéir et vous servir. Seule cette idée le fait vivre. Il ne vous décevra pas. Je vous en donne ma parole.

D'un coup d'œil rapide, le capitaine Dunois soupesa la maigre et longue silhouette du garçon. Assurément, l'expérience lui avait bien souvent prouvé que ce n'était pas toujours les soldats les plus solides d'apparence qui l'avaient le mieux servi. Lucas en était un exemple. Pas très grand de taille, mince pour ne pas dire assez fluet, celui-ci avait cependant l'énergie combative du meilleur de ses défenseurs.

– Allons, petit ! C'est d'accord, monte en croupe avec l'un de mes soldats et, dorénavant, suis le bataillon jusqu'à ce qu'on te trouve l'occupation que tu mérites.

Clarisse reçut le regard joyeux d'Aubert en plein visage. Ses espérances allaient au-delà de ce qu'il souhaitait. En vérité, elle le payait au centuple de ce qu'il avait fait pour elle. Il lui décocha un large sourire et cria un merci triplement chaleureux au soldat qui l'invitait à monter derrière lui.

Quant à Clarisse, elle fut elle aussi embarquée dans la mêlée, saisie à bras-le-corps, juchée sur le cheval de

Thomas et serrée comme autrefois contre son dos. D'instinct, il se courba sur l'échine de l'animal afin que la jeune fille, ployant le buste tout comme lui, y trouvât plus d'aisance.

Hélas, il apparut peu après que Dunois s'était trompé. Un soldat anglais avait sonné l'alerte, celui-là même qui avait laissé pénétrer Clarisse dans l'enceinte du Châtelet.

– Ils ne sont peut-être que deux ou trois, cria le capitaine, sans doute aurons-nous la possibilité de les semer en route !

– Détrompez-vous, messire Dunois, cria Clarisse à son tour. Je les ai vus lorsque je suis entrée au Châtelet. Ils étaient une dizaine, tous attablés à jouer aux cartes, et, dans la salle arrière, j'en ai aperçu quelques autres. Ils seraient plutôt une bonne vingtaine que cela ne m'étonnerait guère.

– Sacrebleu ! Les Bourguignons nous ont trompés jusqu'à la moelle. Ce satané La Trémoille nous a donnés en pâture à ses amis d'outre-mer.

– Il faut fuir à toute allure, capitaine ! s'écria Thomas.

Jean Dunois passa au petit trot devant sa troupe.

– Éperonnez et cravachez les chevaux. Quittons la porte Saint-Denis avant que ces sauvages ne nous rattrapent.

À présent, Clarisse n'avait plus de larmes à verser. Elle était prête à montrer l'ardeur et la bravoure qui l'habitaient. En aucun cas ces soldats ne devaient se moquer d'elle. Oui ! Elle voulait vaincre ! Sauver Thomas s'il en était encore temps puisqu'elle avait perdu Lucas. Un cahot la jeta contre lui. Elle respira fortement, le nez dans le dos de son compagnon et, si elle tremblait un peu, ce n'était certes plus pour le risque qu'elle venait de prendre, mais pour celui encouru par Thomas que sa présence devait gêner. Ne risquait-elle pas d'alourdir sa monture et de ralentir son allure ?

Mais le cheval de l'écuyer fonçait tel un enragé, oreilles baissées, sabots effleurant à peine le sol, crinière au vent, bravant ses compagnons de route, dépassant le capitaine, montrant le chemin au-devant des autres cavaliers.

Thomas refusait l'idée de rester en arrière. La porte Saint-Denis était déjà loin derrière eux. Il éperonnait sans cesse Blason, son destrier blanc que ses compagnons d'armes connaissaient pour sa fougue parfois excessive.

Les idées de Clarisse s'embrouillaient. Qu'allait-elle faire dans quelque temps s'ils échappaient au massacre des Bourguignons et s'ils semaient les Anglais sur la route qui les menait à Chartres ? Et tout danger écarté, comment allait-elle réagir si Thomas la prenait tendrement dans ses bras en lui murmurant les mêmes mots d'amour qu'autrefois ? Qu'allait-elle faire quand Thomas prendrait ses lèvres et presserait fougueusement sa bouche afin qu'elle consentît à lui rendre son baiser ?

Colard était-il à ce point éloigné d'elle en cet instant pour qu'elle eût de telles pensées ? Oui ! Colard ! Comment avait-il réagi devant la fuite de la jeune fille ? La recherchait-il avec l'acharnement qu'elle lui connaissait ou bien, désespéré, s'apprêtait-il à retourner à Bruges ?

Elle résolut de tout oublier, pour un temps du moins, ne respirant plus que l'odeur du ciel, de l'espace, de l'air frais qui bruissait autour d'elle.

Le cheval de Jean Dunois les dépassa. Le capitaine cria quelque chose à Thomas qu'elle ne comprit pas. Un talus qui rétrécissait le chemin les força à se rabattre sur le milieu de la voie et la monture d'un cavalier faillit les heurter. Thomas cravacha les flancs suants de Blason qui bondit en avant en hennissant. Clarisse se collait à lui, goûtant le vent qui s'engouffrait dans ses poumons. Deux autres cavaliers les dépassèrent. Quand le quatrième les talonna, elle comprit ce que le capitaine avait crié en passant devant eux : « Les Anglais ! Ils nous suivent ! »

À présent, Thomas, qui avait perdu de la vitesse, chevauchait au centre du convoi. Elle tourna la tête et aperçut le cavalier qui tenait Aubert en croupe. Il lui cria que les Anglais se rapprochaient et qu'il fallait doubler l'allure. Cette fois, le cœur de Clarisse battit dans sa poitrine à tout rompre. Elle avait envie de crier, de hurler qu'elle voulait se reposer quelque temps dans les bras de Thomas, goûter ce qu'autrefois elle avait refusé.

Ils dépassèrent Rambouillet dans un galop infernal, les Anglais toujours sur leurs talons. Passé les remparts de la ville, les premières flèches de leurs adversaires furent décochées. Mais trop de distance les séparait pour qu'elles les atteignissent et l'écuyer de Jean Dunois commençait à enrager tandis que sa compagne s'affolait. Soudain, une grosse pierre sur le parcours gêna Blason, ses sabots crissèrent et, porté par l'élan de la course, il dérapa. Mais, mené de main de maître par son cavalier, le cheval se retrouva sur le bas-côté, les yeux exorbités et tremblant de peur. Thomas avait su éviter une chute qui eût été fatale sans sa grande maîtrise.

Clarisse vit les trois derniers cavaliers les dépasser. Il fallait que Thomas reprît rapidement les rênes. Il flatta l'encolure de Blason pour le calmer. Derrière eux, ils perçurent le galop des Anglais décochant leurs flèches avec vélocité. Clarisse s'entendit crier. Elle hurlait à Thomas de chevaucher plus vite.

Soudain, un jet brillant comme un éclair siffla en frôlant son visage. Elle faillit crier de nouveau, mais se tut. Son compagnon reprenait Blason en main. Le cheval semblait apaisé, mais ses naseaux fumaient. Il se cabra, prit son élan et fonça alors qu'une autre flèche passait au-dessus de sa crinière, allant se perdre dans l'herbe qui bordait le chemin.

– File, mon tout beau ! File, mon brave ! tonitrua Thomas. Il n'y a que toi qui puisses nous sauver.

Certes, la peur étranglait Clarisse, car les Anglais se rapprochaient et l'écuyer avait pris trop de retard pour les distancer sérieusement.

– Couchez-vous, Clarisse, couchez-vous. Mon dos est assez solide pour échapper à ces satanées flèches.

Hélas, il était dit que ce jour-là, ce jour même où Clarisse apprenait la mort de Lucas, serait néfaste pour Thomas.

– Couchez-vous ! cria le jeune homme. De grâce, couchez-vous. Ne craignez rien, ils perdent du terrain.

Elle obéit, se courbant à tel point qu'elle laissait à découvert le dos de son compagnon, croyant que les coursiers anglais avaient relâché leur poursuite. Il n'en était rien. Thomas se trompait quand il affirmait que ses adversaires semblaient perdre la course. Le jet suivant fut décoché avec une fureur telle qu'il ne pouvait manquer son but. Oui ! La flèche suivit son mortel parcours, argentée et scintillante dans le pâle soleil hivernal, fendant l'espace comme l'aile vibrante d'un aigle furieux en plein vol. Elle atteignit Thomas un peu plus bas que le cou, à la base de l'épaule gauche.

Clarisse se redressa et crut qu'elle allait s'évanouir.

– Taisez-vous, Clarisse, et surtout ne criez pas. Je vous assure que je ne sens rien, mais j'ai besoin de toute ma concentration.

Thomas tint bon. Blason connaissait son travail et, bien qu'il sentît la main de son maître se relâcher au fur et à mesure qu'ils approchaient de Chartres, le brave cheval maintint un galop d'enfer.

L'angoisse au ventre, Clarisse ne s'aperçut même pas que les cavaliers anglais perdaient de la vitesse. Ses yeux agrandis d'effroi ne quittaient pas la flèche plantée dans le dos de Thomas.

– Bien, Blason ! Très bien, mon cheval ! murmurait-il, la main de plus en plus molle et l'œil de plus en plus vitreux.

Ils galopèrent ainsi jusqu'à Chartres. Quand la troupe s'arrêta derrière les portes de la ville, Thomas glissa de son cheval et tomba inanimé sur le sol, le visage contre terre. On le releva, puis on l'allongea. Il fallait retirer la pointe de la flèche qui risquait de s'enfoncer en plein cœur.

Ce fut Jean Dunois qui accepta d'exécuter cette pénible tâche. La pointe de la flèche retirée, le sang gicla et Jean dut comprimer la plaie avec sa propre chemise qu'il déchira en bandelettes et qu'il serra autour du corps de Thomas.

Comprenant qu'il était intransportable, Clarisse s'allongea et se coula entre ses bras. Elle l'entendit réclamer sa bouche et lui tendit ses lèvres. Il les prit tout d'abord avec une surprise mêlée de joie. C'était à peine s'il sentait sa blessure pourtant béante sous le linge qui la comprimait et qui, lentement, se tachait de sang.

– Veux-tu m'épouser, Clarisse, quand... quand je serai rétabli ?

– Oui, murmura la jeune fille, les yeux brouillés de larmes.

Thomas la serra contre lui, mais une horrible grimace

vint contracter son visage. On les avait laissés seuls derrière les remparts de la ville et ils étaient juste abrités par un chariot de foin et quelques caisses d'armes et de munitions.

Clarisse ôta les vêtements de Thomas avec des gestes lents et précautionneux. Le moindre mouvement tordait sa bouche de douleur mais Clarisse s'arrangeait pour la lui faire oublier dès qu'elle la prenait entre ses lèvres. Puis elle se dévêtit à demi et se coucha sur lui. Ce fut un corps à corps sublime et cauchemardesque. Clarisse ne savait plus si Thomas gémissait de douleur ou de plaisir. Elle ne comprit la réalité que lorsqu'il murmura :

– Tu es ma promise, ma dame, mon épouse à présent. Tu es à moi, Clarisse.

– Oui, Thomas, chuchota-t-elle.

Il eut un court évanouissement qu'elle réveilla à force de baisers. Dans la nuit, il voulut réitérer son exploit amoureux, mais les forces lui manquèrent. Il fallut que Clarisse aidât à la douce besogne et quand il entra de nouveau en elle, la lune vint poser sur eux ses rayons blanchâtres. Clarisse se mit à crier, elle sentait que Thomas s'affaissait.

C'est à l'aube qu'il voulut reprendre ses ébats, mais, cette fois, il mourut dans les bras de sa bien-aimée, transporté par on ne sait quelle douleur, celle de l'amour et celle de la mort confondues en un seul soubresaut.

XXIV

L'âge avancé de Christine de Pisan ne lui permettait guère, hélas, de poursuivre les travaux qu'elle eût aimé achever avant de se retirer définitivement au couvent de Poissy.

Cependant, depuis qu'elle avait repris sa plume, Anastaise stimulait sa verve et son inspiration par ses propres créations picturales. L'historienne en avait terminé avec son récit, vision basée sur l'exemple représentant le modèle le plus proche de la condition féminine de son époque. Le personnage de Jeanne, en qui elle avait réuni les qualités essentielles dont toute sa vie elle s'était efforcée de suivre les rigueurs, l'avait tout simplement amenée à un degré de bien-être dont elle ne pouvait que se féliciter : courage, intégrité et détermination, les seuls points forts qu'elle défendait sous toutes leurs formes.

Dans ses écrits, Christine de Pisan avait dénoncé plus d'une fois la misogynie de son époque et si son ouvrage *La Cité des dames* couronnait son œuvre féministe, elle exaltait aussi les valeurs auxquelles les femmes devaient essentiellement s'attacher. Elle les exhortait à se battre, à parler et à se défendre. Cité inviolable que celle de Christine de Pisan, cité où les femmes étaient à l'abri de toutes les calomnies et de toutes les dénonciations qu'elles pouvaient encourir, en particulier dans les milieux judiciaires et cléricaux.

Anastaise avait lu et relu le très bel ouvrage de son amie. *La Cité des dames* et les conclusions inévitables de sa lecture, rigoureusement morale, lui laissaient de belles occasions de réfléchir. Christine de Pisan y abordait des thèmes vitaux pour les femmes. Nulle raison pour elles de se laisser amoindrir par la société masculine, l'inégalité des sexes, le viol, le manque total d'accès au savoir, au pouvoir. Dans sa forteresse imprenable, Christine avait fait entrer des artistes, des guerrières, de grandes amoureuses, des saintes même, bien que Jeanne la pucelle ne fût pas encore née quand, en 1405, elle écrivait sa *Cité des dames*.

Sous l'œil satisfait de Christine, ravivé par la verve d'Anastaise, l'œuvre de l'historienne s'était achevée par les mots qui traduisaient la gloire immense de Jeanne. Anastaise avait même tenté l'ébauche de quelques dessins illustrant certains passages de textes et, sur l'assentiment de sa bienfaitrice, les avait concrétisés par des illustrations plus substantielles.

La jeune fille se laissait volontiers endoctriner par Christine de Pisan et celle-ci, trouvant dans sa protégée un terrain favorable, ne se lassait pas de lui expliquer ses œuvres. Chaque texte laissait dans l'esprit d'Anastaise comme une brûlure aussitôt cicatrisée, ne réclamant plus qu'une vigilance extrême. Comment, par exemple, pouvait-elle ne pas se remémorer le jour où elle s'était arrêtée sur le début d'un chapitre de *La Cité des dames* et dont les termes laissaient libre réflexion : «Mes très chères sœurs, il est naturel que votre cœur se réjouisse lorsqu'il a triomphé de quelque agression et qu'il voit ses ennemis confondus.» Sur ces mots, Anastaise avait pu dessiner l'un de ces visages, non pas celui d'une vierge sereine, mais d'une femme au regard tranquille, absorbée néanmoins par un quotidien qui ne laisse aucun répit.

Quand elle s'attardait sur un autre passage disant en ces termes : « Je suis Justice, fille élue du Ciel. Jamais je ne fléchis puisque je n'ai ni ami, ni ennemi. Ma volonté est inébranlable », le visage féminin que cherchait à dessiner Anastaise se remplissait de rigueur et de volonté.

Puis Christine de Pisan, debout dans sa longue robe à traîne, lui avait elle-même lu d'une voix douce et tranquille ce texte bien connu, pris dans le livre ouvert posé sur le lutrin : « Ainsi, ma chère enfant, c'est à toi entre toutes les femmes que revient le privilège de bâtir la Cité des dames. Et pour accomplir cette œuvre, je te livrerai des matériaux plus durs et plus résistants que le marbre massif avant d'être cimenté. Ainsi ta cité demeurera éternelle en ce monde. »

Anastaise avait alors inventé par le haché de son trait et les courbes cassées de ses lignes une forteresse qui enfermait une forêt de tourelles et de crénelures en haut desquelles veillaient les femmes. Le ciel était d'azur, couleur lapis-lazuli, les murs doucement ocrés, et les tourelles roses éclairées par un soleil levant montaient à l'assaut d'un espace sans agressivité.

Ah ! Certes, Anastaise était à bonne école avec sa chère Christine de Pisan et combien elle aimait la voir, la sentir, l'entendre, là, derrière elle, penchant la tête et réfléchissant comme en ce jour où la mélancolie la prenait et où elle murmurait, les lèvres à peine ouvertes :

– C'est un monde bien vilain que celui où nous vivons. Mes frères, les Bourguignons, auxquels j'étais si attachée et pour lesquels j'ai tant travaillé, ont perdu mon respect et mon estime.

– Pourquoi haïssent-ils tant les Armagnacs ? s'enquit Anastaise qui levait les yeux de son travail.

La vieille femme hocha tristement la tête.

– C'est une querelle princière très ancienne qui, hélas, a dégénéré en guerre civile.

Oui ! Christine connaissait toute l'histoire qui avait jeté ses amis les Bourguignons dans d'horribles meurtres. Mais elle savait aussi que Philippe s'était plus volontiers tourné vers les affaires de l'extérieur que vers celles de son propre pays. Il s'efforçait d'unifier les Pays-Bas sous sa seule domination et, à présent, la grande fondation des chevaliers de l'ordre de la Toison d'or occupait tout son esprit.

La vieille femme regrettait ce temps où la cour de Bourgogne était la plus puissante et la plus prospère des États d'Europe occidentale. Oui ! La cour de Dijon offrait, à cette époque, les plus grands personnages de la chrétienté et de la culture. Comme son père et son grand-père, Philippe avait protégé les peintres, les musiciens, les poètes, les sculpteurs et Christine de Pisan faisait partie de ceux-là. Mais, à présent, vers qui pouvait se tourner l'historienne ? Ceux qu'elle avait admirés, aimés, portés au pinacle étaient morts dans son esprit de femme déçue.

– Ils ont vendu cette jeune fille aux Anglais et je ne peux leur pardonner cette monstruosité.

Anastaise acquiesça. Il est certain que l'histoire de Jeanne d'Arc la bouleversait, comme elle scandalisait, dérangeait ou perturbait beaucoup d'autres. Mais Anastaise ne s'y attardait que le temps de constater, une fois de plus, un monde fait par les hommes, et tant d'autres choses aussi embarrassaient son esprit ! Certes, le destin de cette fille restait tragique, mais le sien ! Oui ! Celui d'Anastaise, l'enlumineuse ! Il risquait de se flétrir avant qu'elle ne se distinguât aux yeux des autres si elle s'en tenait aux propos entendus autour d'elle, hormis ceux de dame Christine et de Clotilde, sa suivante.

Clotilde s'affairait auprès d'Anastaise que les premières douleurs avaient saisie quelques heures plus tôt.

– Je vais chercher des linges, de l'eau chaude et des bassines, avait-elle dit à Christine, accourue dès les premiers cris d'Anastaise.

– Il nous faut un médecin, Clotilde. Va le chercher, je reste près d'elle.

– Avez-vous oublié, dame Christine, que j'ai aidé bien des mères à mettre leurs enfants au monde ? Ne vous inquiétez pas. Je sais comment m'y prendre.

Les contractions se firent de plus en plus rapprochées. Anastaise soufflait fort. Une première secousse la foudroya. Clotilde avait relevé sa chemise et les bassines d'eau chaude attendaient. À tour de rôle, Christine de Pisan, qui ne voulait pas rester sans rien faire, les réchauffait sur le brasero allumé posé à côté du lit. Puis elle revenait près d'Anastaise et lui prenait la main.

– Tout va bien se passer, jeta Clotilde, ne craignez rien.

Puis, remarquant l'anxiété qui s'inscrivait dans le regard de la vieille femme, elle s'exclama :

– Ah ! Ça, dame Christine, vous voici plus retournée que cette petite.

Après quelques heures de calme, les douleurs d'Anastaise reprirent, plus longues et plus régulières.

– Cet enfant va-t-il se décider à venir ? murmura Christine en pressant la main de sa compagne qui serrait les lèvres pour ne pas crier plus qu'il ne fallait.

Elle étouffait ses plaintes et gémissait, mais l'enfant

ne venait pas encore. Dans une contraction qui se prolongea, Anastaise poussa enfin un cri fulgurant. Clotilde se précipita, écarta ses jambes et les releva tandis que dame Christine repoussait les cheveux qui collaient à son front.

Les contractions arrivaient à un rythme continu, puis Anastaise perdit enfin les eaux et l'enfant commença à descendre. Quand les deux femmes virent apparaître la minuscule tête déjà couronnée de cheveux noirs, elles soupirèrent. L'enfant qui tomba entre leurs mains était une fille. Impatiente de vivre, elle poussa son premier cri dans le soulagement général.

Clotilde prit la fillette en grande affection. Il faut dire que le bébé n'apportait aucune complication à la vie quotidienne des trois femmes. Bien constituée, en parfaite santé, ayant pu échapper aux maladies infantiles qui, souvent, emportaient tragiquement nombre d'enfants, la petite Burgot – tel était son prénom – dormait et mangeait bien. Gracieuse, souriante, attentive déjà à ce qu'elle voyait, entendait, aux instants tranquilles qu'elle vivait, elle ne pleurait jamais et ne faisait aucun caprice qui eût gêné son entourage familier.

Ah ! Certes ! Anastaise avait trouvé auprès des deux femmes un asile chaud et confortable. Aussi ne se souciait-elle guère des conseils bien pensés de tous ces gens de l'extérieur, comme l'apothicaire de dame Christine, un homme sec et revêche qui l'exhortait à quitter Paris pour des raisons de bonne hygiène, la lingère, une grosse femme aux yeux délavés comme le linge qu'elle tordait et retordait sur la pierre du lavoir et qui venait chez dame Christine trois fois par semaine, ou encore la grande mercière qui habitait en face, scrutant de ses yeux noirs et perçants, par la vitre huilée de son échoppe, les gestes des habitants d'en face.

Certes, de braves gens, disait Clotilde. Oui ! De bonnes gens qui, pourtant, agaçaient Anastaise par leurs éternelles leçons de morale complètement à l'opposé de celles que lui inculquait Christine. Ces braves gens lui suggéraient, par exemple, de repartir chez son père, maître Lebrun, pour y élever son enfant. Ils affirmaient avec un hochement de tête convaincu que, sans père, la fillette grandirait mieux dans un foyer où les nombreux frères et sœurs d'Anastaise, dont certains étaient encore en bas âge, l'accueilleraient avec bienveillance.

De ces conseils, la jeune fille ne s'émouvait guère et elle se contentait de sourire en décrétant à dame Christine qu'elle était heureuse de vivre sous son toit et plus satisfaite encore de travailler pour son compte.

Comment pouvait-elle aller contre les idées modernes de sa bienfaitrice ? Tout en Christine de Pisan lui inspirait le combat et la défense.

Bien qu'agitée et souvent dangereuse, car les Anglais occupaient toujours la capitale, la vie à Paris plaisait à Anastaise. Christine de Pisan, cependant, déclinait de jour en jour. Après ses derniers écrits sur Jeanne la pucelle, Christine se trouva lasse.

Elle commençait à perdre un peu la vue dont elle avait tant usé pour diriger sa plume sur le parchemin et elle marchait soutenue par sa canne qui ne la quittait plus. Christine de Pisan se lassait d'une vie dont elle voyait chaque jour les dégradations sur la France.

À présent Christine rêvait à des jours meilleurs. Les longues strophes poétiques s'étaient bousculées sous ses doigts à nouveau efficaces quand le jeune enthousiasme d'Anastaise était venu la stimuler. Elle avait, un temps, retrouvé toute sa verve pour raconter l'événement que les Français n'attendaient plus. Sa plume de poète n'en était pas moins acerbe quand elle détaillait, par la violence des mots, les examens féroces des clercs et des théologiens de l'Église auxquels Jeanne avait été soumise. Puis, adoucissant son style, elle relatait comment Jeanne était sortie triomphante des examens auxquels elle s'était pliée avec quelque mauvaise grâce.

Plus proche de la maison de Bourgogne que celle de la maison d'Anjou, Christine de Pisan avait toujours tenu rigueur à Yolande d'Aragon d'avoir laissé tomber Jeanne avec autant de désinvolture. Le cœur empli d'amertume, Christine en rougissait de honte.

– Mes trois enfants sont morts à présent, dit-elle à sa compagne, et mon époux n'est plus là depuis si longtemps que j'ai le soudain désir d'aller le rejoindre. Il vous restera ma fidèle Clotilde, mon enfant. Elle est très attachée à vous et à Burgot.

– Mais...

– Ne te tracasse pas, Anastaise. L'âme de Clotilde n'a jamais été aussi pieuse que la mienne. De plus, elle n'a pas encore l'âge souhaité pour s'enfermer dans un couvent et y attendre la mort, même si la paix nous fait oublier les biens de ce monde, du moins s'il en reste encore quelques-uns ! reprit-elle en soupirant.

– Mais... Clotilde..., intervint encore la jeune fille.

– Ma décision est prise. Tu as besoin d'elle. Elle ne viendra pas avec moi à Poissy. N'insiste pas, Anastaise. Sa présence auprès de toi te sera indispensable pour Burgot.

Christine de Pisan connaissait bien la vie qui l'attendait au couvent de Poissy. Elle s'y était déjà enfermée pour y écrire une œuvre qu'elle avait intitulée *Le Livre du dit de Poissy*, par lequel elle avait voulu ramener un peu de sagesse en ce monde disloqué, perdu.

Christine avait raconté les délices du couvent, ses promenades silencieuses et apaisantes dans le cloître large et spacieux, ses longues méditations dans la chapelle, les offices qu'elle y suivait chaque jour, le réfectoire éclairé de grandes verrières séparées en petits carreaux sertis de plomb, les cuisines, le cellier et ses dépendances. Oui ! Tous ces moments, elle se les rappelait comme autant d'instants apaisants et régénérants qu'elle désirait, à présent, retrouver jusqu'à la phase finale de sa vie.

Christine avait décidé d'apporter tout son patrimoine au couvent de Poissy, du moins ce qu'il en restait, car il n'était plus ce qu'il avait été autrefois. Veuve avec ses trois enfants, elle avait dû mener de longs procès pour récupérer son héritage.

Après avoir vécu selon ses goûts et ses désirs, donné ce qui revenait à ses enfants, Christine de Pisan gardait le reste pour l'offrir au couvent des dominicaines de Poissy afin d'y passer une fin de vie paisible sans qu'on lui reprochât d'être à la charge de la communauté.

Certes, elle ne payait guère le travail d'Anastaise, mais elle la logeait et la nourrissait avec sa fille. Et elle lui laissait Clotilde à qui elle avait donné quelques écus.

Anastaise soupirait en regardant Christine, consciente que sa carrière d'auteur était longue et qu'elle laissait derrière elle une œuvre considérable disséminée chez les grands personnages de la cour de Bourgogne, du Berry et d'Anjou. Car Christine avait travaillé pour les plus grandes maisons de France, recevant des rémunérations parfois importantes, des présents et des hommages.

À présent qu'Anastaise connaissait bien Christine de Pisan, elle prenait conscience, au fil des jours, de sa valeur et de ses vertus.

Tout cela animait l'âme fervente et généreuse d'Anastaise qui ne voulait plus quitter sa protectrice, qu'elle appelait sa «source d'inspiration créatrice». La jeune enlumineuse voyait les forces de son esprit se décupler et se concrétiser. Elle s'essayait aux formes les plus classiques comme aux plus aventureuses, passant des dessins d'un psautier à ceux d'un bestiaire, d'une bible à un traité scientifique, d'une histoire de faits d'armes ou de chevalerie à un livre d'heures ou d'un traité d'astronomie à une histoire de saint.

Christine de Pisan aimait aussi les beaux calendriers, ceux dont les enluminures rappelaient le symbole des saisons et, dans son débordement d'inspiration, lorsqu'Anastaise en illustrait, elle recherchait toujours les images les plus riches et les plus fantasques.

Non! Décidément, pour Anastaise, repartir chez son père, le peintre maître Lebrun, c'était se fermer définitivement à toute liberté de création et à toute indépendance. C'était reprendre ses tristes activités d'autrefois, écraser des couleurs et nettoyer des pinceaux et, pourquoi pas, puisque son visage était toujours gracieux et sa silhouette agréable, juste pourvue à présent des douces rondeurs que lui avait laissées sa récente maternité, lui servir encore de modèle!

Anastaise n'était pas partie de chez elle pour retomber piteusement dans cet état de dépendance et de soumission. Elle aimait tendrement sa fille. Elle désirait l'élever, mais elle ne voulait pas pour autant sacrifier sa vie de peintre. Les argumentations quotidiennes de son amie Christine portaient déjà leurs fruits bien au-delà de ses espérances. Hélas, il fallait penser à l'entrée de son amie au monastère dont elle parlait chaque jour davantage. Anastaise évitait d'aborder le sujet.

Plongée dans son travail, elle se pencha sur les rinceaux qu'elle était en train de dessiner. Ses lettrines étaient aérées et bien proportionnées, ses quadrillages parfaitement tracés et les rinceaux tombaient souples et harmonieux dans la marge d'extrême gauche.

– C'est parfait, Anastaise, approuva Christine de Pisan en se penchant sur l'ouvrage de la jeune fille. À présent que tu as terminé l'enluminure de la dernière strophe, je pense que l'ensemble suffira à compléter la fin du récit. J'aimerais en posséder un exemplaire illustré.

– Celui-ci est pour vous, dame Christine, et vous le savez. J'aime ces vers qui ont jailli au bout de votre plume. Ils sont pleins d'émotion et d'enthousiasme.

– Bah ! Peu importe, fit la vieille femme. Nul n'attend cet exploit, mais je me devais de l'écrire. Je ne pouvais mourir sans l'avoir fait.

– Ne voulez-vous pas le proposer au roi de France ?

– Non. Charles VII désire trop oublier son passé ainsi que les jours néfastes qui ont encombré son existence. L'histoire de Jeanne d'Arc, même en vers, ne pourrait que lui rappeler de tristes souvenirs. D'ailleurs, il ne voit que par le diplomate et poète Alain Chartier, qui vit près de lui.

– Alain Chartier ! Qui est-ce, dame Christine ?

– Oh ! fit la vieille femme en levant les yeux au ciel pour signifier que le personnage ne lui était guère sympathique, c'est un opportuniste. Il est de l'entourage proche de Charles depuis que celui-ci est monté sur le trône. Il écrit sur des thèmes politiques afin de ranimer le courage des partisans du roi légitime. Il se pique aussi de poésie. Pour ma part, je ne lui trouve aucun talent. Il a dû se défendre, à une époque reculée, pour avoir diffamé les femmes, mais sa formation juridique l'a sauvé et, plutôt que l'enfoncer, cette affaire l'a rendu en partie célèbre.

Christine soupira.

– Tu vois bien, mon enfant, que mon récit n'a aucune chance auprès de la nouvelle cour de Charles VII.

– Auprès de qui alors ? répliqua la jeune fille désappointée. Madame d'Aragon, la comtesse d'Anjou ?

– Non, pas plus elle que ses fils. Ils boudent tous cette histoire. Une mauvaise conscience, sans doute, une partie d'eux-mêmes qui reste sur un regret inassouvi. La triste pensée, peut-être, de ne pas avoir aidé davantage la jeune martyre.

Christine soupira.

– La seule qui pourrait vraiment s'intéresser à mon œuvre est la jeune reine de France elle-même, Marie d'Anjou. Sa grande piété ne pourrait renier cet ouvrage. J'irai peut-être le lui proposer avant d'entrer définitivement au couvent. Je te l'ai dit, Anastaise, je n'ai plus beaucoup d'argent disponible et je veux entrer à Poissy avec un petit pécule, même s'il est mince, qui me permette de rester indépendante. Je n'ai jamais été à la charge de quelqu'un, je ne commencerai pas sous prétexte que je suis entrée au couvent.

– Dame Christine, n'avez-vous pas vos maisons ?

La vieille femme acquiesça de la tête.

– Celle d'Arras qui me vient de mon époux décédé est à mon fils.

– Mais il est mort !

– Il a laissé une femme et deux enfants.

– Et cette maison-là ? Celle de Paris, dame Christine ! Qu'allez-vous en faire ?

– La vente en reviendra à la famille de mon autre fils.

– Bien sûr ! Je comprends.

– C'est ainsi, mon enfant. Rappelle-toi mes conseils. Une bonne et saine organisation aide à résoudre bien des problèmes. Sache donc gagner, gérer et, si tu le peux, fais fructifier. Penses-y lorsque je ne serai plus à tes côtés.

Anastaise lâcha son travail et saisit la main de Christine.

– Avez-vous vraiment le désir de vous retirer pour toujours ?

– Plus que jamais. Je veux être en paix et ne plus rien devoir à ce monde d'ici-bas.

– Vous me manquerez, dame Christine.

La vieille femme l'embrassa et la jeune fille reçut son baiser comme un présent inoubliable.

– Tu auras été ma dernière consolation, mon enfant.

Anastaise soupira, lui sourit et reprit son esquisse à la plume, reproduisant un tableautin qui venait s'insérer dans le texte de la dernière strophe.

– Dis-moi, Anastaise, depuis que tu as mis ta fille au monde, as-tu fait des projets ?

– Aucun, dame Christine.

– Aucun ! Même depuis que tu as appris que l'atelier de Jean Lenoir avait été repris par un artisan qui, dit-on, n'est pas un enlumineur ?

Anastaise lâcha l'illustration qu'elle venait presque d'achever. Se remémorer Jean Lenoir qui, sans doute, sillonnait les villes flamandes, ne pensant plus à elle, la déstabilisait. Elle posa son parchemin sur le bord du pupitre et saisit un autre feuillet. C'était celui d'un bestiaire qu'elle avait commencé, il y a quelque temps.

Puis, elle perdit son regard dans l'ébauche du dessin et en imagina les couleurs. Là, un ciel d'azur qui s'étendrait en laissant filer un ange sonnant de la trompette, léger comme un nuage d'été. Là, un sol aux sillons brunâtres qui rappelleraient l'ensemencement des graines sur lequel s'agenouillait une Vierge en prière. Oiseaux, agneaux, chiens et autres animaux figuraient toujours dans les décors d'Anastaise. D'ailleurs, c'était les bestiaires qu'elle aimait le mieux illustrer.

– Pourquoi ne réponds-tu pas, Anastaise ?

– Dame Christine, jeta tranquillement la jeune fille en relevant son nez de son travail, si vous voulez me faire dire que je ne retournerai pas chez mon père, eh bien je vous le dis.

– Je n'ai pas parlé de l'atelier de ton père, mais de celui de Jean Lenoir que tu as quitté pour aller à Bruges.

– Vous me l'avez confirmé, dame Christine. L'atelier de maître Lenoir a été repris par un artisan qui n'est pas un enlumineur. Quant à la bonne Artaude, vous m'avez également appris que, se croyant désormais seule après l'attaque des Anglais à l'entrée d'Amiens, elle s'était laissée mourir de chagrin.

– Que vas-tu faire de Burgot après mon départ ?

– Je l'élèverai puisque vous me laissez Clotilde. Elle pourra m'aider pendant que je travaillerai.

– Ne veux-tu donc pas faire savoir à Jean Lenoir que tu es vivante ? insista-t-elle. Il te croit morte dans ces émeutes.

– Pourquoi ne revient-il pas ? objecta la jeune fille d'un air entêté.

– Tu le sais bien, mon enfant. Sa vieille servante étant morte de chagrin en apprenant les tristes nouvelles, et pensant que tu n'as pas survécu, il préfère rester en Flandre.

– Oh ! Dame Christine, reprocha doucement Anastaise, pourquoi ne dites-vous pas la vérité ? Vous savez fort bien que le tenancier de l'auberge où vous m'avez recueillie, morte de froid et de peur, l'a hébergé un soir qu'il passait à Amiens. Il lui a dit que vous m'aviez emmenée. Il sait où me trouver. Or il n'est jamais venu.

– Il ne sait pas que tu as un enfant dont il est le père.

– Dame Christine, ce n'est qu'une fille !

Cette affirmation les fit sourire toutes les deux. Oui ! Burgot n'était qu'une fille ! Que ferait le peintre Jean Lenoir d'une fille ? Et qu'ajouter à cela quand Christine de Pisan endoctrinait si bien sa jeune protégée ?

– Tu as raison. Si tu ne rencontres pas l'homme qu'il te faut, précisa la vieille femme, reste seule. Mais si tu trouves celui qui saura te respecter et te traiter comme son égale, alors suis-le. Sinon élève seule ton enfant et bats-toi avec énergie pour que celle à qui tu as donné la vie suive tes pas.

– Oui, dame Christine. C'est mieux ainsi, il faut laisser maître Lenoir là où il est. Il a cru devoir s'installer dans le Nord et travailler avec le peintre dont il était très admiratif et qu'il désirait tant rencontrer.

– Ne voulais-tu pas le connaître, toi aussi ?

– Mon destin était sans doute ailleurs. Je rencontrerai le grand peintre Van Eyck dans d'autres circonstances. Je vous en prie, n'en parlons plus.

– Pauvre enfant ! J'ai tant occupé ton temps qu'il ne t'a guère été possible de penser à tes propres préoccupations.

– Je n'ai pas perdu mon temps, dame Christine, s'exclama la jeune fille. Vous m'avez beaucoup enseigné. C'est une joie de travailler avec vous. Il me sera douloureux de vous quitter.

– Sois sans inquiétude, je te couvrirai de lettres de recommandation et tu pourras travailler tout en gardant ta fille. Clotilde te secondera. J'ai des amis enlumineurs à Dijon qui te viendront en aide.

Comme si elle avait entendu son nom, Clotilde entra tenant dans ses bras la petite Burgot. Un bébé rose et potelé qui souriait gracieusement, s'efforçant déjà de plaire à tous ceux qui l'observaient.

XXV

La mort de Thomas dans ses bras avait tant ébranlé Clarisse qu'une force incontournable l'avait empêchée de retourner à l'auberge où, dans une anxiété qu'il ne cachait d'ailleurs pas, maître Van Der Hanck l'attendait.

Le capitaine Jean Dunois l'avait ramenée à Saumur, puis déposée non loin de sa maison. Et Clarisse s'était réfugiée dans un des ces petits bonheurs sans heurt et sans problème, dont le premier – et sans doute le plus grand – avait été celui de retrouver sa mère.

Quand Betty avait revu sa fille, des larmes de joie avaient glissé sur ses joues pâles. De loin, tandis que Clarisse s'avançait, elle la fixait en évaluant déjà les menus faits quotidiens qui avaient dû parsemer sa vie. Ses yeux reflétaient encore l'horreur de la courte agonie de Thomas.

Puis elles s'étaient jetées dans les bras l'une de l'autre. Fanchou accourue au bruit des retrouvailles avait versé un torrent de larmes qui glissaient sur ses vieilles joues ridées. De ses mains calleuses, elle avait relevé le bas de son tablier et les essuyait avec lenteur en observant « sa petite » que Betty ne voulait plus lâcher.

Quand elles s'étaient séparées, Fanchou n'avait pas attendu plus longtemps et s'était précipitée sur elle pour la serrer contre sa vaste poitrine. Elle l'avait embrassée si fort que la respiration lui manquait.

Et c'est alors que Clarisse avait vraiment posé les yeux sur sa mère. Dieu ! Qu'elle avait changé et vieilli malgré la lueur vivace qui courait toujours dans son œil bleu ! Où était la ligne fine de son cou, le port élégant de son buste et de ses épaules, sa peau lisse et blanche que barrait à présent une atroce cicatrice ? Ces marques laissèrent Clarisse silencieuse et elle pensa qu'en revenant à Saumur, elle avait fait le bon choix.

Retiré dans un coin, Toussaint attendait que les trois femmes en finissent avec leurs questions et leurs réponses, trop hâtives d'ailleurs pour en débrouiller le moindre détail.

– C'est qu'elle ne nous revient point trop maigre, cette petiote-là ! Regardez-moi ça, dame Betty. Ses joues sont ma foi belles et roses, et sa taille n'est point invisible.

À cette allusion fort joyeuse, Clarisse n'avait pu rougir puisqu'elle ignorait encore sa grossesse. Aussi s'était-elle mise à rire en laissant Toussaint l'aborder comme s'il était son jeune frère. Instinctivement, Clarisse l'avait serré contre elle.

L'enfant qu'il était encore à son départ était devenu un bel adolescent, certes encore maigre pour avoir l'air d'un homme, mais il disposait de deux bras forts et d'une cervelle qui savait réfléchir. Fanchou avait béni plus d'une fois le ciel de l'avoir à son côté pendant que Betty était partie sur les routes. Toussaint lui avait apporté sa chaude affection et la vieille servante la lui avait bien rendue.

– C'est vrai que vous êtes belle, demoiselle Clarisse, avait dit le jeune homme quand ils s'étaient écartés.

– Toussaint ! Ne me tutoyais-tu pas autrefois ?

– Si, demoiselle.

– Alors je t'en prie. Je suis la même qu'autrefois. Pas de manières entre nous.

La regardant en rougissant, Toussaint si audacieux, si intrépide avait alors bredouillé :

– C'est que vous... que tu vas être notre patronne à présent que vous... que tu es membre de la guilde des lissiers du Nord.

Les trois femmes s'étaient mises à rire et, les imitant sans plus de façons, Toussaint s'était embarqué dans un grand monologue démontrant l'urgence à remettre rapidement l'atelier en état de marche.

Après ces heureuses et interminables retrouvailles, Betty avait raconté à sa fille les péripéties de son voyage, la cause de sa vilaine cicatrice qui lui balafrait le visage et sa rencontre avec Quentin Durand Laxart qui l'avait informée du séjour de Clarisse à Bruges chez maître Van Der Hanck.

Ils s'étaient retrouvés tous les quatre, exactement comme au temps où l'atelier était ouvert, autour d'une bonne table. Fanchou s'était fait un devoir, plus encore qu'un plaisir, de dénicher une grosse poularde qu'elle avait farcie aux herbes et quelques salaisons qu'elle s'était empressée de décrocher du clou de la soupente. Un grand pot de clairet d'Orléans avait agrémenté le copieux dîner.

Beaucoup plus tard, quand Clarisse et sa mère s'étaient retrouvées seules dans la chambre commune au grand lit encadré de chêne, alors que les yeux attentifs de Betty observaient à la chandelle ceux de sa fille, un grand calme avait saisi toute la maison. Assurément Betty, inquiète, attendait les détails qu'elle ne voulait pourtant pas précipiter sur les lèvres de Clarisse.

L'euphorie passée, elle avait senti pendant le dîner que

sa fille avait caché les points essentiels de sa vie dans les Flandres. Une mère ne peut pas se tromper. Comment ne pas voir que Clarisse avait mûri, acquis une expérience qu'elle-même n'avait peut-être pas à cet âge?

Sentant l'inquiétude grandir chez sa mère, Clarisse s'était un peu dévoilée et quelque confidences avaient fatalement suivi. Pourquoi s'attardait-elle tant sur son séjour à Bruges plutôt que sur sa courte épopée à Paris? Clarisse n'avait parlé que de la mort de Lucas. Celle de Thomas restait enfermée dans son cœur, intouchable, inviolable, comme l'avait été son esprit depuis que les soldats bourguignons avaient abusé d'elle jusqu'à ce que Colard lui apprenne enfin les bienfaits de l'amour.

Le lendemain, mère et fille ne se tenaient plus de joie. Ah! Comme elles avaient rouvert promptement le petit atelier de Saumur qui jouxtait la maison. Pour comble de bonheur, Betty qui était repartie travailler à l'abbaye de Fontevrault, avait rapporté une importante commande que lui avait confiée la supérieure. Sœur Marie-Ange avait appuyé cette proposition avec tant d'insistance que Betty était retournée à Saumur, juchée sur la «Grisette», avec la commande en poche.

Puis, assurée que sa fille reviendrait, elle s'était arrêtée à Tours chez maître Férard et son épouse Renaude qui, remis de leurs émotions vécues à Paris, avaient repris la routine de leur atelier. Le fameux *Saint Jean de l'Apocalypse* commandé par le prieur de Germigny-des-Prés et qui devait faire le pendant à son *Saint Michel* avait été finalement cédé par Renaude à Betty.

Dès le premier matin, Betty et Clarisse avaient ouvert, avec une joie proche du délire, les tiroirs qui enfermaient les fils d'Arras, les laines de soie, les cartons, les dessins, les outils à l'exception de ceux qui avaient été posés à la hâte dans un coin de l'atelier, car elles n'avaient pas eu le temps de tout ranger soigneusement lors de la fermeture.

Les semaines qui suivirent l'arrivée de Clarisse à Saumur s'étaient passées sans nouvelles de maître Van Der Hanck. Il arrivait à la jeune fille de penser à lui avec une mélancolie qui frisait le regret, et elle se reprochait parfois l'impulsivité de sa fuite, malgré le bonheur qu'elle avait éprouvé avec Thomas.

Combien de fois par jour se persuadait-elle de la bonté et de la générosité de Colard et combien de fois se disait-elle qu'il l'aimait tendrement ? Pourtant, que faire ? Colard devait s'imaginer qu'elle avait voulu rompre définitivement avec lui, bien que le mot laissé en partant ne parlât que de Lucas.

L'épopée qu'avait racontée Clarisse à Betty et Fanchou ne faisait intervenir que ceux et celles qu'elle avait d'ailleurs fort bien su décrire, à commencer bien sûr par maître Van Der Hanck, son bienfaiteur sans qui elle n'aurait rien pu faire, puis maître Taupin et son épouse, Anastaise et maître Lenoir. Enfin étaient venus le tour de l'abbé Meslin et celui de Quentin Durand Laxart.

Sur les quelques insistances de Betty, Clarisse avait avoué son attachement pour le lissier brugeois et, quand il fut question de parler de son épouse, dame Griète, Clarisse s'était terriblement sentie piégée par les yeux inquisiteurs de sa mère. Elle avait alors jeté sur un ton détaché qu'elle ne la connaissait guère, n'ayant pas été mise en rapport avec elle.

Un jour, Fanchou remarqua que, chaque matin, « sa petite » quittait précipitamment la table pour aller s'enfermer dans le cabinet d'aisance où une chaise percée trônait au-dessus d'un grand récipient. Comme elle revenait le visage en sueur et d'une pâleur accusatrice, Fanchou finit par tout deviner.

– Allons, mon tout petit, lui dit-elle en la prenant contre elle, dis-moi plutôt d'où vient cet enfant-là.

Clarisse resta silencieuse. Betty, attirée par les caresses excessives que prodiguaient soudain Fanchou à sa fille, s'approcha, mais la jeune fille se terra dans un mutisme complet.

– Il faudra bien que tu nous en parles si tu veux que nous l'élevions ensemble, répliqua tranquillement Betty. Ma chérie ! Est-ce maître Van Der Hanck ?

– Van Der Hanck ! répéta un peu sottement Fanchou. Van Der Hanck ! Dieu du ciel ! il faut le prévenir.

– Clarisse n'y tient peut-être pas, rétorqua aussitôt Betty.

– Mais pourquoi ? s'indigna la brave servante. Cet homme me paraît juste et bon. Il a pris grand soin de la « petite ». Il faut à tout prix l'avertir.

– Il est marié, Fanchou.

– Mais Clarisse nous a révélé que cette femme ne lui a pas donné d'enfant.

– Ce n'est pas une raison.

Elle se tourna vers sa fille et prit sa main.

– Allons ! Ne t'inquiète pas, ma chérie, nous nous occuperons de ce petit puisque son père a déjà une épouse. Nous n'irons pas mendier. Je préfère mourir sur-le-champ que d'aller quémander pour que ton bébé survive.

– C'est vrai. Vous avez raison, dame Betty, décréta Fanchou avec fermeté. Nous le nourrirons, nous l'élèverons, nous l'éduquerons. Point besoin d'un homme pour réussir tout ça.

Comme par enchantement, elles étaient tombées soudain, toutes les trois, sur un plein et commun accord.

– Ma chérie, fille ou garçon, nous lui inculquerons l'art de la tapisserie historiée. À nous trois, nous en ferons quelqu'un.

– Et c'est pas moi qui dirai le contraire, rétorqua la servante.

– Nous allons gagner de l'argent. Nous irons chercher les commandes. Nous travaillerons tard le soir s'il le faut, renchérit Betty.

– Ah ! Mon tout petit ! s'exclama encore Fanchou, si je pouvais lui donner ce bon lait que t'a si bien réussi ! Hélas ! je suis trop vieille à présent. Mais ça ne fait rien. Grâce à ta mère, j'ai quelques économies et je paierai une jeune et saine nourrice pour te permettre de travailler à l'atelier.

Au bout d'un temps interminable, Clarisse s'était rendu compte qu'elle n'écoutait plus les deux femmes. Leurs généreux palabres ne l'atteignaient plus. La bienveillance de leurs propos lui échappait totalement. Un vide s'était fait autour d'elle. Un grand voile obscur ! Un écueil incontournable !

Choquée tout d'abord par la terrible évidence, la panique avait pris le relais. Il y avait deux géniteurs possibles pour cet enfant. Clarisse était incapable de savoir qui était le père. C'est à ce moment précis que la jeune fille mesura réellement l'amour immense que lui portaient ces deux femmes.

S'avisant de la pâleur extrême de Clarisse, elles se turent et échangèrent un regard. Ce n'étaient plus là les vapeurs d'une jeune fille enceinte. Clarisse cachait autre chose. Par pudeur, Fanchou avait reculé et Clarisse avait pris sa fille dans ses bras.

– Raconte, ma chérie, raconte. Qui peut te comprendre mieux que moi?

Et Clarisse s'était délivrée de tous ses secrets. Le viol par les soldats bourguignons avant d'être jetée à la Bastille, l'amour que Thomas lui portait et qu'elle avait refusé, se sentant trop salie pour y répondre, la folle passion de Colard qui s'était révélé le meilleur des remèdes et, enfin, les retrouvailles avec Thomas dans l'amour et la mort.

– Je ne sais pas qui est le père, sanglota Clarisse dans les bras de Betty. Non! Je ne sais pas. Que vais-je faire?

– Rien d'autre, ma chérie, que d'élever ce bébé. Rien ne change à tout ce qu'on a décidé tout à l'heure.

Et Betty se mit à rire pour prouver à sa fille que ce n'était là qu'un petit point de détail auquel il ne fallait attacher aucune importance. Allons! On devait dorénavant penser aux jours futurs et à la bonne organisation du travail.

Peu de temps plus tard, un écuyer de la maison d'Orléans se présenta dans le petit atelier de Saumur, mais ce n'était pas de mauvaise augure. Il était porteur d'un excellent message.

En effet, Clarisse avait une nouvelle fois sauvé le parti du roi de France. Par son audace et sa folle hardiesse, elle avait permis que la petite troupe du capitaine Dunois, nommé depuis peu gouverneur d'Orléans, ne soit pas anéantie par les Anglais et, mieux encore! l'acte périlleux de Clarisse mettait en pleine clarté la traîtrise d'un des plus hauts personnages de France, La Trémoille. Dorénavant, Dunois ne se laissait plus prendre par son hypocrisie et ses constantes fourberies. Il s'efforcerait de le confondre afin que le faible roi de France ne tombât pas dans l'un de ses filets mensongers si savamment tendus.

En mémoire de l'affection que Dunois avait eue pour ses deux écuyers, il apporta une aide considérable aux deux femmes qui leur permettrait de partir sur de solides bases. En effet, le grand capitaine ne pouvait oublier ses deux compagnons de combat, Lucas et Thomas, qui avaient donné leur jeune vie à sa propre défense, sans restriction, acceptant les contraintes, les dangers, frôlant chaque jour la mort qui, fatalement, avait fini par les surprendre.

De surcroît, l'un se trouvait être le demi-frère de Clarisse. Quant à l'autre ! Si Dunois fermait les yeux sur les suites de cette affaire, il avait compris tout le drame vécu par la jeune fille. Sans le courage de Clarisse, il eût été en de bien mauvaises positions. Encerclé par les Anglais, prisonnier lui-même, puis rançonné ou tué. Au meilleur des cas, sa libération n'eût pas arrangé les caisses de l'État. Quant à ses gens et à son armée, cantonnée aux portes de la capitale, ils eussent été abattus sans attendre.

Pour remercier Clarisse, le capitaine Dunois avait avancé les fonds permettant l'agrandissement de l'atelier et l'installation de deux ou trois lisses supplémentaires. Il poussa même la générosité jusqu'à leur passer commande d'un ensemble mural de cinq pièces qui devaient recouvrir les murs de la salle de garde de sa principale demeure. Clarisse prévoyait déjà des chevaux, des hommes en armure, des scènes de combat, des lances et des bannières déployées. Un thème qui lui était familier et qui la prenait pas au dépourvu.

Quelques mois plus tard, l'enfant de Clarisse venait au monde, sain et vigoureux. C'était un beau garçon que, tout naturellement, la jeune femme avait nommé Thomassaint. Jean Dunois se déplaça personnellement et, dès qu'il vit ce bel enfant, ému en pensant que c'était le fils de son loyal compagnon, il décréta qu'il serait le parrain. Comment lui expliquer qu'un autre homme pouvait en être aussi le père ?

Toussaint vérifiait les lisses, les peignes, les trames, les leviers, et Betty triait les fils et inspectait les couleurs quand Clarisse entra. Elle tenait entre les mains des feuillets dessinés.

– Comme nous n'avons pas encore les moyens de payer un peintre pour dessiner les cartons, j'ai esquissé les motifs de notre ouvrage, fit-elle d'un ton joyeux. Ils ne seront pas particulièrement gais, puisqu'il s'agit de combats, mais je les agrémenterai de vives couleurs et de symboles agréables. Avons-nous tous les fils nécessaires pour commencer ?

– Plus qu'il n'en faut, tu verras, répondit Betty en poursuivant l'examen des écheveaux qui se trouvaient devant elle. Il nous reste des fils de soie et des fils d'argent qui nous permettront de réaliser les pointes lumineuses des fleurs ou des costumes d'apparat.

– Et surtout des casques, répliqua Clarisse. Il faut qu'ils brillent, les fils d'argent seront indispensables.

– Dieu merci ! Les fines bandes de métal enroulés autour des brins ne sont pas détériorées.

– Et les laines sont-elles utilisables ?

– Mais que crois-tu donc, Clarisse ? Que les laines se sont abîmées pendant ton absence ? Elles sont d'une qualité exceptionnelle.

– Et les teintes ! insista la jeune fille.

– Clarisse, s'exclama Betty, comment as-tu pu oublier que nos laines sont solides et nous permettent de passer d'une couleur très claire à une couleur beaucoup plus sombre en donnant l'illusion d'une couleur intermédiaire ? Ton maître brugeois était-il donc le seul à disposer de garance au rouge intense et vif et de guède au bleu profond ? Eh bien ! conclut-elle en riant, nous lui ferons concurrence et j'avoue que cela me plaît bien.

La garance, la guède et la gaude dont les jaunes étaient d'un or lumineux fournissaient les couleurs primaires dans la teinture des fils et des laines servant au tissage. Ces trois teintures végétales que l'on trouvait aisément en Europe donnaient des laines dont les couleurs intermédiaires s'obtenaient en combinant l'une et l'autre teinte, voire parfois deux avec une. Bien entendu, il existait des sources de teinture médiocre pour l'exécution d'ouvrages populaires.

Clarisse soupira et remercia silencieusement le ciel. Sa mère veillait à tous ces petits détails dont elle-même ne pourrait plus s'occuper. Enfin, la vie reprenait ses droits et la jeune fille en mesurait l'importance avec sa jeune expérience qui, pourtant, pesait déjà lourd.

Son corps reprenait sa silhouette primitive. Son ventre redevenu plat se cachait sous le tissu de sa cotte bleue et seuls ses seins gonflés de lait, car finalement elle nourrissait Thomassaint, tendaient le corsage ajusté sur son buste. Clarisse vivait pleinement sa maternité, largement aidée par Fanchou.

Elle avait décidé, pour un temps du moins, de ne se consacrer qu'aux dessins et à la forme de l'ouvrage destiné à Jean Dunois, abandonnant à Toussaint la haute lisse qu'il manœuvrait à présent aussi bien qu'elle. D'ailleurs, l'époque où Clarisse se consacrait aux lisses était momentanément suspendue, car il faudrait dorénavant aller puiser les commandes là où elles se trouvaient.

Elle déposa les cartons qu'elle tenait en main et qui leur serviraient de modèle pour exécuter l'ouvrage.

– Je me suis inspirée d'un panneau que l'on appelle *Les Cerfs ailés*. Regarde ! dit-elle à sa mère. Entre les chevaliers que j'ai dessinés, on voit un cerf dont les ailes seront tout en or. Il sera lui aussi enfermé près de l'étendard du roi Charles. Partout, les bannières flotteront et les fleurs pousseront et se multiplieront sur un sombre gazon.

Elle regarda les doigts de sa mère effleurer ses dessins.

– Non ! précisa Clarisse. Ce n'est pas la brillante *Apocalypse* dont l'un des tableaux s'intitule *Les Myriades de cavaliers* avec leurs éblouissantes armures colorées, leurs lances dentelées et leurs chevaux à tête de lionnes, mais qui, cependant, écrasent leurs ennemis sous leurs pattes. Nous ferons les pointes de leurs lances en fils d'argent.

Betty passa lentement sa main sur sa cicatrice.

– Oui ! fit-elle d'un ton amer. Les pointes de leurs lances en fil d'argent.

– Oh ! s'écria Clarisse en se jetant dans ses bras. Oublie cette vilaine écorchure. Elle ne te défigure pas, je t'assure. Elle signe au contraire ta force et ton courage. Je suis fière que tu sois ma mère.

Betty eut un sourire et embrassa sa fille.

– Moi aussi, ma chérie ! Je suis fière de t'avoir et, plus encore, de constater ta grande énergie. Mais reprenons tes dessins. C'est beau, conclut-elle, et très différent des dessins du siècle dernier.

Elles discutaient ainsi dès l'aube, puis s'activaient au travail et, le soir, Clarisse dessinait. Bientôt l'ouvrage prendrait forme entre leurs mains habiles.

Un matin où le ciel se parait des teintes printanières, Toussaint heurta un homme à la porte de l'atelier. Il s'était levé ce jour-là plus tôt que de coutume pour livrer une tenture de lit assortie aux coussins de fauteuils commandés par un riche bourgeois de Saumur.

Il se dirigeait d'un pas alerte vers les lisses de l'atelier quand il s'arrêta surpris devant la haute stature de l'homme enveloppé d'une riche houppelande.

– Que nous vaut votre visite, beau sire? demanda Toussaint d'un ton avenant anticipant l'air réjoui de ses patronnes lorsqu'elles verraient ce client-là.

– Qui est le propriétaire de cet atelier? questionna l'homme sans attendre.

Mais Toussaint n'eut pas le temps de répondre. Clarisse arrivait et, l'œil fixé sur le nouveau venu, se tenait là sans rien dire, les bras tombant le long de son corps et la bouche entrouverte. La présence de cet homme n'avait pas dû passer inaperçue car Fanchou la suivait en tenant dans ses bras le petit Thomassaint. Quelques secondes plus tard, Betty était sur ses talons.

Ce fut Clarisse qui réagit la première.

– Colard! murmura-t-elle si bas que personne ne l'entendit.

Il s'avança vers elle, mais Clarisse vit le large sourire éclairant tout à l'heure son visage s'effacer brutalement en apercevant l'enfant qui gazouillait dans les bras de Fanchou.

– Cet atelier est-il le tien? demanda-t-il.

– Oui.

– Et cet enfant? fit-il plus sombrement.

Déjà Betty laissait apparaître une ombre d'inquiétude sur son visage. Elle se crut revenue au temps de l'horrible Florimont leur interdisant d'exercer leur métier en proclamant qu'elles n'en possédaient pas le droit.

– Qui êtes-vous? dit-elle, en scrutant l'homme d'un air tendu.

– C'est maître Van Der Hanck, mère, laissa tomber Clarisse qui n'avait pas lâché Colard des yeux.

– Oh ! reprit-elle soulagée, maître Van Der Hanck, le maître de Bruges. Ton protecteur ! Vous avez bien tardé à venir nous voir.

Puis, entièrement remise de ses inquiétudes, elle soupira d'aise et jeta d'un ton enjoué en prenant l'enfant que lui tendait Fanchou :

– Mais que fait-on ici, grand Dieu ! Entrez donc dans notre modeste demeure, maître Van Der Hanck. Vous prendrez bien un bol de lait chaud et une tartine avec des œufs au lard.

L'homme fit quelques pas en avant.

– Puis-je m'entretenir quelques instants avec votre fille, dame Betty ?

En quelques secondes, le petit Thomassaint passa prestement des bras de Fanchou à ceux de Betty, puis de ceux de Betty à ceux de Clarisse.

– Je te rejoins dans un moment, mère. Moi aussi, je voudrais discuter avec maître Van Der Hanck.

Surprise, Betty hésita, l'air contrarié comme tout à l'heure. Elle tendit les bras pour reprendre l'enfant, mais Clarisse tourna lentement son visage de droite à gauche pour lui signifier qu'elle désirait le garder avec elle.

Sans plus rien ajouter, Betty entraîna Fanchou et quitta l'atelier. Le chemin pour se rendre au lieu d'habitation était si court qu'il ne leur permit pas de parler plus longtemps. Tout en se dirigeant vers le seuil de la maison, Fanchou triturait les cordons de son bonnet blanc et grommelait des mots incompréhensibles que pourtant Betty entendit.

– Elle ne nous a pas tout dit, murmura Betty. Qu'a-t-elle bien pu nous cacher ?

Fanchou s'énervait, agitait ses bras d'avant en arrière comme un balancier tout en reprenant son marmonnement :

– Une fillette de seize ans sur les routes ! Je vous l'avais bien dit, dame Betty. Ces sales Bourguignons ont fait de la triste besogne. C'est une pitié. Et maintenant son retour des Flandres qui nous laisse un petiot !

– Oh ! Fanchou ! reprocha Betty, des larmes déjà pointant dans ses grands yeux bleus. Clarisse est méritante. Elle nous est revenue avec un bel avenir entre les mains.

– Que dis-je ? Vieille folle que je suis ! s'exclama aussitôt la servante. Cette petite est admirable de courage et de ténacité. Ah ! C'est bien votre fille, dame Betty.

Clarisse les avait suivies des yeux au travers de la verrière et lorsqu'elles eurent complètement disparu dans la maison, elle poussa un long soupir et son regard revint à Colard.

– Laisse-nous aussi, Toussaint, dit-elle au jeune apprenti figé, debout dans l'un des angles de l'atelier.

– Mais, commença-t-il, réticent à l'idée de la laisser seule avec cet inconnu.

Il avait en mémoire la dernière fois qu'un homme était entré aussi impérativement dans l'atelier. Cela ne leur avait guère porté chance. Elle lui sourit et lui prit le bras.

– Je t'en prie, ne crains rien. Maître Van Der Hanck est venu simplement discuter avec moi.

De mauvaise grâce, il quitta l'atelier, mais Clarisse le sentit remuer derrière la porte, prêt à bondir à la moindre algarade.

– Clarisse, ordonna Colard d'un ton calme, je ne veux aucun œil, aucune oreille derrière les murs de cet atelier. Ce que j'ai à dire ne regarde que toi et moi. Dis à ton apprenti de s'éloigner.

L'enfant remua dans les bras de sa mère, puis il ouvrit les yeux, la reconnut, esquissa un sourire fort apparenté à une grimace et les referma. D'un pas lourd, Clarisse sortit et fit signe à Toussaint de s'éloigner.

– Va rejoindre Fanchou et Betty.

Enfin seul avec Clarisse, Colard l'observa avec insistance. On ne savait encore si un pli amer ou joyeux s'inscrivait sur son front. Le gris sombre de ses yeux frappa Clarisse. Colard entrouvrit la bouche et murmura :

– Je passais te voir, Clarisse, et je découvre un enfant.

La jeune fille recula d'un pas.

– Qui vous dit que c'est le vôtre, maître Colard?

– M'as-tu donc oublié à ce point pour ne plus me tutoyer?

Elle sourit presque timidement

– Qui te dit que cet enfant est le tien, Colard? répéta-t-elle.

Elle berça Thomassaint, serein et tranquille, qui commençait à s'endormir dans ses bras. Les yeux de Clarisse étaient levés sur ceux de Colard. Il en saisit toute la sérénité et sentit aussitôt un étrange mélange de sentiments s'emparer de lui. C'était comme une sorte de colère froide mêlée à de l'amertume, des regrets et de l'amour.

Cependant, trop persuadé que c'était son fils qu'elle berçait entre ses bras, aucune jalousie ne vint embuer son esprit. D'ailleurs, l'aurait-il pu? Il n'était pas libre et ne savait encore ce qu'il pouvait proposer à la jeune femme. Elle lui sourit de nouveau, offrant ses dents blanches et ses lèvres pulpeuses. Puis elle baissa les yeux sur l'enfant.

– Je travaille à présent, Colard, fit-elle d'une voix douce en se dirigeant lentement à l'opposé de l'atelier où un grand couffin d'osier était posé sur le sol, calé entre des ballots de laines. Et vois-tu, je ne t'ai pas menti, cet atelier est le mien.

Avant de poser l'enfant dans le couffin, elle le serra contre elle.

– Quand à cet enfant, il est aussi le mien.

Il sentit la mesure et le poids de ces mots, clairs, détachés, presque farouches. Il vint à elle et se baissa pour distinguer le visage du bébé couché dans le berceau d'osier.

– Il n'est pas qu'à toi, Clarisse.

Aspirant une grande bouffée d'air, la jeune femme ne rétorqua rien et se contenta de passer un doigt tendre sur le front de Thomassaint. Puis elle s'assura qu'il était bien calé et, reprenant de nouveau son souffle, elle sourit et se redressa, invitant le Brugeois à se relever lui aussi.

Mais Colard se contenta d'observer avec une vive acuité l'enfant qui dormait.

– Il me ressemble, prononça Clarisse toujours souriante. Il prend déjà beaucoup de plaisir à nous regarder travailler. Alors, nous l'habituons dès à présent à rester dans l'atelier.

Enfin, Colard se releva, presque pesamment, comme s'il dépliait son grand corps tout en cherchant sa réplique. Puis un sourire vint éclairer son visage. Détendu, presque libéré, il expliqua :

– Je ne savais pas encore parler ni marcher quand mon père m'installa pour la première fois dans son atelier. C'était un couffin à peu près identique et cela me plaisait. Hélas, quand il est mort, j'étais très jeune, il m'a fallu travailler chez un autre.

Comme Clarisse ne disait rien, il effaça son sourire et reprit d'un ton plus sombre, vrillant sur elle l'éclat de son regard gris :

– Clarisse ! Cet enfant n'est pas qu'à toi.

– Je t'ai quitté pour un autre, dit-elle en fixant le visage tendu de son compagnon.

Il avança une main tremblante.

– C'est juste. Tu m'as laissé un mot pour m'expliquer que tu voulais voir Lucas, ton frère. L'as-tu rencontré ?

– Arrivée au Châtelet, j'ai appris qu'il était mort en combattant les Anglais,

Il hocha tristement la tête.

– Alors, pourquoi n'es-tu pas revenue ? Pourquoi...

Elle le coupa net.

– Je t'ai dit, Colard, que je t'ai quitté pour un autre.

Elle ne baissait pas les yeux, insistant même afin qu'il comprît mieux ce qu'elle voulait lui faire comprendre. Il semblait vraiment ne pas saisir la portée de ce discours. Clarisse insista :

– Oui ! J'aurais pu revenir près de toi, Colard. Seulement, je ne l'ai pas fait.

– Mais pourquoi ?

– Parce qu'il y avait Thomas.

– Thomas ! s'étonna-t-il. Qui est Thomas ?

Elle quitta un instant son regard pour le porter vers l'extérieur, de l'autre côté de la cour, vers l'habitation qui jouxtait l'entrepôt. Un silence étrange semblait recouvrir la maison. Elle ne distinguait aucune silhouette au travers des petits carreaux de la fenêtre trouant la façade.

– Lucas et Thomas étaient tous deux les écuyers du capitaine Jean Dunois, au service du dauphin, puis du roi de France.

– Clarisse, tu m'avais parlé de Lucas, pas de l'autre. À quel jeu veux-tu jouer là ?

– Hélas ! Ce n'est pas un jeu. C'est la réalité.

Une ombre de colère passa dans ses yeux assombris.

– Ainsi, constata-t-il d'une voix blanche, tu m'as trompé. Tu avais bien un ami laissé en France. Un amoureux que tu devais retrouver à ton retour. Comment astu pu me mentir ainsi ?

Sans qu'elle pût le prévoir, il saisit les dessins de Clarisse posés sur la table et les jeta violemment au sol.

– Tu es comme toutes les autres, une menteuse, une hypocrite. Tu es une...

– Et toi, coupa-t-elle vivement, un homme marié qui oses me dire que cet enfant te ressemble. Puis-je faire ma vie avec un homme qui a déjà une épouse ?

La juste constatation de Clarisse arrêta sa colère. Il prit un air buté, puis contrit. En quelques secondes, son visage avait retrouvé une apparente tranquillité.

– Aimes-tu cet homme ?

Elle ne répondit pas, se contentant de le regarder fixement, aussi poursuivit-il lentement :

– A-t-il reconnu l'enfant ?

Il remarqua non sans plaisir qu'une ombre de tristesse passait dans le regard de la jeune femme.

– Il n'en a pas eu le temps. Il est mort dans mes bras, le dos transpercé par la lance d'un Anglais. Il a expiré la nuit même où je me donnais à lui. C'était la première fois, Colard.

– Tais-toi, dit-il en serrant les mâchoires. Tais-toi.

– Cette flèche m'était destinée. Je chevauchais avec lui pour fuir l'armée anglaise qui nous poursuivait. Juchée derrière lui, je m'accrochais. Il m'a crié de me pencher en avant et c'est lui qui a été atteint. Lui, Colard ! Lui qui n'a rien fait pour mériter une telle mort.

Il se précipita vers elle, la saisit par les bras et la secoua sans douceur.

– L'aimais-tu ?

– Je crois que j'aurais pu. Je te l'ai dit. C'était la première fois. Avant de quitter le val de Loire, je n'avais jamais voulu accepter son amour. Je le repoussais, je le refusais.

– Il a suffi que tu me quittes pour prendre des libertés avec l'autre, des audaces que, pourtant tu n'avais pas avec moi. T'en souviens-tu, Clarisse ?

Il lui secoua l'épaule.

– T'en souviens-tu ? Ah ! Ils sont loin, à présent, ces faux-fuyants que tu prenais avec moi. Ces prétendues angoisses qui te serraient à la gorge, ces peurs, ces craintes que je m'efforçais d'effacer. Ah ! Tu les as vite balayées, tes frayeurs, face à ce nouvel amant surgi du ciel, mort en odeur de sainteté.

– Tais-toi, cria Clarisse. Tais-toi, je t'en prie.

– Non, je ne me tairai pas. Tout simplement parce qu'il faut que je parle.

Il eut un tic de la lèvre inférieure et se passa la main sur le cou, un cou puissant qui s'attachait à de solides épaules. Puis, en quelques grandes enjambées, il se dirigea vers le couffin, observa l'enfant en silence et se baissa pour le prendre dans ses bras, risquant ainsi de l'éveiller. Clarisse ne broncha pas.

Ils restèrent ainsi sans parler, laissant agir lentement le silence qui, pesamment, les entourait. Colard tenait l'enfant assez gauchement, une épaule de travers, l'autre tendue, mal à l'aise. Il voulut le bercer, mais Thomassaint se réveilla et plongea fixement ses yeux dans les siens.

Colas lui sourit. Toute sa colère était passée. Un grand calme à présent semblait l'envahir. C'était ainsi que Clarisse le connaissait. Jamais encore elle ne l'avait vu traverser un instant de courroux. Cessant de sourire, il eut un rire crispé.

– Cet enfant a mon regard et j'en suis le père. Accepte cette idée, Clarisse. Je t'en supplie. Je t'enverrai une nourrice pour s'occuper de lui.

– Je n'en veux pas, Fanchou me suffit. C'est elle qui m'a élevée, elle élèvera Thomassaint.

Contrarié il soupira.

– Hélas, dame Griète est mon épouse, c'est vrai. Mais à mon grand regret, elle ne m'a pas donné de fils. Ce garçon-là sera le mien, Clarisse, que tu le veuilles ou non.

– Mais...

– Rassure-toi, je ne suis pas venu te demander de repartir avec moi, ni prendre ton fils. En quelque sorte, je t'ai perdue. Je ne serai donc ni ton protecteur ni ton époux. Ni ton tortionnaire. Mais, je ferai de cet enfant l'héritier d'un grand et beau métier. Il sera un lissier d'envergure. Je lui apprendrai l'art des belles tapisseries, des formes et des couleurs, des beaux fils de laine, des fils de soie. Je lui enseignerai les qualités d'un bon lissier.

Alors, tendrement, il la prit aux épaules et, comme elle se laissait faire, il posa un baiser sur ses lèvres fraîches.

Impression réalisée sur CAMERON par
BRODARD ET TAUPIN
La Flèche

pour le compte des Éditions Stock
31, rue de Fleurus, 75006 Paris
en mai 2003

Imprimé en France
Dépôt légal : juin 2003
N° d'édition : 35589 - N° d'impression : 19177
ISBN : 2-234-05601-2
54-02-5601-01/7